纽伯瑞

儿童文学奖精选

在探险中成长

（美）休·洛夫廷等◎著　玖月◎编译

中国华侨出版社
北京

图书在版编目（CIP）数据

纽伯瑞儿童文学奖精选：在探险中成长 /（美）休·洛夫廷等著；玖月编译 . —北京：中国华侨出版社，2019.6

ISBN 978-7-5113-7858-3

Ⅰ.①纽… Ⅱ.①休… ②玖… Ⅲ.①儿童文学—综合作品集—美国—现代Ⅳ.① I712.8

中国版本图书馆 CIP 数据核字（2019）第 089839 号

纽伯瑞儿童文学奖精选：在探险中成长

著　　者 /（美）休·洛夫廷等

编　译 / 玖　月

责任编辑 / 王　委

责任校对 / 孙　丽

经　　销 / 新华书店

开　　本 / 787 毫米 × 1092 毫米　1/16　印张 / 30　字数 /402 千字

印　　刷 / 三河市华润印刷有限公司

版　　次 / 2019 年 8 月第 1 版　2019 年 8 月第 1 次印刷

书　　号 / ISBN 978-7-5113-7858-3

定　　价 / 82.00 元

中国华侨出版社　北京市朝阳区静安里 26 号通成达大厦 3 层　邮编：100028

法律顾问：陈鹰律师事务所

编辑部：（010）64443056　　64443979

发行部：（010）64443051　传真：（010）64439708

网　址：www.oveaschin.com

E-mail：oveaschin@sina.com

前言

　　当一个孩子情智初开，开始探索丰富多彩的大千世界时，对他来说，书籍是最好的老师。

　　通过有效的阅读，孩子们能掌握古往今来的历史与文化，能插上想象的翅膀，探寻未知世界的奥秘。书中的那些英雄人物，往往能成为他们学习的榜样，对他们的成长产生不可磨灭的影响。

　　阅读优秀的儿童文学作品，亦是孩子的阅读经历中不可或缺的一部分。本着为孩子们挑选优质"精神食粮"的目的，编者精心挑选了历年来荣获纽伯瑞儿童文学奖的优秀作品，编译成册。

　　1922 年，为了纪念著名的儿童文学之父纽伯瑞对儿童文学这一领域的杰出贡献，美国图书馆儿童服务学会创设了纽伯瑞儿童文学奖。这一奖项创立至今，评选出了众多精彩绝伦的文学作品，给全世界的孩子们带来了无数美妙动人的故事。纽伯瑞儿童文学奖跟安徒生文学奖一样，都是举世公认的儿童文学作品奖项。

　　这一套纽伯瑞儿童文学奖作品集，主题为"在探险中成长"。其中，《杜立德医生航海记》讲述的是少年斯塔宾斯跟随博物学家杜立德医生远航的有趣经历；而《弗雷迪历险记》则讲的是小男孩弗雷迪跟随一群古怪的人前往"修正岛"的传奇故事。《波兰吹号手》中的少年约瑟夫，遇到强盗袭击，能机智地通过吹奏小号搬来救援，而《卡利柯灌木丛》中的小女孩玛格丽特，则以惊人的勇敢和耐力，获得了新的友情和关爱。

读一本好书，交一个良师益友。编者期盼，每一个打开本书的小读者，都能从中品尝阅读的乐趣，获得充足的精神食粮。

目录
contents

杜立德医生航海记

弗雷迪历险记

波兰吹号手

卡利柯灌木丛

杜立德医生航海记

作者介绍：

休·洛夫廷(1886—1947)，美国知名童话作家、画家。他非常喜欢动物，尤其喜欢狗。出于对动物的感情，他塑造了一个非常生动的人物形象——杜立德医生，这个医生住在英国乡村，能听懂动物的语言并能给动物治病。洛夫廷以"杜立德医生"为主角，创作了一系列冒险故事。其中，《杜立德医生航海记》荣获纽伯瑞儿童文学奖金奖。

故事梗概：

泥塘镇上的九岁男孩斯塔宾斯，因为要给小松鼠看病，结识了鼎鼎有名的动物学家杜立德医生，并成为了医生的助手。美丽的鸟儿米兰达带来了博物学家长箭失踪的消息，杜立德医生决定远航寻找长箭。斯塔宾斯跟随杜立德医生出航，从而开启了一段奇异的旅程。他们历经艰难来到了蜘蛛猴岛，成功找到了被困的长箭，还化解了当地土著人之间的矛盾。杜立德医生被选为蜘蛛猴岛的国王，但他并不想留下，后来在鹦鹉的策划下，他和斯塔宾斯最终回到了日思夜想的泥塘镇。

[第一章]

第一次听说杜立德医生

我叫汤米·斯塔宾斯，我的父亲是皮匠雅各布·斯塔宾斯。我今年九岁半，住在"湿地上的泥塘镇"。泥塘镇是个很小的镇子，有一条将镇子一分为二的河，河上有一座古老的"国王桥"连接两岸。穿过石桥，人们就能从一侧的集市到达另一侧的教堂墓地。

河的一头是大海，经常有许多帆船从海里开进来，停在老石桥周围。水手们一边卸货，一边哼唱一些奇怪的歌曲。我常常跑下河提，坐在堤岸边，将双脚悬在河面上摇晃，假装自己也是水手们中的一分子，跟着他们一起歌唱。

天知道我有多渴望出海航行！每次看见大船掉头，背向泥塘镇的教堂，滑过河水深处，穿越沼泽，驶入大海，我真希望自己也站在船上，能跟随帆船去外面的世界闯一闯。

船队在河道里拐弯了，只看得见巨大的褐色船帆高高耸立在屋顶上，像温和的巨人悄无声息地在房屋之间穿行。等它们再次回到泥塘镇，在国王桥下停泊时，大概又经历了无数我想象不出来的趣事！大船已经远去，我还坐在堤岸，一边幻想着那些我从未去过的地方，一边目送它们消失在视野里。

我在镇上有三个好朋友。第一个叫乔，他是个采蚌人，住在国王桥下

河边的一个棚屋里。乔有一双灵巧的手，他能把我的玩具船修补得滴水不漏，让它在河里漂来晃去；还能用包装箱和酒桶板条做出风车磨盘，将破旧的雨伞改成风筝。

有时候，乔会带我到他的采蚌船上。趁着退潮，我们将船划到河流入海的地方，在那打捞河蚌和龙虾，拿回镇上出售。那地方是一片人迹罕至的沼泽，深草丛里住着野鸭、白腰杓鹬、红脚鹬和其他一些海鸟。夜幕时分，开始涨潮了，我们的船驶回泥塘镇。看着国王桥上亮起的灯，我不由自主地想起在温暖的炉火旁的茶点时光。

我的第二个好朋友叫马修·马格，他以出售喂猫狗的肉为生。马修是个有趣的人，他的眼睛斜视得厉害，看上去比较吓人。不过，只要你跟他聊聊天，你就会发现他是个相当和善的好人。他认识泥塘镇的每一个居民，也认识镇上所有的猫和狗。卖猫狗吃的肉是一个再也平常不过的职业，他每天都托着堆满了成串肉条的木盘穿越大街小巷，一边走一边叫卖："卖——猫——食！"那些不想给自己家养的猫、狗喂饼干或者剩饭剩菜的人，就从马修这里买肉去喂它们。

我喜欢跟着马修到处跑，猫儿狗儿一听到马修的叫卖声便刺溜刺溜地围过来。有时候，尽管它们的主人还没付钱，马修也让我拿肉去喂它们。马修是个养狗的行家，只要在镇上走一遍，他就能说出那些狗的种类名称。他自己也养了几条狗，其中一条是擅长奔跑的惠比特犬，他总是带它去参加赛狗会；还有一条是猎狐犬，是个抓老鼠的能手。除了卖猫狗吃的肉，马修还经常替磨坊主和农夫们抓老鼠，用来补贴家用。

我最后一个好朋友叫隐士路克。关于他的事，我以后再慢慢说。

父亲没有足够的钱供我读书，我没有上学，整天跟动物们打交道。找鸟蛋、捉蝴蝶、抓鱼，或者采集草莓和蘑菇，或是帮乔修补渔网。

这些无忧无虑的日子真是太幸福了。但我一直盼望着能走出泥塘镇，跟随那些大船去外面的世界闯一闯。

某天清晨，我在镇子后面的山林里闲逛。突然，我看见一只老鹰站在一块岩石上，爪子下面摁着一只松鼠，可怜的松鼠拼命挣扎，却无法逃脱。我猛地出现在老鹰面前，它吓了一大跳，松开爪子，扑腾着翅膀飞走了。松鼠有两条腿受了很严重的伤，我把它带回镇上，去国王桥边，钻进了老乔的棚屋，希望他有法子能帮助这个可怜的家伙。

老乔戴上眼镜，给松鼠做了一个全面的检查，惋惜地摇摇头："这小东西的一条腿怎么就断了呢？另一条的情况也不乐观。汤米，我可以修好你的玩具船，但没本事医治短腿的松鼠。这是医生们干的事，还得是个厉害的医生才行。我知道有一个医生能救这小东西的命，他叫约翰·杜立德。"

我问："他做什么工作？是兽医吗？"

"不，他是个'剥'物学家。"

"什么是'剥'物学家？"

老乔摘下眼镜放到一边，一边装烟斗一边说："'剥'物学家，就是懂得动物呀植物啊大石头呀这些事的人。约翰·杜立德无所不知，是个了不起的'剥'物学家。难道你从来都没听说过他吗？奇怪了，你这种见了小动物就发狂的小孩儿居然不知道杜立德医生！虽然他沉默寡言，但人们都说他是当今最了不起的'剥'物学家。"

"他的家在哪儿？"

"镇子另一边的牛庄路上，具体哪一家我也不知道。我敢打包票，只要你到了那里，随便拉一个人问问，他们都会告诉你杜立德医生住在哪一家。你快去吧，他真的是个很厉害的人。"

我向老乔道了一声谢谢，抱起松鼠赶往牛庄路。经过菜市场的时候，我听到马修在高声叫卖猫狗食。于是我快步穿过市场，跑到马修前面，"嗨！马修，你认识杜立德医生吗？"

"哈！"马修叫起来，"我认不认识杜立德医生？！我当然认识，我对他的了解甚至比对我妻子的了解还要多。他是个了不起的大人物！"

我问："那你能告诉我他家在哪儿吗？我想请他看看我的松鼠，它的腿断了。"

马修愉快地说："我当然能告诉你。我正要去他家呢，走吧，我带你一道过去。"

于是，我们一起朝杜立德家走去。

走出菜市场的时候，马修告诉我，"嗨，说起来我跟杜立德医生也认识很多年了。不过，我没把握他现在一定在家。他出门有一段时间了，也说不准随时回来。总之我带你过去看看，以后你就知道该怎么去找他了。"

一路上，马修口若悬河地讲述杜立德医生的事迹，满嘴都是杜立德医生这，杜立德医生那，他完全忘记了自己的本职工作。我听得非常入迷，直到发觉一支由狗组成的队伍浩浩荡荡地跟在身后时，我们才停止了对话。

马修拿出肉条，分给狗群。我按捺不住好奇心，又问他："杜立德医生这次去了哪里？"

"我不清楚。他什么时间去了哪里，什么时候回来，没人知道。他的房子里，除了他，还住着一大群动物。他出去过很多次了，拥有非常了不起的冒险经历，他每一次都能有惊奇的新发现。上次他告诉我，他在太平洋的两个岛上发现了印第安红种人部落，女人们住在一个岛，男人们住在另一个岛上。丈夫和妻子每年就见一次面，到了见面那天，男人们到女人居住的岛上，像过圣诞节那样大吃大喝。总而言之，杜立德医生非常了不起。谁要是说起'那位医生'，准是在说他。除了他之外，世界上再也找不出第二个人像他那样懂得动物的事。"

我好奇地问："他怎么懂得那么多呢？"

马修忽然停住了脚步，弯了腰将嘴巴凑到我耳边，他压低嗓门，神神秘秘地说："他会说动物们的话。"

"动物的话？"我亮起嗓子喊起来，完全不敢相信自己的耳朵。

马修摆出一副理所当然的样子，"这有什么好奇怪的。每一种动物都有自己的语言。只不过，有些动物说得多，有些动物说得少而已。还有些动物压根不会说话。但杜立德医生非常神奇，他懂得所有飞禽走兽的语言。这件事就我知道，汤米，要是你跟别人说杜立德医生会说动物的语言，没准会惹来一场笑话。啊，杜立德医生还能用动物的语言写书。他时常给房子里的动物们读书，还用猴子的语言写过历史书，用金丝雀的语言编过诗歌，甚至还为喜鹊们谱写了几首小曲儿。最近杜立德医生忙于研究贝类的语言，他说这是一门高深的学问，钻研起来不容易。的确是这样，这段时间，他把头埋在水里的时间太长了，都感冒了好几次了。啊，他真是一个了不起的人。"

"听你这么说，杜立德医生非常了不起。上帝保佑，他最好现在就在家里，这样我马上就能认识他了。"

"马上到了，"马修伸手指给我看，"看见没有，路口转弯处那栋房子，看上去像是坐在墙头上面的，最高的那个。"

房子坐落在泥塘镇的边缘，小小的，孤零零地立在那里，周围没有别的建筑。远远看去，小房子似乎被一个大园子圈了起来。园子在路的尽头，爬上一段台阶，便到了大门口。围墙很高，有许多枝条伸出墙头，我猜，里面一定种着许多果树，长得枝繁叶茂。

马修在前面带路，我们很快就到了房子面前。大门紧锁，我们进不去。这时，从房子里跑出一条狗，直奔我们而来。马修取出几块肉和几个装满谷粒、麦麸的纸袋子，从铁栅栏的缝隙中塞了进去。我很惊讶，因为这条狗不像别的狗那样，叼起食物大吃大喝，它接过东西，叼起来，快速跑回屋子。它的脖子上挂着一个款式奇怪的项圈，好像是用黄铜做的。

我和马修转身往回走。

"大门锁着，杜立德医生还没回来。"

我问："你给狗的那些纸袋，里面装着什么东西？"

"都是给房子里动物们吃的粮食。医生不在家的时候，我负责给动物们送食物。我将东西交给那条狗，它再分给其他动物。"

"那条狗脖子上戴着的是什么东西？"

马修告诉我："纯金的狗项圈，非常结实。这东西是好些年前，它跟着医生外出冒险救了一个人而获得的荣誉勋章。"

"它和医生在一起生活多久了？"

"说来话长，有些年头了。它的名字叫吉扑，它上了年纪，杜立德医生去长途旅行的时候就把它留下来看家。每周一和周四，我将食物送到大门口，递给它。医生外出时，它不会放任何人进去，连我这样的老熟人也不行。这样一来，大家很容易知道医生在不在家，因为只要他回家了，大门一定是敞开的。"

杜立德医生不在家，我只好回家。我找到一个旧木盒，铺上稻草，给松鼠搭了一个临时的家。我尽了最大的努力照顾它，希望它能撑到杜立德医生回来。每天，我都会跑到大园子那里查看大门是不是还锁着。有时候，吉扑会跑出来跟我打个照面。每每见到我，它都会朝我摇尾巴，看起来对我也非常友善。不过，它绝没有放我进去的意思。

[第二章]
医生回来了

四月末的一个周日下午，父亲吩咐我送几双修好的鞋子到镇子另一头。那里住着一个脾气古怪的人，大家都叫他"咆哮上校"。

我到了那户人家，按响了门铃，上校拉开门，从门里探出头，他的脸上满是怒气，冲我大吼大叫："走后门！所有的小商小贩，通通走后门！"紧接着，嘭的一声，门关上了。

我真想随手一扔，把那些鞋子摔到院子里的花坛上。但我转念一想，如果我真的这么干，父亲肯定会大发雷霆。想到这里，我从外墙绕到了后门。"咆哮上校"的妻子站在门口，她的两只手湿漉漉的，满是面粉。她人个儿不高，有点儿胆怯，好像也非常害怕"咆哮上校"。这时，屋子里传来烦躁的踱步声，"咆哮上校"一边走一边抱怨，批评我走前门坏了规矩。他的妻子低声问我想不想吃面包和牛奶。我毫不犹豫地点了点头，跟她道了一声谢谢。

吃完东西后，我再次道谢，离开了"咆哮上校"家。回家的路上，我突然担心起松鼠的伤情来。它的状况没有一点儿好转的征兆，我怕它撑不过去。杜立德医生到底有没有回来？不如去他家看看。

于是，我拐弯朝牛庄路走去。这时，天空乌云密布，马上就要下大雨了。

杜立德医生家的大门依然紧锁，我觉得非常沮丧。整整七天，我每天

都到这里来等医生，每次都失望而归。吉扑跟往常一样，跑出来冲我摇摇尾巴，坐在地上，眼睛骨碌碌地转着，注视着我的一举一动。

杜立德医生还没回来，我的松鼠没救了。我怀着沉重的心情往回走。

大概到了吃饭的时间了，前面正好有一个人朝我这边走来，我打算问他现在几点了。等这人走近，我才看清他是"咆哮上校"。上校穿着一件款式时髦的大衣，戴着围巾和一副颜色艳丽的手套。今天不怎么冷，他却一层又一层地把自己裹起来，像一个被厚毛毯包起来的大枕头。

我快步上前，彬彬有礼地问他能不能告诉我现在是几点钟。

他停了下来，鼻子发出沉闷的哼声，异常愤怒地看着我，脸红得吓人。

"你到底有没有脑子！"他激动地吼着，说得咬牙切齿，唾沫横飞，"就因为你这个臭小子想知道几点了，我会不厌其烦地解开衣服纽扣，掏出怀表？呸！你做梦！"

他吼叫着说完这些话，牙齿咬得咯吱咯吱响，踱着步走了。

我看着他远去的背影，惊愕地站了好一阵子。到底我长到几岁，才有资格麻烦这位尊贵的上校先生屈尊将怀表掏出来给我看看时间呢？

忽然，哗的一声，瓢泼大雨从天而降。天地之间，顷刻一片漆黑，狂风呼啸，电闪雷鸣，街道两侧的排水沟刹那间变成了小河。附近没有避雨的地方，我低着头，不管不顾地朝家的方向奔跑。

没跑出多远，我撞上了一个软绵绵的东西，身体一歪，坐到了地上。我来不及站起来，赶紧看看我撞到了什么人。在我对面的泥地里，坐着一个男人。他个头矮小，身材圆乎乎的，看上去非常和善。他戴着一顶皱巴巴的高帽子，手里提了个小小的黑色提包。

我赶紧道歉："对不起先生，我只顾着赶路，没留意到您走了过来。"

"哈哈哈！"这个小个子男人出人意料地大笑起来，完全没有因为我把他撞倒而责备我。

"哈哈，你这一撞，倒让我想起一件往事。那天也是大雨倾盆，我低头拼命赶路，撞到了一个印第安妇女，她头上顶着一大罐蜂蜜。这下弄得我满头都是蜜糖，之后好几周都没洗干净，无论我去哪里，都有一群蜜蜂围着我嗡嗡嗡闹个不停。嗨，小家伙，你没摔着吧？"

"没有。"

小个子先生接着说："这件事咱们俩都有责任。哎呀，我们总不能一直坐在地上说话，还是先起来吧。你看，你浑身湿透了，我也是。你家距离这里远不远？"

我一边说话一边从地上站起来，"我家在镇子另一头"。

"上帝呀！"他惊讶地嚷嚷起来，"那得经过一段泥泞小路。我敢打赌，雨这么大，路会更难走。不如你先去我家，烘干衣服避避雨。这样的大雨持续不了多久，等雨停了，你再走也不迟。"

没等我回答，他架起我的胳膊，拉着我朝我刚才走过来的方向跑去。我跟着他的步伐，心想：这个小个子先生真好玩，他叫什么呢？住在哪里？真有趣，他不认识我，却好心地邀请我去他家避雨。他跟那个傲慢的"咆哮上校"比起来，真是一个天上一个地下。哼，"咆哮上校"连时间都不肯告诉我。

忽然，小个子先生停住了脚步，"到了！"

我抬起头看，惊讶地发现我又回来了，双脚正站在通往杜立德医生家那栋小房子的台阶上。小个子先生已经率先跑上台阶来到大门前，从衣服口袋里掏出钥匙，打开了大门。

我完全不敢相信眼前的这一幕，自言自语道："这位小个子先生就是那位了不起的杜立德医生？"

自从听过杜立德医生的传奇事迹后，我在脑海中自动勾勒出了一个高大魁梧、气度不凡的医生形象。而今，这位和善有趣的小个子先生居然就

是杜立德医生本人！简直叫人难以置信！可是，如果不是他，谁还能直接跑上台阶，亲手将我盼望已久的大门打开呢！

这时，吉扑从屋里冲出来，围着小个子先生又跳又叫，看上去亲热至极。不用说，他一定是杜立德医生本人。

雨越下越大了，我们冒雨穿过小路来到房门前，我实在忍不住，大声问道，"您是杜立德医生吗？"

"对，我就是。"他仓促地回答，用钥匙打开房门，催我进去，"不要在门口蹭脚了，即便你把泥巴带进屋里，我也不介意。快，快进屋！"

我跟跟跄跄进了屋，吉扑和杜立德医生跟在我身后，随着砰的一声，门关上了。

外面狂风暴雨，光线很差。门关上后，室内犹如黑夜一般，视线里黑漆漆一团。然而，就在黑暗中，我听见了一阵奇怪的喧闹声，像是各种各样的飞禽走兽同时呼喊起来，叽里呱啦的，非常混乱。鸭子在嘎嘎嘎，公鸡在咯咯喊，鸽子咕噜咕噜地说着什么，猫头鹰咋咋呼呼地嚷嚷，还有小羊的咩咩声，吉扑兴奋得汪汪叫。好像有什么东西从楼梯上滚下来，还有什么东西啪嗒啪嗒地蹿过来。有鸟儿扇动翅膀从我脸颊掠过，不知是什么动物在我的腿间转来转去，我几乎站不稳了。

整个大厅挤满了动物，喧闹不止，加上屋外的电闪雷鸣，我的耳朵几乎都快被吵聋了。我有点儿害怕，杜立德医生紧紧抓住我的胳膊，凑到我耳边大声安慰道："不要惊慌！别怕，这些都是我养的动物，它们是我的老伙计。我这次出去了足足三个月，久别重逢，它们高兴坏了。你就站在那里，别动，等我把灯点亮。上帝呀，好大的暴风雨，听听那雷鸣！"

我只好站在黑暗之中，等待医生先把灯点亮。我身边有数不清的小动物推来推去，喋喋不休地叫着。这种感觉真是太奇怪了，我甚至有些哭笑不得。以前站在大门口往里探望的时候，我也时常幻想这位了不起的杜立德医生是个什么样的人，他的家里到底有什么好玩的。可是我没想到，居然会是现在这样古怪的情形。不过，当杜立德医生拉着我的胳膊时，我感觉没那么害怕了。我还是有点儿糊涂，这一切像是一个稀奇古怪的梦境，我究竟是清醒的还是在做梦？

慒懂之中，杜立德医生突然开口问："托上帝的福，我的火柴全湿透了。你身上有火柴吗？"

"没有，我没有带火柴。"

"噢，没关系。我想，拍拍应该能从哪里给我们带来点儿光亮。"

医生说完，咂巴着舌头，发出一种嘎嗒嘎嗒的声音，听上去非常滑稽。随后，有个动物轰隆隆地爬上楼梯，在楼上转来转去。

我等了好长一段时间，灯还是没亮起来。"还有多久才能点着灯呢？我的脚上坐了个东西，压得脚指头快麻了。"

医生说："快了，快了，拍拍女士马上就来。"

他话音刚落，在楼梯的拐角处，忽然出现了一丝亮光。霎时，屋子里安静下来，所有动物都屏气敛息。

我说："我还以为这里只住了你一个人。"

他笑了："是呀，就我一个，是拍拍把灯拿来了。"

我抬起头往上看，但视线被楼梯的平台挡住了。我听到了这世界上最奇怪的声音，好像是有个人正在单脚跳，一级接一级地往下蹦。

灯光渐渐明亮起来，一团奇怪的影子投在了墙壁上。

杜立德医生开心地说："啊哈！我的好伙计，拍拍，你终于来了！"

这时，我才看清楚眼前的景象，也更加坚定自己是在做梦。就在前方，一只浑身雪白的母鸭从楼梯拐弯处探出头来，单脚跳着往下走，它的右脚上，高高地举着一支火光闪烁的蜡烛！

[第三章]
医生家的动物们

烛光照亮了周围的一切，我终于看清楚，客厅里挤满了什么动物：鸽子、小白鼠、猫头鹰、獾、寒鸦，甚至还有一头小猪。小猪刚从下着雨的园子里进来，它正在门口的地毯上认真地擦脚。借着烛光，我看见它粉红色的后背闪闪发亮。

杜立德医生从鸭子拍拍的脚掌上接过蜡烛，转过身看了我一眼："你需要立即将湿衣服换下来。对了，你叫什么名字？"

"汤米·斯塔宾斯。"

"噢，那你是老皮匠雅各布的儿子？"

"嗯。"

"你父亲的手艺超级棒。"医生抬起右脚，指着脚上那双特大的靴子，说，"四年前，你父亲给我做了这双靴子。我穿了整整四年，它真的太结实了。听我说，斯塔宾斯，你得赶紧换下湿衣服。等等，我再去找些蜡烛点上，然后我们去楼上找干衣服。委屈你先穿一下我的旧衣服，等你的湿衣服烤干了，你再换上吧。"

随后，杜立德医生点了几支蜡烛，我跟着他上楼。他从一个很大的衣柜里拿出两套旧衣服。换好衣服后，我们抱着湿衣服下了楼。在厨房里，医生点燃了炉火。熊熊炉火很快将我们的衣服烤干了。

杜立德医生开心地搓着双手，建议道："那么，接下来，我们该弄点东西填饱肚子了。斯塔宾斯，你肯定愿意留下来和我共进晚餐，对吗？"

我越来越喜欢杜立德医生了。他不像别人那样叫我汤米或者小不点，而是管我叫"斯塔宾斯"。这说明，他一开始就把我当成大人对待。当他开口邀请我一起用餐时，我满心激动，真想立即答应下来。但我出门的时候忘记告诉妈妈我会回去得晚一些，为了避免她担心，我只得委婉地拒绝了医生的好意："太感谢您了。但是我必须回去，我妈妈不知道我去了哪里，她会担心的。"

"可是，斯塔宾斯，"医生将木头扔进壁炉，"你还得等衣服慢慢烤干，对吗？等衣服干得差不多了，我们的晚饭也做好了。对了，你看见我把黑色的提包放在哪里了吗？"

"应该在客厅。"我说着，在客厅的门口找到了皮包。它看上去用了很多年了，锁扣坏了，医生只得用一根线绳将它捆起来。我把皮包拿给医生，忍不住问："你出门那么长时间，只随身携带一个提包吗？"

医生打开线绳，对我解释说："对呀，我怕麻烦，不喜欢带一堆行李。人生苦短，何必在这上面浪费时间，太不值得了。啊，我的香肠在哪里呢？"

杜立德医生在皮包里摸索了好长一段时间，先拿出来一大块新鲜的面包，然后取出了一个带着金属盖子的玻璃瓶子。瓶盖的造型有些奇怪，他拿起瓶子凑近烛光，看了老半天才把它放回桌面。我看了看，发现瓶子里那些游来游去的东西，应该是某种水生物。最后，医生终于找到了他的香肠。

接着，我们去储藏室，翻出一只锈迹斑斑的煎锅。

医生说："看看，这就是离家太久的坏处。动物们竭尽全力，保持家里干净整洁。我的拍拍是个好管家，它把家里打扫得干干净净，对一只鸭子来说，这已经是一个奇迹。但它们毕竟是动物，有些事做不了。没关系，斯塔宾斯，洗碗池底下有细沙，找点儿拿给我，好吗？"

很快，煎锅被细沙擦得油光锃亮，香肠被煎得吱吱冒油，满屋子都飘散着诱人的香气。

杜立德医生忙着做晚餐，我待在一旁，目光很快被桌上玻璃瓶里的小生物吸引住了。

"它们是什么东西？"

医生转过来，看了一眼，告诉我说，"它的学名叫'大海马皮皮淘皮特斯'，不过当地的居民都管它叫'威夫哇夫'，我猜，这个外号的得来是因为它们摆动尾巴的方式非常特别。我这次出门，就是为了威夫哇夫。我非常确定，贝类有自己的语言。我会说一些鲨鱼语、海豚语，不过目前最让我感兴趣的还是贝类的语言。"

我有些疑惑，"为什么呢？"

"事情是这样的。某些贝类是我们人类已知的世界上最古老的生物。考古学家在岩石中发现了贝类的化石，推断它们距今有好几千年的历史了。如果我能学会贝类的语言，和它们进行交谈，那我岂不是能够从它们那里得知很久以前这个世界的模样，对不对？"

"难道没有别的动物能告诉你这些事情吗？"

杜立德医生拿起叉子，戳了戳锅里的香肠，"恐怕没有了。以前我在非洲认识了一群猴子，但它们告诉我的事也不过是一千年前发生的。据我所知，与贝类同一时期生活的其他远古动物，大多已经灭绝，只有贝类能为我们描述这个星球上最古老的历史了。我现在找到的这种生物，叫海龙，它半是贝类，半是鱼类。为了找到它，我追到了东地中海。但我现在非常怀疑它帮不上什么忙，你看它的样子，呆头呆脑的，对吗？"

我点头赞同，"它看上去的确有点傻。"

晚餐很快好了，我们坐在餐桌旁，开始享用美食。这个厨房的确是一个美妙的去处，后来我还在这里度过了许多难忘的时光。当然，这是后话了。在我看来，它胜过世界上任何一家顶配级豪华餐厅，那种家的温暖无处可比。美味的食物随手可取，那个大壁炉，简直就像个小房间。你可以随意地坐在宽大的座位上，享用完食物后再拿一些毛栗子放在火边烤着，或者安安静静地听水壶烧水的声音，或是借着明亮的火焰读图画书，讲故事……总而言之，杜立德医生家的厨房就跟他本人一样，蕴藏智慧，和善可亲，让人愉悦心安。

我和医生正在狼吞虎咽地解决晚餐，这时，门突然开了，拍拍和吉扑走了进来，它们拿着床单和枕头，顺着干净的地面拖了过来。我看得目瞪口呆，医生温柔地笑了，告诉我说，"它们打算在炉火前将我的被褥烘得舒服些。拍拍非常能干，是个相当称职的管家，家里的大事小事它都记得一清二楚。以前我的妹妹帮我管家，但她就算使出浑身解数也赶不上拍拍。你还需要再来一根香肠吗？"

他转过头，嘴里说着某种奇怪的语言，还打起了手势跟拍拍和吉扑交谈。看上去，吉扑和拍拍完全听懂了医生的话。

我问："你会说松鼠的话吗？"

"当然会。掌握这门语言相当容易，即便是你，不费吹灰之力也能学会。不过，你干吗问这个？"

"因为我家里有一只我从老鹰爪子下救回来的松鼠，它的两条腿都受了重伤，危在旦夕。如果你明天不忙的话，我可以把它送过来给你瞧瞧吗？"

"如果受伤严重，我最好今晚就跟你过去看看。"

衣服已经烤干了，我去楼上换好衣服下来时，杜立德医生的黑皮包里已经塞满了绷带和药品，他焦急地说："走吧，雨停了。"

天色渐渐明朗起来，晚霞染红了天空。画眉鸟婉转地唱着歌。我们打开大门，朝我家的方向走去。我们一边走一边闲聊。

"医生，您家是我去过的最好玩的地方了，明天我还可以过来拜访你吗？"

"当然可以，你哪天过来都行。你要是明天过来的话，我带你参观我的院子和私人动物园吧。"

我愣住了，"啊！你有一个动物园？"

"嗯，里面空间有限，不适合体型较大的动物居住。我在院子里腾出一块地方，安置这些动物，让它们有个落脚的地方。"

我非常向往，"一定很好玩！能用各种语言和动物交流，这种感觉太酷了。你觉得我也能做到吗？"

"勤加练习、持之以恒，你也可以的。对了，你得找波莉尼西亚，跟它从头学起。说起来，它也是我的启蒙老师。"

"波莉尼西亚？"

杜立德医生叹了口气："它是我养的一只鹦鹉，带有西非血统。不过，它现在已经不在我身边了。"

我关切地问："它死了？"

"不，它还好好地活着呢。上次出门，我带它去了非洲。一踏上故土，波莉尼西亚高兴得热泪盈眶。我不愿意它远离家乡，尽管它同意要和我一起回家，但我还是把它留在了非洲。唉，分别的时候我们都哭了。它是我最好的朋友之一，我非常想念它。在它的启发下，我开始学习动物语言并成了一名动物医生。啊，波莉尼西亚，我的老朋友，我不知道它在非洲过得好不好，也不知道还有没有机会能再次见到它那亲切熟悉又充满严肃的面容。上帝呀，它是世界上最特别的鸟儿，我真的很想它。"

突然，身后传来吧嗒吧嗒的声音。我回头一看，吉扑沿着大路朝我们飞奔而来，它满脸藏不住的兴奋，冲到杜立德医生面前，以一种特别的方式汪汪汪地叫嚷起来。杜立德医生也激动得忘乎所以，他用奇怪的姿势跟吉扑交流了一会儿，才转过头来解释道："波莉尼西亚回来了！它刚刚到家！啊，我们分别至今，五年了！请等等我！"

杜立德医生急急忙忙朝家里赶。这不，我刚一抬头，就看见一只长着褐红色尾羽的灰色鹦鹉欢快地朝我们飞来。路边哼哼唧唧的麻雀们受到了惊吓，它们扇动翅膀，腾地飞到路边的篱笆上去了。杜立德医生冲鹦鹉拍手，那开心的样子就像一个得到了心爱玩具的小孩子。

鹦鹉飞过来，径直在杜立德医生的肩头站立。它用一种我听不懂的语言，滔滔不绝地跟医生交谈起来。他们俩兴奋地说着，很快就忘了我和我的松鼠。后来，还是鹦鹉问起了什么，杜立德医生才抱歉地对我说："对不起，斯塔宾斯，我们说得太投入把你给忘了。来，波莉尼西亚，我替你引荐一下，这是汤米·斯塔宾斯。"

鹦鹉庄重地冲我点头示意，竟然用一口流畅的英语对我说："久仰久仰！我记得你，你出生的模样太丑了，那时候是冬天，天寒地冻。医生说你想学动物的语言，不过虽然是我激发了医生学习动物语言的兴趣，但实际上他才是我的老师。你要知道，大部分鹦鹉都会像人那样说上几句，但它们根本不知道那些词是什么意思。因为，大部分鹦鹉学人说话，要么是为了赶时髦，要么是为了从人类那得到几块饼干。"

这时，我们已经拐向了通往我家的那条路。吉扑在前面带路，鹦鹉一直坐在医生的肩头，聊起了它在非洲的所见所闻。

"哈，我差点忘了告诉你，布木波王子被他的父亲送到英国读书了。呃，是什么大学，牛渡？哎，反正是个读书的地方。"

杜立德医生被它搞糊涂了，讷讷自语了好一会儿，才想起来，"噢，你说的可能是牛津大学。真是不可思议，布木波居然到牛津大学读书了。"

波莉尼西亚补充说："国王陛下做出送王子出国游学这个决定时，整个'怪人快活国'一片哗然。要知道，这些非洲原始部落无知而愚昧，他们认为布木波王子一定会被外国的白人给生吞活剥了。不过国王陛下态度坚决，他说如今送王子去牛津大学读书是一种时尚，所有黑人国王都这么干

了，布木波必须去。王子离开的时候，王宫里每个人都哭成了泪人。那场面简直惊天动地。"

杜立德医生想起了一件事，"布木波王子后来不再寻找睡美人了吧？"

"嗯。你走后第二天，他就回来了。他带回来了一个他自己称为'睡美人'的女孩子，她是他们部落里一个皮肤相对白皙的少女。她有一头红头发，还有一双超级大的大脚。不过，布木波王子爱她爱得几乎疯狂，他们举行了盛大的婚礼，整整办了一个星期的流水宴席。女孩成了布木波王子的第一夫人，他们管她叫'布木巴王妃'，那个'巴'字的最后一个音节你得咬咬嘴巴说出来。"

"对了，奇奇呢，它怎么样？"医生跟我解释说，奇奇是他几年前养过的一只猴子，当初也留在了非洲老家。

波莉尼西亚皱起了眉头，"奇奇过得不好。它得了思乡病。说起来真是好笑。当初回到非洲老家，你看我得意成什么样子了，还以为自己在那里的生活一定多姿多彩。但你猜怎么回事，还不到几个星期，我就觉得故土的一切都变得索然无味。医生，跟你在一起的时光实在太让人难忘了。而在非洲，生活太过平静，我那些朋友们看上去都呆头呆脑的。我知道，不是它们的问题，而是我自己的心发生了变化。我走的时候，奇奇伤心地哭了，它说上天真不公平，说我有了翅膀可以想去哪里就去哪里。不过，我敢说，奇奇这样聪明的家伙，绝不会毫无办法。看着吧，说不定哪天它就会出现在我们面前。"

说话间，已经到了我家门口。店铺已经打烊了，妈妈站在门口等待我回家。

杜立德医生跟她解释："斯塔宾斯太太，是我执意邀请您的儿子到我家避雨就餐的，害他回家晚了，非常抱歉。"

"还好，我也不是很着急。这么晚了您还送他回家，谢谢您。"妈妈惊讶地发现医生肩膀上站着一只鹦鹉，有些结巴地问，"先生，请问尊姓大名？"

"我是约翰·杜立德，我相信您爱人一定记得我。四年前他给我做了几双靴子，这些靴子非常结实耐用。"说着，他低下头，用满意的眼神看了看脚上的靴子，再次强调道，"的确很结实。"

我告诉妈妈，杜立德医生是来给我的松鼠看病的。

妈妈非常感激地说："您走了这么远的路来给一只松鼠看病，您真是一个好人。汤米这孩子总喜欢从野外捡一些奇奇怪怪的东西回家。"

"那他以后长大了，说不定能成为博物学家呢。"

妈妈热情地邀请医生进门，她带着歉意说："家里有些乱，不过客厅里炉火正旺。"

杜立德医生认真而仔细地在门前的地毯上将靴子擦拭干净，才跨过门槛进了屋子。

[第四章]
我想学动物的语言

爸爸坐在壁炉边，正在吹笛子。这是他的娱乐方式，当一天的工作结束，夜幕降临，他都会拿出笛子吹一会儿。

杜立德医生跟我爸爸互相问好，两人立即谈论起有关乐器的东西。在爸爸的邀请下，杜立德医生接过他手中的长笛，一连吹了好几首曲子。笛声悠扬婉转，爸爸妈妈都沉浸在音乐的世界里，如同雕像一般坐立，眼睛凝视着房顶，那庄重的样子如同置身教堂。说实话，我对音乐并不感兴趣。而此时此刻，杜立德医生吹奏的曲子却让我感觉自己的灵魂得到了升华，我对生活充满了信心，对未来充满了向往。

渐渐地，笛声停了。

妈妈如梦初醒，赞叹道："上帝，真是太动听了！"

爸爸还想邀请杜立德医生再奏一曲。

幸好，杜立德医生说："我当然乐意之至，但我此番前来是为了给松鼠看病的。"

我立即跳起来："我带你去，松鼠就在楼上我的房间里。"

我带着杜立德医生到了我的房间，小松鼠病恹恹地躺在我给它准备的盒子里。盒子里铺满了稻草，我一直试图让它感觉舒服些，但这么多天，它没有一点儿好转的迹象。然而，杜立德医生一进来，它就刷地坐起来，吱吱吱地说个没完。杜立德医生将它抱起来，仔细地检查它的病情，并用松鼠的语言和它交谈。小松鼠看上去并不怕杜立德医生，相反，它好像还挺高兴。

我高高举着蜡烛，医生就着烛光给松鼠的腿绑上了"夹板"——这是他削了两根火柴临时做的。

很快，医生合上皮包，叮嘱我说，"它的腿很快会好起来。不过它还需要半个月时间静养，尽量让它待在户外，如果夜里温度低了，拿些干树叶盖在它身上。它跟我说了，它觉得很孤独，它非常思念家人。我告诉它，你是一个值得信赖的人。此外，我会派我园子里的一只松鼠去它家里报个信，然后将它家人的口信带回来。总而言之，你得让它高兴起来。松鼠天性活泼，要它躺着什么事也不做，它会觉得度日如年。"

一切处理好之后，我们回到楼下的客厅。我爸妈一再挽留，杜立德医生直到晚上十点后才离开。我们送走他之后，回到屋里又忍不住谈论起他的传奇事迹，一直聊到深夜。后来，我实在太困了，不得已爬到床上睡觉。这一晚，我做了个奇怪的梦。我梦到了杜立德医生，还有一群奇怪的小动物，它们吹着笛子，拉着提琴，敲着锣鼓，在我的梦里开了一整夜的音乐会。

第二天一早，我顶着第一缕晨光，轻手轻脚地下床，打开大门，一溜烟跑到了大街上。此刻四下无人，一片寂静。我实在等不及要去拜会杜立德医生，参观他的动物园了，一溜烟径直跑到了他家门口。这时，我才想起来，这么早打扰他是非常不礼貌的，就算他不介意，但这个时间，他大概还没起床。

大门开着，我轻轻推开门，走了进去，刚要拐向一条两边都是树篱的小路时，耳边忽然响起一个声音："早安！你起得真早！"

我跟它打了个招呼，觉得自己确实来得太早了。

幸好，波莉尼西亚安慰我说："一个半小时前，医生就起床了。门开着

呢，你进去吧。他要么在做早餐，要么在工作。哎，你快去吧，我在这等日出呢。我敢发誓，太阳今天忘了该从东方升起来。这儿的天气糟糕透了，要是在非洲，这时候早就阳光灿烂了，你再看看这里，大雾弥漫，让人觉得风湿痛到了骨头缝里。糟糕的天气，坏透了！我真是想不明白，为什么偏偏大雾在英国赖着不走，其他的好东西不肯留下来。好了好了，你别听我唠叨，赶紧去医生那里吧。"

我推门进了厨房，火炉上的水壶咕噜噜地响着，灶台上的餐盘里放着煎好的培根卷和鸡蛋。这里没人，我继续往前走，在一个堆满了稀奇古怪东西的房间里找到了杜立德医生。要说，这间房子可真有意思。我一开始都没发觉这是一间书坊。房间里摆放着很多我不认识的东西，墙上挂着飞禽走兽和植物们的画，还有许多被装在玻璃盒子里的鸟蛋、贝类标本。

杜立德医生还穿着睡衣，他站在工作台前，桌上摆放着一个装满了水的正方形玻璃箱子。他把一只耳朵探进水里，用手捂住了另一只耳朵。

看见我来了，医生直起身体跟我打招呼，"早安！今天是个好天气，我刚才一直在听威夫哇夫说话，可我对它真是失望至极。它们的语言太低级了，全部的语言只有类似'是''不''冷''热'这么几个单调的词。我原本以为它会对我的工作大有助益，唉！"

我大胆推测说："应该是这样的，要么它的语言里就这么几个单调的词，要么它不太具备思维的能力，我说的对吗？"

"我也这样想呢。这些威夫哇夫，已经是世界上少有的贝类了，它们生活在海洋深处，不怎么与外界打交道，它们之间根本就没什么好说的。"

我提议说："威夫哇夫看上去太小了，也许，大一点的贝类能说很多话呢？"

"说得有理。我敢肯定，个头大的贝类是比较健谈的。但是，那种块头大的贝类，都不会游泳，它们生活在海底，只会沿着海床爬行。唉，我真希望自己有办法能到海底。那样我肯定能学到很多新鲜的东西。啊，我忘了吃早饭，斯塔宾斯，你吃过了吗？"

这时，我才想起来，自己早就忘了吃饭这回事。

我跟着医生走进厨房，他接着说道："要是谁能到深海生活一阵子，绝对能发现一些全人类做梦都想不到的新东西。上帝呀，潜水服只能潜到海水的浅层，我真希望自己能到距离地面几十公里的海底深处看看。我肯定会得偿所愿，来，喝一杯茶吧！"

这时，波莉尼西亚飞进来，叽哩哇啦对杜立德医生说了一通。医生立即放下刀叉，走了出去。

门刚关上，波莉尼西亚就愤愤不平地抱怨起来，"太可恶了！医生前脚刚进门，附近的动物们后脚就赶来找他看病。哼，现在后门口就站着一只大胖兔子，带着个哭闹不止的小家伙。她觉得自己的孩子抽搐得厉害，依我看，不过是误食了颠茄草而已。这些动物真是太不体谅医生了，尤其是那些做妈妈的。只要孩子病了，她们不管白天黑夜，不管医生有没有吃饭，立即吵吵嚷嚷地跑来。可怜的杜立德医生，我太同情他了，简直得不到一刻安宁。我跟他提过多少次了，要给动物们定个规定，只在来访时间接待。但他实在太好说话了，完全有求必应，从不拒之门外。他总是说，情况紧急必须马上处理。"

我问："动物们为什么不去找别的医生？"

波莉尼西亚吃惊地喊起来，"上帝！你不懂吗，这世上没有别的动物医生了！我是说，那种真正的动物医生。当然，到处都是兽医，可是他们完全听不懂动物们的语言，一点忙也帮不上。比如说，你生病了，给你看病的医生完全听不明白你在说什么，更别提让他用你能听懂的语言告诉你怎样做才能痊愈！唔，帮帮忙，把培根卷放到火边，不然等医生回来，冷得没法吃了。"

我帮忙将盘子端到火边，鼓起勇气问："你看，我能学习动物的语言吗？

我不识字，我家太穷了，我没钱上学。"

波莉尼西亚说："那你在学习方面怎么样？脑子灵活不？我并不认为只有在学校里才能学到知识。只要你是个'有心人'，就不难掌握动物的语言。我的意思是说，你会不会留心周围的事物？打个比方，苹果树上站着两只八哥，你认真地看一眼，第二天能立即分辨出它们谁是谁吗？总而言之，你得观察任何飞禽走兽的细微之处，它们怎么走路、怎么摇头、怎么扇动翅膀、怎么晃动胡须，等等。远古时代，狮子、老虎等大型食肉动物横行，小动物们为了免遭杀身之祸，尽量不发出声响。因此到现在为止，动物们大多还是依靠呼吸、四肢来表达自己的想法，而不是用嘴巴发声。至于鸟儿，这就无所谓了，它们可以利用翅膀四处飞行。总而言之，首先你要记住，做一个生活中的'有心人'，是学习动物语言的关键。"

"听起来蛮有难度的。"

"那是当然，你必须要持之以恒。"它继续说，"万事开头难，只要你经常过来，我可以教你。要是你能学会动物的语言，对杜立德医生来说，这是一件天大的好事。以后你就做个助手，帮医生做些简单的活儿，比如换个绷带，喂个药之类。可怜的杜立德医生需要一个助手！在我看来，你是再适合不过的人选！当然，你必须要对动物们感兴趣，还得心甘情愿帮助它们。"

我开心地叫起来，"我喜欢做这些事。你认为，杜立德医生会同意吗？"

"肯定会。当然了，你首先要学一些给动物们疗伤治病的本领。我会亲自向医生提议的。好了，他过来了，快把他的盘子放回原位。"

[第五章]

充满梦幻的大花园

　　早餐后，杜立德医生带我参观了他的园子。他的屋子已经十分有趣了，但跟这个处处充满乐趣的大花园比起来，还是逊色了许多。在我见过的园子里，杜立德医生的园子是最引人入胜的。它看起来走不到头，让人完全不清楚它到底有多大。看似走到尽头，但只要拐个弯，或是穿过一个树篱，抑或再走上几个台阶，又能到达另一片天地。

　　这里绿草如茵，苍苔爬满石椅，满眼青翠，垂柳依依，微风吹过，如羽毛般轻柔的柳条在草地的上空轻轻飘荡。石板小路两旁，是高大整齐的紫杉树篱笆，树篱上有一个可供穿行的月洞门，门的上方，是用树条修建出来的造型，有花瓶式样的，有孔雀式样的，还有半圆形状的。院子里有一个鱼池，蓝色的睡莲悄然绽放，青蛙在荷叶上跳来跳去，金色鲤鱼在水中快活地游来游去。高高的砖墙隔开了菜园和花园，墙头上，黄桃树果实累累。除了黄桃树，这里还有一个高大的橡树，它的树干有一段空了，藏四个大人完全没问题。这里到处是凉亭，在院子一角，有一个烧烤台，还有一把躺椅。躺椅的四只脚装了轮子，可以从这棵树移到那棵树下。最叫我着迷的，还是搭在榆树顶端上的树屋，树屋外挂着一架长长的绳梯。医生告诉我，他经常爬上树屋，用望远镜瞭望星空。

　　这真是一个奇妙的乐园。我第一次进去就被它深深吸引住了，甚至愿

意一辈子住在里面。它处处充满了生命的气息，是一个无比梦幻的地方。

这里住着大群大群的鸟儿，每棵树上都有两三个鸟窝。我见到了许多动物，白鼬、乌龟、睡鼠，等等。它们一点儿也不害怕生人，在这过着自由自在的生活。蟾蜍在草地上跳来跳去，仿佛草地是它们的地盘；蜥蜴趴在大石头上晒太阳，甚至还朝我眨了眨眼睛。

这时，一条大蟒蛇从前面的小路爬了过去。我吓了一跳，杜立德医生安慰我说："不用害怕。它们没有毒，这些无毒蛇替我除去了院子里的害虫，功劳不小呢。有时候，我会在晚上吹曲子给它们听，它们很喜欢，用尾巴支撑身体立起来，听完一曲又一曲，久久不愿离去。有趣极了。"

我问："这些动物为什么愿意来这里居住呢？"

"也许是因为在这能找到食物还不受人打扰吧。当然另一方面也是因为它们认识我，万一生病了，住在我的园子里看病会方便些。你看见那只麻雀没有？就是站在日晷上跟八哥争吵不休的那只。每年夏天，它都会从伦敦飞到这里来，附近的麻雀总是嘲笑它说话带着伦敦腔。它喜欢辩论，不管什么事，它都得大吵一架才能善罢甘休。它在伦敦的时候，住在圣保罗教堂附近，我们给它取了个外号——'老齐普赛'。除了它，这里大部分鸟儿都来自乡下。不过，也有一些住在国外的鸟儿，每年都会来拜访我。比如那只来自美洲的红颈蜂鸟，它生活在气候炎热的地方，为了让它舒服点，我把它安顿在炉火旁。每年八月的最后一个星期，会有一只紫色羽毛天堂鸟从巴西飞回来。还有其他的鸟儿，它们通常都会趁着夏天来走动走动。好了，我带你参观我的动物园吧。"

杜立德医生拉着我沿着一条小路走下去，又拐了几个弯，走了一段路。我们来到一堵石墙前，墙上有一个小门。

推门而入，这里是另外一个园子，里面到处是小小的石屋，每一座石屋还装上了窗子。我们刚刚进来，石屋的门全开了，动物们纷纷跑出来，它们以为送吃的来了。

我问："这些屋子都没上锁？"

医生回答说："每一扇门都有锁。但我的动物园里，门锁装在里面，要是动物们不想被人打扰它就可以把门锁起来。住在动物园的每一个动物，是因为喜欢这里才留下来，而不是我强迫它们留下。你瞧那个，正在一块砖头旁嗅来嗅去，背上披着铠甲一样东西的家伙，是南美犰狳，正在跟它聊天的是加拿大旱獭。在水里做怪相的是一对俄罗斯水貂。嗯，刚从屋子里跳出来的叫羚羊，属于南非小型动物。"

我指着草地上啃着青草的动物问："那是两只鹿吗？"

医生笑了，"它可不是两只鹿。它是一匹马，叫'推我拉你'，大概是这世界上唯一存在的一只双头马了。'推我拉你'是我从非洲带回来的，它脾气温和，是整个动物园的守夜人。它的两个脑袋轮流休息，一个醒着，另一个睡觉，实在是再合适不过的守夜人了。"

我们接着往前走，我问医生，这里有没有狮子或者老虎。

杜立德医生异常严肃地说："没有。斯塔宾斯，如果我有办法，我会打开全世界动物园的笼子，把狮子和老虎放出来。它们不应该被关起来！在笼子里，它们焦躁不安，格外思念外面的广阔天地。现在，人类的动物园让它们失去了一切！"他越说越气愤，"它们失去了非洲大地上朝阳升起时的蓬勃壮丽，失去了晚风摩挲棕榈树时的呢喃轻语，失去了星辉灿烂下的沙漠之夜，失去了觅食结束后静享瀑布轻拍两岸的安宁。它们失去了那么多，换来的是什么！一个冰冷的大笼子，坚不可摧的铁栅栏，每天定时扔进来的臭肉，还有游客们傻里傻气的围观！斯塔宾斯，老虎和狮子是百兽之王，它们绝对不能被关在动物园里。"

杜立德医生的语气有点儿悲伤，不过很快他就振作起来，脸上再次露出明朗的笑容。他带我来到一片林间空地。空地上有几座用金属网编织起

来的小屋，类似鸟笼，倒扣在花丛上。无数蝴蝶在花丛中翩跹飞舞。杜立德医生向我展示了孵化箱，那是在其中一个小屋边角上的一排小箱子，箱子上面布满了孔洞。他把不同的毛毛虫放进去，等毛毛虫变成蝴蝶或者飞蛾，就会从孔洞里飞出来。

我想到了一件事，"蝴蝶有自己的语言吗？"

"应该有的，甲虫也有自己的语言。我还没学会昆虫们的语言，不过，我肯定是要学的。"

这时，鹦鹉波莉尼西亚飞进来，告诉我们说："后门来了两只豚鼠，它们的主人总是喂给它们乱七八糟的东西，为了避免饿死，它们逃到了这里。它们托我问你，能不能让它们留下来。"

杜立德医生满口答应："没问题，让它们住在动物园左边靠近门的大房子里。你给它们讲一讲动物园的规矩，再给它们弄点好吃的。好了，斯塔宾斯，我们再去水族馆吧。"

[第六章]
我的好导师波莉

那天参观完后，我几乎每天都去杜立德医生家，整天整天地待在那里。一天晚上，妈妈甚至跟我开玩笑，说我不如搬到杜立德医生家去。

我认真地想了想，对杜立德医生来说，我的确是个有用的人。比如，我可以帮他喂养小动物，给小动物搭建屋舍，还能修整篱笆。如果有小动物来求医，我也能帮忙照顾。有些琐碎的小事，我也能做得很好。我甚至觉得，要是我不经常过去，杜立德医生还会想我。

这段时间，我跟波莉尼西亚形影不离。它教我鸟类的语言，还给我讲解鸟儿们交流时的肢体语言。这实在太难了，但波莉尼西亚的耐心好得出奇，在它的帮助下，我渐渐听懂了鸟儿们的各种啾啾声，也明白了狗儿们之间比画的各种姿势代表着什么意思。每天晚上睡在床上，我都竭尽全力聆听老鼠们的交谈来练习听力。此外，我还观察过屋顶上的猫、市集广场上的鸽子。

时光飞逝，夏去秋来。

我和波莉尼西亚在图书室闲谈。这个房间里有一个很长的壁炉，靠墙壁的地方摆放着高大的书架，从地面一直抵到天花板。书架上堆满了各式各样的书：故事类、园艺类、医药学、旅游类。我非常喜欢看书，尤其喜欢那一本包括了全世界地图的册子。

波莉尼西亚给我看的是杜立德医生自己编写的书，书里讲的全是动物们的事。

我惊讶极了，"上帝呀！满屋子都是杜立德医生的书！要是我也能认字就好了，波莉尼西亚，你会认字吗？"

它谨慎地说："翻页的时候当心点，别把书撕破了。实话告诉你吧，我根本没有太多时间读书。不过，首先你要认识字母，这样才能读书识字。"

"波莉尼西亚，有件事，它对我来说非常重要，我想征求你的意见。我妈妈觉得我总是往这里跑，不太合适。我能帮杜立德医生干活，既然这样，我打算搬过来跟你们一起住，可以吗？我不要工钱，杜立德医生也不需要再雇人干活。你觉得怎么样？"尽管波莉尼西亚平时总喜欢倚老卖老，但我毫不介意。如果将鸟类的年龄跟人类的年龄换算，它已经两百岁了，我不过十岁，它的确算得上一个颇有智慧的老人。

"你的意思是说，想正式成为医生的助手？"

"对对对，就是当助手。我记得你说过，我会是杜立德医生的好帮手。"

波莉尼西亚认真地想了一会儿才说："我实在想不出来反驳的理由。不过，你需要好好规划规划，你未来的目标，是不是成为博物学家？"

"我毕生最大的愿望就是成为博物学家。"

"我懂了。我们去找杜立德医生谈谈吧，他就在隔壁书房。开门的时候轻一点，他工作的时候不喜欢被人打扰。"

我轻手轻脚地推门进去。壁炉前的地毯上，坐着一只黑色大型猎犬，耳朵高高竖起。杜立德医生正在给它大声朗读一封信件。

波莉尼西亚轻声地对我说："大概是这么回事，这条猎犬接到了主人的信，带来让医生读给它听。它的主人米妮是个长辫子拖到腰间的小姑娘，她和哥哥去海边过暑假，把它留在家。主人一走，这家伙心都要碎了，为了安慰它，他们就给它写信。老猎犬大字不识一个，每每收到信，它都带来让医生用狗的语言读给它听。看它那疯疯癫癫的兴奋劲儿，它的主人肯定要回来了。"

果不其然，当医生读完信，老猎犬敞开喉咙兴奋地叫喊起来，一边叫一边摇尾巴，在房间里打滚撒欢。最后，它叼起信，哼哼唧唧地跑了出去。

"它准是去车站接小主人了。我真搞不懂，它干吗对这些小屁孩那么忠诚。那个米妮，是我见过的最傲慢无礼的小孩，她斜着眼睛，一看就是个小坏蛋。"

杜立德医生抬起头，发现了我和波莉尼西亚，他问："斯塔宾斯，你找我有什么事，进来坐下慢慢说。"

"尊敬的杜立德医生，我想像你一样，成为博物学家。"

他感觉有些意外，低着头自言自语了好几句，才问我："哦，这件事——啊，你跟你爸妈商量过了吗？"

"还没有。我希望你帮我去说，这样比我自己去说要有说服力。如果你愿意，我非常乐意当你的助手。我妈妈说我经常来这里吃饭不太合适，所以我认真地想了想，我能不能来这里工作换取免费食宿？"

杜立德医生哈哈大笑起来，"斯塔宾斯，我亲爱的朋友，一年三百六十五天，我随时欢迎你来。另外，你的确也帮了我不少忙，我还在琢磨是不是需要向你支付报酬。好了，你跟我说说，你到底是怎么想的。"

我说："您先去跟我爸爸谈谈，告诉他您同意我搬过来，并且会教我读书识字。我妈妈最大的愿望就是希望我能识文断字，再说了，如果我不识字，也没办法成为博物学家，对吗？"

"我不得不说，读书识字是一件好事。当今鼎鼎有名的学者达尔文，就毕业于剑桥大学。法国学者居维叶，还当过家庭教师呢。不过，我认识的所有博物学家里，最伟大的一位连 ABC 都不会拼，更不会写自己的名字。他叫长箭，是印第安人老金箭的儿子。我没见过他，也没听谁说跟他见过

面。长箭跟动物们生活在一起，长期与世隔绝。他像个流浪者，在印第安人部落之间游荡。"

我问："如果你都没见过他，怎么会知道那么多关于他的事？"

"那只美丽的天堂鸟米兰达告诉我的。它说长箭是个杰出的博物学家。上次它离开的时候我托它带个信给长箭。现在我每天都在期待回信，但愿米兰达一路顺利。"

"如果长箭真的那么厉害，为什么动物们生病了还是来找您呢？"

医生谦虚地说："可能是我的技术更现代化一些的缘故吧。米兰达告诉我，长箭擅长的领域是植物学，但他对鸟类的认识不比我少，对蜜蜂、甲虫，他也做过专门的研究。好了，斯塔宾斯，我们不说这些了，你告诉我，你是不是真的很想成为博物学家？"

我回答说："是的，我早已下定决心。"

"那你得考虑清楚，博物学家是一个几乎不挣钱的职业。真的，伟大的博物学家不会挣钱，只会花钱。捕捉蝴蝶的网，装鸟蛋的盒子，等等，这些东西都需要钱。你再看看我，当了这么多年的博物学家，仅仅依靠写书维持生活。"

我说："我不在乎能不能挣钱，我只想当博物学家。下周四，你可以到我家来跟我父母谈谈吗？还有一件事，如果我搬到你家来住，就是这个家庭的成员之一了，下次你出门远航，带我一起好吗？"

医生笑了，"我知道了，你很想跟我外出航行，对吗？哈哈哈！"

"嗯，以后你每次出门都带上我，我会帮你拿着笔记本或者蝴蝶网之类的东西，这样您也轻松一点，不是吗？"

杜立德医生陷入了沉思。他默不作声，手指在桌上轻轻地敲打着。我在一旁耐心等待，焦灼万分，生怕他会拒绝我。

良久，他耸耸肩膀，站了起来，"好吧，我答应你，斯塔宾斯，我下周四会去跟你父母谈谈。至于——总之，回头再说。代我向你父母问好，谢谢他们的邀请。"

我立即夺门而出，风一般跑回家，迫不及待地告诉妈妈：杜立德医生答应过来吃饭啦！

[第七章]

奇怪的旅行者

第二天下午，喝过下午茶后，我坐在杜立德医生家园子的墙头上，跟管家拍拍聊天。到目前为止，波莉尼西亚已经教给我不少动物的语言，我基本上能轻松地跟动物们聊上几句。经过闲聊，我发现鸭子拍拍虽然不如波莉尼西亚风趣聪慧，但它非常和蔼可亲，是一位出色的管家，在这个大家庭里默默扮演着"慈母"的角色。

拍拍正在向我讲述它多年前和杜立德医生在非洲的经历。我一边跟拍拍说话，一边留意牛庄路上的动静。此刻已近黄昏，有一群羊被赶着前往镇上的集市。

忽然，从远处传来一阵奇怪的喧闹声，好像有一群人在高声叫喊着什么。我一下子站起来，朝远处张望。不一会儿，我看见一群学生拍手哄笑着，在追逐一个奇怪的妇人。这个妇人浑身上下破破烂烂的，正朝杜立德医生的房子这边走来。她的胳膊长得出奇，双肩也塌得吓人；身上穿着一条好像是舞会上女士们经常穿的那种长裙子，拖拖拉拉地拉在地上。她的头上戴着一顶宽大的草帽，把脸捂得严严实实，根本看不清楚她的长相。

学生们的笑声越来越响亮，妇人距离我们也越来越近。我终于发现哪里不对劲了，她的手毛乎乎的，皮肤颜色很深。

这时，拍拍忽然爆发出一声尖叫，"上帝呀！奇奇！奇奇回来了！这些小毛孩太过分了，居然敢戏弄奇奇，我得给他们点颜色看看！"

拍拍从墙头飞下去，嘎嘎地叫着，气势汹汹地冲向学生们，对着他们的脚踝一顿猛啄。学生们掉头朝镇子方向跑了。

这个妇人站在原地，见学生们跑远了，才慢慢掉过头，走向园子的大门。她没有拉门闩，手脚并用，攀上铁栅栏，翻了进来。我终于看清楚那张藏在草帽下面的脸，"她"原来是一只猴子。

很明显，它就是医生跟我提过的奇奇。它疑惑地看着我，很快将头顶上的草帽扯下来撕成两半丢进水沟，又快速扒下身上的衣服和裙子，气哼哼地将这些衣服踢来踢去。

屋里忽然传出一声尖叫，紧接着，波莉尼西亚飞了出来，杜立德医生和吉扑跟在后面。

波莉尼西亚扑上去大喊："奇奇！我就说过你肯定有办法回来的！你用了什么办法？"

他们围着奇奇，又是大笑又是握手，问了一大串的问题，簇拥着奇奇进了房间。

杜立德医生转过身来叮嘱我说："麻烦你到我房间拿一下花生，就放在柜子左边的小抽屉里。我总是想着奇奇可能会回来，一直把花生放在那个位置。对了，等等，麻烦再去储藏室看看还有没有香蕉。奇奇说它都有两个月没吃过香蕉了。"

我拿着这些东西回到厨房，大家都围坐在一起，听奇奇讲述它的传奇经历。

原来，鹦鹉波莉尼西亚离开非洲后，奇奇比以前更思念杜立德医生和泥塘镇上的这座小房子。它下定决心回来。一天，它在海边发现了一艘开往英国的大轮船。它试图混进去，结果被船上的人发现并赶了下去。过了一会儿，有一大家子人说说笑笑地往船上走，奇奇发现那家人里有个小女

孩，它忽然有了主意，"如果有个小姑娘长得就像猴子，没准我打扮起来，也会像一个小姑娘呢"。

于是，奇奇跑到附近的镇上，跳进一家人的窗户，拿走了放在椅子上的裙子和上衣，穿上这些衣服后，它回到码头，混在人群里，终于偷偷溜上了船。它担心被人发现，一路上都小心翼翼地藏着，只有等船上的人都睡熟了，才敢出来找吃的。

千辛万苦到了英国，它准备上岸的时候，水手们识破了它的伪装，要把它抓起来当宠物养着。奇奇好不容易摆脱了水手们的围捕，冲入人群逃走了，但海岸距离泥塘镇还有很长的路要走，差不多得穿越大半个英国。

一路走来，奇奇尝尽千辛万苦。只要经过城镇，小孩子们总会成群结队地跟在它后面，取笑哄闹，还有些无聊的大人，一心想把它抓起来。为了逃命，奇奇不得不爬上路灯杆子或者房顶的烟囱上。到了晚上，它只能随便找个地沟、牲口棚或者其他什么地方睡觉休息。肚子饿了，它也只能从矮树篱笆或者灌木丛里找树籽和浆果充饥。总之，这一路异常艰难，可谓九死一生。

奇奇说完它的传奇经历，一口气吃掉了六根香蕉，喝下一大碗牛奶，才心满意足地感叹道："唉！我要是像波莉尼西亚那样有一对翅膀就好了，这样我就能直接飞回来。你们不知道，我有多讨厌那顶该死的帽子和那条裙子。从港口下船后，这可恶的帽子时不时掉下来，要么遮住我的视线，要么被树枝钩住了。还有裙子，非常绊脚，我走得跌跌撞撞，还摔倒了好几次，弄得鼻青脸肿。要不是这样，我早就回来了。真搞不懂，女人们干吗喜欢穿这些玩意儿！上帝保佑，今天早上，我翻过山丘，看见亲爱的泥塘镇近在眼前时，简直激动傻了！"

杜立德医生说："奇奇，你的床还铺在老地方——洗碗间的碗柜架子上面，没有人动过，我们都等着你回来呢。"

"谢谢！能回来真是太好了，除了门后挂的那块新毛巾，这里跟我离开时一模一样。我累坏了，我需要去睡一觉。"

我们跟着奇奇一起到了洗碗间，奇奇像水手爬上桅杆那样爬上了碗柜架子。它蜷缩着身体，拉过旧大衣盖在身上，不一会儿便沉沉入睡。

杜立德医生悄声说："老伙计，好奇奇，它能回来，我真的很高兴。"

拍拍和波莉尼西亚也跟着说："老伙计，好奇奇！"

紧接着，我们轻轻出去，轻轻关上房门。

[第八章]
成为杜立德医生的助手

终于到了周四晚上，我家洋溢着欢乐的气息。妈妈早就向我打听过杜立德医生的口味了，我告诉她，医生喜欢吃排骨、甜菜片、炸面包、虾子、糖浆馅饼。妈妈一股脑儿地将这些食物端上了餐桌，她忙得团团转，不时检查，看看还有什么没准备好。

终于，响起来敲门声，我第一个冲过去，打开门，邀请杜立德医生进来。

医生带来了他的笛子。晚餐结束后，桌子才收拾干净，他就拿出笛子跟我爸爸开始了二重奏。他们两个看上去兴致勃勃，我不禁担心起来：如果他们俩吹奏起来没完没了，那我的事从何说起？

幸好，杜立德医生最终放下笛子，他对我爸爸说："您的孩子小斯塔宾斯告诉我，他非常渴望成为博物学家。"

接下来，他们就这个事展开了很长一段时间的讨论，这场谈话一直持续到深夜。一开始，我爸妈都非常反对这个提议，他们说，我不过是个小孩子，有些想法只是心血来潮，坚持不了多久我就会放弃。他们把这件事的每个层面都讨论了一番，杜立德医生诚恳地跟我爸爸提了一个建议，"您看这样行吗？先让小斯塔宾斯来我这边待上两年。两年的时间，足够他弄清楚自己的兴趣所在。与此同时，我也会不遗余力地教他读书识字，还会教他一些算数。"

我爸爸摇着头，"我说不上来。您这个提议非常好，但是我希望小汤米学一门养家糊口的手艺。"

"关键问题是，"妈妈好像下定了决心，"你也清楚，镇上读书的孩子们要在学校里待到十四五岁。难道我们的汤米不能花两年时间去接受教育？只要他能认真地读书写字，这两年就过得很有意义。当然了，上帝呀，"她拿出手绢，哽咽着，"汤米一走，这个家会冷清成什么样子……"

杜立德医生急忙安慰妈妈，"斯塔宾斯太太，我可以向您保证，他能经常回家看望您。再说了他离得并不远，您也可以每天来看看他。"

最终，我爸爸做出了让步，这件事就这么定下：未来两年，我住在杜立德医生家，为他干活，作为交换，他为我提供免费食宿，并教我读书识字。

杜立德医生还补充说："等我手里宽裕了，我会给小汤米买些衣服，不过这事没个定准，我有时候会有一些钱，有时候身无分文。"

妈妈抹干净眼泪："医生您真是个好人，汤米能遇到您，真是太幸运了。"

虽然我只是个没心没肺的小屁孩，但我还是凑到杜立德医生耳边偷偷地说："您别忘告诉我爸妈，以后出门的时候要带上我一起。"

杜立德医生果然补充说："因为工作的需要，我会经常出门，如果我带上汤米，你们会同意吧？"

这突如其来的消息吓得妈妈赶紧抬起头，她开始焦虑不安。我站在杜立德医生的后面，心跳得像打鼓，屏气敛息，等着爸爸开口回答。

过了好一阵子，爸爸才慢条斯理地说："既然我们已经同意让他跟着你，他的一切事都由你做主，我们没有权利反对。"

啊！太好了！

这一刻，我绝对是全世界最快乐的男孩！终于美梦成真！我实在按捺不住内心的狂喜，在客厅里疯狂地蹦蹦跳跳！我终于有机会出门远航，去外面的世界闯一闯了！

好久之前，波莉尼西亚就跟我说过，杜立德医生在家里待的时间从来都不会超过六个月。未来半个月内，他肯定会动身出门。而我，汤米·斯塔宾斯，将会和他一起远航！异国他乡……漂洋过海……啊，想一想！

从这天开始，我不再仅仅是穷皮匠雅各布·斯塔宾斯的儿子。走过镇上最热闹的那条街时，我昂首挺胸，老狗吉扑紧紧跟在我的身后。以前那些总是用鄙夷的眼神看着我、嘲笑我家贫穷的男孩子，现在全都指着我悄声议论说："看呀，他才十岁，就是鼎鼎有名的杜立德医生的助手！"

这算什么！如果知道我能跟吉扑边走边聊天，他们估计惊讶得眼珠子都要瞪出来！

过了两天，杜立德医生有些沮丧地告诉我："斯塔宾斯，我试了很多贝类，贻贝、文蛤、牡蛎、海螺、鸟蛤、扇贝还有七个科属的螃蟹和所有类别的龙虾，毫无进展。看来对贝类语言的研究不得不暂时搁置，只能以后再试了。我回来很长一段时间了，而外面还有很多事等待我去处理。斯塔宾斯，我在考虑出门远行。"

我有点儿激动："什么时候出发？"

"这个，得等那只紫羽天堂鸟带回长箭给我的回信再说。按理说，它应该十天前就到了，上帝保佑它一路平安。"

我问："在出发之前，我们是不是应该准备一条船。这一两天之内，天堂鸟就到了，与此同时，为了顺利出发，我们还有很多事要做。"

杜立德医生点点头，赞同我的意见，"的确是这样。我们需要去拜访一下采蚌人老乔，他知道很多关于船只的事情。"

"我也要去。"吉扑立即站了起来。

"好好好！"医生同意了，我们三个很快赶到了老乔家。

听清楚我们的来意，老乔说他刚刚买下了一只船，他愿意只卖一点钱将它出售给我们，不过这条船需要至少三个人才能驾驶。他带我们从一条小路来到河边，那艘船就停在那里，船身上刻着名字——克鲁号。它真是我见过的最漂亮可爱的小船，但现在关键的问题是，只有我和杜立德医生两个人，我们还差一个人才能开得动这艘船。

杜立德医生说："我肯定要带上奇奇，尽管它聪明伶俐但没有人力气大。这样看来，我们的确还需要一个人来帮忙开船。"

老乔说："我知道一个人，他是个技术一流的水手。"

"不，我请不起海员。另外，海员们讲究条条框框，他们肯定会妨碍我。我只想按照我的规则行事。嗯，到底谁是合适的人选呢？"

我提议道："卖猫狗食物的马修，可以吗？"

医生摇头："他人不错，但他有风湿病，不利于海上航行。我们须得仔细挑选，看带谁去最合适。"

"隐士路克？"

医生叫起来："太好了！这是个好主意，他是最合适不过的人选，我们这就去找他吧。"

第九章

路克的秘密

　　路克是个非常古怪的人，他离群索居，在沼泽地搭了一个很小的窝棚，身边只有一条对他忠心耿耿的虎斑斗牛犬。没有人知道他的来历和姓氏，大家都管他叫"隐士路克"。他从不到镇上来，也很少跟人交流。要是谁靠近小窝棚，斗牛犬就会龇牙咧嘴地叫嚷着把人撵走。尽管如此，我和杜立德医生还是经常到沼泽地的窝棚拜访路克。那条斗牛犬的名字叫鲍勃，它知道我们是路克的朋友，从来不对我们汪汪乱叫。

　　这天下午，路上吹着冷飕飕的东风。我们穿过沼泽去找路克，快靠近小屋的时候，吉扑警觉地竖起耳朵，纳闷地说："奇怪！"

　　医生问："哪里怪了？"

　　"按理说，鲍勃早就听到或者闻到我来了，但它没有出来迎接我们。那里好像有什么声音，听上去很奇怪！"

　　"好像是门发出的嘎吱声，也许是房门在响。从我们这个角度看不见门，门在那一头，还有点距离。"医生解释说。

　　吉扑说："希望鲍勃没有生病。"它汪汪大叫了一声，希望能听到鲍勃的回应。但我们听到的，仅有这片盐碱地上横扫而过的风声。

　　我们加快脚步，走到小屋一看，门被风吹得咯吱作响，屋内空荡荡的，一个人影也没有。

我猜测："路克出去散步了？"

杜立德医生陷入了沉思，"一般情况下，他不会出门，即便出门散步，也不可能任由门这样开着。看来是出事了，吉扑，你在干什么？"

"没，没什么。"吉扑说着，低着头在屋内四处小心观察。

忽然，医生严肃地说："吉扑！过来！你肯定有东西瞒着我们。你发现了一些东西，或者推测这里出了什么事，对不对？告诉我！路克在哪里！"

吉扑吞吞吐吐地说："我……我不知道！"它看起来非常不安，"我……不知道他在哪。"

"你知道！我从你的眼神早就看出来了。到底怎么了！"

吉扑不肯说，杜立德医生接连问了它十几分钟，它还是一言不发。

最后，杜立德医生只好说："路克不见了，我们站在这里吹冷风也起不了什么作用，还是先回家吃午饭，从长计议。"

我们穿好外套往回走，吉扑走在前面，杜立德医生小声地对我说："吉扑肯定知道些什么，它大概知道发生了什么事。这十年来它和我无话不谈，现在它居然不肯告诉我，这太奇怪了！"

"您的意思是说，吉扑知道路克的全部秘密，就连镇上那些人讨论的关于他的身世，它也知道？"

杜立德医生缓缓地分析说："如果它知道，我觉得这没什么好奇怪的。我们发现小屋没人那一瞬，我留意到吉扑的表情有点古怪。它趴在地上嗅来嗅去，肯定知道了什么，但它就是不肯告诉我们。吉扑！过来！咦，吉扑呢？它不是跑在我们前面吗？"

我叫了起来，"吉扑！我亲眼看到的，它刚才就在那里。怎么就没影了呢？吉扑——吉扑——"

我和医生喊了半天，又返回小屋找了找，始终没发现吉扑的踪影。

我说："它可能抢在我们前面回家了。它以前也经常这么干的。一进家

门，我们准能看见它。"

杜立德医生对我的话毫不在意，他紧了紧衣领，大步朝前走，一边走还一边自言自语道："奇怪！太奇怪了！"

我们刚进家门，杜立德医生就问迎面而来的拍拍，"吉扑回来了没有？"

"没有。"

"它一回来，立即通知我。有劳了！"医生说着，挂好了帽子。

我们进了厨房，坐在餐桌前准备用餐。前门突然传来一阵激烈的敲门声，我拉开门，吉扑慌慌张张地跑进来，它大声嚷嚷道："医生，我有话要告诉您，请到书房来。快，没时间了！就您和斯塔宾斯，其他的不能进来！"

说话间，我们进了图书室，吉扑关上门，还叮嘱说："锁好门！看看窗户那，有没有谁在偷听！"

医生说："放心，谁也听不见。到底怎么回事，快说！"

吉扑跑得太快了，说话有点上气不接下气，"好的好的，我说。隐士路克的事我全知道，是他的狗鲍勃告诉我的，但我发过誓，不会告诉任何人，请原谅，我得严格保守秘密。但现在情况紧急，我不得不说。我们一定要救路克！刚才在沼泽地，我顺着鲍勃的气味找到了它，我问它能不能说，'告诉医生，说不定他能帮上忙。'鲍勃说，'可以说了，因为——'"

杜立德医生叫起来，"上帝哎！拜托，吉扑，先捡要紧的说，到底出了什么事？隐士路克到底在哪儿？"

"监狱！路克在监狱里！"吉扑喊道。

"监狱！怎么了？他到底干了什么事？"

吉扑跑到门口，在门底下闻来闻去，直到确定没人偷听，才轻轻回到医生身边，压低了声音说："有个人被他杀了！"

"上帝呀！"杜立德医生大惊失色地叫了一声，重重跌落在椅子上，找出手绢擦擦额头，追问道："什么时候的事？"

"十五年前，路克在墨西哥的一个金矿上杀了人，从此他剃掉胡子，藏在荒无人烟的沼泽地，离群索居，避免被指认出来。但上个星期，镇上来了一批新警察，他们听说路克住在沼泽地，就怀疑他是十五年前那桩墨西哥金矿谋杀案的凶手。于是，他们去了窝棚，通过路克胳膊上的痣，确定他就是真凶并把他投进了监狱。"

"上帝呀！上帝呀！"医生自言自语，"简直难以置信！路克，一个哲人，居然杀了人！"

吉扑如实转告："很遗憾，这是真的。鲍勃告诉我，当时它也在，它目睹了事情的全部过程。它说路克当时身不由己，他迫不得已才这么做的。"

医生问："鲍勃呢？它在哪里？"

"鲍勃就在监狱里面，守在路克的牢房前，不吃不喝。医生，您能去看看吗？今天下午两点开庭审判。鲍勃说，一旦他们证明路克有罪，路克就会被处死或者判终身监禁。拜托您去告诉法官大人，路克是个好人，说不定他们就会把他放了。"

杜立德医生站起来往外走，"我肯定要去一趟，但我去了恐怕也做不了什么。"忽然，他迟疑地转过身，出神地想了想。随后，他出了门，我和吉扑立即紧紧跟了上去。

[第十章]
斗牛犬当证人

拍拍见我们还没吃饭又要出门，急忙往我们的口袋里塞了几个冷猪肉派，叮嘱我们在路上吃。

等我们赶到泥塘镇法院时，门口早已挤满了人。巡回法庭每三个月开一次庭审，那些从伦敦赶来的大法官团会提审往日里拘押的小偷和坏蛋。平时大家要是有空，就会赶来旁听看热闹。而今天，正是巡回法庭开庭的日子。

隐士路克杀人的消息在镇上流传开了，那些流传多年的小道消息也将揭开面纱，因此，全镇的人几乎都来了，原本宽阔的街道挤满了人，行走困难。要不是跟着杜立德医生，我恐怕永远也不可能从里三层外三层的人群中穿过去。我将医生的燕尾服后摆紧紧攥在手里，顺利走进了监狱大门。

门口站着一个高个子男人，穿着一件带黄铜扣子的蓝色制服。他告诉杜立德医生，要征得监狱长同意才能探望囚犯。

我们顺着走廊前往监狱长办公室，我问杜立德医生："刚才和您说话的那个人是做什么的呀？"

"警察，就是负责维持秩序的人。"

我们很快到了监狱长办公室。杜立德医生跟监狱长说了几句，监狱长唤来一个警察带领我们去关押路克的那间牢房。我见到了鲍勃，它悲伤地冲我们摇了摇尾巴。警察掏出钥匙，打开房门，我们进去后，他转身将我们锁在里面，告诉我们等谈话结束，他会放我们出去。

这是我第一次走进真正的监狱，门一关上，我的心怦怦地剧烈跳动，手也开始发抖。被关在这样一间阴冷、窄小、昏暗的房子里，那是什么感觉！

这里太暗了，过了好一会儿我才看清楚墙上有一个小小的、安装了铁栏杆的窗户，窗户下摆放着一张矮矮的木板床。路克坐在床上，低着头，呆呆地注视着两腿间的地面。

杜立德医生温和地说："路克，看起来他们连光线也不舍得多给你一点儿，我说的对吗？"

路克的目光慢吞吞地从地板上移过来，他抬起头问："杜立德医生，是什么风把你吹到这里来了？"

"我应该早点来看你，但是我几分钟前才知道发生了这样的事。我去小木屋找你，想问问你愿不愿意出一趟远门，发现你那儿空荡荡的，没想到你竟然遇到了这么大的难题，我来看看能不能帮上什么忙。"

"他们最终还是抓住了我，已经这样了，没办法了。"路克摇头，他僵硬地站起来，在房间里踱来踱去，"早被抓早安心。这些年我一直提心吊胆，害怕被抓，都不敢跟人说话。我很高兴被抓，这一切终于可以有个了结了。"

杜立德医生和路克谈了大半个小时，他竭尽全力地劝解路克振作起来。我坐在旁边，绞尽脑汁想自己该说点什么或者做点什么。最后，我们敲了敲门，那个警察过来把我们放了出来。

杜立德医生用狗的语言对牢房外的斗牛犬鲍勃说："跟我出来，我有事要问你。"

我们沿着通往法院的走廊一边走一边聊。

鲍勃迫不及待地问："医生，路克怎么样？"

"他心里很难受，但身体一切都好。鲍勃，你告诉我，那个人被杀时你也在现场对吗？我没时间听你说太多，审讯马上开始，法官和律师已经

就位。鲍勃，现在听我说，一会儿我进法庭的时候，你要紧紧跟在我后面，我让你干什么你就干什么。不能吵闹喧哗！如果有人对路克说了难听的话，不准咬人。你现在唯一要做的事就是绝对保持安静和如实回答我提出的任何问题。听明白了吗？"

鲍勃有些担心："医生，我完全明白，但是这样做我的主人就能被释放吗？他是个好人，这世上再也没有比他更好的人了。"

"鲍勃，我会尽我的全力。不过这种事我做起来也很生疏，甚至不敢断定法官一定会同意我的办法。好了，马上要入庭了，记住我刚才说的话。看在上帝的份儿上，你千万别乱咬人，不然事情会被全部搞砸，我们都会被撵出去！"

法庭高大而气派，这里的一切看上去都庄严肃穆。法官席上坐着一位德高望重的长者，他戴着一顶硕大无比的灰色假发套，穿着黑色长袍。法官席的下方，摆着一排巨大的长桌，那是律师席，座位上的律师都戴着白色的假发。

杜立德医生悄声对我说："那边的十二个人，看见了吗？就是看上去像合唱团的那些人，他们是陪审团成员，由他们来决定路克是不是有罪。"

我说："快看，路克来了！他站在那个类似教堂里讲道坛的地方，身边一左一右站了两个警察。他对面也有个讲道坛，不过那里没有人。"

"那叫'证人席'。我要过去跟一位带着白色假发的说句话，你留在这里，抓牢鲍勃的项圈，看好它和我们的座位。"医生说完，很快消失在人群里。

随后，法官大人拿起一个蛮有意思的小木槌，在桌上敲了敲。法庭立刻安静下来，鸦雀无声，所有人屏气凝神。紧接着，一个身穿黑袍的人站起来，宣读他手里的文件。他说话的声音含含糊糊，只看得见他嘴巴在动，听不清楚他到底在说什么，真让人怀疑他是在向上帝祷告而故意不让人听清楚他祷告的内容。我费尽力气，才辨认出几个字：

"嗯……隐士路克……因为……杀死名为'蓝胡子'的同伴……嗯……深夜……墨西哥……根据女王陛下……嗯……"

这时，我感觉胳膊被人抓住了，回头一看，杜立德医生过来了，他身边还站着一个戴白色假发的人。

"斯塔宾斯，这是詹金斯先生，路克的律师。他的工作任务就是让路克无罪释放。"杜立德医生告诉我说。

詹金斯先生长着一张娃娃脸，看起来像个大男孩。他跟我握握手，又转过身继续跟医生交谈。

"这个主意太棒了！"他激动地说，"作为唯一的目击证人，那条狗绝对能被允许出庭。杜立德医生，我很高兴您能来。遇到这样好玩的事儿，我得向您脱帽致敬！这些巡回法庭总是一板一眼，死气沉沉。哈哈，现在要大变样了！一条斗牛犬出庭作证！呀，要是今天能来很多记者就好了，哈哈，那边有个记者正在给路人拍照。今天之后我将扬名立万，老康奇会气成什么样子呢？真让人期待！"

詹金斯捂着嘴，使劲憋住笑。但他的眼睛转来转去，明显是一副看好戏的样子。

我好奇地问杜立德医生谁是老康奇。

他说："嘘！小声点，老康奇就是坐在上面的大法官。"

詹金斯掏出一个笔记本，"杜立德医生，麻烦您给我说说您的情况。据说您是在伦敦大学修得博士学位？您最新的著作叫什么名字……"

他们压低了声音，我什么也听不见，只好四处张望。不停有人进入证人席，回答律师们关于二十九号夜里的问题。那些律师当中，有一个人不停提问，他所有的问题好像都是为了证明路克这个人到底有多坏。这个长鼻子的人真是太可恶了！

可怜的路克，他低着头坐在那里，盯着眼前的地板，好像周围的事跟他无关。我注意到，他唯一一次的震动是那个小个子男人出现在证人席上的时候。小个子男人皮肤黝黑，邪恶的眼睛里居然噙满泪水。他刚走进法庭，一直趴在我下面的鲍勃忍不住低吼，与此同时，路克的眼里也充满了愤怒和鄙视。

这人自报家门，叫门杜萨。他说当年蓝胡子被害后，是他报警将警察带到了矿上。他每说一句，鲍勃就咬牙切齿地哼哼，"骗子！撒谎！我要撕破他的脸！"

杜立德医生和我费了很大的力气才将它牢牢按住。

过了一会儿，我看见詹金斯先生站在律师席上。他站起来对法官说："法官大人！请允许我们传召博物学家杜立德博士为被告辩护。博士，请您入证人席就座。"

杜立德医生穿过人群走向证人席，整个法庭炸开了锅，人们交头接耳地议论起来，说话声越来越大。长鼻子律师侧过身和一位律师小声地说着什么，脸上挂着欠扁的奸笑。

接下来，詹金斯先生大声地朝杜立德医生提了一大串关于医生个人的问题，最后他才大声问道："杜立德博士，传言你能听懂狗说话，并让狗听懂你的话？对吗？您可以对上帝发誓吗？"

"是的，我可以发誓。"

这时，法官大人用严肃而平静的语气问道："我不得不插一句，你们说的这些跟本案……呃，到底有什么关系？"

"法官大人，是这样的，法庭里有一只斗牛犬，它是当年这桩惨案的唯一目击证人。如果法庭许可，我将传召斗牛犬出庭作证，在杜立德博士的帮助下，当众回答提问。"詹金斯先生的态度庄严肃穆，犹如站在剧院舞台上进行表演一般。

[第十一章]
为胜利欢呼

话音刚落，整个法庭陷入一片死寂。顷刻，人们又俯首帖耳地议论起来，嗡嗡声越来越大，好像法庭里招来了一大群蜜蜂。大多数人觉得不可思议，有人觉得可笑，也有人勃然大怒。

长鼻子律师腾地从座位上跳起来，他晃动着手臂，大喊大叫道："我抗议！我反对！法庭的尊严不容践踏！"

法官大人冷冷地回绝他："我会维护法庭的尊严，不劳你费心。"

詹金斯先生再次站起来，请求发言："法官大人，如果您对我刚才提到的询问方式有所怀疑，只要您同意，杜立德博士愿意当庭展示他与动物的沟通能力，以证明我所言非虚。法官大人，您不会反对我这个提议吧？"

所有人都安静下来，屏住呼吸等待法官大人的回答。一抹玩味的神色从这位德高望重的法官眼底闪过，"哦，我找不到反对的理由。"他转向杜立德医生，问，"你很清楚你在做什么，对吧？"

"是的，法官大人，我非常有把握。"杜立德医生回答说。

"很好，如果你能向我们证明你的确具有跟动物沟通的能力，那么我干吗反对听取斗牛犬的证词呢？本庭允许斗牛犬出庭作证。不过，杜立德博士，我警告你，如果你打算扰乱法庭，你将承受无法承受的后果。"

那位长鼻子律师又跳起来大叫："我抗议！我抗议！这是丑闻，是对法

庭的污蔑！"

法官大人厉声高喝："坐下！"

杜立德医生问："法官大人，您打算让我跟哪个动物交谈？"

"和我的狗，它就在外面的衣帽间。一会儿会有人带它进来，你到底有什么本事，让我们拭目以待。"

法官吩咐一个人把他的狗牵进来。它是一条俄罗斯牧羊犬，四肢发达，毛发蓬松，举止高贵优雅，十分讨人喜爱。

法官大人问："杜立德博士，你见过它吗？请注意，你在证人席说的每一句话不得有半点虚假。"

"法官大人，我从没见过它。"

"很好，昨天晚上我用餐时，它就在我身边，你问问它我昨晚都吃了什么。"

于是，杜立德医生汪汪叫着，连带比画一起，跟那条狗聊了起来。他们说了很长时间，杜立德医生好像听入迷了，他嗤嗤地笑了，完全将法庭抛之脑后。

坐在我面前的一个胖妇人嘟哝起来："这么久了！他这是装模作样！他肯定没听懂！谁能和狗说话，他这是把我们当小孩子耍！"

法官大人也按捺不住了，"你问完了吗？不过是问问我晚餐吃了什么，好像不需要花太长时间呀。"

杜立德医生说："法官大人，晚餐的事早就说完了，它又告诉我你饭后做了什么……"

"别说那些了，说说它的答案。"

"它说，您吃了一小块羊排，两个焗马铃薯和一个腌制胡萝卜，对了，还喝了一杯麦酒。"

杜立德医生刚说完：法官大人惊讶得脸都白了，他自言自语道："怎么可能！完全是魔法！我做梦都无法预料……"

杜立德医生接着往下说："晚餐之后，您去看了一场职业拳击比赛，接着玩了纸牌，一直玩到十二点钟结束，回家的路上，您还唱了歌：'我们不会获得——'"

"好了好了！"法官大人急急忙忙打断了杜立德医生，"我已经确认，您确实能听懂动物的话。本庭宣布，犯人的狗可以作为证人出庭。"

公诉人突然尖叫起来："我抗议！我反对！这是……"

法官大人吼叫起来："坐下！我决定了要听取狗的证词，带证人出庭！"

于是，在神圣的英国历史上，在庄严的巡回法庭上，破天荒第一次，一条狗出庭作证！而我，汤米·斯塔宾斯，一看见杜立德医生的手势，便昂首挺胸地牵着鲍勃从走道出来，穿过目瞪口呆的围观群众，从长鼻子律师跟前走过，把它带上证人席。它舒舒服服地坐在高高的椅子上，愤怒地看着早已目瞪口呆的陪审团成员。

审讯继续，詹金斯先生告诉医生，他需要鲍勃陈述"二十九日晚上"它看见的事情经过。鲍勃将它的所见所闻告诉杜立德医生，杜立德医生再用英语转述出来。以下，就是鲍勃陈述的案情经过：

"一八二四年十一月二十九日夜里，我和我的主人路克一起住在墨西哥的矿上，当时还有两个人，一个叫曼纽尔·门杜萨，另一个叫威廉·博格斯，大家又喊他'蓝胡子比尔'。他们三个在一起挖金矿，挖了一口很深的井。二十九号这天晚上，他们挖出了很多金子，高兴坏了。这时，门杜萨找了个借口喊走了蓝胡子比尔。我早就觉得他们两个不是好人，便偷偷跟了上去。他们俩走到一个很深的山洞里，商量说杀死我的主人，瓜分主人的金子。"

这时，法官插话说："证人门杜萨呢？看好他，别让他逃了！"

可是那个坏家伙趁人不注意偷偷溜走了，从此再也没在泥塘镇出现过。

鲍勃接着往下说："后来，我跑回主人身边，千方百计地想告诉主人，那两个人想害他。没用，他听不懂狗的语言。于是，我只得寸步不移地跟在他身后。他们挖出的矿井很深，需要用一根长绳子拴住一个大桶，上去下来都得依靠这个大桶。他们轮流干活，一个拉上来后另一个人才下去，井底的金子也是这样装在桶里送上来的。大概晚上七点，我的主人在上面，用力拉绳子，蓝胡子比尔坐在大桶里。拉到一半的时候，门杜萨从工棚里走了出来。他看见我的主人在用力拉，以为拉上来的是金子，他掏出手枪，悄悄从主人背后走过去，打算开枪。我拼命地叫，发出警告，但主人正用尽全力拉蓝胡子比尔上来，根本没注意到我的警示。如果再不采取行动，我的主人就会被打死。于是，我冲上去，对准主人的腿狠狠咬了一口。主人疼得要命，下意识地松开了手里的绳子，回过头来。这时，扑通一声，那只装着比尔的木桶跌落下去，就这样，比尔摔死了。

我的主人只顾着骂我，门杜萨收好枪，朝底下看了看，他叫嚷起来，'上帝呀！你杀了蓝胡子比尔，我要去报警！'门杜萨希望我的主人被抓起来，这样所有的金子就归他所有了。他跳上马，去报警了。我的主人开始害怕，如果门杜萨胡编乱造，看起来就像是他杀了比尔。趁着门杜萨不在，主人带着我跑了。我们到了英国泥塘镇，主人刮了胡子，住到沼泽地，成了隐士路克，我们躲躲藏藏了整整十五年。以上是我的全部证词，我发誓，我说的全是实话。"

听完杜立德医生转述的证词，全体陪审团成员激动不已。一位白发苍苍的老人想到路克十五年躲藏在沼泽地的遭遇，忍不住掉下眼泪。其他人也在低声议论，不时互相点头感慨。

这时，那位令人厌恶的公诉人跳出来，更加狂躁地挥舞双手，大喊大叫："我反对！证词无效，狗当然不会说出对自己主人不利的证词。我抗议！我反对！"

法官大人说："作为公诉人，你可以诘问、质疑，这是你的职责所在。狗就在那里，去问吧。"

长鼻子公诉人几乎抓狂。他看看鲍勃，又看看杜立德医生，再转过头又一次看见冲自己龇牙咧嘴的鲍勃。他的嘴巴张了张，却发不出任何声音，他的脸越来越红，只好无奈地挥舞着胳膊。最后，他揉揉额头，瘫坐在椅子上，让人架出了法庭。快要出门口的时候，他还在虚弱地念叨："我抗议……我反对……"

接着，法官大人向陪审团成员说了很长一段话。之后，十二位陪审团成员去了隔壁房间。杜立德医生将鲍勃从证人席上带下来，放在我身边。

我问他："那些陪审团干什么去了？"

"这是审讯的最后程序，他们去别的地方商议，判定罪犯是否有罪。"

"您和鲍勃也能参与讨论吗？你们可以帮助他们做出正确的决定呢。"

"这是不会被允许的。讨论必须秘密进行，有时候还要很久……上帝呀！他们出来了！太快了！"

法庭里立即安静下来，每个人回到座位。十二名陪审团成员重新回到陪审席位。他们之中的一个小个子站了起来，面向法官大人，准备讲话。大家都屏息敛气，整个法庭安静得出奇，甚至都能听到针掉到地上的声音。所有人，伸长脖子，竖起耳朵，期待着这个意义非凡的时刻。我和杜立德医生的心都卡到了嗓子眼，大气也不敢出。

小个子男士宣布："法官大人，陪审团全体成员一致裁定：被告无罪！"

"什么意思？"我急忙问杜立德医生。

这位尊敬的博物学家，像个小学生那样手舞足蹈，他大声喊着："无罪！路克自由了！"

我问："那么，他能和我们一起远航了，对吗？"

这时，整个法庭都沸腾了，我完全听不到杜立德医生的回答。无数人

像杜立德医生那样跳上了椅子，学着他的样子又喊又叫，冲着路克挥手，庆贺他获得自由。呼喊声震耳欲聋！

忽而，喧嚣奇迹般地消失了。人们站起来，用无比尊敬的目光目送法官大人慢慢走出法庭。审判结束了，这场著名的隐士路克杀人案，进入了泥塘镇的历史，成为了大家津津乐道的话题。

法官大人离开后不久，忽然传来一声尖叫。一个妇人站在法庭门口，朝路克伸出颤抖不已的双臂，她叫道："路克，终于让我找到你了！"

走在我前面的胖女人低声说："这是路克的妻子，他们十五年没见面了。可怜的人呢！太感人了，他们团聚了！我很高兴今天来参加审判，不然就看不到这样的场面了。"

人们将路克和他的妻子团团围住，不停地跟他们握手祝贺，为他们留下了高兴的眼泪。

杜立德医生拉住我，"走吧，斯塔宾斯，快离开这里，再不走就走不了了。"

"要不要跟路克说一声？我们不是还没问他愿不愿意跟我们一起远航吗？"

"不用说了。他和妻子刚刚团聚，没有人会在分别十五年后扔下妻子出门远行。走吧，我们该回家吃饭了。这一次总算没有白忙活，我们回去吃午餐和下午茶吧，嗯，来点西洋菜和火腿，怎么样？"

我们刚刚从侧门出去，法庭里面的人高声呼喊起来："杜立德医生！杜立德医生！你在哪里？如果没有杜立德医生，隐士路克早就被绞死了！有请杜立德医生，他在哪？"

一个人拦住了我们的去路："医生，大家都在找您。"

"对不起，我有急事。"杜立德医生回答。

那人大声说："那怎么行，我们是不会接受的，您一定要说几句！"

"请向大家传达我的谢意和问候，原谅我，我必须回家，我有个很重要的约会，绝不能失约。你们让路克说吧，来，斯塔宾斯，这边！"

我们刚出门口，就看见一群人站在边门等着。杜立德医生一边拉我飞跑，一边嘟囔道："上帝呀！走那边的巷子，左边！快！快跑！"

我们一路狂奔，钻进了几条弯弯绕绕的小胡同，才成功摆脱了追赶的人群。直到拐到牛庄路，我们才敢停下来大口喘气。回到家门口的时候，我扭头朝法庭方向看了看，一阵热烈的欢呼随着晚风隐隐约约传来："为隐士路克三呼，万岁！万岁！万岁！为忠犬鲍勃三呼，万岁！万岁！万岁！为杜立德博士三呼，万岁！万岁！万岁——"

[第十二章]
长箭离奇失踪

波莉尼西亚站在门口等待。看样子，她有紧急情报，"谢天谢地，你可算回来了，天堂鸟米兰达到了！"

杜立德医生很兴奋，"终于来了！我还担心它会不会出事，米兰达还好吧？"

他兴冲冲地掏出钥匙开门，看他那兴奋劲儿，我就知道吃不成下午茶了。

波莉尼西亚说："它看上去还行，但毕竟飞了那么远的路，难免疲惫。你猜怎么回事！老齐普赛，那只麻雀，米兰达刚到它就对人家破口大骂，我赶到时，米兰达气得眼泪汪汪的，它说它今晚就回巴西。我好说歹说才把它劝住，它在书房等你。我已经将老齐普赛关进书柜，我警告它，等你回来，我会将事情经过如实相告。"

杜立德医生的眉头轻轻皱了皱，随后急冲冲进了书房。天快黑了，书房里点了一支蜡烛，拍拍正站在关押了老齐普赛的书柜前。这个闯祸的家伙，还在不服气地蹦蹦跳跳。

大书桌中央的墨台上，一只鸟儿正在休息。它是我这辈子见过的最美丽的小鸟，胸脯上长着深紫蓝色绒羽，翅膀鲜红，还有一根长长的金色尾羽。它睡着了，头埋在翅膀下面，身体还在轻轻摇摆着。

拍拍悄声说:"嘘!看在上帝的份儿上,把老齐普赛这个魔头打发走吧。这家伙无法无天,谁也不知道它还会干什么坏事,它除了惹人厌之外一无是处。我们绞尽脑汁,才把米兰达留下来。医生,需要我把茶点端来吗?还是等您处理好这些事后自己到厨房就餐?"

杜立德医生说:"回头我们自己去厨房吧。拍拍,请你先把老齐普赛放出来,谢谢!"

拍拍打开书柜,老齐普赛一副满不在乎的样子走了出来。

杜立德医生严厉地问:"老齐普赛,米兰达刚到的时候,你到底对它说了什么?"

"医生,我真的什么也没说。呃,没说——太多。当时我在花园小路找东西吃,它威风凛凛地走了进来,那样子,好像整个大地都是它的。不过多长几根花里胡哨的羽毛,我可是从伦敦来的麻雀,哪里比不过它!我反正看不上这些俗艳的外国鸟,它们为什么不在自己的国家好好待着。于是,我就说,'您干吗到英国的一个小花园来,最好还是去那种卖太太小姐们帽子的商店橱窗待着吧。'真的,我只说了这些。"

"老齐普赛!难道你不该为自己的话感到脸红吗?米兰达千里迢迢赶来,刚到就被你的无理取闹伤透了心。如果我没回来它就走了,我永远也不会原谅你。请你立即出去!"

老齐普赛有点难为情,它尽量装出毫不在意的样子,一蹦一跳走了出去。拍拍随手关上房门。杜立德医生轻轻在米兰达的后背上抚摩了两下,米兰达的小脑袋从翅膀下面抬了起来。

医生说:"我为今天发生的事感到遗憾。米兰达,你没必要跟老齐普赛一般见识。它是城市鸟,为了谋生免不了叽叽喳喳争吵不休。原谅它吧,它不懂事。"

米兰达疲惫地舒展羽翼,举止优雅得体,它的嘴巴微微颤抖,眼里噙

着泪水。它用银铃般的声音说："我太累了，要不然也不会跟它生那么大的气。路上出了一些事，我本身心情就不太好。这一路，天气糟糕透了。不管怎么说，总算到了。"

医生问："请你告诉我，你将我的信带给长箭后，他都说了什么？"

米兰达无力地垂下头，"这才是最糟糕的。我没用，长箭失踪了，我找不到他。"

"失踪？怎么回事？出什么事了？"医生大惊失色地叫起来。

"我跟您说过，长箭的行踪飘忽不定，那些印第安人都不知道他住在哪里。以前我要找他，会问问猫头鹰和燕子。但这一次，就连它们也不知道长箭的下落。我到处打听，飞遍了美洲的每个角落，只要能说话的，都被我问了一遍，但是谁也不知道他在哪里。"

米兰达说完，大家都默不作声。杜立德医生习惯性地皱起眉头思考着。波莉尼西亚着急地挠头，它问："你跟黑金刚鹦鹉打听过吗？它们什么都懂。"

"早就问过了。到处都找不到长箭，我心烦意乱，忘了启程前先看看天气好坏。经过亚速尔群岛时，我忘了现在时间不对，都没停下来歇歇脚，直接朝布罗陀海峡飞去，飞到大西洋中部时，遇到了恐怖的风暴。幸运的是，风暴减小的时候，我在海面上找到了一块破帆船板子，在上面休息了片刻。否则，我恐怕再也不能站在这里跟你们说这些了。"

"可怜的米兰达！你受苦了！你知道长箭失踪前，最后一次出现的地方吗？"

"蜘蛛猴岛，这个岛不小，长达一百多里。长箭好像是去拜访当地某个印第安人部落。一只驯养的鹰告诉我，人们最后一次见到长箭时，他正要上山寻找某种稀有的药材。"

"没有见到他从山里出来？"

"没有。这就是我所知道的最后的消息了。我问了海鸟长箭是不是坐船离开了，但它什么都不知道。"

杜立德医生很担忧，"你觉得，长箭是不是出事了？"

米兰达轻轻点头，"恐怕是的。"

杜立德医生慢慢地说："不能跟长箭会面，这是我一生最大的遗憾。如果长箭真的出事对于全人类来说，将是个巨大的损失。从你告诉我的情况分析，我们所有人掌握的自然科学知识加起来都没有长箭一个人知道得多。如果他真的去世了，一肚子的学问没有被记录下来用以造福人类，这将是多么遗憾的一件事！米兰达，你不会相信长箭真的死了，对吗？"

米兰达眼泪汪汪，它悲伤地说："整整六个月，无论飞禽走兽，还是海里的动物，都没有他的消息，我还能怎么想！"

[第十三章]
蜘蛛猴岛

听了米兰达带来的消息，大家的心情变得很沉重。杜立德医生端着茶杯出神，一言不发。吃饭的时候，他的魂好像飘走了一般，两只眼睛怔怔地看着桌布上的圆点。拍拍密切留意着医生的一举一动，它刻意咳嗽一声或者将洗碗池里的锅碗瓢盆弄出声音，将医生惊醒。

我想让他高兴起来，主动说起了他为给隐士路克洗刷罪行在法庭上的作为。但医生似乎不为所动，我又提起为远航做准备的事来。

"斯塔宾斯，我不知道该去哪里了。本来我打算去拜访长箭，这次旅行我期盼了整整一年！我认为长箭对我学习贝类语言一定有帮助，说不定他还能帮我想出潜入水底的办法。但米兰达的消息实在太令我迷茫了，长箭不见了，他那一肚子学问也不见了，我该怎么办？"

杜立德医生说着说着，又是一副失魂落魄的样子了。

"我和长箭，都是自然科学爱好者，虽然从没见过面，但我觉得好像认识他很多年了。他没读过一天书，毕生都在用我所向往的方式探寻大自然的奥秘。他失踪了，而同时知道我和他的人，却只有一只鸟儿。"

杜立德医生坐在那里喃喃自语。吉扑找来了烟斗，他点燃了，很快大口大口抽起来，顷刻，房间烟雾缭绕。杜立德医生的精神，看上去好了点儿。

我趁机小心翼翼问他："医生，就算不找长箭，您还是会出门远航吧？"

医生热切地看着我，似乎看穿了我对这次旅行的期待。瞬间，他脸上又浮现出我熟悉的那种顽皮的笑容："斯塔宾斯，别担心，会去的。可怜的长箭不见了，但我们的工作和学习不能停止。但是我们去哪里呢？这是个问题。"

我有很多想去的地方，一时半会儿敲不定主意。这时，杜立德医生从躺椅中挺直上半身，对我说："斯塔宾斯，我知道了！我年轻的时候，经常玩一种'点到哪里去哪里'的游戏。每当我想出门旅行，就准备一本厚厚的地图册，闭上眼睛，拿笔在上面随便点，点到哪个地方我就去那个地方。太有趣了！最有意思的是，你得发誓，不管你点到哪里，都要想尽办法，一定要去那里。我们玩这个，怎么样？"

我兴奋地喊起来："玩！当然要玩！太酷了！我希望是中国，要不就是婆罗洲，或者巴格达！"

我快速爬上书柜，从最上面一层将那本巨大的地图册拖了出来，摆到杜立德医生面前。这本地图册，我几乎烂熟于心，甚至在想象中遨游了全世界。

杜立德医生仔细地削铅笔，我想到一个问题："要是点到了北极，怎么办？"

"没关系，游戏规则里有这么一条，曾经去过的地方不必再去，我们可以重新再选择一次。我已经去过北极，没有再去的必要了。"杜立德医生说得不动声色，而我已经惊讶得说不出话来。

良久，我才嚷嚷道："不是还没人去过北极吗？凡是人去过的地方，地图册上都会用最先到达那人的姓名标记出来，甚至连计划去那里的人的姓名都会标上去。如果您真的去过，为什么地图上没有将您的名字标记出来？"

"真的。一八〇九年四月，我到了北极，我刚到，就被北极熊们发现了。它们告诉我，冰雪覆盖之下，藏着丰富的煤炭资源。人类为了得到煤炭，什么事都做得出来，一旦他们来了北极，北极熊就会失去这唯一的家园。

因此，它们恳求我保守秘密。我希望北极熊能永远生活在这片乐园，我答应了它们，斯塔宾斯，你也必须保守这个秘密。当然了，那里以后还是会被人发现的。好了，斯塔宾斯，准备好了吗？拿起铅笔，站在桌边，翻动地图时，拿起笔在上空转三圈，再迅速点下来。来，闭上眼睛！"

我们都紧张得快喘不过气，心里七上八下。这种游戏实在太令人激动了！我和医生都闭上了眼睛，只听得哗的一声——地图册打开了，我在心里猜测翻到的位置：英国？亚洲？最好是亚洲！接着，我拿起铅笔在空中挥舞三次，点到地图上。

我大叫起来："好了！快看！"

我们睁开眼睛往前凑，砰的一声，两个脑袋撞到了一起。地图册打开的位置是南大西洋，我点的位置位于海洋正中心的一个小小的岛屿上。杜立德医生拿出眼镜仔细辨认，一字一顿地念道："蜘——蛛——猴——岛！"

念完后，他吹了一声口哨："哈哈！真是想不到，你竟然点到了长箭最后出现的地方。上帝呀！太巧了！"

我问："我们就去这里，对吗？"

"当然，这是游戏规则定下来的。"

我说："我很高兴，我没有点中牛庄路或者布里斯托等之类的地方。我们需要穿越海洋，这需要很长一段时间，需要走很远很远，对吗？"

杜立德医生笑了："只要船没事，顺风顺水，不到一个月就能抵达目的地。你不觉得这非比寻常吗？全世界那么多地方，你闭着眼睛挑出了蜘蛛猴岛。这一趟出门，我至少能有一个收获——逮一些'夹不里'昆虫。这种昆虫生活习性很特殊，全世界也只有三个地方能找到它们，蜘蛛猴岛便是其中之一。"

我好奇地问："小岛的名字后面为什么会有问号？"

"地图上标出的位置不是十分精确，只能确定它在那一带。看来我们有可能成为第一个踏上蜘蛛猴岛的外国人。不过，找到这个岛屿需要耗费不少精力。"

成为第一个登陆小岛的外国人！这好像是一个梦！

我叫起来："这将是一次了不起的旅行。那里有黑人吗？"

"没有，只有一个非常独特的印第安人部落。米兰达告诉我的。"

这时，可怜的米兰达被我们吵醒了。我们实在太兴奋，忘记说话时压低声音。

杜立德医生高兴地说："我们要去蜘蛛猴岛，米兰达，你知道它具体在哪里吗？"

美丽的天堂鸟回答说："我只知道我上次去的时候它的位置，但我说不准它现在还在不在那里。"

医生惊讶地问："什么意思？一个岛，总该待在一个固定的位置，不是吗？"

"并不总是这样。蜘蛛猴岛是一个浮岛，在靠近南美洲南部一带漂来漂去的。不过我相信我能找到它。"米兰达回答说。

浮岛！又是一件新鲜事！我再也控制不住自己激动的心情！我一定要找个人说一说！我连蹦带跳地跑出去，打算找奇奇，却在门口被拍拍绊倒了。它正用翅膀托着一个盘子走进来，和我撞到一起，摔成一团。

拍拍大叫起来："臭小子！你要去哪里，你疯了吗！"

我欢呼着跳起来，脚底像装了轮子一般跑起来，一边跑一边喊："去蜘蛛猴岛！万岁！哈哈！浮岛！"

管家拍拍爬起来，追着我骂："要我说，你需要去疯人院！你打碎了我最好的陶瓷！"

我兴奋过头了，以至于没有将它的话听进去。我一路跑着跳着，奔进厨房找奇奇。

[第十四章]
第三个人

接下来的几天，我们一直在为出航做准备。

为了方便我们装行李，采蚌人老乔已经将克鲁号开到码头，牢牢拴在河堤上。我们用了三天时间，将行李和食物搬上船，码得整整齐齐。

船里的舒适度早已超出我的想象，里面有三个小客舱，还有一个餐厅，下面有一层是货仓，存放了食物、备用帆船和别的杂物。大概是老乔将我们远航的消息传了出去，每天都有人来看我们往船上搬行李。

我的老朋友马修也来了，他一见到我们的船，就赞叹地说："了不得！汤米！你们的船很漂亮，这次医生计划去哪里？"

"蜘蛛猴岛。"我正要将几袋面粉扛到船上，得意扬扬地回答他。

"医生只带了你一个人？"

我说："他说了我们还需要一个人，但是到现在为止我们都还没确定合适的人选。"

马修自顾自地说了几句，眼睛眯成一条缝打量克鲁号。他说："汤米，如果没有这该死的风湿病，我真想跟医生一起远航。一看到船，我恨不得抛下一切出去旅行。你扛的这个铁桶，装的是什么？"

我乐滋滋地回答："蜜糖，整整二十磅哟。"

马修叹了口气，非常遗憾地转身走了，一边走还一边嘟哝着。

过了一会儿，又来了一个人。他长得五大三粗的，满脸红胡子，胳膊上全是文身。他吐了两口唾沫，抬起手背抹了抹嘴巴，冲我问道："小孩儿，船头儿在哪儿？"

"船头儿？什么船头儿？"

他指了指克鲁号，"船长——船长在哪儿？"

很巧，杜立德医生来了。他抱着一大堆笔记本、捕蝶网、玻璃罐子等跟博物学研究有关的东西。这人走向医生，用手碰了碰帽檐表示问候。

"您好船长，我听说您需要一个水手。我叫本·布切，是个海员。"

杜立德医生说："认识你真高兴。不过我雇不起多余的船员了。"

这位海上好手不肯走继续推销，他四处转悠，告诉我们他见过很多因为人手不够而导致的航海事故。他还拿出一张纸，企图证明自己是个非常优秀的水手。他诚恳地劝医生，说如果我们爱惜生命，就应该带上他。

但是杜立德医生态度坚决。这人失望地走了，临走前，他还说，他断定我们不会活着回到泥塘镇。

整整一上午，来访的人络绎不绝。我们都忙坏了。杜立德医生刚刚进船舱摆放那些小本子，又有一个黑人踏着跳板上船了。我以前见过的黑人，都在马戏团工作，他们穿着羽毛衣服，戴着头骨项链，身上还挂着别的稀奇古怪的东西。但眼前的这个人不一样，他穿着考究的双排扣大衣，头上戴着草帽，还打着一把绿色太阳伞，看上去非常时髦。不过，他的脚很奇怪，没有穿鞋子和袜子。

他彬彬有礼地朝我鞠躬："请问，这是杜立德医生的船吗？"

我回答说："是的，你找他有事？"

"嗯，请告诉他，'怪人快活国'的王子布木波·卡布布前来拜见。"

我立即跑去告诉医生。

杜立德医生愉快地叫起来，一边跌跌撞撞地爬上楼梯一边说："荣幸

之至！布木波是我的老朋友了，他从牛津大学跑这么远来看我！真是太好了！"

他跑上去，一把握住了黑人小伙子的手。黑人小伙子看起来也很高兴，他文绉绉地说："近日获知，杜立德医生即将远航，故而快马加鞭赶来，期待临别前得见一面。今日相见，实在大喜过望。"

杜立德医生说："你差点没赶上。因为我们人手不够被耽误了，要不然三天前我们就出发了。"

布木波王子问："不知尚缺几位船员？"

"一个，但难找到合适的人选。"

布木波王子感叹道："这是命运对我的召唤，我去，如何？"

医生叫起来："太好了！但是——你不能一走了之，扔掉学业。这该怎么办？"

"我需要度假，原本计划学期末离校三月有余。与您同行，有幸聆听先生教诲，无比荣幸。国王陛下时常教导，曰'读万卷书，行万里路'。先生学识渊博，才华横溢，与您结伴而行，求之不得！"

"你在牛津大学过得如何？"

"还行！代数使我头痛，鞋子让我双脚疼痛。今日一早，出了校门，我立即扔掉鞋子，快快地忘掉代数。"

医生低头，看着布木波赤裸的双脚，沉默了一会儿才说："到广阔的大自然汲取知识，跟在学校里接受教育同样重要。布木波，你完全符合我们的要求，我热烈欢迎你加入进来。"

这件事就这么定了下来。过了两天，一切准备就绪。吉扑强烈要求随行，杜立德医生只得答应。跟我们一起的，还有鹦鹉波莉尼西亚和猴子奇奇。母鸭拍拍被留下来看家和照顾家里所有的动物。

出门的时候，到了最后一刻，大家才想起来还有什么东西没带。最终，当大门锁上时，我们每个人身上都背着一堆奇怪的包裹。我们来到河堤，岸边有一大群人赶来给我们送行。

我的爸爸妈妈站在距离跳板最近的地方。妈妈叮嘱我一切小心，做事不能粗心大意。爸爸只是在我肩头拍了拍，说祝我好运。"再见"的滋味真不好受，好不容易告别结束，我们上了船。我们费尽力气又拉又扯，解开了缆绳。克鲁号顺着潮水缓缓前行，岸上的人冲我们呼喊着，挥手道别。入海之前，我们撞到了好几只小船，还在一个急转弯的泥潭中搁浅了一阵子。岸上的人看我们笨手笨脚的，哈哈大笑。但杜立德医生却不觉得尴尬，他说："即便是最正规的航行，也难免出现些小错误。反正到了大海，航行就会容易得多。"

终于，我们的小船驶过矗立在入海口的灯塔，距离陆地越来越远。头上是蓝天，脚下是大海，未来很长一段时间，这条船是我们的家。跟汪洋大海相比，克鲁号如此渺小，而它又如此温暖、舒适、安全。

杜立德医生掌舵，布木波在准备晚餐，奇奇正在船头整理绳子。我的任务则是将甲板上的东西系牢，避免被恶劣的天气弄得东倒西歪。吉扑蹲在船头，密切注意着海面上的动静。就这样，我们各司其职，保证克鲁号平安前行。

波莉尼西亚用绳子系住温度计，垂进海里，测量海水的温度，用以断定附近有没有冰山。它轻声嘀咕，说天色越来越暗，已经无法准确读出刻度了。

夜晚即将来临。啊！这是我在大海上的第一个夜晚呀！

［ 第十五章 ］
接二连三出岔子

快要吃晚饭的时候，布木波跟杜立德医生报告："船长，面粉布袋后藏着一名偷渡者！"他说的字正腔圆，一副专业航海人士的派头。

杜立德医生呻吟了一声："上帝呀！真叫人头疼！我不能离开船舱。斯塔宾斯，你和布木波一起去把那人带来吧。"

我和布木波到了底舱。在面粉袋子后面，站着一个浑身沾满面粉的人。用扫帚扫掉了他身上的面粉后，我才看清楚，这人竟然是马修！我和布木波打着喷嚏，将马修带到医生面前。

医生很惊讶："上帝呀！马修！你到船上做什么！"

这位卖猫狗食物的可怜人说："我实在太想远航了！我跟您提了很多次，外出的时候带我一起，您总是不肯答应。这次，我就先藏在船上，等出了海，您迟早会发现我的用途从而留下我。我一动不动地蹲在面粉袋子后面，犯了风湿病，非常难受，想换个姿势舒服点，刚伸腿，您的非洲大厨就进来了。哎呀！船晃得太厉害了！什么时候起了风暴？是不是海上的空气太潮湿，对我的风湿病是不是有点儿不好……"

"是极不好！亲爱的马修，你不该来，路程这么远，你会很难受的。经过彭赞斯港的时候，我会停一停，你在那里上岸吧。布木波，你去我的铺位找找，我的睡衣口袋里有几张地图，你把最小的一张带蓝色标记的拿给我。彭赞斯港位于我们船的左前方，驶向海岸前，我得知道灯塔的位置。"

"好的，船长！"布木波王子应声道，敏捷地转身走向楼梯。

杜立德医生异常严肃地说："马修，你在彭赞斯港下船，坐开往布里斯托的火车，那里距离泥塘镇不远。回去后要记得每周四给我家送食物，尤其是刚出生的小水貂，它们需要吃青鱼。"

我和奇奇开始点灯。在船的右舷挂上一盏绿灯笼，左舷挂红灯笼，桅杆上挂了一盏白灯笼。过了一会儿，传来扑通扑通的脚步声，杜立德医生说："布木波王子，终于等到你把地图拿来了！"

我们抬头一看，吓了一跳。来的人不止王子一个，而是三个！

布木波王子精神抖擞地说："报告船长！我发现了两名偷渡者，一男一女，他们藏在您的床铺下面。船长，这是您的地图！"

杜立德医生无力地拍打着自己的额头，"光线太暗，我看不清楚他们的脸。布木波，请你划一根火柴。"

居然是路克和他的妻子！

路克解释说，审判结束后，很多人跑来拜访，闹得他们过不上安宁日子。他们决定搬到一个新的地方开始新生活，但他们没有什么钱，只能偷偷上船，先到一个地方，再想办法去别的地方。可怜的路克不停地道歉，说不应该给我们添麻烦，还说这是他妻子出的馊主意。

杜立德医生拿来医药箱，给路克的妻子服用了一点提神的药，还给她嗅了嗅臭盐。他说，最好的办法就是借一些钱给他们，他们跟马修一起在彭赞斯港下船。他在彭赞斯有个朋友，他给路克写了一封信，让路克拿着信找这个朋友帮忙谋取一份工作。

说完这些，医生打开钱包，拿了几个金币出来。波莉尼西亚附在我耳边，嘀咕起来："又来了——把最后一分钱都送了人！三英镑十个便士，我们这次旅行的所有家当！现在我们连买一张邮票的钱都没有了。如果抛锚

了或者需要买一品脱焦油，该怎么办？唉！我们还是祈祷，船上的物资能撑到目的地。医生干吗不把船也送人！我们不如走回家好了！"

在地图的指引下，克鲁号改变航道，安全地驶入彭赞斯港口。杜立德医生灵活地操纵小船，绕过了礁石和险滩，这实在太神奇了。杜立德医生亲自划着小艇，将船上的几位偷渡者送上了岸，并安顿在一家小旅馆休息。办完这些事后，已经是后半夜，我们决定停在港湾休息，明早出发。

我很高兴终于能上床睡觉了，爬上位于杜立德医生铺位上方的床铺，拉过毯子，躺了下来。我手肘的位置刚好有一个小舷窗，能看到彭赞斯城的灯光。船在水面轻轻荡漾，灯光也随着起起伏伏。我很快进入了梦乡。

第二天早上，我正在享受布木波大厨做的美味早餐，杜立德医生说："汤米，你说说看，我们是在波浪岬稍作歇息还是一口气开到巴西海岸？米兰达说过，我们即将迎来至少四个星期的好天气。"

我从可可茶的杯底把糖舀出来，说："那我们趁着好天气一直往前开吧。天堂鸟每天都在等我们，是吧？如果我们一个月内还没到它肯定急坏了。"

"的确是这样。不过，波浪岬是一个很理想的歇脚地。如果我们需要补给或者检修，停在那里比较方便。"

我问："距离波浪岬还有多远的路程？"

"差不多六天。这件事我们回头再商量。接下来的两天不管我们行进速度如何，波浪岬和巴西海岸都是同一个方向。好了，汤米，如果你吃完了，我们就出发吧。"

我们走上甲板，克鲁号周围到处是灰白色的海鸥，它们在晨光中飞舞，寻找泊船里抛洒出来的食物残渣。这一次，我们顺利地驶入大海。沿途碰到了作业归来的捕鱼船队，他们像列队的士兵那样一字排开，红色船帆挂在上方，每条船都激起雪白的浪花，红白相映，煞是好看。

接下来的三四天，航程非常顺利，没有什么大事发生。杜立德医生教我和布木波轮流学习掌舵，教我们如何让船保持在航向上，并如何应对突发风向转变。为了保证船正常运行，我们采取了三班倒休制度，每个人可以睡足八个小时。波莉尼西亚是个非常称职的"老水手"。它时刻留意着船上的大钟，一到时间，就会毫不客气地飞进船舱，轻轻啄着我们的鼻子，直到我们醒过来为止。

至于我们的黑人王子布木波，我很快就喜欢上这个人了。他说话的时候总是咬文嚼字，一双大脚不是踩着别人就是让别人踩着了。他的年纪比我大，还上了大学，但他从来不会对我指手画脚。他的脸上总是挂着和善的笑容，我们每个人都打心里感到愉快。我很佩服杜立德医生的识人能力，尽管布木波王子对航行一窍不通，但带上他的确是再正确不过的决定。

第五天一早，我刚接过轮船，布木波王子赶来报告："船长，咸牛肉快用完了！"

杜立德医生叫喊起来："怎么可能！足足一百二十磅牛肉，绝不可能五天吃完！"

"船长，我不知道怎么回事，牛肉的确不够了。每次我去储藏室，必定发现牛肉少了一大块。如若是鼠辈作怪，应为巨型齿类。"

这时，正在绳索上走来走去的波莉尼西亚说："搜查全舱！要不然这样下去，我们必定忍饥挨饿。汤米，来，我们马上彻查！"

我们走下储藏室，波莉尼西亚要求我们保持安静。果然，从一个黑暗的角落传来响亮的鼾声。

波莉尼西亚气愤地说："果然不出所料！是个大块头！你们爬过去，他就在大木桶后面！上帝呀！又发现一个！搞不好半个泥塘镇的人都在船上！他们是不是以为我们的船不要钱！厚颜无耻！把他给我拖出来！"

我和布木波爬过去，大木桶后面果然藏着一个大个子男人。他睡熟了，看上去酒足饭饱。我们弄醒了他。

啊！他就是那个自称海上好手的本·布切！

波莉尼西亚气得火冒三丈，它扑动翅膀，嗓子像点燃的鞭炮那样噼里啪啦地吼起来："我要气死了！真是厚颜无耻！简直忍无可忍！这家伙我们都不想见到他！"

布木波王子建议："诸位，可否趁其熟睡之际，以重物击打其脑部，扔出舷窗，让其长眠于海？"

波莉尼西亚说："这可不是在你们'怪人快活国'，这样做会惹上麻烦。真倒霉，还是带他去见医生吧。"

我们带他去见杜立德医生，这人急忙扶了扶帽子，向医生致意。

布木波王子一本正经地报告："船长，又抓到一名偷渡者！"

大个子男人说："早安船长！本·布切愿意为您效劳！我知道您会需要我，便自作主张地上船了。一帮可怜的家伙，没有真正的水手肯定回不了家，我实在不放心你们。哎哎哎！瞧瞧主帆。松成什么样了，大风一来，就被刮跑了！不过，不用担心，有我在，一切顺利！"

杜立德医生严肃地说："你搞错了，我根本不想见到你，你无权到我的船上来。"

这位能干的海上水手说："船长，没有我您开不了船。哎哎哎，看看指南针，船已经偏离航道了。原谅我这么说，您一个人开船，简直是疯了。哎哎哎，你这么干，船一定会沉的。"

杜立德医生的目光忽然严厉起来，他说："沉船对我来说，无关紧要。我以前也沉过船，但我一点事都没有。我想去的地方，我都去过。你明白了吗？也许你是最好的海员，但克鲁号不欢迎你！现在我把船开到最近的港口，请你立即上岸！"

这时，波莉尼西亚也说："你偷偷上船，吃掉了所有的咸牛肉，应该把你关进监狱！让你上岸，便宜你了！"

它又小声地对布木波说："储藏室空了一半，我们没钱买肉了。真不知道该怎么办。"

布木波也小声地回答它："从经济学角度观之，将这位海上好手腌制食用，如何？本人目测，此人体重早已超出一百二十磅！"

波莉尼西亚斥责道："说了多少遍了！这不是在你们'怪人快活国'！我们的船上绝不能发生这种事。"它沉默了片刻，又小声嘀咕道："这还真是个好主意。反正没人看见他上了我们的船。可是，我们哪有那么多盐！而且，他吃起来绝对满口的烟草味道，唉！"

接着，杜立德医生让我掌舵，他看着地图，计划我们下一步怎么走。

"我们还是得去波浪岬。"趁着海上好手转身，医生对着我："这人太讨厌了！要是一路听他胡扯，我不如跳进海里游回泥塘镇！"

的确，这个本·布切实在让人厌恶。我们明明白白说了不欢迎他，他还在船上大呼小叫，对我们指手画脚。在他看来，船上的东西就没有一处是对的。铁锚没拉好，舱盖没盖对，船帆挂反了，甚至说我们的绳结没打对。

杜立德医生要求他闭嘴，他却说只要他在船上，就不能让我们这群新手弄沉船把他淹死。他的个头很大，又不服从管束，谁也说不准他会搞出什么事来。

布木波和我去下面的餐厅商议，奇奇、波莉尼西亚、吉扑都来了。

波莉尼西亚说："真正的水手我看一眼就知道了，但这个家伙，我敢说他是个坏蛋——"

我打断了它："那你真的觉得，不用依靠任何水手，杜立德医生能平安穿越大西洋？"

"上帝会保佑你的，我的孩子！"波莉尼西亚说，"你要牢牢记住，跟杜立德医生在一起，你永远都是安全的。跟着他，就一定能到达目的地。

的确，医生是个航海的外行，但我跟着他出航多次，一点事儿也没有。当然了，有时候到达目的地，船的确翻了个底朝天，但这又有什么关系，反正都到了，还怕什么。再说了，医生这个人，运气出奇的好，有一次我们经过麦哲伦海峡，遇上强劲的大风——"

吉扑打断了它："波莉尼西亚，想个办法，该怎么对付本·波切？"

波莉尼西亚说："我怕他冷不丁砸了医生的脑袋，自己当船长，爱往哪里开就往哪里开。有些坏蛋就这么干，这个叫什么来着，对了，'哗变'。"

吉扑说："那我们得赶紧采取行动。后天才能到波浪岬，医生跟那个坏蛋待上一分钟我都担心。我一闻这人的味道就知道他是坏蛋。"

波莉尼西亚尼西亚说："好了，我来解决。现在，我们藏起来。一到十二点，布木波摇铃喊吃饭，那家伙想吃咸牛肉，一定会来的。布木波你藏在门后，等他一进餐厅就把他锁起来。另外，不能给他留下任何食物，这家伙饿上三天完全没事。再说了，如果不把他饿一饿，到了波浪岬，我们赶他下船，搞不好还得打一架。"

布木波王子咯咯地笑了："真乃妙计，我立即照办！"

于是，我们几个找了地方藏起来，布木波走到舷梯边，拼命摇响铃铛，在餐厅门背后藏了起来。那家伙扑通扑通下来了，他走进餐厅，一屁股坐在原本属于杜立德医生的座位上，塞好餐巾，咂巴着嘴，等待美食送上来。

砰！

餐厅的门牢牢关上了。

波莉尼西亚从藏身的地方出来，高兴地说："好了，让他给那些橱柜上航海课吧！哼，不知羞耻的家伙，我走过的路比他走过的桥都多，竟然也敢对我指手画脚！好了，我们去告诉医生，这几天，布木波，我们就在客舱开饭吧。"

说着，波莉尼西亚跳上我的肩膀，唱起了一支欢快的挪威渔歌。

[第十六章]
医生打了一个大赌

我们到了波浪岬，休整了三天。

当然，我们原本着急赶路，却在这里耽搁时间是有原因的。

由于那位海上好手大吃大喝，所有的食物几乎被他吃完了。杜立德医生翻遍了全部家当，只找到了一块可能值钱的怀表。但怀表的指针断了，后盖还有个小坑，换来的钱恐怕只够买一磅茶叶。布木波王子说他可以卖唱，但杜立德医生说这里的人恐怕欣赏不来他的非洲音乐。

因为这里有斗牛比赛。波浪岬隶属于西班牙，这里每个周末都会表演斗牛。我们到达的这天正好是周五，摆脱了"海上好手"后，我们便在这里逛了逛。

这个地方跟我以前见过的城镇都不一样。小巷弯弯曲曲，十分狭长，仅能容一辆马车通过。房屋悬在街道上空，要是住在上面的哪家人手伸出窗外，完全可以和对面的邻居握手。杜立德医生介绍说，这个古老的小镇名叫蒙特沃德。

因为没钱，我们没办法住旅馆。不过，第二天晚上，我们在街上发现了一家出售加工床的店铺，门口正好摆着几张床展示。店主坐在门口，逗弄着自家笼子里的鹦鹉。杜立德医生走过去，跟店主聊了很多关于鸟儿的事，他们聊得很起劲，很快到了晚饭时间，店主热情地邀请我们用餐。

晚餐后，我们起身告辞，打算回船上。这位热心的店主说天上没有月亮，港口的路灯很暗，我们会迷路的。他邀请我们留宿。不过这位好心人家里没有多余的床铺，于是，我、布木波和杜立德医生便睡在门口的床上。天气很热，我们也不需要被子。

真是太好玩了！我一边躺在床上，一边看着街上来来往往的人。附近的饭店和咖啡馆还没关门，顾客们围坐在一起，愉快地交谈。远处，不时传来柔和动听的吉他声，瓷器碰撞的叮咚声，还有人们叽叽喳喳的说话声，汇成了交响乐。

不知怎么的，我有点想念泥塘镇上的爸爸妈妈，想起了他们饭后的老习惯——吹笛子。我有点替他们惋惜，因为他们没能体验我这次精彩的旅行。多新鲜呀，连睡觉的地方都这么与众不同。不过，要我爸妈睡在店铺门口，他们可不愿意。人与人之间，很不相同呢。

我们被一阵喧嚣声吵醒。一支队伍在街上游行，队伍前面是一些衣衫鲜艳的男人，后面跟着他们的崇拜者——嘻嘻哈哈的女人，高兴得手舞足蹈的孩子。

杜立德医生说，明天这里会有一场斗牛表演。

我问："什么是斗牛？"

突然，杜立德医生的脸因为气愤而涨得绯红，他说："斗牛是这世上最愚蠢、最残忍、最让我厌恶的事！真搞不懂，这些热情好客的西班牙人，为什么如此痴迷斗牛表演！"

他跟我解释了什么是斗牛表演。先千方百计激怒一头公牛，将它赶入圆形的竞技场；接着，穿上红色斗篷的斗牛士上场，斗牛士挥舞斗篷，挑逗公牛，然后逃开；随后，一些受伤或者生病的马被赶进来，公牛会把那些没有抵抗能力的马撞倒摔死；等到公牛累得气喘呼呼，斗牛士挥剑上前将公牛杀死。

医生感叹道："每个周末，几乎全西班牙的每个城镇，都会有六头公牛以这样的方式被杀死，更别提还有多少马死于非命了。"

我问："有没有斗牛士被牛杀死的？"

"这种概率太小了。公牛并不像看上去那样可怕，即便被惹怒，只要你脚步灵活地躲避就不会有事。斗牛士的反应都很灵敏，所以那些西班牙的妇女才会认为斗牛士是非常了不起的人。一个出名的斗牛士，人们管他叫'买他倒'，意思是勇士。一个'买他倒'的名气甚至比国王还大。看吧，拐角那又过来一拨斗牛士，真是太荒唐了，那些妇女竟然冲他们飞吻致意！"

这时，卖床的店老板也来看游行，他的一个朋友——唐·恩里克·卡德纳斯踱步走来。听说我们来自英国，这位先生马上用英语和我们交谈。他摆出一副涵养极高的绅士派头，客气地问杜立德医生："尊贵的客人，您们明天一定会来观看斗牛表演吧？"

杜立德先生坚定地拒绝："不！斗牛表演残忍而恶劣，我非常不喜欢。"

听到这种话，唐·恩里克气坏了。他指责杜立德医生不知所云，他说斗牛是一项高贵的运动，说"买他倒"是世界上最勇敢的人。

"得了吧，都是胡说八道。那些可怜的公牛，你们的'买他倒'只敢在它精疲力尽的情况下杀死它。"

这位西班牙绅士气得七窍生烟，他结结巴巴地反驳着。这时，店主将杜立德医生拉到一边，他说唐·恩里克在波浪岬是个有头有脸的公众人物。他的农场里养着一种强壮的黑色良种公牛，波浪岬所有斗牛场的牛，都是唐·恩里克提供的。他劝医生，不要惹怒这种人。

听完店主的话，杜立德医生眼睛一亮，脸上浮现出一丝调皮的孩子气。他转到唐·恩里克先生面前，说："先生，您说斗牛士是勇敢的人，而我刚才那番话伤害了您的感情。请您告诉我，明天的斗牛表演，谁是最厉害的

'买他倒'？"

唐·恩里克傲慢地说："巴贝多，他可是最勇敢的勇士之一。"

"很好，我这辈子都没参加过斗牛。我提议，明天我出山去跟那位巴贝多先生以及其他勇敢的斗牛士比试比试。如果我的小把戏赢了，您能答应我一个小小的要求吗？"

唐·恩里克仰天大笑："老兄！您一定是疯了！成为斗牛士，需要多年的训练。但是如果您真的打败了巴贝多勇士的话，我会答应您的任何要求。"

杜立德医生非常满意地说："很好，我知道您是一言九鼎的大人物。那我要求从明天开始，波浪岬这个地方永远停止一切斗牛比赛，可以吗？"

唐·恩里克格外傲慢："行，我答应您。但我必须提醒您，您这是在自取灭亡！既然您将我们的斗牛活动说得一文不值，那您的下场也是罪有应得的。明天早上我来这里跟您会合，再见！"

说完，他转身跟着店主人走进商铺。波莉尼西亚飞到我肩上，小声说："叫上布木波，我有个计划，得到医生听不见的地方商议。"

我碰了碰布木波的胳膊，我们走到街对面，假装很有兴趣地盯着一家珠宝店的橱窗看。杜立德医生正在系鞋带。

波莉尼西亚神秘地说："为了赚钱，我的脑袋都快想破了。现在，办法来了！毫无疑问，医生明天能赢，布木波，你要做的就是跟这位西班牙绅士下个大赌注。这些人喜欢赌博，我们的计划肯定能实现。"

布木波扬扬得意地说："关于赌博，本人略知一二。我去见唐·恩里克先生，跟他说我赌一百英镑押医生获胜。"

波莉尼西亚说："好主意！不过西班牙的银币叫比塞塔。你快去找这个唐·恩里克，尽量装出有钱人的样子，说赌两千比塞塔。"

于是，趁着医生还在系鞋带，我们进入店铺。布木波彬彬有礼地说：

"唐·恩里克先生，鄙人是'怪人快活国'的王子。就明日比赛之事，特来邀约，你我赌下如何？鄙人乐得消遣，下注三千比塞塔。"

"好的，比赛结束后再见。"

这件事总算妥了，我们走出来跟杜立德医生会合。

[第十七章]
史无前例的斗牛比赛

第二天，整个蒙特沃德城迎来了盛大的节日。街道上满是彩旗，人们穿着五颜六色的衣服走进斗牛场。杜立德医生挑战斗牛士的消息早已传遍全城。镇上的居民激动不已！那些人想：呵呵，一个小个子外国佬，竟然敢挑战伟大的巴贝多勇士！如果他就此一命呜呼，也是活该！

杜立德医生向唐·恩里克借来一件斗牛士服。我和布木波费了很大的劲才帮医生将背心穿好，但那些衣扣嘭嘭嘭地崩开了，掉了一地。不得不说，穿上这身鲜艳的衣服，杜立德医生的形象立马眼前一亮了。

前往斗牛场的路上，小孩子成群结队地跟在我们后面起哄。用英语翻译过来，他们喊的是："杜立德！胖子斗牛士杜立德……"到了斗牛场后，医生请求进入牛圈。里面有六头膘肥体壮的大黑牛，它们看上去焦躁不安，正在走来走去。

杜立德医生仅用了几个手势就将自己的打算告诉了它们。这群可怜的家伙听说有希望废除斗牛比赛，高兴坏了，答应一切按照医生说的办。带杜立德医生过去的人不知道发生了什么事，他看见医生指手画脚哞哞叫，还以为这个英国人抽风了。

随后，医生进入斗牛士更衣室。我和布木波还有波莉尼西亚进入竞技场，在露天看台坐了下来。台上坐满了人，男女老少都穿着节日的盛装。

比赛开始前，唐·恩里克先生起身讲话，宣布了今天较量的主角是来自英国的杜立德医生和巴贝多勇士，接着，他还公布了自己和杜立德医生的约定。没人相信杜立德医生能赢，观众席上爆发出强烈的哄笑声。

巴贝多勇士进场了，观众席上响起了雷鸣般的掌声，女士们向他飞吻，男士们向他鼓掌脱帽。场边一侧大门打开了，几头公牛放进来后，大门被关上了。巴贝多警觉地挥舞斗篷，公牛们朝他冲了过去。他敏捷地闪开，引来全场一阵欢呼。这种把戏持续了好几个回合。我注意到，每当巴贝多将公牛逼到死角，他的助手会挥舞另一个红色斗篷，公牛被吸引着追赶助手，巴贝多就脱离了危险。我知道，这都是被安排好的。只要他们不摔跤，应付这些公牛简直轻而易举。

这场表演持续十几分钟后，通往斗牛士休息室的门开了，杜立德医生优哉游哉地走了进来。他郑重其事地走到场地中央，朝看台上的女士们鞠躬，随后他又朝公牛鞠躬，朝巴贝多鞠躬，还向巴贝多的助手鞠躬。

突然，公牛从杜立德医生的后背方向猛地冲了过来。

观众们吓得不敢看，他们喊着："当心当心！你会没命的！"

杜立德医生却慢悠悠地完成了最后一个鞠躬。接着，他转过身，双手交叉在前，朝那头狂奔而来的公牛皱起了眉头。不可思议的事发生了！那头公牛越跑越慢，好像很害怕医生生气，不敢靠近他。最终，它停下来！不敢跑了！杜立德医生伸出手指对它摇了几下，它开始发抖，竟然夹着尾巴转身而逃！

看台上的观众舒了一口气。

杜立德医生追着逃跑的公牛，他们绕着竞技场跑起来，跑得气喘吁吁。这是从未出现过的新斗牛模式，不是牛追人，而是人追着牛，全体观众顿时兴奋起来，议论纷纷。杜立德医生追了十圈，猛然加速，一下子抓住了公牛的尾巴。可怜的公牛立即变得老老实实，按照杜立德医生的指挥表演

起来：后退倒立、前腿起立、跳舞、打滚！最后，公牛双腿跪倒，医生跳上牛背，抓住牛的犄角，玩起了杂技。

伟大的勇士巴贝多和他的助手气坏了，他们又忌妒又羡慕，小声地叽咕着什么。

场上，杜立德医生转向看台上的唐·恩里克先生，他深深鞠了一躬，然后大声说："这头公牛吓坏了，请把它牵走！"

唐·恩里克小心翼翼地问："杜立德先生，您需要再换一头牛吗？"

"我要五头，让它们一起上，谢谢！"

场上立即掀起轩然大波。看斗牛士从一头牛的铁蹄下逃生已经够刺激了，现在是五头牛一起！杜立德医生还能活着吗？

巴贝多跳出来反对，说这违反了斗牛的规则。

波莉尼西亚在我耳边说："哈哈！杜立德医生才不管什么规则！如果他们同意，他们肯定能看到这辈子绝无仅有的一次最精彩的表演！"

场上的人发生了激烈的争吵，一半支持巴贝多，一半支持杜立德医生。最后，杜立德医生转向巴贝多，朝他鞠了一躬，这么一来，他背心上的最后一颗扣子也掉了。他和蔼地说："如果您要是感到害怕……"

巴贝多叫了一声："害怕！我从来不知道什么是害怕！我一只手打死过九百五十七头牛，我是西班牙最伟大的斗牛士！"

杜立德医生也叫起来："很好！巴贝多说了他不怕，让我们看看你能不能再杀死五头牛！放牛进来！"

通往牛圈的门开了，整个赛场突然安静下来。五牛头怒气冲冲地进来了。

杜立德医生用牛的语言冲它们喊："排成一排！往前冲！预备！对准巴贝多，看在上帝的份儿上，别把他弄死了。把他赶出去，就是现在！冲啊！"

公牛们低着头，刨着蹄子，气势汹汹地冲向可怜的巴贝多勇士。面对五头疾驰而来的愤怒公牛，巴贝多吓得嘴唇发白，他狂奔到栏杆前面，跳过去，跑得没影了。

杜立德医生继续指挥："很好！进攻！赶走助手！"一秒钟之内，那位助手逃得无影无踪了。场上，只剩下五头愤怒的公牛和胖墩墩的斗牛士杜立德医生。这群公牛一起愤怒地围着场地奔跑，发疯一样冲击围栏。接着，它们一个接一个装作才发现杜立德医生的样子，发出怒吼，低下头，拼命地伸着犄角冲过去，好像要把杜立德医生顶到天上去。

我知道一切都是事先安排好的，但还是不由自主地为医生感到担心，害怕得快忘记呼吸。

可怕的牛角距离杜立德医生越来越近，但在最后一刹那，当牛角距离杜立德医生的衣服不到两英寸的时候，他敏捷地闪到一边，任凭这些咆哮的家伙轰隆隆地跑过。接着，公牛们再次进攻，它们将杜立德医生围住，愤怒地狂吼，不时用犄角撞击地面。场面混乱极了，我都看不清杜立德医生的影子了，满眼都是晃动的牛头、乱踏的蹄子、晃来晃去的牛尾巴！

如波莉尼西亚所说，这是一次绝无仅有的精彩表演！

观众席上，一位女士声嘶力竭地朝唐·恩里克先生叫喊："停止比赛！快停下来！他是全世界最勇敢的斗牛士，绝不能让他死了！上帝保佑呀！"

杜立德医生已经脱离了包围，他抓住犄角，将它们一个个摔倒。这些家伙装得像真的一样，躺在地上喘气，做出一副精疲力尽的样子。

杜立德医生朝看台上的女士们礼貌地行礼，随后他不紧不慢地掏出一支雪茄点上，优雅地退出了竞技场。

门关上了，场内一片混乱。一些男士愤怒至极，而女士们则高声呼喊着杜立德医生的名字，要求他出来和大家会面。杜立德医生只好回去，他挥手致意时，那些女士都发了狂，不停冲他飞吻，还将身上的鲜花、项链、戒指、胸针摘下来，朝他抛去。一时间，全场像下起了一场珠宝鲜花雨。

杜立德医生一直保持微笑，他深深鞠了一躬，朝外走去。

波莉尼西亚说："布木波，快，该你出场了！快把那些首饰捡过来，回头我们再拿去卖钱。斗牛士都是这样，自己离开，让助手捡东西。别管那些鲜花，但不能落下一枚戒指。捡完后，去找那个唐什么的先生拿回赌注，我和汤米在外面等你。会合后我们直接去珠宝店，把这些全卖了。记住，不要告诉医生，一个字也别提！"

我们出了斗牛场。人群依然情绪激动，吵来吵去。我们等到了口袋几乎塞爆的布木波，从人群中挤出来，到更衣室找到了杜立德医生。

波莉尼西亚飞上医生的肩头，"干得漂亮！不过，我闻到了一股危险的味道。医生，你最好尽快回到船上，快，穿上衣服，把花里胡哨的制服遮起来。我担心那些斗牛士，他们对你忌妒得发了狂，说不定会对你采取什么不光彩的行动。趁现在，我们赶紧走！"

医生答应了，他刚走，布木波去找了唐·恩里克先生，拿到了三千比塞塔。接着，我们匆匆买了些船上需要的物品，还雇了一辆车帮忙拉东西。当我们从一家最大的杂货店出来时，我看见一群又一群的男人挥舞着大棍子，恶狠狠地叫嚷道："可恶的英国佬去哪里了！害得我们没有斗牛比赛了，得把他吊到灯柱子上，扔进海里！该死的英国佬，快把他揪出来！"

看到这种情形，我们一刻也不敢耽搁。布木波比画着威胁赶车人，要他尽快赶到码头。车子磕磕碰碰地在巷子里飞驰，我们安全抵达码头，立即把物品搬上小艇。不幸的是，我们才搬了一半，那些人就赶来了。布木波挥舞大棒，发出非洲战士作战时的可怕怒吼，那群人一下子退了回去。我和奇奇趁机将所有东西扔进小艇，快速爬了进去，布木波扔掉木棍跳了上来。我们发疯一般，划着小艇驶向克鲁号。

岸上暴动的人群朝我们扔东西，布木波的脑袋被一个瓶子砸中，起了一个包。当我们回到大船边时，杜立德医生已经做好了出发的准备。但岸上那些人已经涌入岸边的小船只，叫嚷着来追赶我们。我们当机立断，把小艇拴在大船后面，快速跳上了大船。眨眼之间，克鲁号离开港口，朝巴西海岸全速而去。

我们几个跌坐在甲板上，长长地舒了一口气。

波莉尼西亚看着我们，哈哈大笑："这一回还算好的啦！啊，我想起了我年轻的时候，跟一群走私犯远航——噢，东躲西逃！布木波，别摸来摸去的了，你的头擦点碘酒就好了。还是看看我们得到了什么吧！一整船补给、满口袋珠宝还有几千比塞塔。哈哈，真不错！"

[第十八章]
"肥奇特"的传奇经历

　　天堂鸟米兰达的判断完全准确，克鲁号持续在风平浪静的海面航行了三个星期，才迎来一股大风。可能那些喜欢海上生活的水手觉得这样的航行非常乏味，但对我来说，每天都新奇得要命。随着航行向南推进，海平面的颜色每天都在变化。

　　一路上，鲜有别的船只。偶尔碰到一艘船，杜立德医生会拿出望远镜，让我们轮流看看。有时候，他还会打信号跟过往的船只对话。打信号就是在桅杆上挂各种颜色的小旗子。杜立德医生告诉我，这是大海的语言，不管哪个国家的人，只要在大海上航行，都懂得这门语言。

　　这段旅途中最大的事件就属遇到冰山了。在阳光的照耀下，那座冰山散发着万道光芒，就像童话里的水晶宫。冰山上，坐着一只母熊和它的宝宝。杜立德医生发现，这头母熊就是当年他踏上北极后遇见的那群熊里面的一只。他把船开到冰山附近，邀请北极熊母子到船上来。母熊谢绝了医生的好意，它说甲板太热了，没有小熊需要的冰块。

　　这段日子过得很平静。在杜立德医生的指导下，我的读写能力进步很快。后来，医生让我写航海日志，记录每天航行的路途公里、航道方向。当然，航行中发生的事，也需要记在上面。

　　杜立德医生自己也在写写画画，他的字写得很潦草，即便我识字了，也很难看懂。但我知道，他那些本子记的事大多跟海洋有关，里面有关于不同藻类的草图和注释，还有一些画着海鸟、贝类等海洋生物的图。这些记录以后会被重新整理，出版成书。

一天下午，船边漂浮着很多马尾藻，这东西几乎把海面都遮住了，好像我们的船在草地上航行一般。有很多小螃蟹在海藻上爬来爬去，杜立德医生又想起了那个掌握贝类语言的梦想。他捞了一些小蟹，想试试再次跟它们交谈。这些捞上来的小蟹里，有一只长得怪模怪样的胖小鱼，医生说它是"银色肥奇特"。

他把几条小蟹放进水箱，听了一阵，毫无进展。接着，他把那条"肥奇特"放了进去。我去甲板上干活了，没过多久，就听见杜立德医生激动地喊我下去。

"斯塔宾斯！出怪事了！我在做梦吗？我是不是太迷糊了？我……"他嚷嚷着，语无伦次。

我问："医生，出什么事了？"

他的声音很小："'肥奇特'，它会说话！说的还是英语！而且——而且它还唱了一首英文歌！"

医生的手在颤抖，但那条小鱼平静地在水箱里游来游去。

我也嚷嚷起来："说英语？唱歌？绝不可能！"

杜立德医生激动得脸都白了："我听见了，千真万确！只是它说的不连贯，跟其他一些语言混在一起，那些语言我听不懂。但我确定那几个词就是英语！它哼的小调听起来很熟悉。你来听听，然后一字不落地将你听到的告诉我！"

他抓起纸和笔做好准备，我解开衣领纽扣，站到医生用来垫脚的空箱子上面，弯下腰，侧着右耳挨着水面倾听。刚开始没有任何声音，但过了一会儿，渐渐有微弱的声音传来，好像是一个孩子在很远的地方唱歌。

"啊！"我不敢相信地叫起来。

"它说了什么？"因为激动紧张，杜立德医生的嗓子有点沙哑了。

"不是很清楚，好像是奇怪的鱼类语言。等下——是英语，它说'不要吸烟''啊，珍稀品种''这里有爆米花和明信片''不要随地吐痰'——这都说的是什么跟什么呀？等等，它唱歌了！啊，是一首儿歌！"我继续聆听，"又说了！'大水箱需要清理了'……结束了，它又说鱼类语言了。到底什么意思？"

杜立德医生皱着眉头琢磨："大水箱？奇怪，它从哪里学来的话……"

忽然，他从椅子上跳起来，高声叫喊道："我知道了！这条'肥奇特'是从水族馆逃出来的。一定是这样！'这里有爆米花和明信片'——水族馆外面就卖这些玩意儿。工作人员会说，'不要吸烟''不要随地吐痰'。还有，参观的游客经常感叹说'啊，珍稀品种'。全对上号了！斯塔宾斯，我们有了一条从囚牢中逃跑的鱼！我可以通过它，和贝类搭建沟通的桥梁！上帝呀！天大的运气！"

从此，杜立德医生狂热地投入到他的贝类研究工作中去了。到了午夜，我歪在椅子上睡着了。凌晨两点左右，布木波趴在舵轮上睡熟了。接近五个小时，克鲁号一直在海上漫无目的地漂荡着。杜立德医生全心全意投入工作，千方百计想弄懂"肥奇特"的语言，还想让它听懂自己的话。

我再醒来时，天已经很亮了。杜立德医生还站在水箱边，他浑身都沾了水，但脸上却挂着满意的笑容，看上去他很开心。

"斯塔宾斯！我做到了！我终于听懂了它的语言！快去拿一支笔和一个新的笔记本，我要你把我说的话都记下来。这只'肥奇特'答应将它传奇的经历说给我听，我用英语复述的时候，麻烦你记下来。"

接着，杜立德医生将他的一只耳朵探入水里，一旦他开始说话，我就开始记录。接下来，就是"肥奇特"的冒险经历——《一千零一月的故事》。

"我出生于太平洋靠近智利海岸的那片水域。我们是个足足有着两千五百一十条鱼的大家庭，不过，自从父母离开后，在一群鲸鱼的追赶下，我们的大家庭很快解散了。有一条鲸鱼非常阴险卑鄙，不管我和姐姐克丽帕躲在哪里，它都会发现我们的踪影。我们沿着南美洲海岸朝北游了几百里路，才成功甩掉它。那天我们的运气糟糕透了，我们还没休息好，就看见一大群同族惊恐地逃窜，它们一边跑一边喊，'角鲨来了，快逃呀！'

我和姐姐拼命地游了百来十里路，扭头一看，角鲨快要追上来了。我们钻进了一个港口，避开了角鲨的追击。正如我此前所述，我们那天的运气实在太坏了。我和姐姐围着港湾里停泊的大船转悠，想找一点美味可口的橘子皮。岂料，我们竟然被一张网罩住了。渔网太结实了，我们拼尽全力挣扎，都是徒劳。

最后，我们和一群鳕鱼被扔到了甲板上。两个戴着眼镜的大胡子老头俯下身体看着我们，他们把幼小的鳕鱼扔回大海，小心翼翼地将我和姐姐放进一个大罐子，然后带我们去了一个大房子，将我们从大罐子里转移到玻璃水箱。我们从来都没有在玻璃水箱里生活过，不停地撞墙想要出去，鼻子都被撞疼了。

接下来的日子，漫长无聊，枯燥至极。那两个戴眼镜的老头每天都来两次，检查我们吃得是不是刚好，光线够不够，水温高了还是低了。我和姐姐成了展览品。这个房子放着很多大水箱，里面装着各种各样的鱼。每天到了固定的时间，房子的门开了，那些闲着没事的城里人走进来，从一个水箱走到另一个水箱前，透过玻璃看我们。他们的嘴巴张得大大的，活像比目鱼。我们觉得很烦，也冲他们张大嘴巴。那些人看了，反而很高兴。

姐姐克丽帕问我，这些人会不会说话。我说，肯定会说话。他们交谈的时候，整张脸都在动，有时候还打手势。只要他们靠近玻璃水箱，我们就能听到他们说什么了。这时，一个大块头女士，鼻子贴在玻璃上，指着

说我，'快看，啊！珍稀品种'。我们注意到，这些人见到我们基本都会说这句话，我们一度以为这是人类的全部语言。为了打发时间，我们学会了这句话，但并不知道它是什么意思。

我们房间的墙上有好些大牌子，遇到有人吐痰吸烟，管理员会生气地念告示牌阻止他们。于是，我们学会了说'不要吸烟''不要随地吐痰'。每天傍晚，游人散去，一个装了假腿的老头进来打扫卫生。他一边打扫一边哼着小调，我们很喜欢这首曲子的旋律，很快就用心学会了。

我们在这个糟糕的地方足足待了一年。其间，有新的鱼被倒进水箱，老的鱼被捞走。一开始，我和姐姐认为我们只会被关上一段时间，等人们看得厌烦了，我们就会被放出去重获自由。然而，时间一个月接一个月过去了，我们还被关在玻璃监狱里，心情变得越来越沉重，都不想说话了。

来参观的人很多。有个女人因为房间内气温过高晕倒了，一旁的人乱成一团，他们朝她脸上泼冷水，把她抬到院子里休息。通过这个突发事件，我忽然得到了启示，脑子里有了一个大胆的主意。

我对可怜的姐姐克丽帕说，'如果我们假装生病，他们会不会将我们从这闷得让人喘不过气的地方转移出去？'

姐姐疲惫地回答我，'万一他们把我们扔到垃圾堆，我们就会被太阳晒死！'

'他们干吗要舍近求远去找垃圾堆？港口就在眼前，再说我们刚被带进来的时候，我看见有人朝海里扔垃圾了。如果他们把我们扔进港口，我们就能再次回归大海。'

我的姐姐喃喃地念着'大海'这个词，神情恍惚。她说，'大海听起来，像是一个不可触及的梦！弟弟，我们还能重新回到大海自在地游来游去吗？我多想回到海里！啊！让我再次感受大海的辽阔美好吧！在海风掀起的浪花中大笑，从一个波峰跳到另一个波峰，跌进蓝绿色的漩涡中；在落日黄昏里，和小鱼小虾追逐嬉戏，看霞光将海面的泡沫染成粉红；去印度洋深处，在海草丛林散步，寻找可口的泡泡蛋；到西班牙大陆美洲海底，躲在珊瑚城堡里捉迷藏；到南海的低洼处，在一望无际的海葵草原上野餐；到墨西哥湾的海绵床上翻跟头，到百年沉船上冒险——啊！还有还有，在漫漫冬夜里，沉入温暖的大海深处，借着海鳗的光，去洞穴里探亲访友，握手长谈……'

姐姐说着说着，很快崩溃得说不出话来。

'好啦！'我说，'你说得连我都患相思病了。要不我们假装生病，看看接下来会发生什么事。即便被扔进垃圾堆晒成鱼干，也不会比关在这个臭烘烘的牢房更糟。怎么样，你愿意冒险吗？'

姐姐同意了。于是，第二天早上，管理员发现我们漂在水面上，'死得透透的'。管理员喊来了那两个戴眼镜的老头儿，看到我们'死了'，他们小心地将我们捞出来放在湿布上面。鱼离开水，为了呼吸就得不停地翕动嘴巴。但我和姐姐不得不纹丝不动地躺在那里，只能透过半张开的嘴巴偷偷呼吸换气。

老头儿对我们又戳又捏，挤来压去，在他们转身商量的时候，一只猫跳上桌子差点把我们吃了，幸好老头儿及时转身，赶走了猫。我想偷偷告诉姐姐，要勇敢地坚持下去，但鱼类一旦离开水，就失去了说话和聆听的能力。我们快憋不住了，正想换气。这时一个老头非常遗憾地摇头，带我们走出了房子。

接下来的事，把我们吓得灵魂出窍！老头儿径直朝院子墙根处的大垃圾箱走去！这时，我们撞上了天大的好运！一个浑身脏兮兮的男人赶着马车过来，将垃圾箱搬上车跑了。这个老头停下来，东看西看，他走出院子，打算将我们扔进臭水沟。这时，一个穿蓝色制服的大个子男人走过来，他朝老头儿挥舞着手里结实的短棒。看来，将死鱼扔在街上违反了城市管理

规定。

老头儿嘟嘟囔囔地往码头走，我们高兴得发狂，我甚至想在他手上咬一口，好让他加快脚步。最终，在我们还剩下最后一口气的时候，老头儿走到海堤上，将我们扔进海里。

一刹那，海水将我们淹没。这种舒适感，简直无法形容！我们摆动着尾巴，再次充满活力。见到我们活过来，那个老头儿吓坏了，一个趔趄滑到海里，差点砸到我们。随后，他被一个水手拉了上去。我们回头看了一眼，那个穿制服的人过来抓住了老头的衣领，一边把他拽走一边教训他。大概往海里扔死鱼也违反了城市管理规定。

自由了！我们疯狂地扭来扭去，大喊大叫，以最快的速度游进了久违的大海！

杜立德医生，以上就是我的全部经历。昨夜我已经答应你，回答你所有关于大海的问题，作为交换，您得放我回归大海，重获自由！"

接下来，记录的是杜立德医生和"肥奇特"的对话。

杜立德医生问："目前，人类所知内罗海渊是海洋中最深的地方，请问还有比这更深的地方吗？"

"肥奇特"："当然有，在亚马逊入海口，有一个很深的地方，我们管它叫'大深洞'。此外，南极深海也有一个这样的地方。"

杜立德医生："你会说贝类的语言吗？"

"肥奇特"："一般情况下，鱼类和贝类不会有来往，我们认为贝类是低等生物，我不会贝类语言。"

杜立德医生："贝类会发出说话的声音吗？"

"肥奇特"："贝类的说话声太小了，几乎只有他们自己的种族能听见。但那些个头大的贝，会发出一种低沉的闷响，嗡嗡嗡的，很像用石头敲击铁管的声音，但没那么响。"

杜立德医生："我特别渴望去海底深处进行研究。想必你也清楚，我们陆地上的生物不能长时间在水下呼吸。你能不能帮帮我？"

"肥奇特"："我想想看。呃，您如果能抓住那只'玻璃大帝螺'，不管是关于深海还是关于贝类，这些问题都能迎刃而解。'玻璃大帝螺'是一只体积庞大得超出你想象的大海螺，它足足有一座房子那么大。它很少说话，不过它说话的声音很响亮。它不惧怕海洋里的任何生物，能到达海里的任何地方。它的外壳是珍珠母，非常结实，也很透明，能将它里里外外的结构看得清清楚楚。它钻出壳来的时候，会把空壳背在背上。空壳里面很宽敞，容得下一辆奔跑的双马拉车。它要是出远门，就把食物放在空壳里。"

杜立德医生："那我和我的助手可以住到它的壳里，安全地探索海底世界。你能不能帮我找到'玻璃大帝螺'？"

"肥奇特"："完全不可能！尽管我乐意帮忙，但它住在'大深洞'里面，那里水流湍急，不是我这种一般的鱼儿能进去的。它是世界上最后一只巨型海螺，是仅存的远古生物。它出生的那个时期，鲸鱼还在陆地上生活呢。鱼儿们说，它至少活了七千岁了。"

杜立德医生："上帝呀！那它一定知道特别多有意思的东西！我真想见到它！"

"肥奇特"："您的水箱有点热了，我不太舒服。您还有问题要问吗？我想回海里了。"

杜立德医生："不好意思，我再问最后一件事。一四九二年哥伦布横渡大西洋的时候，他将两本日记密封起来扔进海里，有一本沉入海底找不到了。我想找到它，你知道它在哪里吗？"

"肥奇特"："我知道，它也在'大深洞'里面。要是在别的什么地方，我能帮您找回来，但那个地方，我做不到。"

杜立德医生："好了，我不问了。我真的很舍不得放你走，你走了，我再想起别的问题就找不到地方问了。唉，但我必须信守诺言。走之前，你需要吃点东西吗？来块饼干怎么样？非常感谢你给了我这么多有用的信息，非常感谢你耐心地解答我的疑惑。谢谢！"

"肥奇特"："小事一桩，不足挂怀。杜立德医生的名字在我们鱼类家族中已经传播开了，能为您尽绵薄之力，我深感荣幸。再见！祝您一路顺风，心想事成！"

杜立德医生将水箱抱到舷窗边，打开窗户，连鱼带水倒进了大海。听见窗外传来轻微的浪花飞溅的声音，他低声说了一句再见。可怜的医生，累得几乎连将水箱抱回桌上的力气都没有。扑通一声，他倒在椅子上，很快睡着了，还打起了呼噜。

我扔下笔，靠在椅背上长长舒了一口气。我不停地记录，手指累得无力动弹。

走道里，波莉尼西亚在生气地抓门，我只好站起来给它开门。

"干得漂亮呀！这算什么航海！上面那个黑不拉几的家伙趴在舵轮上睡大觉，下面医生在打鼾，你呢在本子上写啊画啊。你们是不是打算让船自己跑到巴西海岸？船像个空瓶子在海上打转！我们已经比预计的抵达时间晚了七天了！你们到底怎么回事！"波莉尼西亚越说越生气，嗓音越来越尖厉，即便是这样，杜立德医生也没被吵醒。

我收好笔记本放进抽屉，走上甲板，负责开船。

[第十九章]
克鲁号出事了

我刚让船回归到正常的航向，就发现船走得没有以前快了，不知道什么时候，海风停了。

接下来，整整十天，都没有刮海风，克鲁号就像一个蹒跚学步的小宝宝，在海上慢吞吞地挪动。杜立德医生也坐不住了，他不停地拿出六分仪计算，不停地查看地图测量距离。一天之内，他用望远镜观察了无数次，期望发现远远的海岸线。

一天中午，医生盯着逐渐弥漫的雾气嘀咕着什么，我忍不住安慰他："就算多花了几天时间到，也没什么。船上补给充足。米兰达肯定也知道我们是因为有事才耽搁了。"

医生想了想，说："每年这个时候，米兰达要飞往秘鲁的山里。我不想让它等我。另外，按照米兰达说的，好天气就要过去了。我们现在一直原地打转，真叫我着急。啊——起风了！但愿风大些！"

一阵东北方向吹来的风，吹得船绳发出窸窸窣窣的声响，船帆渐渐鼓起来。每个人脸上都露出了开心的笑容。杜立德医生愉快地说："真是太好了，再走一百五十里，就到巴西海岸了。只要这股风持续地吹，再过一天，我们就到了。"

忽然，风改变了方向。一会儿往东，一会儿往东北，然后又转向正北

方向。我手忙脚乱地握着舵轮，将船转来转去，适应风向。

这时，站在缆绳上的波莉尼西亚发出了可怕的尖叫："糟糕！坏天气来了！快！往东边看，天边压得很低的那条黑线，如果那不是一场暴风雨，那我就是个彻彻底底的傻瓜！只要那条黑线来了，大风会凶猛得要人命，船会像一张纸那样被撕开。医生！快，你来掌舵！我去叫醒布木波和奇奇，情况不妙，我们得把所有的帆布降下来！"

一瞬间，天空变得狰狞可怖！那条黑线紧紧逼过来，发出一阵巨大的轰隆声。海水摇荡起来，从湛蓝变成深灰色。层层乌云像一群恶狠狠的巫婆呼啸而来！

我吓坏了！

之前我见识的大海，风平浪静，像一位和善的朋友。皎洁的月光照耀着海面上的涟漪，在海上洒下了千万条银光，与天上的白云相映成趣，如同童话里的城堡和宫殿。那时的大海无比美好，我从来没想到它会变得野性难驯，没想到它蕴藏着毁天灭地的力量！

大风暴转眼就到！我们被掀翻在甲板上，无形中，像是有巨人在扇克鲁号的耳光，整条船剧烈晃动！

一切发生得太迅疾了！狂风怒号，波浪滔天！甲板上的帆布被卷走了，奇奇也差点被刮走！隐隐约约地，我听见波莉尼西亚尖叫着喊我们去下舱关上窗户。尽管没有了船帆，但船却直直地朝着南方疾驰。巨浪像梦中的恶魔，冲上甲板，把我们打翻，妄图将我们卷进海里。克鲁号如同一头快要溺亡的牲口，已经有一半沉入海里。

为了防止被大风吹落，我像一只水蛭，四肢紧紧盘在栏杆上，慢慢朝舵轮方向爬去。我想看看杜立德医生那边的情形。

忽然，一个凶猛的巨浪打来！

咔嚓一声，我抓住的栏杆断了，我像个软木塞子一样被巨浪卷起，再重重摔向甲板。一股海水涌入嘴里，我只听见砰的一声巨响，我的头撞到门框上了。接着，我晕了过去。

我再次睁开眼睛的时候，头还晕乎乎的，不知道发生了什么事。晴空瓦蓝如洗，海上安静平和。我还以为自己躺在克鲁号上晒太阳的时候睡过去了。对了，还得去轮值开船，可能要迟到了，我想立即站起来。这时，我发现自己动不了了，胳膊好像被绳子绑在什么东西上了。我低头一看，上帝呀！我被绑在一截桅杆上，我坐的地方只是一块船片。我开始有点害怕了，朝周围看了看，除了我孤零零地漂在海上，这里什么都没有！

我终于回忆起来到底发生了什么事：海上掀起了大风暴，船帆被刮进海里，巨浪扑来，我撞到了门上。杜立德医生和其他人怎么样了？今天是几号？时间到底过去了一天还是两天？我为什么会被绑在这里？

我挣扎着，从口袋里摸到了一把小刀，用力割断了身上的绳子。我的朋友老乔给我讲过一个船只在海上遇难的故事。故事里，为了防止被大风吹走，船长将他的孩子绑在桅杆上。看来，杜立德医生也用同样的方法救了我。

啊！杜立德医生在哪儿？

我的脑海中忽然浮现一个可怕的想法：杜立德医生和其他船员，肯定淹死了！要不，为什么海面上什么东西都没有！我再次朝四周看了看，只有碧海蓝天！

远处，一个黑色的身影正在低低地飞掠水面。近了，我才看清楚那是一只海燕。我想跟它说几句话，打听消息。但我不会说海燕的语言，甚至连打招呼都不会。真是糟糕透顶！

海燕在我头顶盘旋了两圈，懒洋洋地扑闪着翅膀。我忍不住想，它如何在狂风暴雨中生存下来的呢？看来不同物种之间的确千差万别。跟眼前这个脆弱的小生命比较，我要强大得多。但凶猛的大海却无法对它为

所欲为，它只慵懒地扇动翅膀便足以应付风暴。它才有资格被称为"海上好手"！

海燕大概是在寻找食物，它在头顶盘旋了一阵，又朝来时的方向飞去。

我饿了，也渴了，忍不住胡思乱想。要是医生他们都死了，那我独身一人在茫茫海上会如何？先饿死还是先渴死？太阳躲进云层，我感觉周身发冷。也不知距离陆地还有多远，如果再来一次风暴把这块破船板撕碎，我该怎么办？

我越想越害怕，越发心灰意冷。最后，我想起了波莉尼西亚曾经说过的话："跟杜立德医生在一起，你永远都是安全的。跟着他，就一定能到达目的地。"

要是杜立德医生在身边，我什么都不在乎。可是，只有我孤零零一个，我忍不住想哭。我转念又想，海燕不是独身一个吗？我不是小孩子了，怎么能因为孤单掉眼泪！换作杜立德医生，他绝不会被眼前的困难吓倒。如果波莉尼西亚说的是真的，杜立德医生绝不会被淹死。总之，一切都会好起来！

我挺起胸膛，扣好纽扣，在小小的船板上走动着取暖。我不能哭！要像杜立德医生那样，保持冷静！

最后，我走累了，躺下来睡着了。再次醒来时，已经是夜里了。海上依旧一片平静，夜空无云，繁星闪闪。我身下的木板被波浪托起来，轻轻地晃动着。我再次环顾四周，眼前只有一望无际的夜空。困顿饥饿再次袭来，撵走了我的勇气和希望。

"你醒了？"忽然，我的身边响起一个银铃般的声音。

我像被针扎了一下那样，猛地坐起来。上帝呀！在破船板的另一头，坐着美丽的天堂鸟米兰达！

我这辈子从来没像此刻这般激动万分，我跳起来扑过去拥抱它，差点跌进海里。

它说："孩子，经历这一番折腾，你肯定累坏了，我不想叫醒你。哎哟哟！我不是毛绒玩具，你快把我压扁了！"

我叫嚷起来："米兰达！最最亲爱的米兰达！见到你我真是太高兴了！赶紧告诉我，杜立德医生在哪里，他还活着吗？"

"他当然还活着，而且我认定他会一直活着。正西方向大约四十英里外，他就在那儿，坐在克鲁号另一半船板上刮胡子呢。"

我继续叫道："感谢上帝，他没事！布木波和奇奇它们，还好吗？"

"它们和医生在一起，平安无事。你们的船被风暴折成两段，你晕过去了，杜立德医生只好把你绑在桅杆上，结果桅杆被吹走了。昨晚的风暴太大了，除了海鸥和信天翁，没有谁承受得住！风暴过后，我找到了杜立德医生，他让我带上几只海豚来找你。一只海燕发现了你，将你的位置告诉了我。"

"米兰达，没有船桨，我怎么跟医生会合呢？"

"回头看看，你正往医生那去呢！"

我回过头，看见远远的海平线上，月亮刚刚升起。船板的确在平稳前进，我几乎都感受不到什么波动。

"是什么东西推着我们？"

米兰达说："海豚呀！它们是医生的老朋友，愿意帮忙。我们就快到了，往右，你看见黑人小伙的身影了吗？还有奇奇，朝我们挥手呢。"

我朝水下看，看见了几只大海豚，它们的皮肤在月亮的照耀下闪着银光。我的眼睛不如米兰达锐利，还看不见它说的地方。朦朦胧胧中，我听见布木波正在声嘶力竭地唱歌。我顺着歌声传来的方向望去，终于看见克鲁号的残骸在水面起起伏伏。

"哈喽——"

一声呼喊划破夜空。

我也使劲大声地呼喊着回应。

就这样，在我们一声声的呼喊中，克鲁号的两块残骸终于会合了。趁着月色，我看清了。这块残骸是横着浮在水面上的，比我那块大得多。几位伙伴正在吃压缩饼干。而拿平滑的海面当镜子，用一块碎玻璃当剃须刀，快乐地刮着胡子的那个人，不就是杜立德医生吗？

[第二十章]

"夹不里"的求助血书

我爬上了大船板，每个人都高兴地欢呼起来。布木波给我舀了一些淡水，奇奇和波莉尼西亚不停地往我嘴里塞饼干。

当然，最让我振奋的，还是见到了和蔼可亲的杜立德医生。

看到他从容不迫地刮胡子，我忍不住将他跟海燕对比了一番。能和动物交流做朋友，拥有渊博知识的杜立德医生，可以去做别人不敢尝试的事，就像海燕一样，不管大海露出什么面目，他都能临危不乱。和他在一起，的确能拥有足够的安全感。

杜立德医生客气地道谢，感谢米兰达快速将我找了回来。随后，他恳求米兰达在前带路，吩咐他的海豚朋友们推动这块大的船板继续前行。

除了剃须刀，我不清楚杜立德医生在这次事故中到底损失了多少东西。他剩下的，只有一桶淡水、一袋饼干和那堆宝贵的笔记本。他将笔记本结结实实地绑在腰间，脸上跟往常一般，挂满笑容，好像对这个世界毫无所求。正如我的朋友马修说的，杜立德医生的确是个非常了不起的人。

接下来的三天，我们一直稳稳地朝正南方前行。天气越来越冷了，第三天夜里，米兰达飞回来告诉我们，蜘蛛猴岛就在前面，它要动身飞回暖和的地方了，明年八月，它还会飞到泥塘镇拜访我们。

杜立德医生叮嘱它，一旦有了长箭的消息就给我们捎个口信。米兰达

答应了，互相道别致意后，米兰达扇动翅膀，消失在夜空里。

第二天早上，天还没亮，我们睡不着了，激动地期待早点发现那朝思暮想的土地。当东方变成亮灰色时，波莉尼西亚第一个大喊起来，它见到了椰子树和岛上的山尖。

天渐渐亮了，一切就在眼前：一座狭长的海岛上，中间群山连绵，怪石嶙峋。

海豚们费尽全力，将这艘怪模怪样的船推上沙滩。感谢上帝！在茫茫大海漂流六个星期后，我终于踏上了陆地！真的来到了蜘蛛猴岛，那个被我用铅笔碰上的小黑点，此刻就在我的脚下！

天已经亮了。岸边的椰树和草长得不够茂盛，有些正在凋零，有些已经死了。杜立德医生告诉我，这些都是热带或者亚热带植物，因为岛漂得远了，天气变冷，这些植物才会变成这样。

我们稍微整顿，准备进去岛上看看。突然，我们发现树丛后面站着很多印第安人，他们都用好奇的眼神打量着我们。杜立德医生走过去跟他们道明来意，但他们似乎不太听得懂医生的话。他比画着说我们不是坏人，但那些印第安人并不欢迎我们。他们身上背着弓箭，手里拿着长矛，他们打着手势说，如果杜立德医生再往前走一步，他们就杀死我们。显而易见，这局面令人十分不安。

最后，杜立德医生终于让对方搞清楚我们的意图：只是随便看看，马上就走。

印第安人聚在一起商讨时，又来了个送信的人，这人叫他们赶紧离开。于是，这群印第安人朝我们挥舞着长矛，跟随送信人走了。

布木波气愤地说："实在无礼！这等粗民，居然不邀请我们共进早餐！"

波莉尼西亚小声地说："医生，他们回去了。我敢说山那边有个村子。他们一转身，我们就赶紧跑，跑到他们找不到的地方躲起来。这些人都是热情好客的好人，只是太无知了，毕竟他们没有见过什么外国人。等他们搞清楚我们真的没有恶意，会对我们友善一些。"

于是，我们朝岛屿中心的大山走去。

山下有一片茂密的树林，其间藤蔓缠绕，几乎寸步难行。波莉尼西亚和奇奇很快找来一堆野果，这些果子吃起来格外香甜。我们发现了一股山间溪流，顺着溪流往上爬。越往上，树木越稀疏。我们爬到了一处陡峭的地段，这里能看到整个岛上的风景。大家纷纷赞扬大自然的美景，突然，杜立德医生问："这里有一只'夹不里'，你们听到它的叫声了吗？"

我们安静下来。果然，从某个地方传来一个奇怪的声音，嗡嗡嗡的，有些像蜜蜂发出的声音，但音符不一样，忽高忽低，像是有人在低声轻唱。

杜立德医生说："就是'夹不里'，只有它才能发出这种声音。它就在附近，应该在树上。唉，该死的风暴，我当时干吗不把捕蝶网也缠在腰上呢！抓住一只稀有的甲虫，啊，我可能要失去这辈子仅有的一次机会了！哎——它在那里！"

一只至少三英寸个头的甲虫从我们眼前飞过！杜立德医生摘下帽子，不顾一切地扑向"夹不里"，差点摔跤掉下悬崖。他满不在乎，跪在地上，咧嘴傻笑。帽子里紧紧扣住了那只甲虫，杜立德医生从口袋里摸出一个带玻璃盖子的小盒子，小心翼翼地将虫子放进去。他像个小孩似的，没完没了地看着瓶子里的宝贝，欣喜若狂。

这只"夹不里"长得很漂亮，腹部呈淡蓝色，后背是乌黑色，带着红色的圆点。

杜立德医生一边看一边炫耀："这下，我成了全世界昆虫学家羡慕的对象了。哎，这只甲虫的腿上好像有什么东西。"

他格外小心地把它取出来，手指轻轻划动，将它翻过来，它的六条腿慢慢地比画着。右侧那条腿上，用蜘蛛丝绑着一张类似树叶的东西。医生

很快解开了蜘蛛丝，取下了树叶，又将虫子放回瓶子。他展开树叶，仔细查看。

简直不可思议！展开的树叶上，是褐色墨水画的符号和图画，密密麻麻，要用放大镜才能看清楚。我们沉默了好一会儿，大眼瞪小眼，非常疑惑。

最后，杜立德医生说："这是用血写的，风干之后就是这个颜色。太不寻常了！我真希望自己能说昆虫的语言，这样我就能问问这只'夹不里'是从哪里得来的这个东西。"

我问："上面都是一行行的画和符号，你知道是什么意思吗？"

"一封信。为什么要让一只昆虫送信呢？尤其还是世界上最罕见的'夹不里'，太反常了。"他一边研究那封信一边自言自语，"到底什么意思呢？几个人爬上山，进了一个山洞，一座山塌了，这些人指着他们张开的嘴巴。接着是类似监狱的那种栏杆，也许是他们在祈祷，他们躺在地上，好像生病了。最后一个图是一座形状特别的大山。"

忽然，医生转过头，直直地看着我，接着他的脸上露出胜利的喜悦。不出我所料，他解开了秘密。

"斯塔宾斯！是长箭！只有博物学家才会想出让昆虫带信的办法。任何一个博物学家看见'夹不里'，都会用尽办法抓住它。长箭！一定是长箭！他不会写字，便用画画的方式！总之，这是他发给外界的一封信。我明白了。几个人爬上山——应该是长箭和他的随从；进了一个山洞——他们是进去寻找药材了；一座山塌了——山顶的石头滑下来，他们被困在里面；指着张开的嘴巴——他们饿了；他们在祈祷——是希望早点被人发现救出去。总之，这是他们的求助信号！"

说完，杜立德医生跳了起来，他将树叶夹入笔记本里，双手因激动不停地颤抖："快上山！一分钟都耽搁不起了！布木波，带上水和野果。天知道他们被困了多久，希望我们去得还不算太迟！"

　　我问："您到底要去哪里营救他们？米兰达说海岛有一百多里长，群山又挡在岛屿中间。"

　　他将帽子扣在头上："最后那幅画是一座形状像鹰头的山，他应该就在那里。我们快看看哪里有这座山。我终于能见到长箭了。快点，耽误一秒钟都可能让这位伟大的博物学家失去生命！"

[第二十一章]
伟大的会晤

听了医生的话，我们拼命赶路。我已经累到精疲力尽，但绝不想做第一个放弃的人，依旧像一台永动机那样无休止地往前走。爬上山顶，我们见到了鹰首峰，在我们看来，它是岛上第二座高峰。

尽管累得上气不接下气，但杜立德医生一见到鹰首峰，便根据太阳确定了方向，飞速走在队伍前面。他虽然胖乎乎的，但却是我见过的最敏捷的野外长跑运动员！

我和布木波王子连滚带爬地跟在医生后面。奇奇、吉扑、波莉尼西亚早就冲到最前面，它们像参加游戏一样展开搜救行动，看起来异常兴奋。

我们终于赶到鹰首峰，杜立德医生说："以我们所在的位置为集合地点，大家分散寻找洞口。要是发现有被泥土或者石块掩盖的山洞之类，就大声呼喊。如果什么都没发现，一个小时之后，在这里集合。"

我们立即行动开来。但是这里没有一个地方看起来像塌陷的山洞，一个小时后，大家带着失望和疲惫回到了集合点。杜立德医生也有些烦躁不安，但他没有丝毫放弃的意思。

他问吉扑："你没有闻到印第安人的味道吗？"

吉扑说："每个地方我都闻过了，但这里到处是蜘蛛猴的味道，其他的气息都被掩盖了。而且这里非常干冷，我的嗅觉受到了影响。"

"我怀疑这座岛正在朝南方漂移，接下来还会更冷。但愿它能停下来，不然不仅没有可口的野果充饥，岛上的植物都会死亡。奇奇，你有什么发现？"

"没有。每一座山尖、每一道峡谷裂缝，我都查看了，没发现任何有人被困的地方。"

杜立德医生接着问："你也没有任何线索吗？波莉尼西亚？"

它说："是的，我什么都没发现。但我有个计划，带上那只叫'比－比'或者你爱叫什么就叫什么的虫子。如果你的判断正确，长箭真的被困在山洞里，那里应该有很多的甲虫，对不对？他不可能把'比－比'带进去，毕竟他需要采集的是植物。我们可以假设，这只甲虫的家就在长箭被困的地方。我们放掉甲虫，跟着它，就算它钻进地面我们也得跟着，这样我们至少知道长箭被困在哪一带。"

医生说："我一放它就飞了，如果我们还没找到长箭，那'夹不里'也没了。"

波莉尼西亚满不在乎地说："有我在呢！我们鹦鹉怎么着也追得上一只'比－比'吧！我向你保证，如果它飞了，我肯定追上它，如果它在地上爬，你们跟在后面就是了。"

杜立德医生大叫起来："好主意！"他小心地打开玻璃盖子，大甲虫爬上了他的手背。

布木波王子低声唱起了儿歌："小瓢虫呀，小瓢虫呀，快快回家！你的房子被烧了，你的孩子……"

波莉尼西亚愤怒地打断了他："够了，保持安静！不要侮辱它的智商！你以为没有你教导它就没办法回家？"

布木波王子恭顺地说："我担心它沉迷于外面的花花世界，乐不思蜀。是不是应该给它唱'甜蜜的家'？"

"不用了，听了你的歌，它再也不会回去了，你还是休息一下吧。医生，你干吗不写一封信绑在它的腿上，好让里面的人知道我们会尽力营救，让他不要灰心失望！"

杜立德医生点点头，扯下一片叶子，画了图绑在"夹不里"腿上。"夹不里"邮差带着"新邮件"，爬到地上，朝四周看看，伸伸腿，揉揉鼻子，慢悠悠地朝西面爬去。它居然绕着山爬行，这段时间真是长到令人发狂！这大概是我这辈子干过的最乏味的跟踪了，我们像老鹰一样瞪大眼睛跟在后面，它居然还停下来看看风景，揉揉鼻子！波莉尼西亚跟在后面骂骂咧咧，嘴里嘀咕着最可怕的诅咒。最后，它终于不走了，我们停下来一看，居然被它带回了出发点！

布木波王子对鹦鹉波莉尼西亚说："现在您怎么解释？这位'夹不里'先生的确不记得回家的路……"

波莉尼西亚粗暴地打断它："闭嘴！要是你被关进盒子里困了一整天，出来后难道不想活动活动筋骨！说不定它的家就在附近！"

我问："那它为什么要绕着山跑了一大圈？"

布木波王子、波莉尼西亚还有我，正在激烈地辩论，忽然听见杜立德医生大喊："快看！快看！"

"夹不里"直接朝山上爬去，一副有正经事要办的样子，速度快了很多。

布木波王子一屁股坐在地上，他很疲惫："如果它还打算活动一下身体，爬完山头再绕回来，我还是坐在这里等吧。奇奇和波莉尼西亚跟上就行。"

然而，"夹不里"爬了不到十英尺高，忽然不见了！尽管我们都瞪大了眼睛，但它却像一滴落入沙子的水，突然从岩石上消失了。

波莉尼西亚大喊起来："它走了，这里一定有山洞！"它叫嚷着飞上去，用爪子抠起来，"找到了！就在这里！洞口只有两个手指头大小！"

杜立德医生恍然大悟："大石板从山顶掉下来，像一扇门遮住了洞口。

要是我们有铲子和镐头就好了。"

波莉尼西亚说得很干脆："没用！这块石板有一百英尺高，就算请来一支军队挖上整整一个星期，都敲不下一个角！"

医生捡起一块石头朝大石板扔过去，石板发出咚的一声，声音传得很远，久久回荡。

咚——咚——咚——

从山洞里面传来了三声回响！

我们瞪大了眼睛，惊讶得说不出话来。

最后，杜立德医生打破了这片刻静默："感谢上帝！他们中还有人活着！"

山洞里传来的回答声，证实了医生的猜测。眨眼间，大家纷纷查看，寻找石板上的开口或者裂缝，以便确定从哪里下手。奇奇爬上石崖，检查了整个山体；我将周围的灌木连根拔起，试图找到一个容易开挖的地方；杜立德医生扯下很多树叶写信，等"夹不里"再出来时，方便往里面送信。波莉尼西亚搬来一堆坚果，一个接一个从那个两指宽的小洞里塞进去，送给里面的人充饥。

最后，还是吉扑为我们带来了希望的曙光。它在石板下又抓又嗅，大喊道："医生！大石板落下时，被一层软土拦在了半空。我估计里面洞口很高，不然里面的人早就挖洞出来了。只要我们把下面的土搬走一些，石板可能下滑，洞口露出来，里面的人就能自己出来了。"

杜立德医生查看了吉扑挖过的地方，很快同意了它的建议。我们从附近找来棍子和石块，像六只狼獾那样排成一排，在山脚下掏土。天气很冷，我们却浑身是汗。

一个小时后，杜立德医生说："大家准备往外跑！万一被掉下来的石板砸住，肯定被砸成烙饼！"

他刚说完，石板就发出一阵咔嚓咔嚓的声音。

"快跑！"医生大喊着，大家跑开了。

石板慢慢滑落，最上面的顶端已经跟山体剥离，从石板后面传来了一阵我们听不懂的兴奋的叫喊声。这时，石板滑动得越来越快，轰隆一声巨响，它落下来，在地上砸成了两半，脚下的大地震动了好半天才恢复平静。

两位伟大的博物学家就要见面了！

洞口边，站着一个高大帅气的印第安人，他身高七尺，肌肉发达，身上只穿了一块用珠子串起来的布，头上插着一根山鹰羽毛。应该是很久没见阳光的缘故，他用手遮住了耀眼的阳光。

杜立德医生站在我身边，低声说："高个子，下巴有一块疤痕。没错，他就是长箭！"

他慢慢走过去，朝这个印第安人伸出了手。

印第安人睁开了眼睛，他的目光炯炯有神，充满了友善。他慢慢抬手，握住了医生的手。

这是一个伟大的时刻！

波莉尼西亚冲我满意地点头，布木波王子感动地抽了抽鼻子。

长箭听不懂英语，杜立德医生不会说印第安语，他开始用各种动物的语言尝试交流，听得我目瞪口呆。

"你好！初次相见！"——这是犬类语言。

"很高兴见到你。"——这是马语。

"你们被困多久了？"——这是鹿语。

然而，长箭僵直身体站立，毫无反应。杜立德医生试了又试，最后用了鹰的语言。他像鹰那样，用尖厉的叫声和咆哮的短促说道："伟大的朋友，见到你还好好地活在世上，我从来没有像此刻这样无比欣喜！"

眨眼间，长箭那雕塑般的面容露出了一丝笑容，他也用鹰的语言说：

"尊贵的朋友，我将用余生报答您，听命于您，做您的仆人！"

杜立德医生朝布木波示意，让他把清水和野果拿来。长箭接过后，感激地点点头，转身带着食物走进洞穴。我们跟了进去，发现里面躺着九个印第安人。他们瘫在地上，情况看起来很糟，每个人都饿得皮包骨头。医生弯腰，听了听每个人的心跳，他下令让奇奇和波莉尼西亚带来更多的野果和水。

长箭将这些分给他的伙伴。这时，突然从洞外传来一阵喧闹声。回头一看，是我们在海滩上碰到的那群不够友好的印第安人。他们看见长箭和其他人，走了进来，高兴地又说又笑，啪啦啪啦地说着那些叽里呱啦的语言。

长箭告诉杜立德医生，这九个人是陪他上山采药的。他们在找一种生长在洞穴里的苔藓，用来治疗消化不良。岂料，石板滑下来，封住了洞口。整整两个星期，他们依靠吃草药、喝墙壁上的露水维持生命。岛上的人以为他们已经不在人世了，现在见到亲人们还活着，他们高兴坏了。

接着，长箭用印第安语告诉那群新来的人，说杜立德医生救了他们的亲人。那些人立即将医生团团围住，七嘴八舌地说来说去，看那神情，他们好像为之前的行为感到后悔。

[第二十二章]

漂浮的岛屿

从这一刻开始，印第安人对我们的态度发生了翻天覆地的变化。他们邀请我们进入村子，参加庆祝团圆的聚会。

下山的路上，那群印第安人告诉长箭一件事，长箭又转述给了杜立德医生。他们说，早上的时候，部落的老首领去世了。

波莉尼西亚附在我耳边小声嘀咕："肯定是我们刚上海滩那会儿，那时候来了个传信的，他们就赶回村子去了。"

长箭说，是寒冷导致的死亡。

杜立德医生点点头，他对我说："该死的海岛，还在朝南方漂移。明天我们去看看村子里的情况怎么样。如果不能阻止漂移，这些印第安人必须坐独木舟离开这里。总之，被大海淹死也比被冻死强多了。要是海岛继续漂移，说不定会漂到南极。"

很快，我们翻过一座小山，看见了印第安人的村子—— 一大片茅草屋和颜色鲜明的图腾柱。

长箭说："这个部落叫'波普西派特尔'，意思是在漂移土地上生活的人。那头还有个部落，叫拜葛家哥拉斯。拜葛家哥拉斯是个大部落，但我宁愿要一个波普西特派尔人，也绝不要一百个拜葛家哥拉斯人。"

杜立德医生救人的事迹很快传开了。快走近村子时，善良热情的村民围上来，拉住杜立德医生的手，拍他的肩膀，跟他拥抱。最后，他们竟然把他扛起来，抬进了村。

夜幕降临，天气变得更冷了。尽管如此，村民们还是兴高采烈地为我们举行了盛大的欢迎仪式。他们成群结队地从茅草屋里出来，不停地挥舞双手。长箭向他们讲述了整个事情的经过，他们不停地发出各种奇怪的声音。我猜，他们大概是在表达感激或者赞美。

最后，我们被人群簇拥着，来到一个崭新的草房子里。一场盛宴即将开始，部落里的重要人物坐在长长的餐桌前面，在长箭的邀请下，我们也入了席。桌上有鱼，有水果，看上去很丰盛。我们饿坏了，但很快发现鱼是生的。那些印第安人毫不在意，他们朝生鱼上面抹了调料，狼吞虎咽地吃了起来。

杜立德医生先向大家致歉，然后询问长箭，我们能不能把鱼烤熟了吃。博学多识的长箭先生，伟大的博物学家，竟然不知道什么是"烤熟"。我们都傻眼了！

波莉尼西亚低声说："医生，这里的人不知道怎么用火！你看，整个村子，没有一点火光。他们是一个无火部落！"

杜立德医生问长箭知不知道什么是火，他还在羊皮桌布上画了火的样子。长箭说，他看见这东西从火山口喷出来，但不知道它是怎么来的。

这时，一个印第安母亲抱着孩子进来了，她哭着对那些印第安人说着什么。长箭告诉杜立德医生，她的孩子病了，她想请医生看看。

波莉尼西亚在我耳边低声抱怨："上帝呀！完全跟在泥塘镇的时候一模一样！吃饭的时候总是被病人打断搅和！哦，也不一样，再也不用担心饭会变冷了！"

杜立德医生给孩子检查了一番，发现是因为天气寒冷导致的。他告诉长箭："火！你们需要用火取暖！不然这个孩子会得肺炎！"

长箭说："岛上都是死火山，我们去哪里找火呢？"

我们几个在口袋里找了半天，仅仅找到两根被海水泡坏的火柴。

杜立德医生说："长箭，我们可以用硬木棍在软木棍的头上摩擦生火，不过需要到森林里找一个旧松鼠窝来引燃。唉，天黑了，这时候去森林不可能找到松鼠窝。"

"我的朋友，您拥有过人的智慧和知识。无火民族有在黑暗里赶路的本事，很快，你要的松鼠窝就会被送来。"长箭说完，叫来一个男孩。他下达命令没多久，男孩就捧着一个松鼠窝回来了，硬木头和软木头也都被找来了。

杜立德医生让人拿来一把弓。他解下弓弦，绕在硬木头上，然后拿硬木头在软木头上来回摩擦。不一会儿，我闻到了木头冒烟的气味。医生将松鼠窝放在上面，吩咐我对着冒烟的地方轻轻吹气。他加快了摩擦的速度，很快，整个房子烟雾弥漫，松鼠窝点燃了。

那些印第安人惊讶极了，差点跪下来膜拜火苗。我们教他们怎么用火，看见我们把鱼串在树枝上放到火上面烤，他们都愣住了。

随后，我们让他们取来更多的干木头，在村子的中心街道搭起了一个巨大的篝火。全村的人都围在篝火边取暖，火光照着他们古铜色的脸颊，照着他们洁白的牙齿，照着他们闪闪发亮的眼睛。他们笑啊跳啊，快乐得像一群孩子。

杜立德医生教他们怎么在家里生火，教他们在屋顶上做烟囱。在我们睡觉前，每家每户都有火光了。他们高兴坏了，彻夜狂欢。直到黎明，村里还是一片交谈议论的声音。他们坐在那里，谈论我们这些外来的陌生人，讨论神奇的火。

第二天上午，在长箭的带领下，我们在岛上走了一圈。寒冷正在侵袭这座小岛的植物，随处可见冻得瑟瑟发抖的鸟儿。有的鸟冻死了，有的鸟在商量飞往暖和的地方。海边，无数的地生蟹逃往海里，准备寻找新的住所。距离海岛不远的东南方海面上，漂浮着很多巨大的冰山。看来，海岛距离可怕的南极不远了。

这时，我们看见了老朋友——海豚，它们正在波浪之中游泳。杜立德医生打了个招呼，它们很快游到岸边。通过询问，我们得知，海岛目前距离南极仅有一百多里了。海豚们问医生，知道这个有什么用途。

医生说："这是一个浮岛，它以前本来位于热带地区，如果一直往南漂移，海上的生物全部会灭绝。但我们不能像划船一样让它回到暖和的地方去呀。"

海豚们说："只要你找到足够多的鲸鱼，就可以！"

"好主意！你们能帮我找来几条鲸鱼吗？"医生问。

"包在我们身上！刚才我们还看见一群鲸鱼在冰山那边做运动呢，我们这就去喊它们，如果数量不够我们再去别的地方找找。"

杜立德医生说："真是太谢谢你们了。另外，我发现这座小岛有一半都是石头，它怎么能漂浮起来呢？我觉得很奇怪。"

海豚们说："这个海岛以前是南美大陆伸出来的部分，就像拖出来的尾巴一样。大概在几千年前，海岛和大陆分开了。海岛是空心的，掉进海里的时候，内部灌进去很多水。实际上，海岛的大部分都在水下，它底部正中的石室，是个大气囊。大气囊一直通往海岛中央大山的心脏。"

"真有意思，我得记下来。"杜立德医生说着，拿出来永不离身的笔记本。

海豚们朝冰山游去，不一会儿一大群鲸鱼朝我们这里赶来。大概来了两百条鲸鱼，它们的个头都很大。

杜立德医生高兴地对海豚说："麻烦你们转告鲸鱼，这件事关系到海岛的生死存亡。它们能不能游到海岛的另一端，用鼻子把它推到巴西海岸附近。"

海豚们成功说服了这群鲸鱼，它们扑腾地拍打着海面，朝海岛南边游去。我们在海滩上等了约一个小时，杜立德医生站起来，往海里扔了一根树枝。过了一会儿，树枝顺着海岸慢慢往下漂移。

接着，树枝离我们越来越远，海岛移动得更快了，远处的冰山几乎快看不清了。

杜立德医生掏出怀表，计算一番后，自言自语道："每小时十四点五海里，速度不错。看来，五天时间我们就能回到巴西海岸附近了。终于能放心了，我觉得暖和多了，好了，我们去搞点吃的。"

[第二十三章]

大将军波莉尼西亚

　　回村子的路上，杜立德医生和长箭关于植物的谈话刚刚开始，一个印第安人飞快地跑了过来。

　　听完他叽里呱啦的汇报后，长箭神色凝重，他用鹰语告诉杜立德医生："亲爱的朋友，厄运降临了。拜葛家哥拉斯人，那群强盗、小偷，一直觊觎我们谷仓里的谷物，主动挑起了战争。他们游手好闲，最擅长不劳而获，凭着人多势众想来欺负波普西派特尔人。"

　　我们回到村子。每家每户的男人都在修整弓箭、削尖长矛、磨快刀子。女人们忙着在村子四周搭建高高的篱笆。瞭望哨和信使来回穿梭，带来最新的动向。整个村子陷入了一片紧张的备战气氛之中。

　　长箭给我们推荐了一个人，他叫"大牙齿"，个不高，但是长得膀大腰圆的，看上去很威风。他是部落的武士首领。杜立德医生毛遂自荐说要去跟拜葛家哥拉斯族谈判，但长箭和"大牙齿"认为，劝说毫无用处，上一次战斗中，他们派人送去停战协商的条件，结果信使被对方的斧头劈成两半。

　　忽然，瞭望哨上传来警报："来了！拜葛家哥拉斯人蜂拥过来了！"

　　杜立德医生说："我反对战争，但如果村子遭受侵略我们就该保卫它。我看，要不了一天，我们就能干掉这群人。"他从地上捡起一根木棍当武器，

走进了备战的人群中。

我借了一张弓和一袋子的箭；老狗吉扑打算利用自己的牙齿做武器；奇奇拎着一袋子石头爬上棕榈树，计划狠狠砸敌人的脑袋；布木波王子一手挥着小树干，一手抓着一根门柱子，跟着医生走到篱笆边。我们都加入到保卫波普西派特尔家园的守卫战中。

当敌人逼近，大家不由得倒吸一口冷气。在黑压压的拜葛家哥拉斯人面前，我们的力量看上去微不足道。

波莉尼西亚小声嘀咕道："上帝呀！我们这点人不是他们的对手。不行，我得去搬救兵。"

我还没问它打算去哪里，它就突然飞走了。吉扑从篱笆里钻出来，告诉我说："它去找黑鹦鹉了！上帝保佑它能及时找到它们。这群该死的恶棍，我们跟他们会有一场激战，真够受的了！"

不幸被吉扑言中了，不到一刻钟，我们就被狂吼乱叫的拜葛家哥拉斯人包围了。这一切发生得太迅速，要不是有长箭、布木波王子和杜立德医生，这场战争很快就结束了。战争一开始，在敌人猛烈的攻击下，篱笆接连出现大口子，杜立德医生、布木波王子和长箭，他们像一个坚不可摧的兵团，及时赶往薄弱地点，把敌人扔出去。他们并肩作战，挥舞着大棒，任何人见了都深受鼓舞，表示深深的钦佩和震撼。

可是，尽管这三位勇士拼命战斗，也无法阻拦没完没了的拜葛家哥拉斯人。他们将篱笆撕开一个巨大的口子，战斗进入白热化。长箭的胸膛被一根长矛扎中，倒了下去。布木波王子和杜立德医生继续坚持战斗，他们一刻也不停歇地挥舞大棒。

沉默寡言的杜立德医生实在太叫人吃惊了！他的怒吼一公里外都能听得清清楚楚，他晃动着大棒，左右开弓，拼命阻拦敌人。

布木波王子则瞪着眼睛，抢着门柱子，几乎没人敢靠近他。但很不幸，他被一块石头击中了前额，也倒下了。

杜立德医生坚持战斗，我和吉扑冲到他身边，但我们的力量实在太渺小了。又有一处篱笆被冲开，拜葛家哥拉斯人潮水一般涌入。可怜的波普西派特尔人冲我们喊道："你们快逃吧！去海边，坐独木舟逃命去吧！结束了，我们被打败了！"

来不及了，我们被冲击在地上。看来，我们要被踩死了。

就在这千钧一发之际，波莉尼西亚率领黑鹦鹉战队回来了！西面天空黑压压一片，几乎遮天蔽日。波莉尼西亚居然在短短时间内率领着它们从南美洲飞来了！在它的指挥下，黑鹦鹉们发动攻击。它们抓住敌人的头发，侧身去啄他们的耳朵。一时间，到处都是咔嚓咔嚓的声音。战局彻底扭转，拜葛家哥拉斯人抱着耳朵惨叫，纷纷逃离。一旦他们逃出村子，鹦鹉们就停止攻击。

敌人刚退，杜立德医生又投入到医治伤员的工作中。所幸，这场激烈的战斗中并没有多少人受重伤。布木波王子只是觉得头晕，长箭的情况是最糟糕的，医生给他拔掉箭头，清洗完伤口包扎好后，他才清醒过来。

安顿好伤员后，杜立德医生吩咐波莉尼西亚，要它带领黑鹦鹉大军，将敌人撵回他们的村庄并日夜监视。波莉尼西亚发出命令，成千上万的鹦鹉同时张开红色的嘴巴，再次发出骇人听闻的尖叫，拜葛家哥拉斯人仓皇逃回他们的老窝。

杜立德医生捡起在战斗中被打飞的帽子，拍拍尘土重新戴上，他朝远处的小山晃晃拳头，说："我们得去拜葛家哥斯拉部落，签订和平协定。"

话音刚落，波普西派特尔人发出震耳欲聋的呼喊声！战争宣告结束！

我们乘坐独木舟，从海上出发，前往拜葛家哥拉斯部落。一路上，杜立德医生不停咒骂着拜葛家哥拉斯人，说他们胆小卑怯，好吃懒做。直到我们到达目的地，医生还是怒气冲冲的样子。长箭没有跟我们一起来，但

杜立德医生有惊人的语言天赋，他很快熟悉了印第安人的语言，并且让拜葛家哥拉斯人听懂了我们的来意。

村外的山上，黑压压落满了黑鹦鹉。只要波莉尼西亚下令，它们就会再度发起进攻。

村里的人个个垂头丧气，站在中心大街两旁，大街通往部落首领居住的宫殿。胖乎乎、气鼓鼓的杜立德医生，昂首挺胸地走在前面，我和布木波忍不住笑了。首领带着人恭敬地在宫殿外的台阶上，他们伸手想跟杜立德医生握手。杜立德医生没有搭理他们，他走到宫殿门口，转过身来，发表了一通演说。

首先，他发言控诉，称这些拜葛家哥拉斯人是懦夫、小偷、懒汉，是没出息的废物，是恃强凌弱的恶霸。他说为了让这块土地永享安宁，他在考虑让黑鹦鹉将他们撵到海里。听到他这么说，村民们全体跪在地上，恳求宽恕，他们愿意签订和平协定并服从杜立德医生提出的任何条件。

接着，杜立德医生提出了他的要求，主要内容是两个部落之间禁止发生任何争斗，不论以后发生何种灾害，他们都要互相帮助，共渡难关。杜立德医生叫来了部落里的记事员，用图画的形式，将和平条约刻在了宫殿的石头墙壁上。协约内容很长，整整用了五十桶颜料，宫墙的大半地方都被刻上了图形文字。这个协约，就是著名的《黑鹦鹉和平协定》。

演说很快结束了，拜葛家哥拉斯人异常高兴。他们原本以为医生会砍掉几百个人的脑袋或者将剩下的人全部抓走让他们终生为奴。看到医生如此和善，他们佩服得五体投地，部落首领爬到杜立德医生脚下苦苦哀求：“伟大的人，请留下来！只要我们能找到的财物，不论是火山中的金矿还是大海里的珍珠，都属于您！请您用智慧带领我们走向和平繁荣。”

杜立德医生拒绝了：“只要你们遵守和平协定，用实际行动证明自己是一个诚实善良的部落，你们当中必定会出现优秀的人，他会带领你们走向兴旺发达！再见！"

　　说完，他大踏步转身离开。我紧紧跟在他身后，心里感到无比的自豪。

[第二十四章]

当选国王

　　很快，我们到达泊船地点。医生治愈了一个生病的小女孩，这件事让他更加声名大振。当他坐上独木舟准备返航时，周围的人以为他要永远地离开蜘蛛猴岛，放声大哭。

　　为了了解小岛的全貌，杜立德医生决定沿着海岸的另一侧行驶。转过小岛的下端，我们看见一处垂直的山崖下面，鲸鱼们正用鼻子顶着小岛，它们强劲有力的尾巴扑腾着海绵，激起一阵阵浪花。一路上，我们注意到蜘蛛猴岛正在恢复生机，树木葱茏。

　　在距离波普西派特尔村落还有一半路程的时候，我们登上海岸，用了两三天时间勘察岛屿的中心部分。在印第安人的带领下，我们来到一个当地人称之为"耳语岩"的地方。这里风景奇特，它是一个巨大的圆形盆地，位于群山环抱之中，中心低洼处向上凸起，成了一个石台。石台上面有一把象牙椅子，四面的山像体育馆的看台一样，成阶梯状一直延伸到山顶。谷底的一面面向大海打开。这个地方很像巨型国会会堂或者音乐厅。

　　我们爬到谷底，热情的印第安人给我们展示了"耳语岩"的秘密：站在谷底，不论相隔多远，只要轻轻说句话，里面所有的人都能听见。杜立德医生说，这是回声在高高的岩石壁来回撞击产生的效果。

　　向导告诉我们，很久之前，波普西派特尔人统治着整个蜘蛛猴岛，国王的加冕仪式便在这里进行，象牙椅子是国王的王座。

随后，我们还去看了"悬石"，它位于火山口，是整个岛屿的最高点。"悬石"大部分悬挂在空中，摇摇欲坠的样子，仿佛一伸手就能将它推进火山口。向导绘声绘色地向我们讲述了波普西派特尔部落的传说：当波普西派特尔人历史上最伟大的国王登上王位，"悬石"就会滚落掉入火山口，抵达地球的心脏。

我们花了半天时间走到火山口边缘，发现"悬石"足足有一个教堂大小，石头下面是幽深的黑洞。杜立德医生问我："斯塔宾斯，如果大石头掉下去，会发生什么？海豚们说过，海岛中心是个大气囊。这块石头很沉，如果掉下去砸破大气囊，空气泄露出来，浮岛就会停止漂移，沉入大海。"

布木波王子说："上万岛民岂不是要葬身大海？"

"不至于，这取决于沉没地点的海水有多深，也许只有一部分掉入海底，大部分还在海面上。"

布木波王子祈祷："但愿这大家伙永远保持平衡，我才不相信它一直待在地心中间，它完全有可能从地球另一边蹦跶出来！"

随后，我们在印第安人的带领下参观了其他地方。接着，我们又回到了独木舟上。杜立德医生担心长箭的伤势，我们在大海上整整赶了一夜，在黎明时分，回到了村子。让我们感到意外的是，村里的人一夜没睡。一大群人围在过世的首领屋子边，一群德高望重的老人正从房子里走出来。他们告诉我们，部落里正在选举新的领袖，结果大概要到中午的时候才能公布。

杜立德医生去看了看长箭，他恢复得很不错。接着，我们吃完早餐，躺下来休息。自从登上蜘蛛猴岛，我们就忙个不停。片刻后，大家都沉沉地睡着了。

正午时分，我们被一阵音乐声吵醒。我们起床后才发现，我们的房子

被波普西派特尔人团团围住了。以前也有不少杜立德医生的崇拜者喜欢在门外守候，但这一次的情况跟以往大不相同。每个人都穿着华丽的衣服：戴上了闪亮的珠子，插上了鲜艳的羽毛，还裹上了绚丽的毯子。他们看起来兴高采烈，有人在唱歌，有人打奏乐器。

波莉尼西亚回来了，它兴趣十足地看着表演，告诉我们："选举结束了，新的部落首领的名字已经公布于众。"

杜立德医生问："是谁？"

"你呀。"波莉尼西亚平静地回答，"他们认为杜立德配不上你这样伟大的人物，还给你改了个名字——忠·心卡劳特，怎么样？"

杜立德医生很烦躁："我不想当首领！"

波莉尼西亚说："除非你愿意用独木舟逃回到大海上，要不然你无法脱身了。你现在是整个岛屿的国王了！拜葛家哥拉斯人想让你统领他们，得知你被波普西派特尔人选为首领，他们决定放弃自主权，主张跟波普西派特尔部落联合起来，让你当两个部落的国王。"

杜立德医生痛苦地叫喊起来："我真不希望他们这样充满热情，我不愿意当国王。"

我说："您应该感到幸福，我做梦都想成为国王呢。"

"唉，我知道成为国王是一件特神气的事。但国王需要承担责任，并且永远都无法卸下肩头重担。来到蜘蛛猴岛，我就没干过跟工作相关的事。我要是成了国王，就不能当博物学家了，我只会成天忙碌，只是一个——呃，一个国王。"杜立德医生说着，沮丧地穿着长筒靴。

布木波王子说："也有别的好事，我父亲是国王，他娶了一百二十个妃子。"

"一百二十倍糟糕。我有自己的工作，我不愿意做国王。"

波莉尼西亚提醒说："那些人来宣布你当选了，快，系好鞋带。"

这时，人群让出一条通道，部落里有名望的人走来了。一位老者走在最前面，他手里捧着一顶精致的木头王冠。老人身后，八个身强力壮的年轻人抬着一架类似轿子的椅子。

老人在杜立德医生面前双膝跪下，头快要贴到地面。杜立德医生手忙脚乱地系衬衫带子。

老人说："陛下，您的心胸和智慧比大海还要深远。在您的感召下，拜葛家哥拉斯人成了我们的朋友。他们跟我们一样，恳请沐浴在您的光芒之下，遵从您的指引。陛下，蜘蛛猴岛全体臣民一致恳求，请您莅临'耳语岩'登基，成为我们漂浮岛的国王。"

杜立德医生急得脸色都变了，他焦急地东张西望寻找逃跑的借口，小声地嘀咕说："上帝呀！我该怎么办……你们看见别针了吗？没有别针怎么固定领带？……啊，也许别针掉进床底下了——布木波，他们应该会让我考虑一两天吧？一个人从睡梦中被叫醒，他连脸都没洗，就被告知要成为国王了，你们听过这种事吗？谁找到别针了？布木波，挪一下脚，是不是你踩到它了？"

波莉尼西亚实在看不下去了："别管那烦人的别针了！印第安人不在乎那些，不管你有没有整理好衬衫领带，你都得当国王。"

杜立德医生转过身，对门外的印第安人说："朋友们，谢谢你们对我的信任，谢谢你们授予的荣耀，我深感愧疚。但我恳求不要将如此重大的责任托付于我，我无法胜任。我相信，在你们的之中，一定有比我更合适的人选。"

老人对人群重复了杜立德医生的话。但他们固执地摇头，站着纹丝不动。

老人说："除了你，谁都没有能力担任国王，我们选定了你。"

杜立德医生打算找长箭帮自己出主意，他朝几位长者说了几句，朝长箭的住处跑去。为了让长箭享受到节日的气氛，大家将他抬到了屋外的草垫上。杜立德医生一见到他立即用鹰的语言飞快地说："老朋友，我有十万

火急的事找你帮忙。他们要我当国王，要是我答应了这件差事，我就干不了别的事了。我知道他们出于好意，但这样的确太不明智了。请你劝劝他们。"

长箭用胳膊肘支撑起身体，他说："仁慈的朋友，我很难过，你恳求我的第一件事我就办不到。这些村民下定决心拥戴你，如果我强行干涉，他们会把我撵出去。你先当上国王，其他的事再行安排。这个部落的人非常固执，他们决定的事，毫无扭转的余地。"

杜立德医生沮丧地掉头转身，一回头就看见身后站立的印第安人老者，他依然捧着王冠。老人身边停着轿子，抬轿的人躬身恳请杜立德医生上轿。

杜立德医生简直绝望了，人们将这里围得密不透风，完全找不到任何逃走的出口。突然，由木头哨子和皮鼓组成的乐队演奏起庄严肃穆的音乐，就连长箭也跟那些印第安人一样，伸手指向轿子。最后，杜立德医生百般不情愿地上了轿子，人们抬他起来的时候，他还在小声嚷嚷："太麻烦了，我不想做国王。"

躺在草垫子上的长箭冲他高喊："再会！祝您的王国国运永昌！"

游行队伍才抬着杜立德医生出发，村民们已经成群结队地朝加冕典礼场地——"耳语岩"飞奔。

我、布木波王子、奇奇、波莉尼西亚、吉扑，站在"耳语岩"边缘往下看。盆地已经是一片古铜色面庞的海洋，全岛的人都到齐了，就连长箭都被人抬了来。尽管这里人头攒动，但却没有一点儿声响，整个"耳语岩"一片庄严肃穆。中心的大石台上，已经竖立起一根新的图腾柱。印第安人喜欢在家门口竖立图腾柱，上面用花纹的形式描述家庭的事迹。杜立德医生的图腾柱比任何图腾柱都要富丽堂皇，上面雕刻着各种印第安人认为品格高尚的动物，例如，象征速度的鹿，代表毅力的公牛，寓意灵活的鱼，等等。图腾柱的顶端，通常是家族引以为荣的某个标记或者动物。杜立德医生的图腾柱顶端，是为了纪念《黑鹦鹉和平协定》而雕刻的一只巨大的鹦鹉。

石台上的象牙椅子已经被打磨得异常光亮，椅子脚下，撒满了鲜花。不一会儿，杜立德医生被抬上大石台，下轿后，他跟随老人的指引，沿着鲜花铺成的地毯走向王座，坐了下去。宝座似乎是为长腿国王们量身定制的，杜立德医生是个小个子，他的脚够不到地面，只好悬空在那里。

老者面向全场，发表了一段很长的演讲。首先，他列举了每一个伟大的波普西派特尔国王的名字和他们的事迹。接着，他说起杜立德医生为部落所做的每一件事情。尽管大家都严格遵守静默的规定，但所有人都举起手朝王座那边挥舞。最后，老者结束演讲，面色庄重地走向王座，恭敬地取下杜立德医生头上破破烂烂的帽子。他想扔在地上，但杜立德医生接过去放回了自己的腿上。老者将王冠戴到杜立德医生头上，显而易见，这是为小脑袋国王设计的王冠，它跟杜立德医生的大脑袋非常不匹配。海风吹来，杜立德医生不得不按住王冠以免被吹落下来。

加冕结束了，老者面向全场，说："波普西派特尔的族人们，请看看你们的国王，你们满意吗？"

所有人高呼："吾王万岁！万岁！万万岁！"

寂静被打破了，一时间好像一百门大炮齐发，呼声震耳欲聋。"耳语岩"里任何轻微的声音都能传出去很远，更别提此刻这场欢呼带来的震动了。呼声穿越了整个岛屿，在遥远的山谷岩洞之间久久回应。

突然，印第安老者指了指岛上最高处的山峰。我扭过头，正好看见巨大的"悬石"慢慢颤动着，掉进了火山口。

老者高喊："石头滚落！传说成为现实，伟大的国王出现了！"

杜立德医生也看见了，他站起来，期待地看着大海的方向。

布木波王子嘀咕着说："他肯定在想大气囊了，还是祈祷这一带的海水还不太深吧。"

一分钟后，远远传来一声闷响，接着是咔嚓咔嚓的摩擦声，再下来，是巨大的漏气声。杜立德医生很紧张，他坐在王座上，眼睛死死地盯着蔚蓝的海水。小岛在下沉，海水漫上沙滩，海岸消失了。

　　一英尺、三英尺……一百！

　　谢天谢地，小岛停住了，永远扎根在大西洋海滩上。

　　靠近海滩的房屋已经被海水淹没了，整个波普西派特尔村都消失了。幸好，全岛的人都来参加国王加冕仪式，没有一个人因此发生意外。

[第二十五章]

我们想家了

    我曾经以为，国王就是整日威严地坐在王座上，等待人们前来鞠躬。但杜立德医生用了几天时间，就彻底改变了我对国王这个职业的认知：一个称职的国王，大概是这世界上最忙碌的人。

    每天从睁开眼睛开始忙到深夜，从无休息，杜立德医生一直处于忙碌之中。首先是建立新的波普西派特尔村落。他将新城建在岛上的大河入海口，将这里改造成停泊船只的海湾。在建造新城的时候，他在高山上建立了一道堤坝，拦截溪流，形成大湖，解决了新城供水问题。他还指导他们每天焚烧垃圾，由此杜绝了很多此前困扰印第安人的疾病。

    印第安人不会使用金属。杜立德医生翻遍了岛上每个地方，找到了铁矿和铜矿，教会印第安人熔化金属，将其做成刀子等物件。

    在建造新城的时候，杜立德医生还和他的子民发生了激烈的冲突。杜立德医生曾经对我和布木波王子说，他要跟子民亲如一家，因此在草拟王宫位置时，他只给自己留了个在后街的小屋位置。印第安人绝不同意，他们说别的事都能同意，唯有王宫这件事不能听从杜立德医生的安排。他们要给他建造一座奢华的宫殿，要在宫里放一千个仆人日夜伺候，还要给他打造一条镶满贝母的皇家独木舟。

    至于杜立德医生的衣物，也尽可能的奢华堂皇。那顶心爱的帽子早已

被束之高阁，他想看一眼都只能偷偷摸摸的。他身上无时无刻不穿着国王的袍子，即便要溜出去进行一次博物学远足，他也不得不戴着王冠跟在蝴蝶后面奔跑。

每天都有很多事情等待杜立德医生处理。皇宫的东边是法院，杜立德医生每天早上从九点坐到十一点，解决土地边界的争执、为打架的夫妻化解矛盾，等等，需要他拿主意的事永远没完没了。

到了下午，他要去学校上课。不论是大人还是孩子都可以来听课。我和布木波王子也会教一些简单的算术，但天文、农业、婴儿护理等，都得医生本人亲自教授。印第安人很喜欢来听课，杜立德医生不得不将他们分成五六千人一组轮流上课，课堂上，他必须拿一个大喇叭让自己的声音尽量传出去。

至于其他时间，杜立德医生还要应付修路、盖磨坊等事情。我们在岛上一待就是六个月，很快就到了杜立德医生的生日。岛上的居民将这天当作盛大的节日庆祝，到处欢歌笑语。庆祝将近尾声的时候，两个部落的长老们组织了一支队伍，举起一块乌木雕刻的画像，绕着城里的大街小巷游行。这是他们古老的传统，每个国王都有这样一块画像，用以记载他们的丰功伟绩。杜立德医生的这块画像，足足有十英尺高。画像最后悬挂在新王宫的大门上，上面分别有六幅画，分别画着杜立德医生登岛后的六次重大功绩，每一幅画下面都有一首专门由宫廷诗人创作的诗歌。

新王宫里，我们都有自己专属的房子。长箭跟我们住在一起，只不过他出海旅行去了。

晚饭之后，杜立德医生到城里某户人家看望新出生的婴儿。我们几个跟往常一样到布木波房间的会客室，商议明天要做的工作。可是不知怎么的，说着说着，我们说到了英国，也说起了各种美食。王宫里的印第安大厨是个糟蹋食物的好手，他们根本不懂烹调。有时候我们饿坏了，杜立德医生不得不半夜溜进王宫的厨房，借助余烬未灭的碳火给我们煎饼。他是世界上最棒的厨师，就是有个缺点，做饭的时候总会将厨房弄得一团糟。我们不得不小心翼翼以免被厨师们发现。

今晚，美食成了我们讨论的主题。

布木波说："告诉你我现在最渴望吃什么——热可可！一大杯，上面还有打起泡的奶油！我在牛津的时候，喝的可是全世界最上等的热可可！这里别说可可树了，连奶牛都没有！"

吉扑问："你们觉得，医生计划什么时候离开这里？"

波莉尼西亚叹了口气："我昨天跟他聊过这个问题，他给我的答复，我很不满意，看来他目前没有离开的打算。"

大家沉默了一会儿。

波莉尼西亚又说："我想，医生完全不想回去了。"

布木波大喊起来："上帝呀，不会吧？"

"嘘！什么声音？"波莉尼西亚说。

从王宫大门传来卫兵的口令："国王回宫——吾王万岁——"

波莉尼西亚嘀咕起来："他终于回来了，哎，跟平时一样晚。可怜的博物学家，还怎么能开展自己的工作！奇奇，帮忙把烟斗、烟丝拿来，还有他的睡衣，麻烦放到椅子上。"

杜立德医生进来了，他神情疲惫地脱下王冠，换上睡衣，一屁股陷进座椅里，长长叹了一口气，装起烟斗来。

波莉尼西亚轻声问他："那个婴儿怎么样了？"

"婴儿？"杜立德医生神色恍然，思绪似乎还在远处飘荡，"哦，婴儿。他长第二颗牙齿了，看上去好了很多。"

接着，他不再说话，透过烟斗散出来的烟雾怔怔地看着天花板。我们都安静下来，谁都不吭声。

最后，我说："在您出门之前，我们在讨论这个问题，医生，我们已经出门七个月了，不知道您计划什么时候回家。"

杜立德医生坐直身子，他的样子看上去颇为苦恼。过了好一会儿，他才说："事实上我也打算找你们谈谈这个问题，但我恐怕很难让你们设身处地为我着想。你们还记得我当上国王的那天说过的话吗？一旦成为国王，很难卸下肩头责任。这里的人都很无知，他们需要我们来改变他们的生活。我也很想继续做博物学研究，我也非常想回到泥塘镇。但是我担心我们一走，这些印第安人又会回到他们的旧习俗中，将我们教的东西乱用一气，说不定他们的处境会比以前更糟。他们信任我，我不想辜负他们的信任，我也非常喜欢这些善良热情的人。既然我成为国王，就得继续承担责任。我恐怕——恐怕得留下来。"

布木波王子低声问："您要永远留下来吗？"

杜立德医生皱起眉头，好一阵子都不说话。最后他说："目前我不会走的，时机不合适。"

不愉快的沉默再次充斥整个房间，过了一会儿，有人敲门。杜立德医生叹了一口气，戴上王冠，穿上长袍。

门外的侍从朝杜立德医生深深鞠了一躬，他说："报告陛下，王宫前有一位旅者求见。"

波莉尼西亚嘀咕说："我敢打赌，又是哪家的孩子出世了。"

杜立德医生问："那人叫什么？"

侍从恭敬地回答："陛下，他叫长箭。"

杜立德医生惊喜地叫喊起来："太好了！快请他进来！"

长箭站在门口，脸上挂着微笑，身后跟着两个挑着担子的脚夫。完成拜见国王的仪式后，两个脚夫卸下担子走了。长箭说："陛下，我遵守我的承诺，将多年搜集的标本给您带来了。"

他打开行李，将里面的东西摆上桌子。这些都是植物的根茎、果实、花朵之类，还有橡胶、树皮、豆荚、蜂蜜和其他一些昆虫。

我本来对植物学不感兴趣，但当长箭一一为我们讲解时，我完全沉醉了，深深被这个神奇的植物王国吸引住了。

他拿起一小盒颗粒比较大的树籽说："这是'哈哈豆'，吃了它，人们就会开心大笑。"

布木波王子不信，趁着长箭转身的时候，捏了三颗，一股脑儿吃下去。

长箭发现了，惊慌失色地叫起来："一粒树籽的四分之一就能发挥作用，你一下吃了三颗！让我们祈祷吧，但愿你不会被笑死！"

哈哈豆的效果十分灵验。布木波脸上很快出现了一个大大的笑容，接着，他咯咯地轻声笑起来，最后他狂笑不止。我们不得不把他抬到隔壁房间的床上，整个晚上他都在愉快地咯咯笑着，第二天早上起床的时候，他的笑声还没停止。杜立德医生说，幸好是布木波王子的体质比较好，要不然他会被笑死的。

展示完哈哈豆，长箭又给我们看了一种红色的根茎，他说将这个东西加糖和盐熬成汤，喝下去后整个人会以惊人的速度和耐力狂跳不止。但有了布木波王子的前车之鉴，我们都不愿意轻易尝试。

长箭的这些东西，非常有意思，而且还很实用：一种从野葡萄里提炼的油，抹在头发上，头发可以在一夜之间迅速长得很长；有一罐子黑色蜂蜜，只要喝了一小勺，就能美美地睡个好觉；有一种坚果，吃下去后嗓子能像夜莺一般动听；还有能立即止血的水草；能治愈毒蛇咬伤的苔藓；吃下去能防止晕船的地衣；还有南瓜那么大的橘子。

杜立德医生听得非常入迷，长箭一说出这些东西的名称、性质、用途，他就掏出笔记本记下来。直到深夜，他还在查看那些物品。

合上笔记本后，杜立德医生对我说："你知道吗？斯塔宾斯，这些东西

到了药剂师手里，会给人类的医学和化学研究带来翻天覆地般的变化。长箭已经创立了自己的药剂学体系，米兰达说得没错，他是伟大的博物学家！我一定要将这些东西带回英国。"说到这里，他沉闷地问："什么时候，我才能回去呢？"

[第二十六章]

大帝螺的传奇人生

自从上次内阁会议后，我们再也没有跟杜立德医生提起回家的事。大家在蜘蛛猴岛上继续愉快地忙碌着，不知不觉间冬去春来，夏天来了。

杜立德医生越来越忙，用在博物学研究上的时间和精力越来越少。每当我们提到英国或者他的过去，他就会陷入沉思，神情恍惚，还有一点哀伤。我知道他一定是在想念泥塘镇和他昔日的理想。如果不是后来发生了一件事，我真的确定，杜立德医生要在蜘蛛猴岛度过余生了。这件事，主要是波莉尼西亚在其中起了很大的作用。

波莉尼西亚早已对蜘蛛猴岛上的生活充满了厌烦。一天，在海边散步的时候，它说："我一想到鼎鼎大名的杜立德医生竟然将他宝贵的时间浪费在这个地方，就非常气愤！"

我们在沙滩上坐下来，我问："他真的不会回泥塘镇了？"

它说："有一段时间，我认为只要想到家里的那些动物，他就会回去。但去年八月份，米兰达捎来口信说家里一切安好，我就知道不能指望这个了。这几个月来，我千方百计想让医生将他的注意力转移到博物学研究上。必须得有让他激动的大事情才行。可是，他满脑子都是铺路，教那些小屁孩学一加一等于二什么的，我们该怎么办？"

天气晴朗干燥，近处沙滩金黄，远处大海蔚蓝，我怔怔地看着大海，

想起了在泥塘镇的父母。我出去这么久了，他们会不会很想我？波莉尼西亚还在嘀咕着，我听着波涛拍岸的声音，渐渐进入梦乡。梦里，似乎蜘蛛猴岛猛地颠簸了一下，好像有什么力量将它重重掀起来又扔下去。

也不知道过去了多久，迷迷糊糊中，波莉尼西亚啄着我的鼻子，它嚷嚷起来："汤米！起来！睡得太沉了！地震都没醒！快起来，上帝呀，咱们的机会来了！"

我打着哈欠，揉着惺忪的睡眼，朝波莉尼西亚指的地方看去。

啊！在距离海岸不到三十码的地方，有一个巨大的粉红色贝壳。它高高地矗立在沙滩上，背上的纹路闪耀着五颜六色的光泽。远远看去，它像一座圆顶小屋、大贝壳慢慢地移动着，它身边的海面上掀起了细碎的波浪和雪白的泡沫。

我一定还在梦里！

"上帝呀，那是什么？"

波莉尼西亚小声说："千百年来，被水手们称为水中巨兽的东西——海蛇！我以前远远地见过几次，它就在海面上钻来钻去的，现在我强烈怀疑，那只'肥奇特'说的'玻璃大帝螺'，就是这家伙。如果当年在海上叱咤风云的不是它，你完全可以叫我'臭乌鸦'。汤米，我们的好运来了！趁着它回到'大深洞'之前，赶紧把医生弄过来，让他看看这个稀有品种。相信我，我们一定有机会离开这个被上帝祝福的好地方。你留下看着，这些海螺都很胆小，你可别吓着它。好了，我去喊医生，马上就到！"

波莉尼西亚偷偷摸摸溜过海滩，直到走进灌木丛后面才扇动翅膀，朝城里飞去。我留在沙滩上，眼睛一刻也不眨地看着这个庞大的巨兽在浅水里慢慢游动。它时不时从水里抬头，露出长得超乎想象的脖子和触角。有时候它像蜗牛走路那样挺一下身体，走一步又趴了下来。我猜它身体的某个部位肯定受伤了。

我安静地守着这只巨兽，甚至差点没发现波莉尼西亚和杜立德医生蹑手蹑脚走来。

医生一见到这只大帝螺，双眼立即神采奕奕。他悄声说："毫无疑问，它就是'玻璃大帝螺'。波莉尼西亚，你能不能去海边帮我找一只海豚来，也许它们能告诉我大帝螺为什么会来这里。斯塔宾斯，你去港口划一条独木舟来，别吓到它，不然我们将永远失去见到它的机会了！"

我正要走，波莉尼西亚附在我耳边说："必须保守秘密，不能告诉任何一个印第安人，不然用不了五分钟这里就会被那些喜欢看稀奇古怪的人围得密不透风。太棒了，我们发现它的地方，是少有人迹的海湾！"

我很快到了港口，没有跟任何一个人提起独木舟的用途。我拼命地划桨，生怕回去的时候，那只大帝螺消失不见。我赶回去时，见它还在海湾里，心里高兴得要命！

波莉尼西亚带来了一对海豚，我把小船拖上岸，跑过去听它们和医生的对话。

杜立德医生说："据我所知，它一直住在'大深洞'里，即便浮上海面，也是在大海中央，它怎么会出现在这里？"

两只海豚惊讶地说："你把海岛弄沉的时候，盖住了'大深洞'，就像给瓶子盖上盖子一样呀。里面的鱼拼命往外逃，那会儿大帝螺正从洞口探出头来准备散步，掉下来的海岛将它的尾巴夹在洞口了。它挣扎了六个月，最后拼尽全力才顶开海岛一端把尾巴抽出来。一个小时前，海岛发生了一场小型地震，就是它弄出来的。托它的福，它顶起'盖子'的时候，里面的鱼全部逃了出来。不过它也因此受了伤，尾巴的一处关节扭伤了，不得不找地方修养。它发现旁边有沙滩，就爬过来了。"

杜立德医生惊叫道："实在抱歉，我应该发个通告，告诉大家小岛就要下沉了。不过这件事纯属偶然，我们也不知道小岛会沉下去。你们看，它

伤得严重吗？"

　　海豚们说："我们不懂它的语言，无法沟通。但我们围着它游了一圈，它看上去伤得好像不严重。"

　　杜立德医生问："你们中有没有谁会说贝类的语言？"

　　"不会，贝类的语言是最难学的语言。"

　　"那你们能帮我找到别的能说贝类语言的动物吗？"

　　海豚们说："不知道，我们尽量试试看。"

　　"太感谢你们了！我有一肚子的问题要问它。另外，我会竭尽全力医治它。关于它的伤情，我需要承担一定的责任。"

　　海豚们说："好的，我们马上去找，你就在这等着。"

　　杜立德医生安静地坐在沙滩上等候。那两只海豚不停跑来跑去，将海里的各种动物带来，看它们能不能帮上忙。但它们都不会讲贝类的语言，后来海豚们找到一只上了年纪的老海胆，它像一个长满了胡须的小圆球，看起来挺有意思的。海胆告诉我们，它不懂贝类的语言，但它会说一些海星语。这给我们带来了一点希望，海豚们留下海胆，又找来了一只海星。这只海星看上去傻头傻脑的，但它很想帮忙试试。于是，经过一番沟通交流，我们发现它真的能说一些贝类的语言！

　　我和杜立德医生带着激动的心情跳上独木舟，身边跟着海豚、海胆、海星。我们慢慢接近大帝螺，进行了有史以来最神奇的一场谈话。杜立德医生提问后，海豚翻译给海胆，海胆说给海星，海星再转述给大帝螺，大帝螺回答问题后，海星翻译给海胆，海胆告诉海豚，海豚最后转译给杜立德医生。

　　依靠这个方法，我们获得了大量珍稀资料。不过，那只海星口舌笨拙，加上一种语言需要翻译成另一种语言，大帝螺说的很多细节都漏掉了。当大帝螺说话的时候，我和杜立德医生就将耳朵贴在它的壳上。医生通晓一两门鱼类的语言，他听了好几次后，探下身体，将耳朵贴着水面，直接跟大帝螺谈话了。

这场谈话进行得很艰辛，医生花了好几个小时的时间，才取得一点成果。

太阳西沉，晚风吹过竹林，飒飒作响。交谈终于停了下来，杜立德医生告诉我："我说服了大帝螺，让它到沙滩上，以便我检查伤势。你能不能回城一趟，告诉在剧院干活的工人们可以停下来休息了？然后帮我把王宫接待室王位下的药箱带过来。"

波莉尼西亚再次小声警告我，不要把这件事告诉任何人。

我很快带着药箱回来了。大帝螺已经上岸了，看起来比之前更高大。我完全有理由相信那些迷信的水手为什么叫它海蛇了，它的确是个兼具了美丽与优雅的庞然大物。

杜立德医生从药箱里取出药膏，涂在大帝螺的尾巴上，然后用绷带进行包扎。这么大的尾巴，绷带当然不够，我又跑了一趟王宫，将皇家衣橱里的所有床单带了过来。我和波莉尼西亚将床单撕成布条，好一番折腾后，才将大帝螺的尾巴包扎好。

大帝螺很满意，它懒洋洋地趴在地上休息。它背上的壳空了，站在一边，可以通过透明的壳，看见对面的棕榈树。

杜立德医生说："大帝螺的尾巴伤得很严重，如果无法入睡，可能喜欢有人陪着。让布木波来吧，他已经睡了一整天了。如果不是忙得团团转，我真想自己来陪它，我有很多事想和它说呢。"

我们正在收拾东西准备回去，波莉尼西亚说："医生，你也该休休假了。比如我们英国的国王，当然他在位的时候你还没出世，但他天天都在休假！他算不上模范国王，但他名气很响，连宫里鱼塘里的鲤鱼们都喜欢他。总之，国王要像正常人那样休假。你当上国王后还没休假呢，你可以现在给

自己放个假。等会你回到王宫，出一份皇家公告，说出于身体健康的考虑，你需要到乡下静养一个礼拜，并且不需要任何随从。这叫微服出访，是国王们能度过一段放松时间的唯一办法。只要这样，你就能整整一个星期跟大帝螺聊天了，怎么样？"

杜立德医生想了想说："听起来实在太诱人了。可是，有新剧院要盖……印第安妈妈们很无知，那些孩子……"

波莉尼西亚气冲冲地打断了他："剧院！孩子！剧院可以停工一个礼拜！小孩子只不过会闹肚子疼！你没来之前这些孩子是怎么养大的？休假吧！你需要休假！"

我隐隐觉得，休假是波莉尼西亚计划中的一部分。尽管杜立德医生没有回话，但是我看得出来，波莉尼西亚的话起了作用。晚饭后，医生的身影就从王宫中消失了。他没有通知布木波去照看大帝螺，毫无疑问，他肯定回到沙滩上去了。

王宫的大门一关，我们的内阁会议拉开了序幕。

波莉尼西亚说："一定要说服医生度假，不然我们的后半辈子只能在这个岛上度过了。"

布木波王子问："即便医生休假，跟别的休假有何不同？"

波莉尼西亚很不耐烦地解释说："只要一个礼拜，他不受干扰地再次投入博物学研究，我们就有可能离开这里。医生必须休假，不能让那些印第安人知道他在干什么，他才有机会离开。我很确定，一旦他们知道医生有任何离开的念头，绝对会打一条铁链把他拴起来。"

我完全同意波莉尼西亚的看法："但是，没有大船，我们怎么秘密地离开这里？"

这时，波莉尼西亚显示出非凡的智慧来，它说："如果医生同意休假，我们就要说服大帝螺，让它用壳将我们带走，送到泥塘镇河口。医生要把长箭送的植物带回英国送给医生们研究，只要大帝螺同意了，他肯定受不了诱惑。他一直想去深海看看，我清楚得很，他肯定会走的。"

我惊呼起来："我简直一刻也不能等了！大帝螺真的会带我们回泥塘镇？"

波莉尼西亚说："这段路对大帝螺来说，小菜一碟，它只需要沿着海底爬行就可以了。只要医生同意休假，只要大帝螺同意带我们一程，一切都不是问题！"

吉扑说："上帝呀，它一定要答应！我已经受不了这该死的热带气候了，整天懒洋洋的，我觉得自己像个废物。我太想念泥塘镇了，啊！还有花园！要是知道我们回家，拍拍会高兴成什么样子！"

我说："从我们离开国王桥开始，到下个月月底，我们已经离开英国整整两年了！"

奇奇做梦一般回忆："船还陷进泥塘了呢。"

我说："你们还记得岸上的人跟我们挥手告别吗？"

吉扑说："说不定他们还经常提起我们，想知道我们是不是还活着。"

布木波王子叫起来："打住！再说我就要哭了！"

[第二十七章]
回到泥塘镇

第二天早上，杜立德医生告诉我们，经过跟大帝螺彻夜长谈，他决定休假。公文已经发下去了，内容写着国王陛下要去乡间休息一周，其间，王宫及其他机关正常办公。

波莉尼西亚高兴疯了，这个老牌谋略家，立即不声不响地安排我们离开的事情，我们去哪里、需要带什么东西、何时动身、从哪个宫门出去，等等问题，它叮嘱我们要格外保密，不能让印第安人发现我们要离开的打算。它考虑得面面俱到，凭我们绝对想不出来要做这样或者那样的准备。

波莉尼西亚对我们的工作进行了划分：我的任务是带上杜立德医生的所有笔记本；作为唯一参与计划的印第安人，长箭需要带上他的植物收藏品；布木波王子的任务是带上医生那顶帽子。之后，为了避免走漏风声，波莉尼西亚还给所有值夜班的奴仆放了假。最后，它确定了出发时间：半夜！

我们还带了一个星期的干粮和其他行李，每个人都带了一大堆东西。当钟声敲响十二下，我们打开王宫侧面的东门，蹑手蹑脚地走出了王宫的花园。

布木波王子小声说："踮着脚尖，微服出访。"

我们关上了沉重的宫门，没有人发现我们已经离开。

走过长长的台阶，我忍不住停下来回望气势恢宏的宫殿。这是我们在异国他乡一砖一瓦盖起来的！不知我们走后，会有什么样的国王住进来？夜晚异常宁静，只听得莲花池的火烈鸟们轻拍翅膀的声音……

突然，从篱笆处射进来守夜人灯笼上的光，波莉尼西亚猛地扯着我的裤脚，催促我赶路。

我们到达沙滩时，大帝螺的尾巴已经活动自如了，海豚还在附近的水面打转。在杜立德医生专心照料大帝螺时，波莉尼西亚挥挥手，将海豚们喊过来，悄悄吩咐说："朋友们，杜立德医生为动物们做了很多事，现在你们也该为他做点事情了。当蜘蛛猴岛的国王，完全违背了医生的意愿，医生一直想去海底逛逛，这也是他逃离海岛的唯一机会。你们能不能叫海胆告诉海星，再让海星转告大帝螺，问它愿不愿意让医生和我们坐在它的壳里，将我们送回泥塘镇。当然，还有一点儿行李，不多，大概也就三四十件。"

海豚们说："我们完全同意你的看法，动物们更需要医生，他在这里浪费时间实在太可惜。我们非常愿意帮忙，会尽力说服大帝螺。"

波莉尼西亚还叮嘱说："千万不能告诉医生，要是他知道我们捣鬼，一定不会答应。得让大帝螺主动提出来，明白吗？"

这时，蒙在鼓里的杜立德医生还在检查大帝螺的尾巴。我和奇奇、波莉尼西亚、布木波、长箭还有吉扑，靠着一棵棕榈树坐了下来。

半个小时后，杜立德医生突然从大帝螺身边跳起来，他气喘吁吁地朝我们跑过来，一边跑一边大叫："你们猜猜！大帝螺对我说了什么！它说它要寻找一个新的住处，想带上我们一起走。它愿意让我们坐在它的壳里，送我们回英国！上帝呀！多么难得的机会！横穿大洋海底世界！这是从来都没有人能完成的壮举唉，如果我不是国王就好了，我只能眼巴巴看着这个千载难逢的机会溜走！"

说完，他返身走向沙滩，站在中央，呆呆地看着大帝螺，眼中满是忧伤！月光洒满沙滩，海面波光粼粼，他的身影成了一团孤寂的墨黑色。

波莉尼西亚站起来，走了过去，它像安慰一个倔强的孩子那样柔声说："医生，你很清楚，当国王不是你想要的终生事业。即便没有你，岛民们也会过得很好，没人会指责你对他们不尽责任。他们逼迫你当国王，原本就不对。接受大帝螺的邀请吧，你要做的事情，以及带回家的资料，远比你在岛上做的事有价值。"

杜立德医生悲伤地说："我的老朋友，我担心我一走，他们又回到不卫生的生活习惯里，我要顾及他们的健康，我不能丢下他们。也许以后还有机会，但我现在不能走！"

"医生，你错了。以后再也不会有这种机会了。你在这待得越久，越不肯放手离开。走吧，今晚，现在！"

"不说再见，偷偷溜走？这是什么主意！"

波莉尼西亚失去了耐心："医生，如果你回到王宫，要去说再见或者别的什么，你永远也别打算走了。现在，必须马上走！"

波莉尼西亚的话直击要害，医生站在原地想了一会儿。他又说："我得回去拿我那些笔记本！"

我在一旁大声说："我全带着，一本都不少！"

他又想了一阵子，然后说："长箭的那些收藏，我也得带回去！"

长箭低沉的声音从棕榈树方向传来："国王陛下，都在我这里！"

杜立德医生又问："吃的用的呢，总要有吃的——"

"我们为休假准备了一个礼拜的食物。"波莉尼西亚说。

杜立德医生又沉默了，最后他焦躁不安地说："我无论如何都要回去，我不能带着王冠回泥塘镇，我决定了：要回去拿帽子！"

布木波王子从他的外套底下拿出医生的宝贝帽子，说："在这里。"

我们都看出来了，医生不死心，还想继续找点别的借口。

这时，长箭开口了："我的朋友，你的工作，你的未来都在召唤！快回到千里迢迢外的老家吧，将我多年积累的知识带给人们，让它们发挥更多用途。东方破晓，快走吧！在被发现之前快速离开！如果你现在不走，你的余生只能被囚禁在这儿当国王了。"

重大的决定时刻到了！

杜立德医生挺直了身体，慢慢取下头上的王冠，放到沙滩上，他几乎是哽咽着，艰难地说："他们找我的时候，会在这里发现它……他们知道我走了……不知道他们能不能理解我这样不辞而别……希望他们理解，宽恕我……"

他从布木波手里接过旧帽子，戴在头上，转身紧紧握住了长箭的手。

我们的大个子朋友说："我的朋友，你的决定无比正确。再也没有人比我更不愿意你走，但是——再见！祝你一生平安，永远好运！"

医生哭了，他一言不发走下海滩，走向大帝螺。大帝螺在肩膀和背部的壳之间裂开一道缝，让医生爬了进去，随后我们搬着行李，跟在医生后面走了进去。嘶嘶的水声响起，裂缝闭合了。

大帝螺转身，沿着倾斜的海岸，朝大海深处潜行。深绿色的海水在我们头顶闭合，太阳刚刚升起，透过透明的壳往外看，海底世界光芒万丈，美不胜收！

我们的"新房子"非常舒服。尽管大帝螺的背湿乎乎的，但坐上去的确非常柔软，比沙发还要舒适。

这一路走得很平稳顺利，如果没有看见外面风景的变化，根本感觉不到自己正在移动。曾经我以为海底是平坦的沙滩，如今我才知道，它高低起伏，变化多端。有时我们会穿过连绵起伏的"山峰"，有时会经过浓密的"林海"，它们都由海草组成。有时，我们会穿越泥沙的陆架，它看上

去如同广袤无边的沙漠。有时会遇见青苔覆盖的丘陵，有时会进入陡峭隐秘的峡谷。

在幽暗的海洋深处，住着很多体型庞大的怪鱼。我们的到来给它们造成了惊扰，有些鱼从黑暗中钻出来，箭一般游走了。还有几条胆子很大的鱼，透过大帝螺的壳看着我们。它们的样子很奇怪，身上的颜色十分绚烂夺目。

海底世界变化多端，杜立德医生一刻也不停地记录着，很快用光了所有的笔记本。我们在口袋里摸来摸去，试图找到一些零碎的纸片给他。最后，他打开写过的笔记本，将字里行间的空隙和封底封面以及扉页，都写得满满当当。

深海里光线暗淡。直到第三天，我们才碰见一群个头很大的"海底萤火虫"——发光电鳗。杜立德医生请大帝螺问问发光电鳗，能不能陪我们走一程。发光电鳗同意了，尽管它们身上的光不够灿烂，但足以解决我们的照明问题。

我们都很疑惑，大帝螺如何在茫茫大海中找到去泥塘镇的路。杜立德医生向大帝螺提出了这个问题，它的回答可把医生乐坏了。他找不到任何纸张，只能撕下旧帽子的内衬，最后，内衬也被写满了。

白天大帝螺慢慢爬行，到了夜晚，它开始加速游动。因此，仅仅六天半时间，我们就到达了目的地。那是第六天下午两三点的样子，大帝螺爬上了一个平缓的山坡，光线越来越亮了，它钻出水面，在一块狭长的沙滩上停了下来。

我们身后是波浪起伏的海面，左侧是潮水奔涌汇入大海的入海口，前方是一块低矮的平地。大雾弥漫，周遭的环境一片模糊。这里的风景，跟阳光明媚的蜘蛛猴岛全然不同。大帝螺弓着背，伴随着嘶嘶的声音，出口打开了。我们陆陆续续登上这片平地，此刻，天空飘着蒙蒙细雨。

布木波王子伸长脖子，一边朝大雾张望一边低声说："说实话，这不太像我们充满欢声笑语的英国呀。没准这只海螺搞错了。"

波莉尼西亚抖掉身上的露水，叹了口气说："瞧瞧这讨厌的天气，不正是我们的英国嘛。"

吉扑大口大口地呼吸着新鲜的空气，嚷嚷起来："伙计们，这空气里有一种甜美、愉快的家乡味道！"

奇奇颤抖着说："嘘！听！镇上老教堂的钟声！四点了！还得走一段路，我们还是拿起行李快走吧！"

我插了一句话："但愿拍拍已经在厨房点起了温暖的炉火。"

杜立德医生从一大堆行李里面找出那个黑色的旧皮包，脸上浮现出我熟悉的那种安宁的笑容。他说："今天刮东风，拍拍一定会点燃炉子让家里暖暖和和的。走吧！沿着河岸走！糟糕的英国天气里也有格外吸引人的地方，比如暖洋洋的炉火。四点了！快！正好赶上热气腾腾的下午茶呢！"

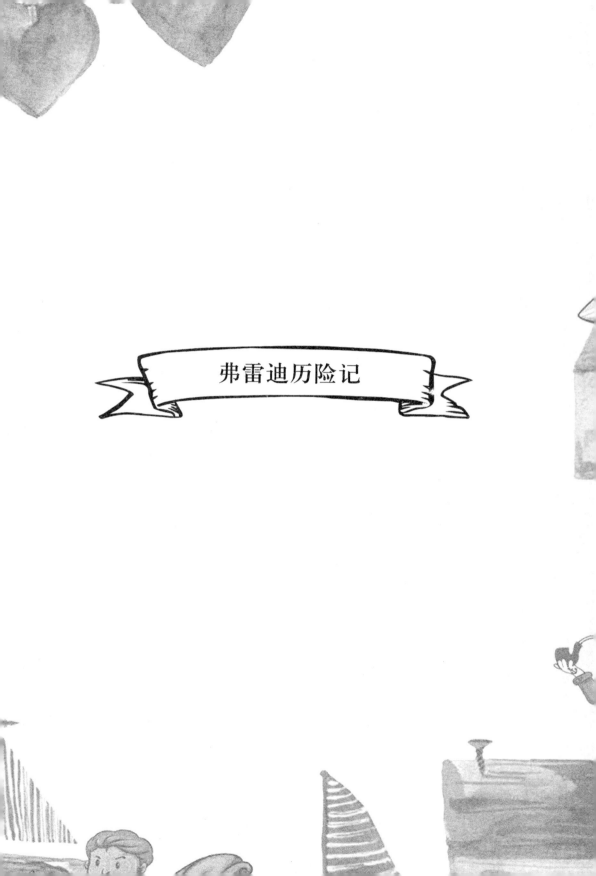

弗雷迪历险记

作者介绍：

威廉・鲍文（1877—1937），美国著名的儿童文学作家。他的作品天马行空，富有浓郁的魔幻气息，充满了种种奇思妙想，多次荣获国际大奖。

故事梗概：

这是一个穿越时空的冒险故事。小男孩弗雷迪，跟随烟草店的托比先生和阿曼达姑妈，以及一群奇怪的人，通过神奇的魔法烟草，前往修正岛探险。他们遇到了几百年前的海盗幽灵，经受住了重重考验，最终到达目的地。但在这个虚幻的修正岛，弗雷迪身染重病，为了救他，探险队的成员放弃了优渥的生活，一起回到了现实世界。

[第一章]

庞奇先生和钟楼

小男孩第一次到烟草店买东西。进店之前，他站在门口，直直地盯着门边的木制雕塑，看了好一阵子。

小男孩的爸爸还在家里等着他把烟叶买回来，他警告小男孩："快点回来！"

小男孩的妈妈也叮嘱他说："不要在外面待太长时间呀！"

可是，小男孩一见到这尊雕塑，就彻彻底底忘记了回家。他呆呆地看着，眼睛一眨也不眨：木箱上雕刻的是个手里拿着一盒木质雪茄的驼背男人，他的后背高高耸立起来，前胸和后背一样，都凸了出来；他是个光头，有一张方正而消瘦的脸，大嘴、下钩鼻、尖下巴，身高跟小男孩相差无几。

小男孩叫弗雷迪，但他爸爸经常喊他"弗雷德"或者"弗雷德里克"。一旦他回去晚了，爸爸就会用小孩子们熟知的那种大人们的眼神，直直地看着他，几乎怒吼着喊道："弗雷德里克！"但妈妈从来不这样，即便他很晚回去，她也只会叫他"弗雷迪"。

此刻，弗雷迪紧紧地把钱攥在手里，心里充满了疑惑："他的后背怎么能弯成那个样子？"他围着雕像，一会儿绕到它的前面，一会儿绕到它的后面。木雕上的男人穿着从后背开叉一直垂到膝盖位置的燕尾服、蓝色短裤、黑色长袜、带扣鞋。不论刮风下雨，他都站在那里，向路过的人兜售

雪茄。他手中的黑色雪茄会不会冒烟？弗雷迪想着，朝雪茄伸出手，但一看到雕塑男子异样的神情，他赶紧收回手，还后退了半步。

忽而，从店门口传来一个低沉的声音："小家伙，你得当心庞奇先生。"

弗雷迪朝着声音来源的方向看过去，只见一个小个子男人倚靠在商店门口的门柱上。他双手插裤兜里，两腿交叉，个头看上去跟木雕高矮相当。他看着弗雷迪，那神情，好像他了解世界上所有的小男孩，并对他们保持怀疑。弗雷迪看看他，又看看雕像，觉得他们俩是兄弟。

小个子男人也驼背，前胸跟雕像一样凸出，消瘦的脸、宽大的嘴唇、往下弯的大鼻子、微微上翘的下巴；穿着扣得严严实实的短裤和外套，款式一看就是大人们穿的那种；他的额头很光，稀疏的头发从头顶一直梳到前额。他看上去像是这家烟草店的店主。

他用异样的眼神看着弗雷迪，不动声色地警告说："你最好跟庞奇先生保持距离。"

弗雷迪有些胆怯，手里的钱攥得更紧了。他回答说："好的，先生。"

驼背男子朝街道那边晃了晃脑袋，双手继续插在裤兜里："你是不是说了'为什么'？我的耳朵聋得厉害，不太听得清小男孩们嘀嘀咕咕的说话声。好了，你看见钟楼上的钟了吗？我告诉你一个秘密，瞧瞧你这副急切的样子，你得跟我发誓，绝不告诉别人。"

弗雷迪朝钟楼看去，那口钟还是老样子。他说："先生，我发誓。"

驼背男子说："庞奇先生的父亲住在那口钟后面，他是个留着白胡子的小个子老头。一旦钟面上的两个指针重合，他就会出来喊庞奇先生回家。庞奇先生会爬上高塔，跟他父亲会合。他们那里藏着很多好吃的东西，小家伙，都是你从来没见过的珍馐美味。当然，他们最爱的美食还是小孩子身上的肉，所以有时候呀，他们会抓住一两个漂亮又健康的小孩子来尝一尝味道。有时候夜里，很多人到钟楼跟庞奇先生父子俩举行宴会，他们发出一些奇怪的声音。路过庞奇先生身边时，你要格外小心。万一他抓住你，把你带回钟楼跟父亲一起享用，那就惨了。从来没有小孩子从那里逃出来过，据说已经有很多小孩子被他抓走了。幸好，庞奇先生不是每次大钟上的指针重合就跳出来抓小孩子，没人知道他什么时候会采取行动。上帝保佑！"

弗雷迪朝大钟看去。他知道怎么辨别时间，但却不太看得懂五点二十五分。两根指针已经挨得很近了，他似乎看见雕像男子握着雪茄的手动了一下，他吓得赶紧离雕像远远的。

驼背男子站直身体，从口袋里伸出手，他说："小家伙，时间快到了，要是庞奇先生的父亲出来，我就没办法了。快！来我这里！"

弗雷迪又看了一眼大钟，两个指针快要重合在一起了。他飞快地跑到驼背男人身后藏起来，抓住他的外套挡住身体，惊慌地朝四处张望。驼背男子用手揽住弗雷迪，极力忍住笑意，表情十分严肃。

他说："你应该来见见阿曼达姑妈，这里很安全。"

说完，他拉着弗雷迪走了进去。

这家烟草店位于街角处，是一间旧砖房。它的正面是展示雪茄烟草和烟斗的橱窗，门在侧面。它只有一层半高，尖尖的屋顶上有两扇窗户，一左一右。弗雷迪很纳闷，街上其他的楼都是两层，为什么烟草店跟其他房子不一样高呢？

在看见那座雕像之前，弗雷迪站在街上往前看，一眼就看到了这家烟草店，还看到了切萨皮克湾里那些船只上高高的桅杆。船上的帆布有些迎风起舞，有些紧紧卷在一起，有些已经破破烂烂。

尽管爸爸说过要早点回家，但弗雷迪看见那些帆船，就决定要来这家烟草店。他居住的地方跟老烟草店隔着整整一条街，而且半路上还住着个喜欢欺负小孩子的半大孩子。路上还有一个破落的小院子，里面堆着各式

各样的已经生锈的弹簧、床杆等东西。还有一个罐头厂，里面有很多小孩子喜欢的玩意儿。路边的教堂里有个胖老头，他喜欢搬张椅子背对教堂坐着，自顾自地抽大烟斗。当然路上还有很多马车，走路的时候一定要当心。

弗雷迪觉得路上的一切都新奇有趣，当然，最新奇的还是烟草店门口的那尊雕像。等他反应过来时，整个人已经到了店里。手还被驼背男子攥着，他想挣脱，驼背男子却把他的手抓得更紧了。

驼背男子说："过来，跟阿曼达姑妈见个面。庞奇先生就守在门外面，要是落到他手里，你怎么也跑不掉了！"

弗雷迪看看门口，好像庞奇先生没有出来。他喘了口气，开始打量起这家小小的烟草店来。这家店实在太小了，柜台后面的货架已经挨着墙了，摆满了瓶瓶罐罐，通过一扇旋转门，就能走到柜台后面去。柜台里面是各种烟斗和香烟，柜台上面摆着一个用来切烟草的机器，一个天平秤，一把小铲子，还有一个装着金属砝码的小盒子。房间的窗户前还摆放着一只标本狗，不远处有一把木质的手扶椅子。

弗雷迪闻到房间里弥散着一股熟悉而温暖的气息。每到晚上，爸爸回家，他换上拖鞋，拿起报纸，就打开金属烟草盒子，往烟斗里填充烟丝。那股味道跟烟草店的气味一模一样。

驼背男子说："小家伙，来，去那边的门，我们就安全了。"

说着，驼背男子打开后门，拉着弗雷迪进了后面的房间。弗雷迪有点害怕地往后缩，但他被驼背男子死死地拉住了，即便用尽全身力气都挣脱不开。他甚至不害怕庞奇先生和他的父亲了，他不知道这个驼背男子会对自己做什么，又担心爸爸在家里等久了。

弗雷迪看见后门的这间房子的窗户边，坐着一位女士。驼背男子拉着他走向女士，朝他点头示意。这位女士抬起头，眼睛直直地看着弗雷迪和驼背男子。

[第二章]

阿曼达姑妈

驼背男子松开了手："小家伙，这是阿曼达姑妈。阿曼达姑妈，这是快被庞奇先生抓住的小家伙。拜托你看看外面，庞奇先生出来了吗？"

这位叫阿曼达姑妈的女士没有往外看，她盯着弗雷迪，异常严肃地对驼背男子说了一句弗雷迪几乎听不懂的话。

弗雷迪仔细地打量起阿曼达姑妈。她长着高高的鹰钩鼻，皮肤有些泛红，下巴的左边长了一个肿块。她穿着一件上紧下松的黑色大衣，衣服中间黏着很多图钉和针；她的右手食指上戴着顶针，腰间挂着剪刀，脖子上缠着测量用的带尺。地板上堆着一堆几乎快到她膝盖的东西，弗雷迪知道这些玩意，他妈妈剪裁蓝色斜纹卡其布时脚边也会有这样的东西。她坐的椅背上靠着一根藤条，弗雷迪猜测，她的腿应该有点问题，得依靠拐杖走路。如果头上再多一条饰带，她完全就是英国历史上活脱脱的伊丽莎白女王了。

弗雷迪注意到，屋子里摆着一张椭圆形的桌子。桌上正中央有一个玻璃罩，罩子下面是一个漂亮的花篮，每朵花都挂着长长的花穗，大部分花是百合和马蹄莲。桌子另一边摆着一副眼镜，弗雷迪的爸爸也有一个这样的东西。

房间的墙上挂着一些用木质相框装起来的肖像画，壁炉那边也有一张

照片，上面的人脸蛋红扑扑的，长着大鼻子和大眼睛，和随风飘扬的红色头发。壁炉架上方还挂着一口钟，钟摆正在来来回回地晃荡。

驼背男子是阿曼达姑妈的侄儿，他又抓住弗雷迪的手，说："姑妈，你知道的，我经常弄不懂你和你的这些别针……"

弗雷迪好奇地看着阿曼达姑妈，她取下嘴里的别针，一枚一枚地挂在衣服上面。一开始，她的嘴里塞满了别针，看上去她好像在吃那些别针一样。弗雷迪想：难道她感觉不到痛吗？大概不会痛吧，毕竟她又把它们吐了出来。总之，不管疼不疼，她这样是没法开口说话的。她没完没了地摆弄那些别针。最后，她总算说话了："托比·立特巴克，你又在用那套小把戏来捉弄小孩子了，你真的不觉得羞愧吗？"

这一次，弗雷迪总算听懂了，他明白她刚开始那句话是什么意思了。那时她嘴里满是别针，听起来含混不清。

托比看起来有些沮丧，他说："我这样做不过是为了带这个孩子来看看你，我总是记着你喜欢小孩子。既然这样，我以后再也不做这种无聊的事了。"

"你看你，都把他的手弄伤了，到我这里来吧，小家伙。"

听了阿曼达姑妈的话，托比立即松手。弗雷迪有点害怕地走过去，站在阿曼达姑妈身边。

阿曼达姑妈说："小家伙，你长得真漂亮，你叫什么名字？"

弗雷迪不喜欢别人说他漂亮。于是，他仰起脸，一言不发。

阿曼达姑妈捧着他的脸："真是可爱的小家伙，你能说出自己的名字吗？"

"弗威迪。"

托比叫嚷起来："根本没有弗威迪这个名字，你叫弗雷迪，说——弗雷迪！"

弗雷迪坚持说："弗威迪！"

托比说："错了！再试试，弗雷迪！"

阿曼达姑妈发话了："行了，托比！弗雷迪，我没有孩子，也不怎么出门，你愿意经常来看我吗？你得向我保证常来。我猜，你肯定喜欢姜饼。"

这时，托比端着一盘姜饼过来了。阿曼达姑妈叮嘱托比："快到晚饭时间了，你不能现在吃，托比，把它们包起来吧。"

托比从店里拿来一个纸袋，将包装好的姜饼递给弗雷迪。

阿曼达姑妈说："快回家吧，晚饭后才能吃姜饼哦。你一定会来看我，对吗？"

弗雷迪真心实意地点点头，随后拿出手里的钱："先生，我给我爸爸买半磅卡格洛奇·米奇勒烟草。"

托比有点疑惑："什么？哦，应该是大篷车混合烟草，小家伙，到店里来。"

阿曼达姑妈叮嘱他别弄坏姜饼，又开始把别针往嘴里塞。弗雷迪担心地看了她一眼，心想：她真的会把别针吃下去吗？

托比等得不耐烦了，在他的催促下，弗雷迪跟他走回店里。店里一个顾客都没有，但托比却说："小家伙，你得排队。第一位，阿普乔恩先生，你需要点什么？"

他穿过旋转门进入柜台后面，一边找商品一边说："那东西已经卖完了，明天十点到十一点之间，你再来吧。好的，下一个，汤姆，啊，我不会卖香烟给小孩子，你想都别想，你可以出去了。"他盯着弗雷迪，"你看到那小子像兔子一样溜走了，对吗？"

实际上，弗雷迪什么都没看见。他有些糊涂了，难道是自己看错了？

于是，他干脆附和说："是的是的。"

托比转了个身："小家伙，如果你想好好长大，就不能抽烟。我小时候一边喝牛奶一边抽香烟，你看看我的背，我几乎只长到跟外面的庞奇先生

一样高，这就是香烟带来的后果。小家伙，你得远离香烟。对了，你爸爸要什么烟草来着？"

弗雷迪回答说："半磅卡格洛奇·米奇勒。"

"哦，就是这样，你爸爸很有品位，再也没有比它更好的香烟了。"托比转身，爬上梯子，从货架下取下来一个罐子，挖出一些烟草，用天平称了起来。他哼起了一首歌，"'如果有时你不小心，你头上的眼睛会忽然爆炸。'你听过这首歌吗？小家伙。"

"没有。"

"让我告诉你，它讲的是两个怪老头的故事。他们是我的好朋友，经常到店里玩。一个是很好的顾客，另一个什么都不买。我也不知道自己到底喜欢谁更多一些。那个不买烟草的怪老头，有一条木头腿，他到处乞讨，没有钱买烟草。另一个怪老头呢，他的旧烟草盒总是满满的，他从不赊账，一手交钱一手交货。

他们两个在一起的时候，一个说你能分一点烟草给我吗？另一个就说与其把烟草给你，不如让我被绞死。这两个人啊，一个招人嫌，一个牢骚不断，真是天生一对。你以后来找阿曼达姑妈，肯定能见到他们。我准备好好整治整治他们，就像我赶走那个买香烟的小男孩一样，就像歌里唱的那样——'收起你的零钱来，你的旧烟盒里会让你一直有烟抽！'给，这是你要的卡格洛奇，钱给我，找你五——十一——十五，十七块钱。好了，弗雷迪，等你爸爸的旧烟草盒空了，再过来店里好吗？来看看阿曼达姑妈，我店里还有很多好玩的东西呢，"托比指了指货架，"告诉你一个小秘密，货架上的一个烟草罐子，喏，就是中间架子上，有中国人头像的那个罐子。它有魔法。魔法，你知道这是什么意思吗？"

弗雷迪警惕地朝着他手指的方向看看，点点头。

托比指的那个罐子上面，的确有个中国人的头像，上面还有个蓝色的盖子。

"小家伙，我说的话千真万确，这个罐子的确有魔法。就算你把这个城市的所有圣诞节布丁都给我吃，我都不会抽这个罐子里的烟草。一个水手在码头上将这东西卖给我，他说他是从一个中国道士那里偷来的。要是你抽了这种烟草，我就会在你的鞋子里出现。你记住我的话，千万不要动这个罐子！"

弗雷迪说："好的，先生！"他以前从来没有要抽烟的念头，但现在他想，那个神奇的烟草特别值得冒险试一试。

"你不是要马上回家吗？"托比送弗雷迪出门，他们俩都看了看教堂上面的钟塔。托比说："现在是六点钟，你很安全，半个小时之内庞奇先生的父亲不会出来。"

弗雷迪回头看了一眼，托比正靠在雕像上面。他们俩长得实在太像了，弗雷迪只能依靠衣服和裤子来区分谁是托比先生。他拿着烟草和姜饼往回走，路过教堂时，他盯着教堂的那个抽烟的胖子看了好一阵子。

因为弗雷迪盯着这人看了很久。这人干脆放下报纸，从嘴上取下烟斗，问弗雷迪："小家伙，你是想从我这里讨要一点钱吗？说说看，你想要多少？"

"不，先生，我不要钱。"弗雷迪说着，继续往家的方向走去。他从来没遇到这么多好玩的事情，现在他装了一肚子的心事。他一直在琢磨托比说的那两个怪老头的故事，他特别高兴爸爸派自己来买烟草，这样他才有机会认识了托比先生和阿曼达姑妈，还知道了烟草店那个神奇的魔法罐子。此外，他还确定了一件事：为了避免遇到庞奇先生出来抓人，出门前一定得看好时间。

这时，一辆马车从弗雷迪身边经过。妈妈教过他，有马车经过的时候要在路边等待。于是，他在路边耐心地等着，不由自主地放下烟草袋子，打开了装姜饼的纸袋。酥软的姜饼闻起来无比香甜可口，弗雷迪情不自禁

地拿起一个举到嘴边，深深地闻了一下。这感觉太奇妙了，他换了一个姜饼，送到嘴边，试着咬了一口。他望着马车发呆，当马车驶过之后，他才发现整个姜饼都塞进了嘴里。妈妈说过不能把食物吐出来，弗雷德很听妈妈的话，索性将整个姜饼吞进肚子里。

现在，他手上只有一个烟草袋子了。当他走到家门口时，妈妈紧紧拽住他："你到底去哪里了？走迷路了吗？饿不饿？"

弗雷迪说："妈妈，我很饿。"

爸爸则用严厉的目光直直地盯着他："弗雷德里克！你去哪了！我不是说过要你快点回家？"

"爸爸，我到庞奇先生那里去了，因为指针没有重合，我没见到他父亲。后来，托比先生带我去见了会吃别针的阿曼达姑妈。托比先生告诉我，香烟会让你驼背，而且水手说你不能碰那个有魔法的烟草罐子。爸爸，给，你要的烟草。"

是的，弗雷迪一个字都没提到姜饼的事。

[第三章]

弗雷迪长大了

之后，弗雷迪经常去老烟草店，那里有各种好玩的事：美味的姜饼、吃别针的阿曼达姑妈、总是唱着两个怪老头故事的托比先生。当然，他还得看看时间，避免遇到等待父亲召唤的庞奇先生。

有时候，托比会让弗雷迪自己去柜台挖烟草。每当托比转过身，弗雷迪就会偷偷瞄着货架上那个魔法罐子，想象一下自己如果抽了那个罐子里的烟草会发生什么事情。

每次去烟草店，托比先生都会问他："你叫什么名字？"

一般情况下，弗雷迪回答说"弗威迪"。

托比先生遗憾地说："唉，你还没长大，不过小孩子在长大之前总是会等上一段时间的，你大概再过六个月就长大了。你可不要永远做小男孩，永远不会长大，你希望这样吗？"

"先生，我不希望。"

"很好，你得留神你的 P 和 Q。"

弗雷迪很想问什么是 P、Q，但他有点害羞，总是无法鼓起勇气提问。他很想知道答案，又担心自己永远长不大。无法长大这个结果太可怕了，在弗雷迪看来，就跟抽烟的后果一样可怕。

这天早上，教堂大钟上的两个指针还分得很开，弗雷迪觉得很安全，

他绕过庞奇先生，推开了老烟草店的门。托比正在柜台上忙着捆扎包裹，他对弗雷迪说："小家伙，下一个就轮到你了。那个狡猾的怪老头会来取这个包裹，如果到时候没准备好，他会气炸的。你想要什么，一磅名为'少女的祈祷'的烟草？"

弗雷迪说："我只是过来看看。"

"哦，只是来看看而已呀。你今天叫什么名字呀？"

"弗雷迪。"

托比吓了一跳，丢下包裹追问："你刚才说了什么？"

这回小男孩自豪地回道："弗雷迪！"

"啊！上帝保佑，要是我没死掉，这个小家伙怎么能安然无恙！"托比严肃地说，他穿过旋转门，来到弗雷迪面前，抓住弗雷迪的手，摇来晃去，"年轻人，恭喜你。请接受托比·立特巴克最诚挚的祝福，你长大了！"

弗雷迪惊讶地瞪大了眼睛，"先生，我已经是大人了？"

"当然，你已经长大了。但你可不能无法无天，不能认为长大了就能抽烟了。"

弗雷迪说："不，我不会抽烟。"

"很好，你不要打那个魔法罐子的主意。"

"先生，我不会。"其实，弗雷迪觉得那个魔法罐子比世界上一切的东西都更有吸引力。他已经长大了，当然得尝试一点新奇的东西。

托比说："太好了，我们得好好庆祝一下，先去看看阿曼达姑妈吧。"

他们穿过后门，走进了阿曼达姑妈的房间。阿曼达姑妈坐在摆放着鲜花的桌子边，正在认真地缝纫衣物。

托比叫喊起来："快！快！快！告诉阿曼达姑妈，你叫什么名字！"

弗雷迪谦虚地低下头说："弗雷迪。"

阿曼达姑妈很惊讶地挑了挑眉毛，她将满嘴的别针放在桌子上，问：

"小家伙，你真的长大了？"

弗雷迪不想表现得太过喜悦，他回答说"是呀"，再次快速低下头。

阿曼达姑妈盯着弗雷迪看了好一阵子，她抽出手帕大声地擤鼻子，问托比："你打算怎么庆祝？"

接下来，托比和阿曼达姑妈谈话的内容，弗雷迪有些听不太懂，他只知道跟自己有关。最后，阿曼达姑妈对托比说："你应该问问他妈妈的意见。"

托比问弗雷迪："年轻人，能不能替我向你妈妈带一封信？"

当弗雷迪答应时，托比早就坐在桌边写起来了。

阿曼达姑妈提醒说："应该还有些圣诞节蛋糕……"

托比连蹦带跳地跑进厨房。

于是，弗雷迪坐在阿曼达姑妈脚边的坐垫上吃蛋糕，喝柠檬冰茶，托比则在一边写信。

弗雷迪看着装着柠檬冰茶的玻璃杯，问："什么是教区委员？"

托比咬着笔杆说："你见过的，它是一个陶土烟斗。"

阿曼达姑妈说："弗雷迪，你的意思是指某个人对吧？教区委员属于教会，他负责管理教会的财产，会用拐杖打那些到处乞讨的小男孩——"

托比用笔挠头，他问："'尊敬的'这个词怎么拼写，或者说'对您满怀敬意的'怎么写？"

阿曼达姑妈结结巴巴地说："R——e——s，额，是r——"

弗雷迪插嘴说："教堂那边，有个教区委员，他抽着一个长烟斗。"

"我明白了，你说的那个人叫'六分仪'。弗雷迪，随你怎么说，他在我看来跟陶制烟斗没什么区别。不管了，信写好了，这支笔有点漏墨水，信纸上都是污点。我实在不愿意重写了。"托比说。

阿曼达姑妈检查了信件，要求托比重写，但托比拒绝再写一遍，她只

好把信装进信封，叮嘱弗雷迪一回家就交给妈妈看。回家路上经过教堂，弗雷迪没见到那个喜欢坐在椅子上抽烟的胖老头。以前他不敢问胖老头关于庞奇先生和他父亲的事，而他现在长大了，他有足够的勇气来提问。可惜，胖老头今天不在。

一回到家，弗雷迪就把信交给了妈妈。晚上爸爸回来后，妈妈把信拿给爸爸看，他们商量了一阵，爸爸说："行了，我觉得这事没有坏处。"

妈妈说："我认为我们最好去拜访他们，弗雷迪得穿上礼拜日的那套漂亮衣服和鞋子。"

弗雷迪不喜欢那双穿在脚上老是吱吱叫的新鞋子，他说："我长大了，托比先生说的，我是个大人了。"

爸爸笑了，妈妈将他揽在怀里。

第二天周六，刚刚用过午餐，弗雷迪就被妈妈洗得干干净净，然后被塞进了他的新衣服和新鞋子里。妈妈将弗雷迪的外套扣子扣得整整齐齐，又拉直了裤带，整理好他的帽子。最后，她抱着弗雷迪亲了一下，告诉他快点出门。当妈妈关上房门，弗雷迪就解开衣服扣子，把帽子转到后面，像一匹小马驹那样飞奔起来。

路过教堂的时候，那个胖胖的教区委员坐在椅子上，正在抽陶制烟斗。弗雷迪放慢脚步，鞋子咯吱咯吱响个不停。胖老头非常严肃地瞪着弗雷迪，弗雷迪也看着他。突然，椅子哗啦一声倒在地上，胖老头气鼓鼓地说："今天不是礼拜日，周六穿这种嘎吱嘎吱的鞋子违反了教会的规定。"

弗雷迪诚实地回答说："先生，我没有办法，是我妈妈要求我这样穿的。"

"原来是这样，那就是说你不是故意犯错的。你说的是实话吗？"

"是的，先生，我叫弗雷迪。"

"好吧，要是你遇到阿奇迪肯，他肯定疑惑我为什么没有把你这种违反规定的行为报上去，到时候你就把这个拿给他，"胖老头翻开大衣，用肥大的拇指和食指夹着一个圆形的金属薄片，放到弗雷迪手里，"如果你没有碰到阿奇迪肯，它就属于你了，但你不能做坏孩子。"

"先生，我不会。"弗雷迪很高兴，胖老头给他的是一个五分钱的硬币。他原本想问问庞奇先生和他的父亲，以及钟楼上的那些吵闹声。但时间来不及了，他沿着街道朝烟草店跑去。

［ 第四章 ］

令人难以忘记的哈伦先生

　　弗雷迪敲响老烟草店的后门，托比很快打开门。弗雷迪快认不出他来，托比今天容光焕发，好像变成了另一个人。他穿着一件深紫红色的西装，上面还有棕色的条纹修饰；他戴着一条缀着粉红色小花的深蓝色领带。他看起来刚刚理过发，头发都很柔顺地偏向了一边，前面贴在额头上，后面的还有些卷，这个发型看起来很好看，大概只有手艺好的理发师才能做出这种造型。

　　弗雷迪还沉醉在对托比这身造型的惊叹中，阿曼达姑妈却尖叫起来："上帝呀，托比，看看你的背后！过来！"

　　弗雷迪看到，托比先生背后的衣服下面垂着一个白色的小标签。阿曼达姑妈拿起剪刀，把标签剪了下来，"托比，穿着带标签的衣服出门，这可不像你的作风。要是你真的穿出去了，我一定羞愧得钻到桌子下面。"

　　托比有点儿沮丧："阿曼达姑妈，正巧你发现了这件事，别再念叨了，弗雷迪，快走，时间来不及了。"

　　"难道你已经激动得忘记戴帽子了吗？"阿曼达姑妈继续抱怨。

　　托比说："如果我忘了戴帽子，你又得说我一通。好了，帽子在这里。"

　　他从橱柜里拿出一顶白色的礼帽戴在头上，往后面挪了挪，露出一缕卷发。白色帽子配上深红色西服和蓝色领带，真是太完美了。阿曼达姑妈激动地说："我从来没见过你打扮得这般风度翩翩！"

托比被阿曼达姑妈的赞美弄得很尴尬，他将手插进裤兜。阿曼达姑妈要求他把手拿出来，他只得抽出手。随后，她又将弗雷迪的衣服扣子扣好，理正了他的帽子，"好了，你们出发吧。"

"姑妈，我真希望你跟我们一起去。再见！"托比的手已经在关门了。

弗雷迪也跟阿曼达姑妈说了再见，他和托比一起走出店门。出门后，弗雷迪的第一件事就是解开衣服扣子，将帽子往后挪。托比走得很快，弗雷迪几乎跟不上他了。大概走过四五个广场那么远后，他们在一栋砖砌的大楼前停下来，那里有一个又宽又长的入口。

托比说："我们到了，这是高特街剧院，赶紧进去。"

弗雷迪在一幅宣传海报前停住了脚步。海报上的男人穿着红黑相间的格子紧身衣，脸色惨白，眉毛通红，脸颊两侧都画着一个原点。最奇怪的是他的头不在脖子上，而在桌子上面。弗雷迪指着宣传海报下面的字，问托比："上面是什么意思？"

托比推着他往前走："《哈伦的晚餐》，快走，我们迟到了。"

托比走向入口处的小窗子，跟里面的人说话，请求放他们进去。那人居然同意了，他们进去了，走过了很多台阶。这时，弗雷迪才意识到，自己跟几千个人坐在了一起。大家的椅子都朝着同一个方向，屋子里的灯光亮如白昼。托比和弗雷迪坐在前排，顺着扶手回看，只看得见黑压压的人头。另一面墙那里，一个男人坐在钢琴边，很多人在拉提琴，还有一些人在弹奏某种铜制的乐器。听起来，他们弹奏的是同一个曲调。

托比和弗雷迪坐下来后，音乐停止了，托比推了推弗雷迪："小家伙，接下来的事可有意思了，盯着好好看吧。"

这时，有人打口哨，还有人踩脚、拍掌，满屋子都是男孩子们大呼小叫的声音。托比推了一下弗雷迪，也在踩脚拍手。弗雷迪不清楚这是在做什么，只好跟着大家一起拍手。

墙边有人站起来，示意大家安静。弗雷迪看见那些人还在拉提琴。忽然，有灯亮了，人群霎时安静下来。托比附在弗雷迪的耳边说："快到了！快到了！看幕布，它来了！"

舞台上，从一个黑暗的角落里传来一阵柔和的音乐，幕布升起来了，它慢慢上升，最后消失在屋顶。而幕布上的景象，恍如仙境，几乎难以用词语精确描述。对弗雷迪来说，这些场面完全难以描述。他只看见穿着白衣的仙女挥舞仙杖修补缺口，还有那些魔鬼在上蹿下跳。随后，那个在剧院门口宣传海报中出现过的人来了，他飞檐走壁，可以翻墙跳窗，但是他从头到尾都没有说一个字。他从一群顽童的包围圈里冲出来，疲惫不堪，好不容易坐在满是食物的桌子边，准备开吃时，那些食物却一个接一个消失不见了。

台下的人哈哈大笑，弗雷德却觉得这一切对那个人来说，太过残忍了。

桌上还有一盘香肠，眼看那人就要吃到香肠了，但那些香肠忽然上蹿下跳，他追了好一阵子，一条香肠也没抓到。最后，出来一个带着一把剑的邪恶怪物，怪物一剑砍下那人的头颅，放在桌子上。弗雷迪吓坏了，紧紧抓住托比的胳膊。就在这时，怪物将那人的头又放回他的脖子上，这个已经死去的人忽然睁开眼睛，像以前那样活蹦乱跳起来。

观众们一起叫好，整个剧院掌声雷动。

弗雷迪在托比耳边小声问："那个人就是哈伦先生吧？"

"应该是的。"托比已经激动得不愿意动脑子回答弗雷迪的问题了。

过了一会儿，托比回过神来，他趁着第一幕和第二幕的间歇给弗雷迪买了花生。最后一次幕布落下时，他戴上白色礼帽，领着弗雷迪穿越人群往外走。他把弗雷迪送到离家不远的拐角处，愉快地说："愿你喜欢这个成长派对，祝你快乐！"

弗雷迪补充说："也祝托比先生快乐开怀！"

[第五章]

烟草罐子

之后很长一段时间里，弗雷迪总会做梦：梦里有一个头总是掉下来的驼背男人，和一个被一群红色恶魔追逐的脸色苍白的人。有时他还会梦到一个没有身体的中国人，那人嘴里叼着一只长长的烟斗。每一次做噩梦，他都想呼救，却一个字也说不出来。

白天的时候，他总是想着那些熟悉的人：戴着白色礼帽的托比、吃别针的阿曼达姑妈、可怕的庞奇先生和他的父亲、哈伦先生的脑袋、抽着烟斗的教区委员，还有托比经常提到的那两个怪老头。当然，他想的最多的还是托比先生和货架上那个充满魔力的烟草罐子。尤其是那个烟草罐子，几乎将他的注意力完全吸引过去。明明知道罐子就在眼前，却被告知不能碰触。这种感觉实在让他无法忍受。弗雷迪想：抽两小口也没什么大不了的。可是，这样一来，托比先生会很不高兴。他不想惹托比生气，但这样的机会如果错过了又实在太可惜。为了转移注意力，弗雷迪开始在心里演唱学校教的一首歌：

"别向诱惑臣服，

臣服是在犯罪，

只要下定决心，

你能获得胜利。"

每天晚上睡觉之前，弗雷迪都会自言自语说"别向诱惑臣服"，但他的梦里全是那个充满魔法的烟草罐子，第二天醒过来，他想的依然是那个中国陶瓷罐子。为了彻底忘记这件事，弗雷迪决定再去一下老烟草店。

傍晚时分，托比先生在店里招呼顾客。弗雷迪坐在阿曼达姑妈身边看她做针线活。过了好一会儿，他才问："你在做什么呀？我以为你在做一只火鸡呢。"

"我在缝东西，做火鸡需要肉汤呢。你看我这只火鸡只需要针线，还有——"

"你要是煮一只火鸡也会用到这些东西吧？"

阿曼达姑妈解释说："这根本不是一回事。烤火鸡不用针线，也不能把汤抹在衣服上。而且，当你烤火鸡的时候——"

弗雷迪打断她，突然问道："你以前有过孩子吗？"

阿曼达姑妈像被什么东西重重一击，她用手捂着胸口，呆呆地看着门，最后两只手交叠在一起，无助地看着弗雷迪。弗雷迪很平静，他在等阿曼达姑妈说话。

最终，阿曼达姑妈说："没有……我没结过婚，没有孩子。"

"有人想娶你吗？你是个好人。"

"不，这还不够。还得长得漂亮。我觉得自己以前还……还能漂亮。不……我可能错了，我从来没有漂亮过。"

弗雷迪想了想，郑重地说："我会娶你的。"

阿曼达姑妈颤抖地伸出手，摸着弗雷迪的头发，小声地抽泣着，她拿出手帕擤鼻子。

弗雷迪又问："你在这里失去了几个孩子？"

阿曼达姑妈一开始没明白弗雷迪的意思，她想了又想，大概懂了：弗雷迪问的是曾经到过烟草店的孩子。她说："三个，最大的是鲍比，然后是简尼，最小的是詹姆斯。只有鲍比在上学，他是个很淘气的孩子，有一天他逃学出来，在外面混到天黑才回家。我都担心坏了，尽管他很淘气，但他是他妈妈的心肝宝贝。"

"他会玩弹子球吗？"

"会的。不过他很喜欢礼拜日学校，也很喜欢简尼，他们俩总是手拉手上礼拜日学校。简尼特别喜欢洋娃娃，她甚至将詹姆斯当作她的洋娃娃。不过詹姆斯不喜欢这样，有一次简尼得了水痘不得不在家里休养，詹姆斯就觉得非常孤单。"

弗雷迪说："我也得过水痘。那鲍比知道怎么注意他的 P 和 Q 吗？"

"他才不在乎。有一次他的老师给了我一张便条，上面说……"

阿曼达姑妈还没说完，托比走进来说："弗雷迪，我需要出去二十分钟，我去理发，你能帮我看店吗？就二十分钟。"

弗雷迪没意识到，这会是他有生以来面临的最大的一个问题。如果他说了不，那么故事就结束了。但是他说："可以！"

"如果有人来了，你跟他们说等一会儿我就回来了。"

弗雷迪跟着托比去了店里，阿曼达姑妈像石头一样坐着，两只手叠在膝盖上，出神地望着窗外。

托比很快出门了。已经是傍晚时分，弗雷迪很清楚自己该回家了。但既然答应了托比先生，他就打算再待一阵子。店门和通往阿曼达姑妈房间的门都紧紧关闭着，弗雷迪搬了一把椅子坐下来，欣赏着外面的风景。突然，他脑子里出现了那首歌：

"别向诱惑臣服，
臣服是在犯罪。"

但很快，他又哼起托比经常唱的那首歌来："有一个怪老头，他的一条腿是木头，他流浪乞讨，从来不花钱买烟草。"

烟草！货架上的烟斗和烟草！弗雷迪转到柜台前，从几只长烟斗里挑

出一只放在嘴里尝了尝。又湿又冷！放进烟草会是什么味道？他忽然看见那个中国瓷器罐子就在眼前，他看见罐子上那个中国人正在看着自己。弗雷迪心里乱成一团，他开始唱歌来约束自己：

"别向诱惑臣服，

臣服是在犯罪，

只要下定决心，

你能获得胜利。"

天已经黑了，弗雷迪干脆抓起那个罐子，放在自己的膝盖上，坐在梯子上仔细观察。他揭开了那个用来当中国人帽子的陶瓷盖子，从里面抓出一把煤炭一样黑漆漆的烟草，拿到鼻子边闻起来。烟草有一股类似红糖的香甜味，弗雷迪很想知道它吃起来是不是也像红糖那样甜。他大着胆子将烟草塞进烟斗，尝了一口。他有点失望，烟草吃起来根本没有红糖味。不过，他知道想要尝到烟草的味道必须点燃它。于是他从柜台里找出火柴在地上划了一下，美丽的火光跳动起来，火柴很快就要烧完了，他将烟斗送到嘴边，对着火柴点燃，深深吸了一口。

鼻子、眼睛、喉咙里都是烟，弗雷迪觉得自己快要被呛死了。但他想着，"要像男子汉一样战斗"，他鼓足勇气再吸了两口，学着见过的大人们的样子把烟吐了出来。这时，他喷出的烟雾缓缓落下来，在屋里慢慢飘散。弗雷迪放下罐子，看着那些烟雾。渐渐地，烟雾开始旋转，开始出现各种奇怪的颜色。那些烟雾转得越来越快，距离弗雷迪越来越近，他头晕得厉害，只好蹲下来。货架和柜台也开始旋转，弗雷迪只好死死地抓住地板，保持身体的平衡。整个店都消失了，天地之间只剩下他和脚下的地板，而他头上的那片云，还在不停旋转，并闪烁着耀眼的光芒。

突然，弗雷迪听到开门的声音，他一屁股坐到地板上，发现烟雾不见了。从柜台另一头传来一个嘶哑的声音："先生！别抽了！不论在桅杆上，还是在皇宫里，听到召唤都是一件令我感觉无比温暖的事情。您卑贱的仆人听凭差遣！咦，船长，您在哪里？不论您下达什么命令，我——雷木尔·米曾，都会照办。"

弗雷迪放下烟斗，踮起脚尖看过去。在柜台那一边，一个水手斜靠在柜台边上，他戴着一顶蓝色的帽子，宽大的衣领也是蓝色的，他的右眼戴着一个绿色的眼罩。

[第六章]
水手雷木尔·米曾

弗雷迪发现这个水手褐色的脸皱得像树皮，手看起来像火腿。水手的衣服也是褐色的，他身上有一股好闻的柏油味道。他看见了弗雷迪，很快走了过去，他用一只手摸着帽子，另一只手拉着裤子，说："您好，船长，我听候您的差遣！"

弗雷迪盯着米曾先生，忽然想到了一个无比机智的问题："你去过中国吗？"

米曾叫嚷起来："当然！"旋即，他哼起一个奇怪的小调，听起来很像是用起锚机拉起锚时发出的声音。他说："我当然去过中国，我还见过很多港口。我能够在大海上自由航行。啊！我是柏油！我是柏油！是的，我是雷木尔·米曾，雷木尔·米曾就是我！我从缅因州航行到非洲，又坐着平底船到了中国，再去墨西哥运送红辣椒，最后抵达本布瑞海。船长！雷木尔·米曾是无所不能的水手，不论是风平浪静还是狂风暴雨，或者船上的任何岗位，我都足以胜任。船长，请下达命令！"

弗雷迪问："水手先生，你能告诉我你的愿望吗？"

"我嘛，就是想放下罗盘，好好嚼一口烟草。船长，你最想要的东西是什么呢？"

"我没有任何想要的东西。"

"什么意思？不是你用烟斗将我召唤来的吗？你用烟斗抽了那个中国瓷罐里的烟草，我听见了召唤，还满怀希望呢。结果你什么都不想要！难道你不知道抽了魔法烟草，我会出现吗？"

弗雷迪摇头："我不知道。"

全能水手看着弗雷迪，惊讶地说："好吧，你把我从遥远的中国海域召唤过来，却不需要我！你简直是无事生非！我当时正在搬运货箱，接到召唤就赶了过来。船长，你居然让我无缘无故地走了这么远！哼！我从中国大老远赶来，以为美国船长会下达什么命令，结果却是白忙一趟！哼！你说不知道有什么用！"

弗雷迪已经看出来了，这位水手有一肚子气要撒。他忽然想起雷木尔的愿望是嚼上几口烟草，于是他问："嚼几口烟草能让你感觉好点吗？"

全能水手的眼睛一下子亮了："谢天谢地，你总算开窍了！你只要让我嚼几口烟草，前面的误会一笔勾销！"

托比先生一定不会介意给这位水手送点烟草当小礼物。弗雷迪想着，从柜台里找出一个长长的烟草盒子，取出烟草，准备切下一段。米曾一边拉着自己的裤子一边说："船长！整盒都给我吧！"

没等弗雷迪动手，米曾自己拿过那段烟草就咬起来。他咬下一口，右边的腮帮子被塞得鼓鼓的，"右舷压舱货太多了！"他又咬了一口，两边腮帮子都鼓了起来。

"太舒服了！船长，我应该付钱，这个给你，你会用得上。"他拿出一叠脏兮兮的纸片塞进弗雷迪手里。纸片被叠得很小，好几处折痕快要裂开，上面沾满了油污，看上去非常破旧。从外面看，都是空白，不知道里面写了什么东西。他说："这是我用一批假酒和文身用的针，从一个加勒比水手那里换来的，你看，这个可以用来支付烟草钱吗？"

弗雷迪握着纸片，他还没打开看。"够了，谢谢！"

"不管你走到哪里，不管遇到什么情况，船长，你都要好好保管它。如果你需要我，就抽一口中国瓷罐里的烟草，我会在烟雾散去之前出现，你明白了吗？"

弗雷迪瞪大眼睛："我明白了，先生。"

"既然你没有别的吩咐，我就要回到'小筛子'帆船上去了。我会关紧门窗，锁上那只说话结结巴巴、经常打喷嚏的鹦鹉，穿上拖鞋，上床睡觉。我的同事们还在甲板上工作，当船起航，那个总是迟到的第二十三个同事会得到他人生中的最后一次警告。那时，我点上油灯，对着窗外，一整晚都会读《老饕的一生》这本书。船长，我要说的就是这些了。"米曾一边往外走一边说："祝你晚上愉快！"

他打开门，碰了碰帽檐向弗雷迪致敬。随后，他消失在茫茫夜色中。

弗雷迪惊讶地张大了嘴巴。

[第七章]
庞奇先生来了

好一会儿过去，弗雷迪才完全回过神来。

那罐烟草果然具有魔力！一口烟就能将那位奇怪的水手召唤过来！他一定是觉得被自己打扰了，他说的那条船和那些水手都很奇怪。在船上航行真好玩，弗雷迪有点后悔没有多向雷木尔问点关于这方面的事。

弗雷迪想把这件事告诉阿曼达姑妈，他跑进去，大喊一声。但阿曼达姑妈好像睡着了，她的嘴巴微微张开，桌上的油灯正散发着微弱的光亮。

"阿曼达姑妈！"弗雷迪又喊了一声。

阿曼达姑妈吓了一跳，她眨巴着眼睛，还有些迷糊："谁……在……哪里？托比吗？有什么事？"

弗雷迪叫喊着说："阿曼达姑妈，我刚才用烟草召唤了一个水手出来。他给了我一张纸。他说话像唱歌一样，他有一只鹦鹉，还有一群不停舀水的同事，他说我们不能弄丢这张纸，因为那个水手戴着假胡须，还有一个水手总是迟到，我们不能弄丢这张纸，因为——"

"别说了，你到底在说什么呀？关于一张纸和一个水手的故事？你站好了，慢慢说，告诉我到底是怎么回事！"

弗雷迪说了很久，阿曼达姑妈总算弄明白这是怎么一回事了。得知弗雷迪抽烟，她非常生气。但那个水手的故事更让她感到惊讶，她小心翼

翼地打开了弗雷迪的那张纸片，惊呼起来："究竟是怎么回事？这是一张地图！"

弗雷迪问："关于哪里的地图？"

阿曼达姑妈说："它看起来像一个小岛，上面还有一些字。这幅地图应该是水手画的，看起来很旧了。托比呢？怎么还不回来？"

"上面都写了什么？"

"顶上写着'修正'岛，下面写着西班牙海域。上帝呀，那是海盗出没的地方——"

弗雷迪眨巴着眼睛："啊！海盗！"

"你听说过西班牙海域吗？"

"那应该很远，必须乘船才能到吧。阿曼达姑妈，你以前去过那里吗？"

"上帝呀，原谅这个喜欢提问的小孩吧。我从出生到现在一直待在镇上，哪里都没去过。"

弗雷迪喊起来："海盗！太棒了，我想去那里！"

阿曼达姑妈警告他："不准说这么可怕的话！看看都几点了！还有二十七分钟就到七点了，托比怎么还没回来！"

弗雷迪看了一下钟，发现两根指针快要重合到一起了。

阿曼达姑妈还在发牢骚，突然门开了，托比回来了。他一边往里走一边说："对不起，那个理发师拉着我说个没完，我回来晚了。啊，小家伙，你还没走？"他转身对身后的人说，"进来吧，跟小家伙和我姑妈打个招呼，不要害羞，没人会吃了你。"

托比身后走出来一个驼背的男人，他体型跟托比差不多，手上抓着一束黑色的雪茄，走路的时候关节咯吱咯吱作响。

"好了，庞奇先生，别抓着那些雪茄了，给我。"托比将庞奇先生手里的雪茄拿过来放到桌子上，拉着庞奇先生的手走到阿曼达姑妈面前，"请允许我向你们介绍我的好朋友庞奇先生。我刚才准备回家的时候，钟楼里传来一个叫'庞奇'的声音，接着庞奇先生就从里面走出来了，我邀请他来家里做客。"

庞奇先生说："呜呜，女士，晚上好。"他的喉咙像生锈了一样，声音特别沙哑，"晚上好，年轻的小伙子，很高兴见到你们。偶很喜欢这里的灯光，偶天天都想进来，偶说的都是实话，偶可以向您保证，女士！"

阿曼达姑妈惊讶得语无伦次："上帝保佑！弗雷迪，他是庞奇先生！"

弗雷迪紧紧地挨着阿曼达姑妈，非常害怕庞奇先生把他抓走。

庞奇先生注意到了弗雷迪的担忧，他裂开嘴巴笑起来，嘴角几乎都快到耳朵了，"偶今天晚上不会到偶父亲那里去。偶很高兴托比先生能邀请我进来，偶整天站在那个盒子上面，手脚酸疼，每天得握着雪茄，手越来越僵硬，头发越来越少，鼻子越来越下垂，偶真担心有一天偶的鼻子从脸上掉下去。只有父亲叫偶，偶才能稍微活动活动筋骨。"

庞奇先生看起来很健谈，阿曼达姑妈终于忍不住问他："你是英国人？"

庞奇先生说："如假包换，偶是硬国人。"

弗雷迪已经放弃纠正庞奇先生那奇怪的发音了，不管怎么说，庞奇先生是英国人，他又认识了一个英国人，还见识了英国口音，那是以前从没听过的。他有点儿高兴。

接着，阿曼达姑妈将弗雷迪和水手的事原原本本地告诉了托比。

托比说："太糟糕了！弗雷迪，我早就跟你说过，不要动那个罐子。庞奇先生，你有什么主意？"

"哦，这种行为实在太淘气了，灰常值得谴责，偶还没听过其他更值得谴责的事——"

托比打断他的话："好了，也没那么糟糕，换了我，我也会那样做。不过，你说我的好朋友弗雷迪应该遭受谴责，这是什么意思！我不允许任何

人辱骂他——"

庞奇先生立即道歉:"对不起,偶向你保证,偶没有冒犯之意,偶这么说话才应该遭受谴责。好了,大家保持安静,安静!"

托比压低了声音:"别再说弗雷迪的坏话了,好了,我们先看看地图。"

这时,传来一阵轻轻的敲门声。

托比问:"是谁?请进!"

[第八章]

两个怪老头和圣水

店门开了，走进来一个穿着打扮很寒酸的老人。他摘下锈红色的高礼帽，向大家致意。他有一条木腿，浑身破破烂烂的，衣服上满是补丁和油污，他的衣服袖子短了大概三英尺。令人感到奇怪的是，衣服上的衣领和袖口是赛璐珞布料做的，看起来非常干净。

老人再次掸了掸自己的帽子，向大家一一致意，他说："我本想去那个地方，只是碰巧路过你们这里，我没有打扰到你们吧？"

托比看上去毫不在意："既然来了，就坐一会儿吧。这是庞奇先生，这是弗雷迪。"

老人先跟弗雷迪打了个招呼，然后走到庞奇先生身边，凑到他耳边压低了声音说："很高兴认识你！我很信任你，也见过你很多次了，就是没机会说得上话。事情是这样的，我发现我把烟草袋子落在家里了，太倒霉了，我其实是很少忘记带烟草袋子的。我想……你能不能……分……嗯，一点烟草……可以吗？我会很感激你的。"

庞奇先生往后退了一步，他用严肃的语气说："不好意思，偶从来不抽烟。"

老人有些失望，他叹了一口气，带着希望的微笑走到托比身边，说："托比先生——"

托比说："我这辈子都不会抽烟了，你想从我这里弄到烟草，简直是白费力气。"

老人又叹了一口气，他将目光转向了弗雷迪。显而易见，他觉得在弗雷迪这里更没希望讨到烟草，于是他很识趣地闭上了嘴巴。

弗雷迪终于意识到这个人是谁了。他有一条木头腿，总是跟人讨要烟草——他就是托比经常哼唱的歌曲里的那位怪老头。

怪老头说："阿曼达小姐，很抱歉来打扰您，希望我没有妨碍你们。啊哈，今天天气不错。"

托比显得兴致勃勃，他说："来吧，看看这张地图。"

这时，又响起了敲门声。托比抱怨起来："太讨厌了，谁呀？快进来！"

他打开门，走进来一个高高瘦瘦的老人。这人面容消瘦，一头白发，手上拿着一顶黑色丝绸帽子，身上穿着制作精良的西服，浑身散发着一股尊贵的气息。这位老人伸出双手，看上去好像要跟大家来个拥抱，他真诚地说："亲爱的朋友们，这是多么美丽的场景！如此亲切、舒适，氛围其乐融融。能跟好朋友们在温暖的壁炉前欢聚，真让人觉得无比美好奇妙！"他慢慢走向阿曼达姑妈，拉起了她的手。

这时，那个有木头腿的老头来到这个老头身边，用一副郑重其事的样子说："很高兴见到你，我是特别信任你的。我发现我把烟草袋子忘在家里了，实际上我是很少忘记带它出门的。真是太倒霉了。我想，你是不是……可以……"

这个老头的语气顿时变得严厉起来，他说："绝对不行！与其把烟草给你，不如让我被绞死！"他松开阿曼达姑妈的手，转过身，不再搭理那个木头腿的老人。他抓住庞奇先生的手握了握，又温柔地握了一下弗雷迪的手。弗雷迪知道他是谁了——他是狡猾得像狐狸，烟草盒子总是满满的怪老头。弗雷迪有点怀疑：这位看上去温柔慈祥的老人居然是狡猾的老狐狸。

老狐狸又在重复他刚才的话："亲爱的朋友们！还有什么东西比得上我的这些老朋友们！"他看了看那个神情紧张、装着木头腿的老人，接着说，"太让我感动了，大家欢聚一堂！我真是太感动了……"

托比打断他："好了，看在上帝的份儿上，开始看地图，好吗？"

阿曼达姑妈在桌上展开地图，其余人都围成一圈站在桌边。

托比说："这是一个海岛。"

阿曼达姑妈补充说："它位于西班牙海域。"

老狐狸立即说："啊！西班牙，一个美丽的国家，它是大自然的杰作！到处是棕榈树、葡萄果、鹦鹉、猴子，总之到处是野生动物。朋友们，它的确是大自然的杰作。"

弗雷迪说："还有海盗。"

由于英语中海盗和鹦鹉的发音接近，老狐狸为自己辩解起来："我已经说过了，有鹦鹉！"

弗雷迪坚持地说："海盗！"

老狐狸说："对嘛，鹦鹉，小朋友，它是一种在树上飞来飞去的动物，有红色、绿色的羽毛和——"

弗雷迪叫嚷起来："海盗没有羽毛！"

老狐狸疑惑不解："亲爱的，怎么能这样说呢，你怎么能——"

弗雷迪问："你见过在树上的海盗？"

"小朋友呀，它们在笼子里呀，我见过被关在笼子里的鹦鹉。"

托比忍无可忍："好了，别争了！弗雷迪，我需要教区委员来看看这张地图，你能不能把他喊过来？对了，我们可能用得上一样东西，就是他随身携带的圣水。告诉他，把圣水也一起带过来。"

弗雷迪回答："好的，先生！"

托比等不及了："算了，还是我自己去，我的速度快一点。"眨眼之间，

他已经走到店外。

托比离开这段时间，阿曼达姑妈向两个怪老头讲述了关于中国水手的故事。她刚说完，托比和教区委员一道回来了。教区委员看上去急匆匆的，他走路的声音跟平时都不太一样了，甚至连烟斗都忘记带了。

托比向他简单地介绍了一下在座的人，并说明了这张地图的由来。教区委员拿起地图，仔细地看了一遍。然后，他坐在椅子上，双手放到肥胖的肚子上，鼓起腮帮子，说："我全面地考虑了一下，当然，你们可以有不同的意见、不同的办法。如果你们没有更好的办法，那么我认为我们应该——"

这时，从街上传来一阵奇怪的声音。除了阿曼达姑妈外，每个人都从座位上站了起来。外面的声音好像是急促的脚步声，还伴随着有点低沉的奇怪的哭喊，听起来让人后脊发凉。显而易见，有人需要帮助。弗雷迪他们想知道外面到底发生了什么事，很快冲了出去。

外面的光线很暗，街角有一盏路灯，发出微弱的光，借着光线，弗雷迪看见一个白色的人影沿着街道，发狂一般朝烟草店方向飞奔，人影后面，紧跟着一群奇怪的生物。前面的那个人又高又瘦，穿着白衣服，脸色白得瘆人。他后面那群红色的怪物，长着奇怪的犄角，身后还有尾巴。

弗雷迪想起了《哈伦的晚餐》，眼前的这幅情景和当时在剧院看到的非常相似。男子已经跑到了烟草店门口，那些小怪物也要追上来了。说时迟那时快，教区委员给大家展示了一手绝活，他从身后拿出一个小瓶子，打开瓶塞，往地下洒了几滴液体。瞬间，空气里满是刺鼻的气味，弗雷迪被呛得流出了眼泪。那些小怪物更怕这种气味，它们害怕地四处逃散，但那气味却牢牢地追着它们，它们无处可逃，只能站在原地。最后，它们像烟雾一样融化了，消失得不见踪影。

那个被追赶的男人早已跳进店里。看到那些小怪物被消灭，大家都惊呆了。

庞奇先生说:"偶从来没见过这种事。"

教区委员露出一副十分得意的样子,他说:"我的圣水从来万无一失。没有妖魔鬼怪能抵抗圣水的气味,只要它们闻到圣水的味道,就会灰飞烟灭。先生们,这世界上再也找不到比圣水更强大的力量了!"

店内,白衣男子躺在地板上,看上去已经精疲力尽,完全没有力气回答弗雷迪他们提出的任何问题。托比和庞奇先生架着他走进后面的屋子,让他坐在阿曼达姑妈身边。他长得很奇怪,阿曼达姑妈吓得连连举手。只是,不管大家怎么提问,他就是一言不发地舔着自己的手指,还不时摇头晃脑。原来,他是个哑巴。

接着灯光,弗雷迪认真地看了他一会儿,忽然认出他是谁了:"哈伦先生!你是哈伦先生!"

这个人笑着看了弗雷迪一眼,他点点头,并向大家欠身致意。

托比说:"他就是哈伦先生,他还在被那些怪物追杀,这一次有惊无险,你们说,对不对?"

所有人都笑了。教区委员拿出那个小瓶子,将它的用途告诉哈伦先生,哈伦先生吓得一头靠在了教区委员肩膀上。

托比开始嚷嚷:"我们是不是永远不可能好好地看看这幅地图?事情一件接一件,我都没办法来研究它。哈伦先生,我得跟你说说事情的经过原委,然后你权衡一下,要不要加入我们。这里比外面安全多了!"

哈伦先生急忙点头。托比简单地将事情经过告诉他,并拿起地图给他看了看。

最后,托比提议:"教区委员,把你刚才要说的话说完吧。"

[第九章]
地图的故事

教区委员将装圣水的瓶子放回口袋，双手交叠在肚皮上，慢吞吞地说："我刚才已经说过了，我们这里不是没有比我更聪明的人，不是没有比我更好的办法……总之，经过深思熟虑，我觉得我们应该——"

"好了，听我说！"阿曼达姑妈一直在研究地图，她双手紧握，看起来非常激动，"我已经知道地图下面的文字是什么意思了，你们要听吗？"她的声音在颤抖，手也在颤抖。

除了教区委员，其他人都恳求阿曼达姑妈将地图下面的文字念出来。

阿曼达姑妈还有点儿犹豫，她低声念叨着："这是真的吗？怎么可能？"

托比说："你应该念给我们听——"

"好的，别催了，我来念。'修正岛'位于北纬 12° 13′ 14″、西经 61° 45′ 13″。上面的语言很奇怪，大概意思是这样的：

致伊丽莎白·席金森，或是新贝特福德的其他见多识广的智者——我叫鲁本·席金森，是'棉花妈妈'号双桅船船长，我来自新贝特福德，是我发现了这个岛屿。

我要接我妹妹和其他人到岛上来，但船一直在漏水，用了抽水机也无济于事。水漫上了甲板，桅杆全被冲走了，大约一个小时内，船会沉没。我把地图和一张写有如何到'修正岛'的纸片都放进一个瓶子里，扔进了大海。"

托比问："那张纸在哪里呢？"

阿曼达姑妈说："我猜是被席金森船长弄丢了，那张纸不在这了，或许他当时已经来不及把它塞进瓶子里。下面还有呢：请找到这个瓶子的人记住这些水手，并找到这个岛屿。"阿曼达姑妈的手还在发抖，"我相信席金森是一个出色的船长，他还想回家接妹妹，他的话一定是真话——"

托比说："别岔开话题，继续往下读。"

"好的。那些你过去的错误、失望、痛苦以及没达成的愿望，在修正岛都会被修改，这就是它被称为修正岛的原因。有志者事竟成，只要你满怀决心，就能修正过去。要是世界上有驼背的人，他们到了这里能站直。"说到这里，阿曼达姑妈看了一眼托比。而托比和庞奇先生正互相看着对方。

"如果世上有瞎子，他就能睁开眼；如果有哑巴，他能张嘴说话。"

听到阿曼达姑妈说起"哑巴"，伏在桌上休息的哈伦先生高兴得一跃而起，快要撞到房顶。

阿曼达姑妈向他点头，接着说："老人可以返老还童，胖子能变得身材苗条。"

胖胖的教区委员嘟哝了一声，继续坐在椅子里。

"如果有人因为贫穷而抬不起头，他会变得自信。"

有一条木头腿的老头听到这句话，放下了架在椅子上的木头腿，正襟危坐。托比会心地拍了一下他的肩膀。

"如有人吝啬狡猾，他会换来一颗善良的心。"阿曼达姑妈说着，大家都盯着老狐狸看。老狐狸注意到大家的眼神，笑得愈发谦卑，他说："真好。要是我亲爱的朋友们能换上一颗善良的心，这真是太好了。"

阿曼达姑妈说："别打岔了，弗雷迪，你听听这个，要是有人身材矮小，他会变得高大强壮！"

弗雷迪惊讶地瞪大了眼睛。如果能瞬间长大，那一定棒极了！

"这是最后一条了，我不知道我理解的是不是正确——"阿曼达姑妈的声音颤抖起来，"这是最精彩的一条，如果有佳人遭受冷落，她一定会找到一个好归宿。好了这封信结束了，到修正岛的人都不会有任何遗憾。现在，我把我的身体献给大海，把灵魂献给——"

所有人都大喊着说："继续念！继续！"

阿曼达姑妈擤了擤鼻子，将地图放到桌上："估计是船长没来得及写完，没有了。"

大家安静了一会儿，托比率先打破了沉默："如果这个岛真的很神奇，我们应该去看看。"

很快，屋子里响起了一阵交头接耳的议论声。哈伦先生也在点头，表示同意。

托比继续说："教区委员，我看你一直沉默不语，我觉得我们应该听听你的意见。你认为我们应该怎么做？"

教区委员严肃地扫了四周一眼，终于开口说话了："如果你们之中有更好的主意，我绝不会固执己见。当然了，你们非要问我的话，我得说这的确是一件天大的好事，我会说出我的办法，当然我不会假装认为这是——"

托比先生忍无可忍地大喊起来："干脆点！你是这个镇上最稳重、最有见识的人，快，告诉我们，应该做什么！"

"召唤那位全能水手！"

谁都没有想出这个办法，大家听完愣了好一阵子。

托比说："你终于说出来了！好吧，当务之急是召唤那位米曾先生，"他转向弗雷迪，"是你把他召唤出来的，我觉得你再做一次也没什么关系，请等一下。"他跑到货架那里，很快拿来那个中国瓷器罐子和烟斗，"弗雷迪，再来一次！"

弗雷迪拒绝了："先生，我不想这样。"

阿曼达姑妈说："你不应该让他做这种事。"

庞奇先生说："好玩好玩，让老叫花子抽一口烟吧。"

老狐狸面带微笑，看着弗雷迪："亲爱的小朋友，年长的人说的话总是对的……"

托比已经装好了烟斗，他推着弗雷迪坐到阿曼达姑妈身边的坐垫上，将烟斗塞进弗雷迪的嘴里，划了一根火柴，点燃了烟斗。

"抽吧。"他说。

弗雷迪不停摇头，却只好抽了一口，他接连吐出几口烟。白色的烟圈在大家的头顶上盘旋，雾气越来越重，越来越厚，弗雷迪几乎看不见任何东西了。像之前那次一样，烟雾开始移动，缤纷多彩的烟雾距离弗雷迪越来越近，他感觉自己悬到半空又被摔了下来，回到了坐垫上。这时，烟雾已经消失了。

弗雷迪听见托比大喊着："进来吧！"

店门打开了，水手雷木尔大摇大摆走进来，他摘下蓝色的水手帽，向大家致意："船长，雷木尔·米曾听候差遣！水手们还在甲板上削苹果，我已经锁好了剩下的柠檬和威士忌，躺在床上数星星。忽然响起了铃声，有个水手通知我上岸，我戴好帽子，整理好行装，将床单晾晒到外面，就赶过来了。"全能水手严肃地盯着弗雷迪，"船长，我听候差遣！"

阿曼达姑妈大口喘着气说："我从来没见过这样的事——"

托比说："我告诉你这是怎么回事，西班牙海域有个修正岛。"

水手说："啊？你想去那里？这不是什么麻烦事，只要坐上'筛子号'小帆船，我们就能起航。你们所有人都要去吗？"

老狐狸说："我有一个小问题，我们需要支付多少费用？"

米曾说："船长说了算，一分钱都不要，东西都是现成的呢。"

老狐狸高兴地叫喊起来："啊！我要去！西班牙！有在丛林里上蹿下跳的猴子和鹦鹉，我要去！"

托比问："既然大家都没意见，我们就一起去。现在就出发，好吗？"

"我是不是应该跟妈妈说一声？"弗雷迪问。

托比说："放心，我会留个便条告诉她。"

阿曼达姑妈说："我应该做完针线活再走。"

托比催促说："没时间了，水手，船在哪里？"

"街角的码头上。"

"出发！"托比说着，戴上白色的礼帽，扎好领带，他还给阿曼达姑妈取来一顶黑色的帽子。阿曼达姑妈戴上了帽子，还围了一条羊绒围巾。

米曾一边哼着小调一边说："我们要去西班牙，无论山高路远，我们都会赴汤蹈火。我们是最勇敢的人，我们会在澳洲停留一两个星期，然后赶往西班牙海域，那里有游来游去的鱼——船长，收好这个。"他把地图交给弗雷迪。弗雷迪小心地将它放进口袋。

托比问教区委员："你带了圣水吗？"

教区委员拍了拍衣服的口袋。

托比想了想，将那个中国瓷器罐子夹在腋窝下面。

几分钟之后，一切就绪。烟草店的门被锁上了，所有人都来到街上。教堂的钟楼上传来一阵微弱的声音，他们仔细听了一阵，才明白那是庞奇先生的父亲在呼唤"庞奇、庞奇"。但庞奇先生耸了耸肩膀，没有做任何回应。

天黑沉沉的，大家只能听见怪老头的木腿在地上咯吱咯吱的声音。路边的住宅和商铺都关门了，在夜色中看起来非常阴沉可怕。一位巡警的身影渐渐消失在街角，弗雷迪有点害怕，紧紧抓住了雷木尔的大手。弗雷迪觉得，要出门去那么远的地方而不告诉妈妈，实在有点不妥。也许，托比会搞定这些！如果自己去告诉妈妈，肯定不能出海远航。

　　阿曼达姑妈的腿不太方便，他们走得很慢。最后，他们看见了不远处的帆船剪影，它像从街上的房子里长出来的一样，看起来有点儿不真实。随后，他们发现身边是一个巨大的码头，到处都是被黑色的海水扑打的货物和箱子。弗雷迪感到一阵战栗，他再也不想爸爸妈妈了，此刻，他闻到的全是海水和柏油的味道，想的是海上的帆船和辽阔的西班牙大海。

　　雷木尔穿过那些货物箱子，走到一个深色的船体面前，转过身面朝大家。他摸了摸帽檐，发出无比庄重的邀请："上船吧！"

第十章

"筛子号"开始远航

第二天早上，弗雷迪醒过来。他刚伸了个懒腰，打了个哈欠，就发现眼前的东西很不对劲：房间的地板居然一边高一边矮，过了一会儿，高的那边矮下去，矮的那边高起来，整个房间看起来就像跷跷板一样高低起伏。

到底怎么回事？这是哪里？

弗雷迪决定出去看看。他小心谨慎地朝窗边走去，脚刚踏出去，地板就像陷下去一样。弗雷迪赶紧扶住床，慢慢挪动。地板晃来晃去，他觉得头晕目眩，肚子里开始翻江倒海。好不容易到了窗户那里，地板忽然朝另一边倾斜，弗雷迪被摔回床上。简直是天旋地转，胃也疼得更厉害了。弗雷迪决定在床上好好躺着。

他躺了整整两天，其间有个戴着绿色眼罩的人不停进进出出。但他的意识昏昏沉沉的，只想就这样睡着。

第三天早晨，弗雷迪觉得清醒了很多，他已经饿了，穿好衣服，飞奔了出去。尽管他看起来身体羸弱，步伐凌乱，但他顾不上这些，晃晃悠悠地走上楼梯，来到甲板上。

头顶是蓝天白云，大海一望无垠。船头在海面上有规律地起起伏伏，桅杆上，两张大帆布迎风飘扬。

弗雷迪在甲板上走了几步，船上的人都穿着蓝色衣服。他们有的在专心清理甲板、绳索和金属，还有一个男人坐在小房间里一个竖起来的轮子边上。阿曼达姑妈、托比、教区委员以及那两个怪老头都站在桅杆下面，弗雷迪向他们打招呼问好。

托比说："你好呀，小家伙。这次好玩吧？"

"比那些出门远足的活动好玩多了。我在床上躺了整整两天呢。"

阿曼达姑妈说："弗雷迪，我们都一样躺了几天。你现在感觉好些了吗？我真是太激动了，这里的空气无比新鲜。"

弗雷迪问："托比先生，你的便条上说了什么？"

"便条？"

"就是留给我妈妈的便条，告诉她我出门旅行——"

托比叫喊起来："糟糕！我忘了，现在该怎么办？"

庞奇先生也跑来凑热闹："糟糕！灰常糟糕！"

老狐狸说："亲爱的朋友们，这个早晨如此美妙，我们就不要相互指责了。你们听到微风吹过起锚机的声音了吗？"他摘下礼帽，无比深情地看着在风中飘扬的帆布。其他人也一样，认真感受着海风的吹拂。

阿曼达姑妈突然喊起来："快看，哈伦先生在上面！"

果然，在第二根桅杆顶上，立着一个白色的身影。那就是哈伦先生，他站在绳索上，向大家挥手致意。随后，他在桅杆之间跳来跳去，跳到绳索上，借着轮船的反弹力来到甲板上。站稳之后，他向大家微微欠身。

托比喊起来："无所不能的水手先生，快过来！你的手腕上怎么回事？"

米曾脱下礼帽向大家行礼。他的手腕上站着一只长着红绿色羽毛的鹦鹉。鹦鹉朝眼前的这群陌生人伸了伸脑袋，一脸疑惑地看着自己的主人。米曾说："女士们、先生们，早上好！这世间再也没有什么东西比得上这片大海了。我很高兴看到你们恢复了活力。"

阿曼达姑妈非常担心："这艘船安全吗？"

"绝对安全。'筛子号'能把所有的海水筛出去，你看大家都在下面舀水呢，这艘船绝对没有平时那样漏水漏得厉害。当然，谁也不知道接下来会遇到什么，我们这里舀水的东西很多，除非遇上暴风雨或者触礁了——"

　　阿曼达姑妈叫起来："上帝保佑！我真希望我没有上船。如果能有针线活做，我可能会觉得好一点。"

　　米曾问："尊敬的女士，你会补袜子吗？"

　　"当然！我还会缝补衬衫，洗衣服……嗯，这会是一次愉快的旅行。我相信我们不会遇到任何危险，漏水什么全是一派胡言。"

　　这时，米曾手上的鹦鹉发话了："你的——朋友——朋友们都是谁？"

　　大家惊讶地看见它把头贴到米曾的脸上。米曾说："好了，过会儿你就知道了。早饭已经准备好了，你们想吃早饭吗？"

　　还没人回答，鹦鹉大笑着嚷嚷了起来："三——道菜！三——三块排骨，牛——牛排，烤——烤肉，鸡蛋！我吃——吃肝脏和洋葱！为肝脏和洋葱——干——干杯！"

　　米曾说："马默杜克，安静点，不然我把你关进笼子。"

　　叫马默杜克的鹦鹉打了个喷嚏，它用个爪子一边整理羽毛一边抱怨："该死——死的感冒！啊，为——为——感冒干杯！阿嚏！"

　　"要是你还多嘴，我立即把你关进笼子！你真该学点规矩了！如果我再听到——"米曾的话还没说完，就被马默杜克的喷嚏打断了。大家都笑了，他把马默杜克往天上一扔。

　　马默杜克飞上桅杆，一脸的无所顾忌地唱着："如果有烤肉——肉和鸡蛋，我就吃——吃肝脏，为肝脏干杯！"

　　除了哈伦先生，大家都笑坏了。

　　庞奇先生问："不是只有烤肉和鸡蛋吗？怎么能吃到肝脏？"

　　他这么一说，大家笑得更开心了。

托比告诉他："这是一个笑话，我以后再告诉你。"

米曾打断了他们的交谈："抱歉，如果我们再不吃，早饭就凉了，早饭之后，我们还要举行选举！"

随后，他带着大家走进了楼梯边的一个小房间。大家围着大圆桌坐下，等待开餐。一个年纪大约十八岁的小伙子走了进来，他有一头红得惊人的头发，看上去有点儿胆怯。他问雷木尔："这——这——是——"

米曾朝弗雷迪点点头："他才是船长。"

小伙子走到弗雷迪跟前，他的表情有些扭捏："早餐有排——排骨，牛——牛排，烤——烤肉、鸡蛋。"

弗雷迪说："好的，先生。"

米曾发话了："厨师，这些东西我都吃了两天了，给下一位介绍吧。"

小伙子来到阿曼达姑妈跟前，又把跟弗雷迪说过的话重复了一遍，他打了一个巨大的喷嚏，只好掏出手帕来擦鼻涕。他正打算重新报菜单，好心的阿曼达姑妈说："排骨很不错，谢谢你！"

小伙子站到托比跟前，继续不折不挠地报菜单。托比没耐心听他说完，直接点了排骨和牛排。弗雷迪发现，这位年轻的厨师眼角挂着一颗泪珠。当最后一个人点好菜后，厨师推门而出。他刚出去，就从门背后传来令人心碎的哭泣声。

但米曾却说："这小厨师的脾气有点古怪，应该好好改改了。"

过了一会儿，厨师端着餐盘过来，他走到弗雷迪身边时，船体忽然倾斜，他手上的盘子随着重力的作用滚到了餐厅的另一边，牛排、鸡蛋、烤肉和排骨全部洒在了地上。厨师一边大哭着一边往外跑。

米曾安慰大家说："没关系，过会儿他会回来的。"

果然，小厨师很快端着丰盛的食物回来了。菜肴很丰盛，早餐之后，米曾建议去甲板上进行选举。当他们走上甲板时，上面齐刷刷地坐着一大

群穿着蓝色水手服的人。当弗雷迪他们走进，水手们全体起立表达敬意，其中一个人将选举结果告诉了雷木尔。

米曾告诉弗雷迪他们："经过三十六名水手的选举，他们之中已经产生了船长和大副，十三位船长加上二十三名大副，他们得各就各位开始工作了，而我是这艘船的唯一导航员。他们都是自由的人，一切职务都是通过投票选举产生。不过，他们对这次航行一无所知，只有导航员才知道航向。好了，他们已经准备就绪，得马上开始工作了。"

船员们全部准备完毕，米曾说："很好，一部分人负责排水，一部分人负责开船，我负责导航。希望船体漏水不是很严重。"

弗雷迪在晃晃悠悠的船上东走西看，他来到船尾，靠着围栏欣赏下面不断涌起的白色浪花。甲板动荡起伏，波涛滚滚而去。这次旅行实在太酷了，他甚至希望旅行的时间延长一些，不要太早结束。

这时，阿曼达姑妈心满意足地给水手们补袜子，哈伦先生在绳索上荡来晃去，教区委员、庞奇先生、托比还有老狐狸在热烈地讨论着什么问题。那个装着木头腿的怪老头则在跟一个大副聊天，估计他是打算讨要一点烟草。

忽然，弗雷迪听见鹦鹉马默杜克哈哈大笑。他扭过头，看就马默杜克站在栏杆上，而小厨师站在它对面，不停地晃动手指，他看上去非常愤怒。

"我——忍——忍不了了！你——为什么——总——总是嘲笑我？"

鹦鹉问："你说我——我？"

小厨师大喊："是——是你！我——结——结——结巴，你也——结——结巴吗？"

"我？你——搞——搞错了！你——你——才——才结巴。"

"你——不也总说——有排——排骨，牛——牛排，烤肉——鸡——鸡蛋？听到——到了吗？赶紧——滚——滚蛋，我——再也忍——忍不了了。"

马默杜克大喊起来："呼呼！波波波！有排——排骨，牛——牛排，烤肉——鸡——鸡蛋！为——为肝脏——洋葱干——干杯！"

可怜的小厨师崩溃得大哭，他踱着步子说："我——没——没办法，我就是——结——结巴。但是我不——不能被鹦鹉嘲——嘲笑。你这个混——混蛋、臭流氓，你——你等着，我会——会拧断你——你的脖子！"

鹦鹉也尖叫起来："我叫马默杜克！马默杜克就是我！波波波！我要肝——肝脏，还有——有洋葱，波波波！"

小厨师示威一般举起手，忽然，他打了个打喷嚏，只得掏出手帕擦鼻涕。随即，鹦鹉也学着小厨房的样子打了个喷嚏，还装模作样地用脚整理自己的嘴巴。这下。小厨师忍无可忍，他一把抓住了鹦鹉的脖子。弗雷迪及时出现，勉强让小厨师放下鹦鹉。

小厨师一边抹着眼泪一边说："你——记住——住我的话，这只鹦——鹦鹉迟早——早会搞出麻烦来。"

［ 第十一章 ］
沉船事故

　　柔和的月光洒满了辽阔的海域，此时的大海一片宁静，时有微风拂过。探险队的成员安静地坐在甲板上，享受着海风的吹拂，欣赏着月光下的大海。甲板前方，水手们正在举行派对，不时传来欢歌笑语。

　　托比建议庞奇先生为大家弹唱一曲，庞奇先生推托了两次，答应唱歌。米曾离开去取吉他伴奏，大家都在闲聊。弗雷迪觉得有人在抓自己的胳膊，他回头一看，小厨师站在自己身后，眼神带着一种说不出的神秘。他凑到弗雷迪耳边，小声说："当——当心！明天会——会发生点事儿。米——米曾和鹦——鹦鹉要倒——倒大霉了！"

　　弗雷迪警惕地看着他，想问点什么，恰巧，米曾带着吉他回来了。在大家的邀请下，庞奇先生清了清嗓子，咳嗽两声后唱了起来："凯瑟琳，宝贝儿，鬼色的发瓣正在凋落，从远方传来猎人的货角——"

　　忽然，托比大笑起来："哈哈哈哈！猎人的货角！我以前从来没听过这么好玩的歌声！庞奇先生，你是不是不会发'h'这个音？哈哈哈哈！"

　　庞奇先生生气了："偶不唱了，你实在太不礼貌了！"

　　阿曼达姑妈说："托比，你看看你，把事情搞得一团糟，快给庞奇先生道歉！"

　　托比道了歉，但庞奇先生说什么都不肯再唱了。

米曾打算自弹自唱，他说："女士们，先生们——"

"阿嚏！"鹦鹉打了个喷嚏，"潮湿的床——床单，翻腾的大——大海，为——为阿嚏干——干杯！"

这时，小厨师又在弗雷迪耳边低声说："这——这两个——死——死定了！"

阿曼达姑妈建议说："唱一些你的传奇故事吧？"

米曾答应说："好的，尊敬的女士。"他先弹奏了几组和弦，然后亮开嗓子唱起来。他的歌喉像浓雾一般，低沉哀婉地讲述着他的冒险经历。

一曲唱完，米曾看着船边的栏杆说："我刚才似乎听见了栏杆发出一种奇怪的声音，它们好像变矮了一些。不用担忧，也许是我多心了。"

大家都说没发现异常，但弗雷迪听到了小厨师得意的笑声。

在大家的要求下，米曾又弹唱了一曲。这是一首关于海难的歌，他唱到中途停下来说："我总觉得甲板有点歪，船尾也不太正常。你们还想继续听歌吗？"

大家要求米曾继续唱歌。小厨师趴在弗雷迪的耳边，低声说："你——你会看到我——我做的事。当他们发——发现的时候，会不会吓——吓得唱——唱跑调了？"

弗雷迪惊讶地看着他，不知道接下来会发生什么事。而米曾已经在大家的要求下开始弹唱第三首曲子。当他唱到"我们完了"的时候，从船头位置发出一阵惊恐的喊声——"我们完了！我们完了！排水工具全部不见了！"

水手们全跑了过来，一个大厨模样的男人跑过来，他摘下帽子，擦着汗水，一边扯着自己的头发一边怒吼："完了！都是那个小厨师干的好事！他扔掉了所有排水工具！船底正在一桶接一桶地进水，我发现这件事的时候，这些蠢猪还在躺在地上发呆！你们这些猪头，只能尝尝大海的味道了！

完了！我们全完了！"

大家找遍了每个地方，都没找到小厨师。突然，从头顶传来一阵诡异的笑声。原来，他就站在桅杆顶上。他发狂地大笑着说："哈哈！是我——我做的！米曾教——教他的鹦鹉嘲——嘲笑我，大厨总是在——在厨房——打我、骂——骂我，我受——受够了！我把所有的排——排水工具扔——扔进大海，你们——们只好葬——葬身大海，以后别——别想欺负我！"

大厨气急了，想冲上桅杆抓住小厨师。但船忽然猛烈地往后沉，大家都摔了个底朝天。阿曼达姑妈尖叫起来，庞奇先生和托比扶住了她。大家都嚷嚷起来，混乱之中，弗雷迪被托比紧紧地抓住了，他感觉没那么害怕了。

米曾大叫道："冷静！冷静！我们必须想出办法！我们必须要有一条救生艇！"

阿曼达姑妈大喊道："难道说船上居然没有救生艇？"

米曾解释说："我们有大把的排水工具，干吗还要带救生艇？我们从来没料到会出现这种状况。"

水手们也跟着叫嚷说："是的！是的！我们从没想过！"

阿曼达姑妈说："赶紧想办法吧，你们没发现这艘船越来越沉了吗？"

确实如此，船越来越往下沉，大家都快站不稳了。必须有一阵大风才能把装满了海水的船往前推进，但现在的微风几乎起不了任何作用，船就像陷进泥滩，一动也不动。

米曾说："只能试试了，伙计们，把房间里的床垫都拿出来，再找几圈绳子来，快！"

水手们很快搬来了一堆床垫，还给阿曼达姑妈带来了她的围巾和帽子。在米曾的指挥下，水手们将床垫捆在一起，做成了一个大约十五英尺大小、四五英尺厚的救生艇，他们还从储藏室找来油布，将它缠在这个临时救生艇周围。

"不知道行不行，但目前也只有这个办法了。"米曾继续指挥，"好了，小伙子们，把这个救生艇翻个个儿，把补给品放进去。"水手们立即往床垫里放桶装淡水、肉罐头和饼干，以及其他一些乱七八糟的东西。一切准备得差不多了，米曾说："你们快上去，我们还得做一艘我们自己的救生艇。大家准备好了吗？"

水手们将救生艇推到了栏杆边，弗雷迪第一个飞扑上去，哈伦先生灵活得像一只猫，一个箭步就跳了进去。老狐狸戴好丝绸帽子，上救生艇前，他转身对米曾说："米曾先生，我有责任表达我的愤怒。要是早知道是这样，我会——"

托比说："你说的都是废话！米曾，推他上去！"老狐狸被一把推进了救生艇。

其他人都没有抱怨，胖胖的教区委员上来时，救生艇猛地往下沉了一些，不过还好，没出现什么大事。探险队的人员都到齐了，为了分散重量，大家都围着教区委员坐成一个圆圈。船上的水手们已经开始做另一艘救生艇，弗雷迪他们的救生艇渐渐漂离了"筛子号"。阿曼达姑妈抱紧了弗雷迪，但弗雷迪并不觉得害怕，他满脑子都是对探险的兴奋劲，早就将危险这个词抛到九霄云外。船上的水手们也乘坐另一艘救生艇，漂浮在弗雷迪他们身边。海面很平静，大概在物资用完之前，他们会被经过的船只救起来。

救生艇慢悠悠地往前漂荡，托比问弗雷迪："地图呢？还在你身上吗？"

"是的，先生。"

"很好，几天之后我们就会到达那座岛屿，你千万别弄丢了。教区委员，圣水还在吗？"

教区委员说："圣水好好地在我的口袋里。你那个中国烟草瓷罐呢？"

托比大喊起来："啊！我把它忘在房间里了！上帝呀，该怎么办？我们又不能漂回去。"

阿曼达姑妈气呼呼地说："托比！你肩膀上长的东西不是脑袋吗？你怎么什么都记不住！现在，得赶紧让船上的人帮忙取到那个罐子！"

于是，托比大声朝船上喊："中国烟草罐子，在我房间里，帮忙取一下，快！"

船上真的有一个声音回应他："好的，先生！"

几分钟之后，大家看见小厨师站在船头上，现在那艘船也只有那么一小块露在水面上了，他手里抓着那个罐子，看起来好像要把它扔到救生艇上。

托比喊道："不要扔，用绳子拴住漂浮过来！"

他的呼喊迟了一步。小厨师已经举着罐子朝救生艇方向砸了过来，罐子在距离救生艇大约五英尺的地方重重落入海里，水面激荡起一阵浪花。中国烟草的魔法罐子就这样沉入大海了。探险队的人沉沉地叹气，但他们暂时还不明白失去魔法罐子的严重后果。弗雷迪几乎要哭了，阿曼达姑妈气得说不出话来，但其他人觉得没什么大不了。

阿曼达姑妈喊道："托比！看看你做的好事！都是你的错！你完全不应该把罐子的位置告诉小厨师！现在我们完全离开米曾先生了，没有罐子里的烟草，该怎么呼唤他来帮助我们？我真希望我们跟他一直待在一起——"

这时，庞奇先生大叫起来："看那里！上帝保佑，我的眼睛没有出错吧，快看那艘船！"

在魔法罐子沉入大海的时刻，"筛子号"上的窗户一扇接一扇消失了。借助月光，他们看见这艘船并没有沉没，只是渐渐地从它所在的地方慢慢消失。船体越来越模糊，隐隐地传来鹦鹉马默杜克的声音："干杯——为肝——肝脏和洋——洋葱，干杯——"

随着马默杜克声音的消失，整艘船像幽灵一般不见了。

探险队的成员们，仅看到了辽阔的海面，原先帆船所在的地方只剩下大海掀起的波涛。他们围坐在教区委员身边，一个个惊魂未定的样子，说不出一句话。

[第十二章]
到达陆地

好一阵子之后，阿曼达姑妈开始念叨起来："要是能做点针线活就好了。尽管借着月光，坐着漂流的床垫在大海上航行，针线活不一定能做得很好，但是我要是有针线活做，就不会发生这种事情了。"

庞奇先生很疑惑："偶不懂其中有什么联系。"

托比则说："要是我们不坐到中间，床垫就会一直歪斜。教区委员，你怎么不坐到中间来？"

教区委员说："我就坐在中间呀，唉，要是教会的人看到这种场面，不知道他们会说什么。"

老狐狸则在发表他的不满："我要抗议，如果事先知道会是这样——"

阿曼达姑妈说："好了，探险队需要个头儿，你们真是一群没用的男人，我推荐我自己当领队，这件事就这么定了。我是头儿，委员，往右边坐一点。"

教区委员连声说："遵命，女士！"

"好了，大家都靠着委员坐着，床垫的平衡就好多了。我的话就是命令，现在大家静观其变。"

阿曼达姑妈说完后，床垫倾斜的问题并没有得到彻底改变。弗雷迪感觉有点困了，他靠在阿曼达姑妈的肩膀上，渐渐进入了梦乡。忽然，从海里跳出来一个细长的黑乎乎的东西，在半空旋转了几圈又落入了海里。

庞奇先生说："上帝保佑，这是一条灰鱼呀！"

弗雷迪一下子醒了，"它真的可以飞？"

老狐狸一本正经地说："大自然太神奇了，真让我眼界大开，小朋友，我相信你也会从中受益。真的，这很有教育意义。"

有木头腿的怪老头问："啊，那些在海面上一闪一闪的是什么呀？"

庞奇先生说："偶知道，这是一群沙丁鱼，偶年少时——"

弗雷迪激动地喊起来："快看！大约有几百万条沙丁鱼！"

在月光的照耀下，那些小鱼像一条流动的光带。

庞奇先生又说："偶感觉有一条大鱼在追他们。"

托比说："可能有好几条呢。啊，真的有一条！"

就在他说话的关头，一道黑色的鱼鳍如锋利的刀锋，切开了水面。从鱼鳍的尺寸判断，这条鱼是个大块头，顺着鱼鳍往前看，还能看到它嘴里长着一排牙齿，锋利得几乎能咬碎一大条厚木头。

弗雷迪喊："那里有一条！"

阿曼达姑妈也喊起来："那里，那里有一条！"

附近的海域大概出现了五六条超级大鱼。

托比在祈祷："只要一条大鱼就能掀翻救生艇，它们千万别靠近！"

阿曼达姑妈说："上帝啊，发发慈悲，千万别发生这种事！"

这时，一个巨大的、黑色的鱼背露出水面，它抬起了庞大的鱼头，一阵水从鱼背上喷出来。

大家异口同声地喊起来："鲸鱼！"

瞬间，鲸鱼甩动巨大的尾巴，重新潜入大海。但那条露出雪白牙齿的鲸鱼，出现在救生艇旁边。它朝救生艇冲了过来，鱼鳍飞快切开水面。它好几次潜入海水，但露出来的时候距离救生艇越来越近。

阿曼达姑妈喊着："弗雷迪，抓紧我！"

大鲸鱼撞了过来，它的背顶住了救生艇底部，几乎要把大家顶上天了。不过，救生艇颠簸几下后恢复了平静。

托比说："它走了。"

"不，没有，看，它的尾巴！"大家顺着庞奇先生指的方向看去，果然看见救生艇边上有一截露出水面的尾巴。它狠狠地拍打海面，过了好一阵子，海面才恢复平静，但那条尾巴已经卡在那了。

托比说："鲸鱼的鱼鳍插进床垫里了，现在是它背着我们游泳呢。"

阿曼达姑妈说了一声"上帝保佑"，庞奇先生和教区委员都认同了托比的观点。

弗雷迪喊起来："我们在动呢！"

果然，救生艇正在朝鱼尾的反方向慢慢移动，鱼尾在海水里若隐若现，前后摇摆着，周围激起一阵浪花。

托比说："我说对了吧，是鲸鱼拖着我们在游泳呢。以前我见过蜗牛拖着自己的壳慢慢爬，但我还是第一次见到鲸鱼背着床垫游泳。"

作为头儿的阿曼达姑妈发话了："我是船长，我命令大家原地待着，看看它到底要带我们去哪里。"

于是，大家安静地坐着，大气都不敢出。他们都希望鲸鱼能自己游走，但无奈它的鱼鳍插入床垫太深了，它只好一直背着床垫游泳。几个小时过去，鱼背上的旅行还没有要结束的意思。大家干脆换了个舒服的姿势靠在一起等待。他们几乎没有发现床垫已经下沉了许多。

空气很暖和，救生艇走得很慢。大家都靠在身边的人身上，蜷缩在一起，慢慢睡着了。床垫往下沉得越来越深了，大海上很安静，只听得见教区委员小小的鼾声。

第二天早上，弗雷迪第一个醒来。他全身酸痛，伸了个懒腰后，他擦擦眼睛，朝四周看了看。这一眼不得了，他立即抓住了阿曼达姑妈的胳膊，大喊起来："陆地！"

所有人都被他吵醒了。

大家挺直身体，迎着晨光，朝四处眺望。距离他们约四分之一英里外，有一堵黑色的悬崖峭壁，绵延了好几英里，看上去的确像一座岛屿。海浪不停拍打着峭壁底部，激起层层浪花。

阿曼达姑妈问："我们怎样才能登上这个岛屿呢？"

弗雷迪说："我们正在朝它的方向漂移。"

托比分析道："我们很快就知道能不能上去了。"

救生艇缓缓移动，好一阵子后，他们才靠近岛屿。峭壁看起来非常危险，海浪又不停冲刷岩石，想要成功登陆的希望极其渺茫。

忽然，庞奇先生喊起来："听偶说！那有个拱门！"

阿曼达姑妈也看见了："那里！有岩石形成的拱门，看到了吗？"

千真万确，峭壁上有一道岩石拱道，看起来像山的洞口。在激流的推动下，床垫穿过礁石，直奔拱门而去。鲸鱼似乎也调整了航线，它顺着浪潮将大家带到了入口处。每个人都牢牢抓紧床垫，推着它往前涌动。

很快，救生艇被冲进一个山洞。洞顶很高，但比较狭窄，里面光线昏暗。借着海浪的推动，救生艇继续前行，光线越来越暗了。救生艇拐了个弯，洞里已经黑得伸手不见五指。

托比在身上东摸西找，找出一根火柴和一截蜡烛。他用手小心翼翼地护着这微弱的光亮，让它照亮前面的路。借着烛光，弗雷迪发现他们置身于一个狭窄的水道之中，距离救生艇大约十英尺远的地方，是岩石壁。托比尽量把蜡烛举高，但大家只看得见前面几码远的地方。

老狐狸说："希望你们能明白，我抗议——"

阿曼达姑妈说："我才不管你怎么想。我的命令就是静观其变！"

救生艇右拐后又左拐，还没漂流十分钟，托比大喊起来："啊？那是什么？"大家认真听了听，发现从水流里面传来了一个微弱的声音。

有木腿的怪老头说："请原谅我——现在大概是——遇到危险了吗？"

阿曼达姑妈说："我觉得这里不是很安全。"

弗雷迪提醒说："救生艇越来越低了。"

托比也说："是的，水快要把救生艇淹没了，如果我们不想办法上岸，就只能坐在水里了。"

这时，救生艇居然加速了，水流变得湍急，风也越来越大。托比护住蜡烛，但烛光在狂风里摇曳几下就熄灭了。

前面传来哗哗的水声，庞奇先生判断前方有瀑布，阿曼达姑妈紧紧抓住了弗雷迪。在水流的推动下，床垫移动的速度快得惊人，瀑布的咆哮声越来越大。

阿曼达姑妈大喊着："抓紧我，弗雷迪！"

托比也跟着大叫起来："抓紧呀，下一刻我们全完了！"

水花飞溅，救生艇被高高举起，又重重落下。忽然，救生艇头朝下，几乎笔直地往下坠落。往下、往下、还是往下，所有人仿佛坠入无边深渊之中，永远都看不到边际。

好一阵子之后，阿曼达姑妈和弗雷迪已经站在一个约两英尺深的水池里了。其他的队员们一个接一个跳出来，他们在水池里会合了。大家发现这是一个宽敞的空间，瀑布周围的景象已经尽收眼底。顺着瀑布方向往上看，太阳已经升起来了，在阳光的照耀下，瀑布看起来五颜六色，犹如一条彩色绸缎。

阿曼达姑妈说："作为队长，我命令大家尽快上岸！"

他们走了很远，终于走到陆地上，阿曼达姑妈的手杖丢了，托比和老狐狸的帽子都不见了。大家沿着溪水一直走，在水流尽头处看见了床垫的残骸，鲸鱼的尾巴依然扎在床垫上面。

老狐狸说："我很担心，这条忠实的生灵已经去世了。"

托比说："那是肯定的，死透了。"

阿曼达姑妈感叹道："可怜的东西！好了，听我命令，勘察山洞，看看能不能找到什么派得上用场的东西。"

大家商量了一下，朝另一个方向走去。忽然，托比大喊了一声，他把阿曼达姑妈交给庞奇先生，自己奔向洞窟的一个角落。

"看，这是什么！"托比弯腰查看，其他人也跟了过来。挨着石壁的地方，摆放着几排小方盒子。哈伦先生拿出其中一个盒子摇了摇，从里面传出来叮叮当当的声音。

老狐狸说："亲爱的朋友们，这是财宝专属的音乐声呀！"

阿曼达姑妈叫了起来："上帝保佑，是真的吗？"

教区委员说："依照我的推断，里面应该是黄金。"

盒子被锁得很紧，周围都包着铁皮，很难被打开。石壁一边还有很多麻袋，上面捆着绳子。哈伦先生很快解开了一个，他拎起麻袋，里面的东西都倒了出来，大家几乎看傻眼了。珍珠项链、宝石戒指、金手镯、金链子，银质叉子和勺子、黄金筷子、黄金杯子，等等，全是金银珠宝。

大家沉默了一阵，教区委员开口说："我认为这是海盗藏起来的宝藏。"

阿曼达姑妈叫起来："上帝保佑，他们会随时回来，将我们逮个正着！"

哈伦先生已经把每个袋子都解开了，里面全是黄金白银。弗雷迪很害怕，他问："这些真的是海盗的宝藏吗？"

托比压低了声音："毫无疑问，看这个！"

顺着托比指着的方向，大家看见墙角有一张布告。上面的字很大，托比一边看一边念："当心！拿开你的脏手！谁敢碰这些财宝，就会死无定

所！以詹姆斯国王的名义发誓，林格船长一定会用刀子割开盗宝人的喉咙！"他补充说，"上面还画着一个骷髅头，毫无疑问，就是海盗。"

阿曼达姑妈说："我们最好离开这里。"

托比提醒她："别太大声说话——"

有木腿的怪老头忽然惊恐地小声说："啊，我看见瀑布上面有什么东西，啊，那是什么？"

托比低声说："挨着墙根站好，千万别说话。"

大家挨着墙壁站好，挤成一团朝瀑布上看去。

一个黑乎乎的东西从水潭里冒了出来，接着，又冒出了另一个，它们一个接一个出来，总共有七个，并排站在水里。它们慢慢朝岸边移动，从头到脚似乎都套在一个松垮垮的袋子里，让它们看起来像是一群熊。为首的一个上岸后摘下了袋子，露出了脑袋。他头上戴着大大的方巾，耳朵上用夸张的耳环加以装饰，嘴里还叼着一把寒光闪闪的长刀。

探险队的成员吓得大气都不敢出，阿曼达姑妈死死地抓着弗雷迪的胳膊，差点尖叫出来，幸好托比及时捂住了她的嘴巴。

那个戴耳环的人终于从袋子里出来了，这是一个矮小结实的男人，看起来凶神恶煞的，他的腰间别着一把弯刀和一把枪。他没有穿外套，上身的衬衣敞开着，露出结实的胸膛。这个人全身上下都散发着一股冷酷危险的气息。他取下嘴里的长刀，在腰间擦来擦去，不停地甩着水珠。随后，他从口袋里掏出手帕，擦干净脸和手，还认认真真地擦了指甲。他一边擦拭一边念叨着什么，看上去像是在念某种恐怖的咒语。

这时，其他六个人也脱掉了伪装。他们的行头几乎一模一样，除了没有戴耳环外，腰间都别着手枪。

"阿嚏！"老狐狸忽然爆发出枪声一般的喷嚏，大声嚷嚷说，"亲爱的朋友们，我好像感冒了。"

　　听到他的喷嚏声，那七个人一下子跳了起来，他们抽出弯刀，掏出手枪，在那个带着耳环的人的带领下，朝墙角走来。在他们靠近探险队时，阿曼达姑妈昏倒了。

第十三章

脑袋戏法

戴耳环的头领严厉地吩咐了几句，他们一步一步朝探险队逼近，举起了手中的长刀。

领队的男人弯下腰，仔细地打量着躺在地上的阿曼达姑妈，然后一一扫视过探险队的其他成员。

"因为这种事，仪式要延迟。任何的轻举妄动都会带来致命的后果，我建议你们保持安静。这位女士的状态很不好，抱歉，我不知道这里有一位女士。如果我知道的话，我的举止会更加妥帖一点，请原谅，从来没有人指责林格船长行为粗鲁。克奇，收起你的刀，麻利点，用手帕到水潭那里取点水来。你这个满脑子糨糊的小厨师，快点！"

叫克奇的人像是被针扎了一般，他从林格船长手里接过白手帕，飞奔到水边沾了水赶紧跑回来。这时，探险队的人才有机会慢慢打量这位船长。他们吃惊地发现，船长给的手帕质量上乘，他的衬衣领子洁白整齐，他穿的马裤、腰带和头巾都是上好的丝绸做的，裤子靴子的带扣一尘不染，像是钻石或者银质的。他每只手上都戴着三四个闪闪发光的钻石戒指。他的右边脸颊有一道一直延伸到胸口的疤痕，看起来很是残忍恐怖。

他从克奇手里拿过手帕，蹲在阿曼达姑妈身边，用手帕轻轻擦拭她的脸颊和手指，并朝她的太阳穴上点了一些水。经过他的照顾，阿曼达姑妈醒了。她一睁开眼，就看见这个戴着奇怪的大耳环、头上包着方巾并对自己微笑的男人，不由得大喊起来："托比呢？我在哪里？你是谁？"

"女士，我是林格船长，听候你的吩咐。"

阿曼达姑妈挣扎着站起来，她甩开了林格船长的手，继续问："你是谁？"

林格船长脸上还带着怪异的笑容："女士，我是你卑微的仆人林格船长，我是大海上的绅士，我是探险家，是这些宝藏的主人，是让整个西班牙海域闻风丧胆的人，是詹姆斯国王的手下。现在，我听从您的差遣。"说完，他还优雅地朝阿曼达姑妈行了个礼。

托比悄悄地对弗雷迪说："看样子这个海盗并不坏，说不定我们能跟他和平相处。不过，谁是詹姆斯国王？"

林格船长的话听起来彬彬有礼，阿曼达姑妈觉得安心了很多，她说："既然你自称我的仆人，如果你能帮我们从这个岛上离开，我们感激不尽。我们的目的地也不是这个岛屿，我们只想尽快离开。"

林格船长冲他那些手下笑了："小的们，他们想尽快离开。"那些手下哈哈大笑起来。

阿曼达姑妈说："有什么好笑的？如果我们继续留在这里，可能会因为感冒而致命。"

林格船长笑得更厉害了："哈哈哈哈！因为感冒而致命，这可真是个好东西。小的们，感冒太慢了，是吗？"这群人笑得前仰后合，整个山洞都是他们的笑声。

阿曼达姑妈问："什么太慢了？"

林格船长收敛了笑容："女士，我们在赶时间，等不到让你们因感冒而送命了。我还说挑明了说吧。那些宝藏是我们千辛万苦赚来的，我们不想失去它们。很多人费尽心思想找到这笔宝藏，而你们不仅找到了，还不顾

墙上的警告打开了宝藏。现在，请你们想想，如果让你们活下来，会是什么后果？我们的劳动毁于一旦，人身安全也失去了保障。我是个很爱干净整洁的人，如果立即解决掉你们，这地方会被弄得乌七八糟，要是两个两个地干掉你们，事情会简单得多。"

庞奇先生说："偶要是老老实实待在家里就好了。"

林格船长继续说："我的这些小子们个个吃苦耐劳，不过这一次流的血会比以前任何一次都要多。你们全部走到那边的空地上去，"他还文质彬彬地加了一句，"希望这个要求不会让你们觉得很麻烦。"

托比说："我们才不管你怎么想的，我们只在乎自己的性命。"

林格船长看起来有点失望，"请原谅，我不能理解你们。"

托比喊起来："这里有女人还有孩子，你不能——"

林格船长说："对待女士，我从不粗鲁，相信你刚才也看到我是怎么对待女士的。只需要简单的一下，这件事就结束了。我手下有一位专家，克奇，只要他长刀一挥，你就能去往极乐世界。别人用大斧头都达不到这种效果，"他低下头沉思了一会儿，自言自语道："这里光线不好，埋葬起来不太容易。我建议我们还是出去完成这件事。小的们，穿上衣服，帮帮我们的新朋友，快！"

那六个手下立即套上橡胶手套。阿曼达姑妈原本靠在托比的肩头，她挣扎着抬起头，身体站得笔直，她说："很好，我们已经见识了你这个嗜血狂人的嘴脸了。我不会摇尾乞怜，作为探险队的船长，我命令你们昂首挺胸，等待命运降临！"

有木腿的老头说："我觉得我们这次遇到了——嗯，很大的麻烦。"

弗雷迪紧紧抓住托比的手，托比低声安慰他："你要一直跟着我，只要还有一丝希望，就不要放弃。"

弗雷迪吓得发抖，手冷得像冰块，但他咬紧牙关，什么都没说。队友们都很勇敢,他不想表现得太懦弱,他紧紧地咬着嘴唇,努力让自己看起来坚强一点。

六个海盗套好袋子回来了,他们看上去真的很像六只熊。在他们的帮助下,林格船长也穿上了袋子,他说:"女士,让我扶你到瀑布那边吧。"

托比说:"我们能搞定。"他和庞奇先生一起,扶着阿曼达姑妈到了瀑布下面。在海盗的指示下,他们在瀑布下的水潭中站成一排。林格船长先让阿曼达姑妈在水里站稳,然后他用力一拉,就跟阿曼达姑妈一起消失在瀑布下面了。

克奇对弗雷迪说:"轮到你了。"他抓住了弗雷迪,两个人一起消失了。

接下来,大家一个接一个被海盗抓住潜入水里,再一个接一个消失。石洞恢复了平静,只有瀑布的水声在洞里来回激荡。

洞外的景象完全不同。弗雷迪他们头顶烈日炎炎,身后是一座满是树木的山丘。他们是从山洞里出来的,穿过山洞便是瀑布。太阳很晒,不到一会儿,大家被瀑布淋湿的衣服就晒干了。海盗们也脱下了橡胶外套。

弗雷迪他们被海盗押进了一个山谷,在树林中穿行。走了一阵子后,他们来到一小块高地上。这里遍地都是灌木和石块,高大的树木挡住了阳光,还有几棵大树躺在斜坡上。林格船长拿出白手帕铺在石头上晒干,慢条斯理地修剪起指甲来,最后用衣袖将指甲擦拭干净。

他说:"克奇,好了,准备刀!"

克奇拔出长刀,恭敬地递到林格船长手上。阳光下,刀锋闪着寒光,林格船长满意地点点头说:"可以了,一刀一个,绰绰有余,开始吧。"

克奇举着刀,在空气里划了几下,随后卷起了衣袖。

庞奇先生大喊起来:"等一等!林格船长,你是英格兰人吗?"

林格船长敞开了衬衣:"我是英格兰人,詹姆斯国王万岁!"

"偶也是英格兰人,"庞奇先生学着他的样子也敞开了衣服,"你不能

杀害自己的同胞，我们都是女王的子民。维多利亚女王万岁！要是你杀了我们，她绝不会原谅——"

但林格船长打断了他："我从没听过什么女王，我忠于詹姆斯国王，愿天使永远守护他！"

庞奇先生叫起来："怎么可能？詹姆斯国王已经死了两百年了！"

林格船长忽然提高了音量："你这个叛徒！你居然诅咒自己的国王！你简直是罪不可赦！你不知道诅咒国王的死亡会被判死刑吗？我从来不会因为别人触犯法律而坐视不管！可怜的英格兰同胞，按照你的罪行，你应该死两次！很好，你会被留到最后一个去死。小的们，开始吧！克奇！"他扫视着每个队员的脸，说，"凡事都有先来后到，我们让上帝来决定吧。"

他拔了七根草，把它们掐得长短不一，将它们攥在手里，只露出尾巴，"抽签，抽到最长那根的先去天堂报到。"

每个人都抽了一根。弗雷迪浑身发抖，但他抽中了倒数第二长的，第一个是哈伦先生，然后是托比、教区委员、老狐狸、阿曼达姑妈和怪老头。

林格船长命令大家朝倒下的圆木走去，阿曼达姑妈一边走一边说："托比，我希望得到你的原谅，我曾经对你说过很多无礼的话。"

托比轻轻抽了抽鼻子："没关系，我知道自己有些欠骂。唉，不知道以后烟草店会变成什么样子。"

阿曼达姑妈接着说："可怜的弗雷迪，他这么小，这么勇敢，我的心都要碎了。上帝呀！上帝！"

林格船长命令他们坐下，哈伦先生站起来，慢慢走到克奇跟前。一个海盗拿出一段结实的绳子，将哈伦先生的双手绑起来，按照林格船长的手势，将哈伦先生带到圆木边，让他跪下。

可怕的时刻就要来了！

克奇站在哈伦先生身后，卷起衣袖，举起长刀。阿曼达姑妈尖叫起来，阿曼达姑妈和弗雷迪闭上了眼睛。寒光一闪，长刀砍下了哈伦先生的头。

林格船长夸赞说："很好！克奇，西班牙大陆上没有人做得比你更好了。好了，下一个！"

弗雷迪站起来，他已经双膝发软，心脏狂跳到几乎不能呼吸。阿曼达姑妈紧紧地抓住他，痛苦地叫喊着："不！不！不！"

探险队的成员们都看着弗雷迪。死亡将至，尽管弗雷迪已经面色苍白，但他鼓足了勇气，用眼神跟大家道别，大家看他的眼神都充满了同情和悲悯。弗雷迪望着远方，面对死亡是一件无比艰难的事，他需要勇气。忽然，他看见了怪异的一幕，"看呀！"

每个人都被弗雷迪的叫声吓了一跳，他们顺着他颤抖的手指方向，看到了哈伦先生。刚刚被砍头的哈伦先生，双手还反绑在后，他的头已经回到了脖子上面。他看起来安然无恙，甚至还朝大家微微一笑，鞠了一躬。大家惊讶得合不拢嘴，哈伦先生高高地跳起来，落下来时还用脚击了一下掌。

托比似乎完全忘了眼前的厄运，他哈哈大笑起来："弗雷迪，我们见过这个小把戏的。"

弗雷迪点点头，他已经想起来了，为了庆祝长大，托比带他第一次去剧院见过哈伦先生的砍头表演。

林格船长的脸已经气成了紫色，他抽出匕首，瞪着克奇，用一种几乎残酷的语调说道："克奇，你这个善用长刀的小厨师，你这个小流氓，我得让你尝一尝鲜血的味道了。我最后给你一次机会，如果你再失手，你就去见上帝吧！"

克奇已经浑身发抖，他知道林格船长言出必行。他又将哈伦先生押到圆木边，像之前一样让哈伦先生跪了下来。哈伦先生把头放在圆木上，还扭过头跟大家顽皮地眨了几眼。

刀光一闪，哈伦先生的头再一次落到地上。大家吓得屏气敛息，弗雷迪几乎忘记了呼吸。哈伦先生那残缺的身体还跪在地上，忽然，地上的脑袋一下子跳上了哈伦先生的脖子，哈伦先生看起来完好无恙。克奇已经吓得脸色煞白。

哈伦先生站起来，无声地笑了。他向林格船长欠身致意，并高高跳起，落地时连续击了三次脚掌。真是漂亮！

林格船长严厉地瞪着克奇，克奇已经像狂风中的树叶那般颤抖不已。林格船长举起匕首，指着前面的空地，平静地说："过来，死狗！"

克奇有点儿犹豫，他带着乞求的眼神看着林格船长，走到林格船长面前，跪在地上，举起双手求饶："不！船长，恳求你不要杀我！我的老母亲还在世，请你再给我一次机会！"

林格船长的眼中已经充满了杀意，他一言不发，用左手取下了克奇的头巾，抓住了克奇的头发，瞄准他的胸口，准备刺进他的心脏。

千钧一发之际，阿曼达姑妈似乎忘记了自己的腿疾，她一瘸一拐地走过去，挡在克奇跟前，质问林格船长："住手！你这个杀人狂魔！你这个怪兽！他已经尽力了，你才是欺软怕硬的胆小鬼！离他远点！你就不为自己的言行感到羞愧吗？"

林格船长惊讶得合不拢嘴，他竟然真的松开了克奇，移开了匕首。

阿曼达姑妈接着说："很好，你比我想象中更有人性。克奇，你起来吧。"

林格船长向阿曼达姑妈鞠了一躬："女士，你很勇敢，我很欣赏你。克奇，你这条死狗，能够死里逃生，你得感谢这位女士！"

克奇的脸色还是白得难看，他用发抖的双手抓住阿曼达姑妈的双臂，朝她深深鞠了一躬，然后真心实意地亲吻了一下阿曼达姑妈的手。从这一刻起，他已经将阿曼达姑妈当作自己的救命恩人。

林格船长说："女士们，先生们，很遗憾，仪式已经结束了。当然，我找到另一个刽子手后仪式还会进行。我对克奇很失望，现在我怒火中烧，我们也只好回我的老巢愤怒山峰了。"

阿曼达姑妈问："那是什么地方？或者你说的只是你现在的感受？你会带我们一起吗？"

林格船长生硬地回答说："当然，乐意之至。好了，跟我来。"他做了个手势，一个海盗解开了哈伦先生的绳子。哈伦先生又回到了探险队之中。

教区委员说："我不知道我说的是不是对的，我不否认其他人有更好的主意，但我认为我们最好立即离开——"

托比拍着弗雷迪的肩膀，别有感触地说："我要说，为哈伦先生干杯！"

弗雷迪叫起来："对的！当时看完表演我就是这么说的。"

而有木头腿的怪老头却喃喃自语道："我想——林格船长会不会有——烟斗之类的东西。"

在他们说话的时候，那些海盗已经走出很远了。

[第十四章]

愤怒山峰

　　林格船长在前面带路，弗雷迪他们跟在后面。他们进入了另一片树林，海盗们牵来十头骡子，三头用来驮行李，七头用来驮人。

　　有一头骡子很快不行了，海盗们杀了它，为大家做了一顿香喷喷的烤骡肉。负责生火的海盗叫面包先生，他做的烤肉很快被大家一扫而光。骡子又驮着行李出发了，阿曼达姑妈和弗雷迪在海盗的帮助下才骑上了骡子，但林格船长身手敏捷，他不要任何帮助就爬上了最强壮的那头骡子。

　　阿曼达姑妈说："我的帽子坏了，我的衣服破了，我的头发——唉，我再也不要往前走，林格船长，除非你告诉我，这是去哪里，要去做什么！"

　　"亲爱的女士，请你保持耐心。我向你保证，这次旅行一定新奇有趣。"说着，林格船长转向那六个手下，吩咐说，"无赖们，快走！"

　　大家继续在树林中穿行。

　　弗雷迪从来没骑过骡子，他非常兴奋。这片树林遮天蔽日，延绵不绝。这里到处是鲜花，树干上缠着藤蔓，小溪在林间穿行，时不时传来猴子和鹦鹉的打闹声。弗雷迪原本有些害怕，但看见鹦鹉和猴子在树林间玩闹的情形，他就忘了危险，完全放松了下来。

　　老狐狸转过身对托比说："亲爱的朋友，这完全是大自然的杰作！鹦鹉和猴子在头顶嬉戏，这是原始森林才有的气息，大自然的杰作呀！"

托比说："如果再有一把躺椅，拉起一把小提琴，别提有多惬意了！"

庞奇先生也开口了："那偶能停下来，拉小提琴吗？"

他们一边聊着一边走，足足走了一整天。森林越来越暗，变得阴森可怕，弗雷迪已经不再兴奋了。夜晚降临时，海盗们搭建起帐篷。吃过面包先生做的晚餐，大家躺在用树叶铺起来的床上休息。月光洒下一片银灰，弗雷迪看着越升越高的月亮，睡着了。

克奇用树枝和树叶为阿曼达姑妈准备床铺，阿曼达姑妈问他："我们要去哪里？"

"嘘！小声点，我们要去愤怒山峰。"

"那是什么地方？"

"当我们遇到倒霉的事，或者不顺利时，就会回愤怒山峰上的老巢。当然，很多时候我们四海为家，但一旦遇到让我们怒火中烧的麻烦，我们就回那里待一段时间。"

阿曼达姑妈问："到了那里，我们会怎么样？"

"嘘！那真是羊入虎口。如果能找到办法脱身，我建议——船长看着呢，我走了！"

阿曼达姑妈一整夜都难以入睡。第二天一早，吃过烤肉之后，大家继续赶路。中午，依然是面包先生提供的烤肉午餐。走了一天，夜幕降临，大家都觉得脚步沉沉的。克奇来到阿曼达姑妈身边，阿曼达姑妈低声问他："晚上我们还是吃烤肉吗？"

"不，我们到了愤怒山峰才会用饭，我妈妈是那里的厨师，晚饭应该有鸽肉馅饼，"克奇压低了声音，"要是你拿到一块馅饼，先看看里面有没有东西。"

阿曼达姑妈低声念叨着："上帝呀，难道船长想毒死我们？"

克奇没有说话，默默地到了队伍前面。

夜色渐浓，前面出现了一块草坪，光线稍微明亮一些，抬头能看见深蓝色天空中闪烁着几颗星星。草坪的空地中间，矗立着一座由石头堆砌的圆塔。圆塔没有周围的大树高，塔身上到处是又深又窄的裂口。塔中央有一扇厚重的橡木门，门上挂着长长的锁链和大锁。一丝亮光从塔里透出来，将这座塔衬托得更加阴森恐怖。

阿曼达姑妈发现克奇就在自己身边，她问："这就是愤怒山峰？"

"不，它是愤怒小塔。"克奇看着圆塔，浑身发抖，"女士，我不喜欢它，也不愿意谈论它。在愤怒山峰的老巢建好前，我们在这里住了很长一段时间。但我们之中任何一个人都不愿意在这里待下去……"他浑身发抖，不愿意多说一个字。

"里面有灯光，什么人住在里面？"

"那是……是十三。"

"十三是什么意思？"克奇已经抖成了筛子，他再也不肯说了。

那些海盗们穿过空地边缘，看起来好像很害怕这座圆塔。他们穿过空地，又进入森林。除了面无表情的林格船长，其他海盗们都长长舒了一口气。克奇告诉阿曼达姑妈，还有一英里到达目的地。但最后这一英里实在太遥远了，大家都闷头赶路，一言不发，树林里到处是骡子的蹄声和树枝被折断的声音。探险队成员们不知道自己的命运将去往何方，开始惴惴不安。

忽然，海盗们停下来，一只鹦鹉发出了尖利的叫声。沉静的夜空被划破了，大家惊恐地叫起来。

克奇说："这是船长发出的信号。"

果然，前方传来了布谷鸟的回应声。声音响了三次后，队伍开始往前移动。他们走到一片广阔的草地上，草地中间也矗立着一座高塔。克奇告诉阿曼达姑妈，这就是愤怒山峰。这座高塔比周围的树木高大很多，大概有六七层楼房那么高，站在顶上能俯瞰整片森林。塔身上也有很多又深又窄的口子，看上去像塔上的窗户。塔顶有一圈城垛，是个天然的要塞，易守难攻。这座塔周身都散发着阴郁的气息，探险队的成员一想到要被关在这里，吓得瑟瑟发抖。

在海盗们的指挥下，大家从骡子上下来了。

林格船长拿出钥匙打开门上的锁，做了个请进的姿势，对大家说："欢迎光临！"

等所有人都进来之后，林格船长锁上门，将钥匙放进了自己的衣服口袋。

[第十五章]
海盗研究者

　　大家通过一个狭窄幽暗的走道后，看见了尽头上亮起的烛台。烛光微弱，照亮了一个老妇人的面庞。老妇人将烛台举在头顶，眨巴着眼睛，看着众人。她的背很驼，个头很矮，走起路来东摇西晃，脸上皱纹密布，白色的头发看上去脏兮兮的。

　　林格船长说："哈哈！克奇大妈，我敢打赌，你没想到我们这么快又回来了吧！有什么吃的，我们要饿死了。"

　　克奇大妈看着自己的儿子，然后一直盯着阿曼达姑妈。

　　林格船长有点不耐烦了："你想让我们在这站一整晚吗？快，说说晚上吃什么？"

　　克奇大妈慢慢将视线从阿曼达姑妈身上移开，不卑不亢地盯着林格船长，说："鸽子、蘑菇和——"

　　林格船长说："太好了！每人一块鸽肉馅饼，快，赶紧的！"

　　克奇大妈举着烛台，晃悠悠地走开了。

　　那六个海盗不知去了哪里，探险队成员跟着林格船长登上了楼梯。七拐八拐之后，他们走到一扇大门面前。林格船长打开门，将大家放进去后又把门锁上了。走过一段阴暗的走道后右转，林格船长又打开了一扇门。这是一个很大的餐厅，桌上放着很多烛台。林格船长点燃了烛台，大家在桌边就座。一会儿之后，克奇拿着餐巾走了进来，一位哑巴侍从端来了丰盛的食物：鸽肉馅饼、蘑菇、生菜沙拉、热饼干和咖啡。克奇将第一份馅饼端给了林格船长并小心翼翼地查看了饼面，直到他把馅饼端给阿曼达姑妈后，他才停止检查馅饼。

阿曼达姑妈仔细看了看，发现自己的馅饼中间有一块黄褐色面团捏起来的东西，看上去很像一把小钥匙。她想起了克奇的叮嘱，趁着其他人忙于享用晚餐的时候，故意用叉子将馅饼掉到地上。她俯身下来，在桌子下面取出钥匙藏在自己的裙子里面。

晚餐后，林格船长命令每个人举着蜡烛去自己的房间睡觉。他打开楼梯顶上的一扇门，那是一排连在一起的卧室，他给每个人分了一间。走上楼梯时，阿曼达姑妈让托比传话，要大家保持清醒。

进入房间后，阿曼达姑妈吹灭了蜡烛耐心等待。直到月光渐渐暗下去，她才挪到门边，用钥匙打开了门。走道上黑漆漆的，没有一丝声响。阿曼达姑妈摸到隔壁房间，用钥匙打开了托比的房门。就这样一个接一个，大家都被放了出来。他们刚下楼，忽然听到餐厅的锁被打开了，克奇大妈举着烛台从里面走出来，朝四周看了看。大家像是一群躲在黑暗中的老鼠，害怕得不敢喘气。克奇大妈眨了眨眼睛，吹灭了蜡烛，她走回了餐厅，锁上了门。

不能再浪费时间了！

大家爬到了出口处，阿曼达姑妈用钥匙打开门，大家冲出去，一下子站在月光笼罩下的草地上。阿曼达姑妈激动得几乎忘记了自己的瘸腿，这会儿她才反应过来，依靠在托比身上。托比抓着弗雷迪的手，带领大家朝原来的足迹走去。他们走出了草地，在森林里找到了那些被拴起来的骡子。

阿曼达姑妈小声说："愿上帝保佑克奇！"

他们骑上骡子，继续前进。骡子记得原来的路，一切进展得很顺利。

但探险队的成员们有些迷茫了——到底该去哪里呢？如果被海盗抓回去，一切都完了；就算躲开海盗，他们也会在岛上迷路。

逃亡途中，大家停了几次，想听听有没有人追踪。他们没有听到任何声响，月光下的森林，深不可测。

直到大家狂奔了半英里后，忽然从灌木丛里跳出来七个陌生的身影，挡住了去路。

托比大喊："完了！海盗！我就知道，我们没希望了，逃不了了。你们全副武装，我们赤手空拳，好吧，林格船长，我投降。我们跟你回去，你别下令攻打我们！"

这时，有人说话了："请问，你们是海盗吗？"

阿曼达姑妈大喊："你们不就是海盗吗？"

"啊？这里还有女士？请原谅，你们真的不是海盗吗？"

阿曼达姑妈说："我非常肯定，我们不是海盗。你们是谁？"

那人说："我感到很遗憾，也很失望。当然，我们不能质疑一位女士的话。本来我们追踪了海盗很长一段时间，发现他们就在附近。但现在看来，显而易见，我们弄错了。你能给我们指路吗？我们要找的这个地方，叫愤怒山峰。"

托比说："我们当然可以带路，但我们忙着逃跑，你们最好离那里远一点。你现在就在愤怒山峰和愤怒小塔中间，我劝你尽快离开这个是非之地。"

那人却说："真是有意思，我觉得你那里有对我们来说很重要的信息。如果你们不反对，我们就跟在你们后面，等找到一个明亮点的地方，我们把这件事认真说清楚。"

于是这七个人让开一条路，跟在了探险队后面。几分钟之后，大家走到了一个月光明亮的地方，弗雷迪他们才有机会看清楚这些人。

这七个人身材高大，穿着黑色上衣和条纹裤子，带着黑色的帽子。从装束上看，他们应该常年出没在森林里，他们每个人都戴着眼镜，看上去读过很多书，应该都是大学教授。领头的那个人很胖，留着络腮胡子。他说："请原谅，如果你们不辞辛劳，给我们指明通往愤怒山峰或者愤怒小塔的路，我们一定——"

他们中一个人顽皮地笑了："哈哈哈！教授说话太讲究了！"

托比说："我们没时间说这些废话了。我们正在躲避那些嗜血狂魔的追杀，如果被他们抓住，我们就死定了。我们打算去愤怒小塔，然后考虑下一步的计划。那地方看起来很坚固，如果能进去，我们暂时性命无忧。"

教授看了看他的同伴们，说："关于这个提议，委员会有什么意见？"

那些同伴说："很好，亲爱的教授先生，我们毫无异议。"

阿曼达姑妈问："我想知道，你们到底是谁？"

"女士，我们是国家海盗研究中心的工作人员，我是海盗研究中心的第三任副主任。我们的组织距离这里很远，但我们晚上扎营的地方距离这里很近。现在，作为海盗研究中心的副主任，我——"

托比打断他："不好意思，我们没有时间听你胡扯，我们得马上赶路。"

于是，这群人又跟在了探险队后面。他们挺能走路的，速度并不比骡子慢。

阿曼达姑妈将克奇的话告诉了托比，大家在黑暗中默默前行了半英里，到达了愤怒小塔。从塔的裂缝里透出了几丝亮光，第三任副主任用低沉的声音说："我猜这就是愤怒小塔，我早有耳闻，只是一直没机会亲眼看见。这是几百年前海盗的总部，据说这里发生了一些事，海盗们被迫离开去另一个地方栖身。"他转向自己的同伴们，"历经周折找到这里，对我们来说已经非常幸运了，这里非常适合开展研究。"

阿曼达姑妈说："我不知道这里住着谁，克奇说里面没有人，但有个叫

十三的东西。他很害怕这里，我实在搞不明白，既然无人居住，为什么还有灯光。"

托比说："如果回到森林，我们可能会被逮起来，在这里我们暂时安全。好了，我们先进去吧。"

大家将骡子拴在树下，来到塔前。他们敲了敲门，里面没有任何回应。托比提议阿曼达姑妈用钥匙开门，阿曼达姑妈掏出钥匙轻轻转动了一下，门就开了。大家进来后，托比又把门锁上了。他们站在挨着楼梯的过道里，托比建议："最好上去看看那些光线是怎么回事。"

大家小心翼翼上了楼梯，发现这是一个房门紧闭的大厅，光线就是透过门缝传出来的。每个人都屏住呼吸，轻手轻脚移动到门边。门没上锁，托比拧动把手，慢慢推开门。

"啊！"

托比被吓了一跳，连连往后退了好几步。

大家挤在他后面，把他往前推。海盗研究中心的人大着胆子走了进去，其他人跟在了他们后面。房间里有一张大圆桌，桌子中间摆着几个银质的烛台，烛光很亮，桌边坐了十三个人。弗雷迪他们进来时，这些人依然一动不动地坐着。第三任副主任大声咳嗽一声，这些人还是毫无动静。他们走过去打量了好一会儿才发现，这群人已经死了。

这十三个人面前还放着丰盛的食物，看样子当时他们正在享用大餐。有几个斜靠在椅子上，像是谈论着什么的样子；有的正在盘子里切肉；有的在往嘴里送食物。他们每个人的脸都是苍白的，眼神空洞洞的。

托比指着那些人的后背说："快看！"

每个人的后背都深深插入了一把刀，仅有刀柄留在外面。

阿曼达姑妈晕倒在托比肩头，过了好一阵子她才缓过神来。弗雷迪也吓得紧紧抓住了托比的胳膊。那些死者头上都戴着彩色的头巾，穿着齐膝的马裤。他们的打扮，看起来也是海盗。桌子中间插着一把匕首，匕首下面还有一张纸条。

第三任副主任并不畏惧那些死人，他走到桌子边，拔出匕首，拿起那张纸条，念道："林格船长在此清理门户。"

一时间，大家沉默不语，整个房间一片寂静。阿曼达姑妈突然尖叫起来："杀人狂魔，他居然杀了十三个人！这个邪恶的疯子，要是他在这里，我一定——"

她打住了话头。从楼梯处传来了吱嘎吱嘎的声音，越来越近了。每个人都朝声音来源的方向看过去，门口，林格船长一手持枪一手拿着匕首，站在走道上。他沉着脸走进房间，身后跟着六个战战兢兢的手下。

林格船长走到大家面前，用右手的大拇指按住了手枪，其他海盗也纷纷效仿，举起手枪严阵以待。

只有第三任副主任看起来镇定自若。他走到林格船长前问："您就是林格船长？"

"废话少说，我得了结了他们。"

"我和我的朋友们对海盗一直很感兴趣，我们想跟您好好交流，我很荣幸今天能有这个机会。真的，我实在太高兴了。终于能解开詹姆斯国王时期发生的这件神秘事件的疑团，我感到十分荣幸。"

林格船长疑惑地看着他："然后呢？"

"亲爱的船长，两百年来，林格船长和他的手下们横霸海上的消息四处流传。我们的研究中心确认了这个消息，并进行了深层次的调查。有的人对我们中心的成果表示忌妒，他们大做文章，说林格船长根本不存在。因此只有见到您，才能证明我们的研究成果是真的。先生，这是一项伟大的事业。不过，接下来我有个问题：您到底死了还是活着？"

林格船长的眉毛凶巴巴地拧了起来，他恶狠狠地瞪着第三任副主任，

龇牙咧嘴地嘟哝着什么，随后，他举起手枪，对准了第三任副主任的胸口。

这时，教区委员大喊起来："上帝保佑！我怎么给忘了，他们不是正常人，不可能活两百年！他们只是一群鬼魂！哈哈哈！朋友们，我给你们准备了一点小礼物。哈哈！尝尝圣水的厉害！"

他从口袋里掏出一个小瓶子，打开了，在林格船长的脚边洒上了几滴圣水。

空气中立即充满了刺鼻的气味，大家都被呛得流眼泪。林格船长和他的手下飞快后退，但已经太迟了。他们惊恐地发现自己被钉在了地上，身体渐渐消融，变得模糊不清。最后只剩下一股人形的轻烟，很快就消散了。那些海盗们彻底消失了，桌边那十三个人，也不见了踪影。桌上早就空了。

教区委员将圣水收起来，得意地说："哈哈！任何邪魔都抵挡不了圣水的威力。我的圣水天下无双！"

[第十六章]
敲门声

探险队的成员都不敢碰那些桌椅，但海盗研究会的这些人却泰然自若地坐在海盗们坐过的椅子上，热烈地讨论起来。

第三任副主任敲着桌子，皱紧了眉头。

他们之中的一个成员摘下帽子，看着副主任，说："教授，希望破灭了，这对我们的研究来说，简直是一场灾难。"

副主任说："太不幸了，本来只差了一步——"

托比惊讶地叫喊起来："什么意思？那些海盗消失了，你们觉得很遗憾？"

副主任彬彬有礼地回答说："我没有责备大家的意思，但对海盗研究来说，这件事的确是难以挽回的重大损失。海盗不见了，我们的研究也走到头了，太不幸了，我们追求的事业毁于一旦。唉，让我们安静一会儿吧，我需要想想研究中心未来的路该怎么走。我们到底该去愤怒山峰，还是该回到塔城，向世人坦白研究失败。啊，有敲门声！"

的确，每个人都清清楚楚听到了敲门声。难道有新的危险？教区委员将手伸进了口袋，做好了防御准备。

顺着敲门声的来源，大家发现走廊的墙壁上有一扇关起来的门。托比走过去，将耳朵贴在门上，果然听到了从里面传来的敲门声。门锁上了，

托比向阿曼达姑妈要来钥匙，打开了门。这个挂满衣服的壁柜里，居然坐着一个人。

托比吓得后退了好几步。壁柜里的人神情漠然地看着外面，过了好一会儿才站起来，擦了擦眼睛。他有些不太适应外面的光线，看起来好像闻到了什么刺鼻的味道，接连打了两个喷嚏。他个头矮小，五官像是挤在了一起，一点也不讨人喜欢。他的腰间别着一把长刀，透过敞开的衣领，可以看见他胸口红青色的文身。

他站在门口，不停地打着喷嚏，眨巴着小眼睛。

第三人副主任说："亲爱的先生，快进来，我有些问题需要你来回答。"

那个水手慢慢走进来，"这里到底有什么味道。"

教区委员说："圣水的气味。"

水手回答说："我不喜欢这个味道。"

第三任副主任有些无奈地说："我也不喜欢，但现在反对起不了任何作用。你不用害怕，林格船长和他的手下永远地走了，回不来了。几分钟前，他和桌子边那十三个死人一起消失了。"

水手吃惊地问："这么多年来那十三个人一直坐在这里？"

第三任副主任说："千真万确，我们亲眼所见。请你告诉我你是谁，为什么被锁进了壁橱？"

水手犹豫地说："我不知道你是谁，也不知道你想干什么。既然林格船长已经死了，我就告诉你好了。我叫马修·斯皮克，来自新贝特福德，在'棉花妈妈'号船上工作，鲁本·席金森是我的船长——"

阿曼达姑妈喊起来："'棉花妈妈'号，鲁本·席金森！你认识他？我不相信！我不相信！"

马修接着说："你信不信跟我没有任何关系。总之我和鲁本船长一起出航，来到了这个叫'修正岛'的岛屿。"

阿曼达姑妈又嚷嚷起来："这就是'修正岛'？上帝呀，我们竟然到了'修正岛'！"

"反正船长就是这么称呼它的，信不信随你了。船长给它画了一幅地图，也许你们是从米曾那里得到的地图，米曾是一个戴着眼罩的水手——"

阿曼达姑妈说："千真万确！"

托比却说："我反正不相信什么米曾！"

阿曼达姑妈问："弗雷迪，那张地图还在吗？"

弗雷迪从口袋里掏出地图，阿曼达姑妈把地图铺在桌上。马修看了，不停地点头，他说："就是它。在返回新贝特福德的航程中，船被一场大风暴摧毁了。我当时不在船上，后来我从一个渔夫那里找到了装着这张地图的瓶子。遇到米曾之后，他用一批假酒和文身用的针跟我换了这张地图。我跟席金森船长关系不好，离开'棉花妈妈'号时，我偷了他的这个宝贝。"他从口袋里拿出一张被叠得皱巴巴的纸，还打了好几个喷嚏，"我不喜欢这个味道，闻起来很不舒服，总之离开席金森船长后我就跟着林格船长，当了海盗。"

托比问："那你被关起来大概有多长时间了？"

马修说："我不知道。自从被关进来，我就没有时间概念了。我只知道我们离开新贝特福德的时候，很多人嚷嚷说要跟英国开战，要自由贸易和独立，等等，反正是一堆废话。之后据说英国停在波士顿的茶叶船出了问题，之后再发生过什么，我不记得了。总之，我现在距离那时候已经过去了很长很长一段时间了。"

教区委员将手插进口袋，问："你有多老了？"

马修说："胖老头，你活你的，我过我的，我没你老。"

第三任副主任赶紧劝解说："没关系没关系，说说你是怎么被关进壁橱的。"

"当时我加入了海盗，我们一起赚到了一笔巨额财富。林格船长手下有十三个小伙子动了歪心，他们打算去藏宝的山洞，把宝物全部带走。我对船长忠心耿耿，于是就把这件事告诉了他。船长支开了六个清白的手下，请那十三个人好吃好喝。他从一个银盒子里拿出一包白色粉末，命令克奇大妈把粉末加入食物里面。克奇大妈怎么说都不愿意，林格船长只好命令我做这件事。当时我很紧张，上楼梯的时候把药粉洒了一半，所以药效就不是很强烈。我很担心船长发现我洒了药粉，就把掺杂了药粉的食物放在桌上，躲进了壁橱。我听到船长和那十三个人坐下来，有说有笑。但不一会儿，我就听不到其他人的声音了，药效比我想象中厉害。我躲在壁橱里，不敢喘气，担心船长会对付我。过了一会儿之后，估计宴会结束了，屋子里安静得吓人。接着，我听见壁橱钥匙转动的声音，我被锁起来了，一直到现在。"

庞奇先生说："要偶说，偶觉得你罪有应得，偶祝你在壁橱里生活愉快。"

阿曼达姑妈也很愤怒："这是我有生以来听过的最无耻的事情，你和林格船长一样，是彻底的坏人。"

教区委员的手还插在裤兜里："你比他们还坏！"

托比说："真是可惜，林格船长没有像对付那十三个人一样，也给你一刀。"

马修生气了，他的小眼睛里满是怒火。他拔出长刀想站起来，但却像被钉在椅子上一样，无法动弹。他打了几个喷嚏，握着长刀的手已经无法活动了。很明显，残留下来的圣水气味起作用了，他的身体开始变得模糊不清，最后变成了人形的烟雾。目前房间里的圣水已经挥发掉一部分，不能让他完全消失。

教区委员拿出瓶子，准备打开。

第三任副主任突然抓住他说:"我请你别再洒这该死的液体了。今晚损失惨重,马修属于我们海盗研究中心,你就让他这样待着吧,作为我们海盗博物馆的镇馆之宝。他会成为一个价值连城的展览品,一定会有不少人跑来看这个最后的海盗,到时候我们可以收取门票费。"

这些研究人员兴高采烈地讨论了好一阵子。教区委员叹了口气,收起了瓶子。

但阿曼达姑妈抗议:"我不想跟这么个东西待在屋子里。"

第三任副主任说:"女士,我向你保证,他绝无危险。"他靠近椅子,手伸向人形烟雾,从烟雾的前胸穿了过去,"你们看,一点事都没有。还是来看看这位朋友留下的纸条吧。"他从桌上拿起马修留下的那张纸,大声念起来,"设拉子地毯商店,位于漫游者之门右边,沿着墙走六百步即到,店铺的号码是3101310。如果他避而不见,就念咒语:Sha'g'liJa'm'shi'dSha'h'ri'man。等他第三次报价的时候,把他的东西都买下来,满足他的所有要求。"

大家安静了片刻后,阿曼达姑妈说:"这是我们获得宝藏的方法,那漫游者之门在哪里呢?"

第三任副主任说:"我知道,它是塔城的一道门。"

阿曼达姑妈下令:"作为探险队长,我命令大家全速进发。"

托比问:"我们身无分文,怎么付钱给那个人呢?"

弗雷迪喊了起来:"宝藏!海盗藏在山洞的宝藏!"

探险队很快跟这些研究人员说明有关宝藏的原委。托比跟他们达成协议:"你们帮我们把宝藏从山洞里运出来,帮我们找到塔城,我们会给你们分一部分财宝。"

这些人很愉快地同意了。

第三任副主任说:"有了宝藏,研究中心能够起死回生了。朋友们,我们还有了一座独一无二的博物馆!是时候离开了,你们先走,我留下来吹

灭蜡烛，关门窗的时候小心点，别让风把马修先生吹散了。"

几分钟之后，所有人都站在外面的草地上了。

托比说："很好，我们先取宝藏，再去塔城。"

[第十七章]

塔城

海盗研究中心的人带了很多牲口，多亏他们的牲口和工具，这次宝藏的搬运工作，进行得非常顺利。

就在哈伦先生表演砍头绝活的地方，大家站在太阳下，晾晒衣服。穿越瀑布时，他们身上都湿透了。面前摆着很多装满财宝的盒子和口袋，每个人都非常高兴。

托比建议立即分配财宝。

老狐狸又在感叹："亲爱的朋友们，这里真是大自然的杰作。现在就要分配宝藏，我的心里立即涌现出一股暖流。"

很快，大家谨慎地进行了宝藏分配。每个人都分到了一笔富可敌国的宝物。

有木腿的怪老头说："你们觉得——到了塔城后，我能不能买到一烟斗烟抽抽？"

第三任副主任说："你想买多少都可以。"

庞奇先生说："偶觉得抽烟是一个灰常不好的习惯。偶的良知一直在责备偶从事烟草生意。偶每天站在那个木台上面，已经见到太多烟草带来的后果了。很多次，偶伤心得掉眼泪，很多人都以为那不过是雨水。日复一日地拿着雪茄站在门口，天知道偶多想放弃这份工作，多想从事一份崭新

的职业。有了这笔钱，偶要去开一家卖动物内脏的店。"

托比冷冷地说："开一家内脏店，罪过也不小。"

庞奇先生很坚持："至少内脏不含尼古丁。托比，偶忍不住想劝劝你，重新开始，你可以开一家缝纫店。"

"没人愿意听取你的意见，我的爱好就是烟草，我这一生都只会卖烟草。缝纫，啊！"

这时候，教区委员说："两位，从全局着想，我认为要是我们一直不出发，这辈子都到不了塔城。"

托比说："哼，我只多说一句，回去之后我会找一个印第安人站在烟草店门口，至于这个内脏贩子，哼，滚蛋吧。"

第三任副主任忍不住说："抱歉打断几位精彩的辩论，先生们，我们必须上路了，现在，向塔城进发！"

这是一次格外漫长的旅行。他们白天翻山越岭，晚上就地扎营休息，这样走了足足一个月。一天早晨，大家顺着一条山路走了好几个小时，到达山顶后，见到了一幅极为壮丽的景象。

山脚下的溪谷犹如一条彩缎，远处群山深处，是一座城墙四立的城市。城市坐落在高山的斜坡上，山顶高耸入云，半山腰上云雾缭绕，这座城就像矗立在云端。在阳光的照耀下，城里那些高高低低的塔顶熠熠闪光。城市中心，有一大片建筑群，那里耸立着各式各样的高塔。其中有一座最漂亮的圆锥形高塔，它挺立在山顶，高得超乎想象，因为云层遮挡，人们完全看不到它的塔顶。

大家完全被眼前的美景惊呆了，第三任副主任一边朝城市的方向挥舞着手臂，一边高喊："塔城！沿着这条路，走到尽头，就是漫游者之门。"

大家快马加鞭继续赶路，到了晚上扎营休息的时候，第三任副主任跟大家讲了一个关于塔城的故事。

　　"塔城的国王英俊和善，看上去只有三十多岁，但他实际已经做了四十多年国王了。国王的妻子是塔城里最漂亮的女人，她有一枚纯金铸造、镶嵌着名贵红宝石的结婚戒指，那是国王送给她的礼物。她很重视这枚戒指，从不曾摘下。她和国王有三个漂亮的孩子，两个男孩、一个女孩，最大的那个，大约九岁。

　　国王三十岁时，他还是一个王子，他的妻子是王妃。老国王在皇宫里举行了一个盛大的晚宴，宴会上，他宣布说要建造一座世界上最高的塔，如果谁能在最短的时间里建成，谁就有机会向国王提出任何要求。很多王公贵族想要国王的奖赏，他们纷纷出谋划策，有人说需要十年建好，有人说八年，还有人说六年半。但老国王说，他已经老了，等不了那么久了。

　　这时，一个老人走到国王面前说，他只要一个晚上就能建成。这个老人身穿长袍，脚上踏着一双便鞋，手里提着一盏灯笼。宴会上的人都不认识他，不知道他是怎么混进来的。

　　国王对老人说，'明天早上，如果你真的建成了那座塔，你可以向我索要任何东西作酬劳。'

　　老人走出皇宫之后，大家都发出一阵爆笑。但是，第二天老国王醒来时，发现皇宫前耸立着一座从来没有出现过的高塔，塔顶深入云端。这天晚上，老人前来皇宫索要报酬。他对老国王说，'我只要王妃手上的那枚红宝石戒指'。王妃把手藏到身后，不管老国王怎么劝说，她都不肯褪下那枚戒指。老国王搬来一箱红宝石戒指，让老人挑选，但老人执意要王妃手上那枚。王妃坚持不取下红宝石戒指，老人狡猾地笑了笑，离开了王宫。

　　第二天一早，王妃和她的三个孩子都失踪了。老国王和王子找遍了每个地方，终于听到了从高塔传来的哭声。他们咬牙往上爬，终于在一个楼梯处找到了三个哭成一团的孩子。老国王和王子召集了无数勇士朝塔顶进发，希望找到王妃，但塔顶实在太难以到达，此后再也没人见过王妃。

不久后，老国王去世了，王子继承了王位。但时间就在王妃失踪那天停止了，那三个孩子一直没有长大，国王也没有衰老。人们说，王妃还活着，只是被那位老人施了魔法，需要有人破解咒语，唤她回来。"

阿曼达姑妈问："那个王妃叫什么名字？"

"米兰达。"

"那城里其他的塔是怎么来的？"

第三任副主任说："自从老国王建了塔之后，造塔就成了一种时尚。不过现在塔城最流行的是圆顶屋。"

托比说："行了，这些跟我们关系不大。我们要找的是设拉子地毯商店。"

[第十八章]

设拉子地毯商店

大队人马已经来到了漫游者之门。城门两侧是又高又长的城墙，有人进进出出，熙熙攘攘、喧闹嘈杂。第三任副主任转向大家，挥手说："这是漫游者集市。"

的确，在高大的城墙下面，摆满了形形色色的货摊，卖什么的都有：金银首饰、铜制器皿、地毯挂毯、游乐玩具、航海用品、丝绸缎带、名贵香水和珠宝，还有被关在笼子里的猴子和鹦鹉，等等。

有一家贩卖陶器的商店，店主现场制作陶器。算命先生的卦摊上，摆着很多奇奇怪怪的小棍子。还有人出售用黏土捏的各种各样的小动物。一个吹玻璃的人，一边旋转一边把玻璃做成一艘船的造型。有人在表演驯蛇，他坐在地毯上，指挥蟒蛇舞动身体。有人表演魔术，将空罐子藏在身后，在拿出来时，罐子里居然有一束鲜花。

这个地方的东西，让人目不暇接，流连忘返。这里有来自世界各地的人，他们围在货摊前不停地讨价还价。

除了那次在剧院看演出，弗雷迪还是第二次见到如此喧闹的场面，他兴奋地快要跳起来了："我们能沿着这条街一路看过去吗？在这里待一整天我都不会觉得无聊。"

托比说："要事在身，等事情办完了，我们再来这里逛逛。"

老狐狸说："我们有大把大把的钱，都能买下整个市场了。这可是个好主意。"

庞奇先生提醒说："往围墙右边走六百步。"

托比抱怨起来："设拉子商店！这里随便看两眼，都有五六百个地毯商店！"

阿曼达姑妈问："那串数字是多少来着？"

托比回答说："3103101。"

庞奇先生说："不，是 301301。"

装着木头腿的怪老头说，"我记得是 3101310。"

教区委员纠正道："是 3031010。"

老狐狸说："看来还得靠我了，那是 3013010。"

阿曼达姑妈气坏了："看看那张纸！"

大家你看看我，我看看你，却没有一个人能把纸条拿出来。

第三任副主任说："非常抱歉，我记起来了，纸条被落在愤怒小塔里的桌上了。放心，它在那里很安全。"

阿曼达姑妈叫起来："现在好了，我们该去哪里？弗雷迪，地图呢？"

弗雷迪翻遍了全身的口袋："不在我这里。"

第三任副主任又补充说："地图和那张纸一起留在那里了。"

阿曼达姑妈大喊起来："上帝保佑，地图也丢了，还有人记得那段咒语吗？"

第三任副主任不紧不慢地说："女士，我愿意为你效劳，那是一段波斯文字，我记得很熟练：Sha'g'liJa'm'shi'd'Shah'ri'man。"

大家纷纷点头。

在托比的建议下，大家骑着骡子穿过人群。他小心翼翼地计算着步子，在第六百步的时候跳了下来。大家都围过来，想看看到底是什么摊位。

但眼前的这个货摊，没有一张地毯，只摆着很多钟表。柜台后面站着一个二十来岁的小伙子，他头上包着一块白色头巾，身穿一件宽松的长袍。小伙子面带笑容，露出一口洁白的牙齿，向大家欠身致意。店铺货架上摆着各式各样的器皿和钟表，小伙子身后的墙上还有一扇关起来的铁门。

托比说："我们可能走错了，既然来了，不妨先打听一下。"他问小伙子，"我们在找设拉子地毯商店，你知道在哪吗？设拉子，想一想，是个很简单的名字，你听明白了吗？"

小伙子问："只有钟表和日晷，要吗？"

托比只好换了另一种提问方式："这里是多少号？"

小伙子困惑地看着托比，"号码不卖，只卖钟表。"

这两个人你一言我一语纠缠不清。弗雷迪发现，店铺后面的墙上有个小盒子，还有七个排成一排的大钟。它们看起来都有点年纪了，早就停止了转动，其中两个钟连指针都掉了。弗雷迪留意了一下钟表上的时间，忽然发现了一个规律：第一口钟显示的是三点，第二口中是一点，第三口指针坏了，挨着它的显示的是一点，接着的几口显示的又是三点、一点，最后一口没有显示时间。它们正好串成一组数字：3101310。

托比要大家出去重新找设拉子地毯商店，弗雷迪扯住托比的衣领，将自己的发现告诉了他。托比听完，带领大家重新回到商店。

他说："年轻人，别废话了，就算你听不懂我的话，你也看得懂这串数字，"他看着墙上那些陈旧的钟，"听着，3101310。"

年轻人脸上的笑容登时凝固了，他一下子紧张起来，双手撑在柜台上，附身过来说："我不懂。"

托比嚷嚷起来："我们想见设拉子，让他出来。"

年轻人继续装傻："钟表，需要吗？"

这时，第三任副主任突然高声大喊："Sha'g'liJa'm'shi'd'Shah'ri'man。"

小伙子的脸色瞬间变得谦卑起来，他双手交叉，行了一个额前礼："希望各位谅解我的不敬，毕竟万事小心为上。我的祖父掌握着阻止恶人阴谋的秘密，因此有很多坏人，用各种手段妄图接近我的祖父。安全起见，他已经很多年不做地毯生意了。你们想要见他吗？"

托比说："是的。"

"请稍等片刻。"小伙子行礼之后，打开那扇铁门走了进去。过了一会儿，他从里面出来，"我带你们去见我伟大的祖父。"

这时第三任副主任说："接下来的探险对我们研究中心来说没有什么意义，你们进去吧，我们在这里等你们回来。"

于是，海盗研究中心的人去了拴骡子的地方。而弗雷迪他们则跟着小伙子穿过了铁门。铁门锁上之后，大家发现里面漆黑一片。往前走了大约三十个台阶之后，小伙子提醒说："现在要过桥了，抓紧栏杆，一个接一个地走。"每个人都小心翼翼地扶着栏杆往前走，有微风吹过，脚下还有潺潺的水声。等大家再次回到地面，小伙子带他们往右走了一段路，来到一堵高墙面前。

"弯腰进去。"小伙子说。

每个人都弯下腰，通过了墙上那扇仅供一人通行的圆形小门。等大家全部进来后，小伙子拉动了墙上的拉条，门一下隐藏起来，正常人完全不能发现它在哪里。

现在，探险队身处一个非常简陋的小房间，这里只有一张桌子，桌上点着一盏造型像船的银灯，墙边靠着几个架子，架子上面摆放着很多装着各色液体、粉末的瓶子。小伙子在一个瓶子后面按了一下，立即出现了一道扇圆形的门。

"到了，请跟我走。"

小伙子率先经过那扇门，其他人紧紧跟在他身后。这次进入的是一个摆设格外富丽奢华的房间，华丽的吊灯照亮了整个房间，中间的桌子上堆满了书籍，其中，最引人注目的就是上面那颗巨大的水晶球了。桌边的椅子上，坐着一个形容枯瘦的老人，他看起来像一具风干的尸体。

[第十九章]
被封印的灵魂

小伙子介绍说："这就是我的祖父设拉子。"

大家环顾四周，发现房间里挂满了各式各样的地毯，就连椅子上都铺着柔滑的丝绸和羊绒坐垫。桌子上方悬在半空的吊灯是用琥珀和红宝石做成的，光彩照人。天花板上开了几个通气小孔，房间内的空气很清新，同时还弥散着一股烟草的味道。坐在椅子边的老人设拉子抽着一杆长长的烟斗，几乎都要拖到地上来了。

设拉子眼睛漆黑，裸露出来的皮肤上布满了皱纹，看起来就像一个干巴巴的苹果；他的头发全白了，手枯瘦得像鸡爪。他穿着一件柔软的长袍，脚上穿着红色摩洛哥皮拖鞋。他裂开嘴唇，露出了一口黑漆漆的坏牙齿。

设拉子快速地扫视了大家一眼，放下烟斗，站了起来。他大概是探险队成员们见过的最矮的人了，他站起来跟弗雷迪一般高矮。不过，他的声音却出人意料地掷地有声："欢迎各位远道而来，容我冒昧问一句，是什么促使你们大驾光临？"

托比说："我们想来买点东西，是一个叫鲁本·席金森的人指引我们来到这里的。"

设拉子说："啊，我记得他，我深为他的遇难感到遗憾。他是一个非常了不起的人。"

托比说："他给我们留了一张纸，说可以来店里买东西。"

"想必你们已经看到了，我很久不做地毯生意了。目前我这里只剩下一些珍藏品，"设拉子环顾四周，"我原本不愿意出售任何一块珍藏品，但你们远道而来，我愿意为此破例，"他吩咐小伙子，"拿奥马尔的祷告地毯来。"

小伙子从墙上取下一小块地毯，放到设拉子脚边。

设拉子说："只需要看一眼，你就知道它美丽无比，犹如皇冠上的明珠。它来自奥马尔清真寺，设计精美，色彩绚丽，是不可多得的杰作。它的价格是十二个铜便士。"

老狐狸仔细地将这块毯子看了看，他的眼睛里满是喜悦："我从来没见过这么漂亮的地毯！我出十二便士，它是我的了。"

阿曼达姑妈说："尽管这是我见过的最漂亮的毯子，价格也非常公道，但我们并不是来买地毯的。先生，你得给我们看看别的东西。"

设拉子露出狡猾的笑容："请原谅，我拿了一件微不足道的东西来占用了你们宝贵的时间，请相信我，这一次我定然不辱使命。孩子，把它拿走，将许愿毯取过来。"

小伙子带走了奥马尔地毯，取来了一张很大的地毯，它足够十二个人站上去，但看起来特别破旧，怎么都不如刚才那块地毯漂亮美观。

设拉子说："这是英雄鲁斯坦打败妖魔阿克那威德赢来的毯子，这是世界上最后一块许愿毯了。只要坐上去，你就能在世界各地任意穿行。如果你们想要回家，只要坐到毯子上去，许下回家的愿望，眨眼之间就在家里了。它的价格是二十便士。"

探险队的成员们有些犹豫了。每个人都想起了老烟草店，它从来都没有像这一刻这般，令他们觉得舒适、宁静、安全。什么时候才能回家呢？如果现在不回去，是不是永远失去了回家的机会？

老狐狸问："我们能带上自己的财产一起走吗？"

设拉子说："把东西放到地毯上，就能被一起带走。"

"二十个便士买一块神奇的毯子，价格很公道，我买了，这块毯子是我的了。"老狐狸说。

这时，阿曼达姑妈回过神来，"不，没人想买这块毯子。我是探险队的队长，我的命令是看看这里还有什么东西。所以，设拉子先生，很抱歉，你能让我们看看别的东西吗？"

设拉子看上去很苦恼为难："我早该知道，你们对我的这些收藏品丝毫不感兴趣，那么我祝你们一路平安。你们打算在塔城多逗留几天吗？"

托比说："这可不行，你得拿点别的给我瞧瞧。"

"好吧，悉听尊便。我已经不胜惶恐，不知道还有什么东西能让你们满意，"老地毯商转向小伙子，说了几句大家完全听不懂的话。

随后，小伙子拿了八个沙漏回来。沙漏造型普通，看上去跟外面摊铺上摆的相差无几。沙漏里的沙子已经慢慢往下漏了，大家很不满意。

设拉子说："我知道你们不满意，但这是我唯一可以展示给你们看的东西了。"

老狐狸问："这个东西要多少钱？"

设拉子盯着阿曼达姑妈："价钱，就是你们外面骡子上的所有财产。"

每个人都惊叫起来。这么个小东西，居然要用他们千辛万苦得来的宝藏交换。

有木腿的怪老头说："请原谅，我觉得价格有点——有点高了。"

老狐狸很直接地说："太高了，抱歉，我不会做这笔生意，我不会买这个沙漏。"

装着木腿的怪老头也说："我——我也不买。"

托比迟疑了一会儿，他问："阿曼达姑妈，我也不太想用金银珠宝买这些小玩意，你有什么意见？"

阿曼达姑妈注视着设拉子的眼睛，"我千里迢迢来，就是为了这么一件事，我绝不会放弃，我决定买一个沙漏。"

托比说："好，我也买一个。弗雷迪，你呢？"

弗雷迪说："我当然会买。"

庞奇先生说："我也买。"

哈伦先生也赞成地点点头。至于怪老头和老狐狸，不管大家怎么劝，他们都坚持不买，还离开了房间。于是，小伙子带领他们回到了店外的骡子那里。而托比他们则回去取钱买那六只沙漏。托比已经跟海盗研究中心的那些人交代好了：如果一个小时之后他们还没回去，海盗研究中心的人和那两个老头就不用等了，直接进城。

取来的财宝堆在房间的角落里。设拉子放下烟斗，以谦卑的姿态向阿曼达姑妈鞠了一躬："尊敬的女士，我想看看您的左手手指。"得到阿曼达姑妈的允许后，他仔细看了看她的左手，然后深吸一口气，举起双手，行了一个额手礼，"如我所料，殿下，您的左手第三根手指上有戴过戒指的印记，请您接受您忠诚的仆人的问候。"他将阿曼达姑妈的手举到嘴边，格外尊敬地吻了一下。

阿曼达姑妈说："上帝啊，你让我觉得我像是一个傻瓜。"

设拉子说："您已经离开很久了，幸好您已经回来了。你们都中了魔法，你们的灵魂都被封印起来了，所以你们现在的身体都不是自己本来的面目。我向你们保证，我会帮你们修正这个错误。"他转身向阿曼达姑妈致意，"女士，我随时听候您的命令。"

阿曼达姑妈说："我们来这里的目的就是为了修正错误，如果你有办法，请帮帮我们。"

设拉子说："我听凭差遣，现在请拿起沙漏。毁掉沙漏里的沙子，就能

解除封印。这世界上，只有保护者的白色火焰能摧毁沙漏，你们愿意冒险试试吗？"

阿曼达姑妈说："我愿意！"其他人也点头同意。

设拉子说："我会给你们穿上白色法袍，如果没有它，你们将无法承受白色火焰。"

设拉子从墙角的一个箱子里拿出六件白色的长袍。弗雷迪太矮了，长袍很不合身，他不得不将袍子的下摆拎起来。

"好了，白色火焰伤不了你们了。但你们得记住两件事：第一，不要害怕；第二，要紧紧抓住沙漏。"设拉子说完，拍了拍手，突然出现了一个同样穿着白色长袍的黑人。设拉子跟黑人说了几句，黑人向设拉子鞠了一躬。

"好了，你们跟在他后面，祝你们获得安宁，再见！"

[第二十章]

解除封印

弗雷迪他们紧紧跟在黑人后面，又遇到了跟之前很相似的那座桥。他们一个接一个走过桥，又走上了三十个石头台阶，终于看见前方有了一丝亮光。

黑人说："跟我走，这是大师的工作室。"

他们经过了一扇窗户，窗户关得很紧，除了透出来的一丝亮光，再也看不到别的东西。走道的尽头有一扇铁门，黑人掏出钥匙打开门让大家进去。

这是一座非常漂亮的大花园。屋顶是绿色和琥珀色的玻璃做成的，阳光洒在上面，色彩纷呈。四面有高高的墙，中心有一口喷泉，泉水源源不断倾泻在大理石盘里。喷泉四周有五颜六色的鲜花，如同彩虹一般绚烂。墙边种着可可树、香蕉树还有竹子，白色的鹦鹉在树丛中飞行。这一切都美得像一个梦，空气里弥散着泥土和花朵的香气，大家尽情地呼吸着新鲜的空气。

黑人走向花园对面，打开了墙上的一扇门，示意大家走进去。大家进去之后，咔嚓一声，门关上了，那个黑人走开了，他们被独自锁在小屋里。这间屋子四面都是石头墙壁，铺着木质地板，光线昏暗。大家发现，房子四周围着厚重的灌木，灌木上开着洁白的花朵。这些灌木丛很高，都超过

了弗雷迪的身高。

阿曼达姑妈说:"我们必须穿过这些植物,我想看看那扇门背后是什么东西,说不定就是设拉子老人说的白色火焰。来吧,我们去看看。"

大家一起朝灌木丛走去。他们握紧手中的沙漏,弄断了许多灌木的枝干。神奇的事情发生了,只要他们碰到白色的花朵,花朵立刻枯萎,变成藤蔓缠绕在沙漏上面,必须要费尽力气才能把藤蔓扯下来。大家都记得设拉子老人的叮嘱,知道不能丢失沙漏。于是他们将沙漏高高举在头顶,那些花朵被暂时吓退。但是它们很快发出嘶嘶的吼声,喷出白色的火焰。顿时,整个房间成了一片白色的火海。

大家被围了起来,幸好他们身上的白色袍子形成了一道天然的屏障,挡住了火焰。火势越加猛烈,但白色的袍子依然毫发无损。弗雷迪吓坏了,几乎都忘记了呼救。由始至终,托比都紧紧地抓住他的手臂。

大火呼啸,每个人都吓坏了,他们停了一会儿,又咬牙继续前行。已经没有退路了,只能不惜一切代价往前走。不知道走了多久,大家碰到了对面的墙壁。每个人都使劲推,门终于开了。他们穿门而入,大门很快自动关上了。

外面,竟然是人来人往的街道。他们身边是一堵高墙,墙根下是一排排商铺。每个人手里的沙漏已经空了,只有白袍还罩在身上。他们朝身后看了看,只有一堵高大的石墙,完全看不到门的痕迹。

这条街道很狭窄,不时有人从对面的商铺进进出出,一辆牛车慢悠悠地沿着街道行驶过来。此情此景,弗雷迪觉得很熟悉。他想趁着没有被人发现之前躲起来,"我们最好跑进商店躲一躲,恳请店员帮忙把我们藏起来。"

这时,弗雷迪耳边响起了一个无比柔和的声音:"不,我不去商店,我需要马上回家。"

弗雷迪想找阿曼达姑妈，但他发现阿曼达姑妈已经不在了。站在他跟前的，是一个美如天仙的女子。她看上去很年轻，眼睛像深蓝的湖水一般深邃，洁白的脸上带着一抹红晕；她有一头金色的长发，一直垂到了膝盖。她的手上握着一个空沙漏。

弗雷迪一直看着她，她也看着弗雷迪，眼神中满是欣喜和满足。弗雷迪看到了，她的左手第三根手指上，戴着一枚红宝石戒指。

"你是——是——阿曼达姑妈？"弗雷迪问。

她微笑着回答说："我想我曾经是。让我想想，你叫什么名字？哦，你是弗雷迪，我们得抓紧时间，不能让他们等太久。"

弗雷迪转身，看见有四个奇怪的人，每个人手上都拿着一个空沙漏。弗雷迪习惯地抬头，想看看自己身边的两个人。忽然他意识到，自己应该低头往下看，因为他们都比自己矮。这两个人长得一模一样，方正的脸庞，高耸的颧骨，弯弯的鼻子。唯一的区别是，一个人的头光秃秃的，另一个人的头发在额前散开了。

弗雷迪喊起来："庞奇先生和托比！"

秃头的那位说："这名字听起来很耳熟。"另一个则说："这就是我。"

一个瘦小的男人站在托比身后，他看起来身材修长，雪白的头发一直卷曲向下，他光着脚站在地上，看上去像教堂里的圣像。

弗雷迪犹豫地问："是——教区委员？"

这个男人严肃地说："我曾经使用过这个名字，但我一直是托马斯教士的忠心追随者，现在的我才是真实的我，一个圣徒！"

托比说："不管他说什么，他的声音听起来就是教区委员的声音。教区委员，恭喜你。我高兴坏了，庞奇先生，我们终于甩掉了驼背，想站多直就能站多直。啊，我这辈子从来都没有像此刻这样感觉良好！"

庞奇先生也说："偶承认，摆脱了背上的包袱，能直直地站起来，的确

让人心情愉悦。"

这时，一个声音打断了大家的谈话："我是迈克尔·哈伦！"

教区委员身后，站着一个身材高大、面容英俊的男子，他有一头黑色的短发，双眼炯炯有神，后背挺直，肩膀宽阔。他看上去很像一个刚刚参加完奥运会比赛、穿着长袍去领奖的短跑选手。

弗雷迪很惊讶："你能说话？"

哈伦先生说："毫不谦虚地说，我能言善辩，说起话来滔滔不绝。以前我只能聆听别人侃侃而谈，现在我终于能用自己的舌头朗读最优美的爱尔兰诗篇，刚刚我的脑海中浮现了一则小故事——"

托比说："行了，我知道你能说话了，有时间我会听你说故事。弗雷迪，等等，你嘴上是什么东西？"

弗雷迪摸摸自己的嘴巴，发现嘴唇上长了一撮胡须。他的脸因为害羞一下子红了。

庞奇先生叫起来："除了哈伦先生，他比偶们都高！"

弗雷迪也发现了，自己不用提着长袍走路，他的手也几乎跟哈伦先生一样大了："我长高了！"

托比说："我猜你现在二十一岁。"

庞奇先生纠正说："二十二岁！"

他们谈话的时候，那位美丽的女士一直微笑地看着他们。她问托比："你还认识我吗？"

"尽管你的样子变了，"托比说，"但我知道你永远都是我的阿曼达姑妈。在我眼里，你就是这副模样，我很高兴你找回了自己的青春。"

美丽的女士说："我很高兴你们还记得我。原来你们戴着面具陪伴了我这么久，我都不太记得你们原来的模样了。在我心里，你们和原来一样，我的骑士，"她转向弗雷迪，随后又对庞奇先生和托比说，"我的卫兵！"

她对托马斯教士说，"我的教父。"然后，她对哈伦先生说，"我的信使。我很高兴在我被放逐的这段时间，你们一直陪伴着我。现在我要回家了，你们还会一直在我左右。他们已经等了我太久，我一刻都等不及了。跟我来，我记得回家的路。"

她把沙漏交给弗雷迪，赤脚沿着街道往前走。好像她从来都没有瘸腿，她的步伐轻快如燕。赶车的车夫张大嘴巴望着她，几个人走进店里跟店主窃窃私语。不一会儿，有人加入弗雷迪他们这群人之中。

待她转过街角，那条街道上的人见到这群衣着奇怪的白袍人，大笑不止。但当他们看见为首那位女士的面容时，立即让出一条道路。他们小声议论着，不时点头，然后也跟在了队伍后面。越来越多的人从高塔和房子里出来，加入了追随这位女士的队伍之中。

他们穿过商业街，走到了塔群和圆顶屋之间。道路的尽头，国王的高塔耸入云霄，一道庄严的城门屹立不倒。

跟在女士后面的人越来越多。他们每经过一个地方，就有人不停加入，似乎整个城市的人都追随她来到了这条街上。漂亮的女士没有回头，她坚定地往前，朝城门走去。城门大开着，女士将左手放在胸前，昂首挺胸走了进去。她身后的几个穿白袍的人，也穿过城门进去了皇家花园。人群默默跟在他们后面，保持着一定的距离。

花园的前方，一座小山的山顶上，是国王的宫殿。宫殿的屋顶平整洁白，看上去格外雄伟庄严。

女士沿着草坪慢慢朝斜坡走去，她身后的人已经挤满了整个花园。

皇宫前的窗户打开了，从拱道里跑出来几只漂亮的卷毛狗。它们狂叫着冲向这位女士，弗雷迪挡在女士前面，她微笑着示意弗雷迪让开。那几条狗突然围着她乱跳起来，将鼻子伸到她手里亲昵地蹭来蹭去。

宫殿门口的台阶上，站着一个高贵的男人，男人身后还跟着三个孩子。

女士看见他们，捂着眼睛，哽咽不已。随后，她坚定地往前走。宫殿门口的男子擦了擦自己的眼睛，他直直地看着她，牵着三个孩子走下了台阶，直奔女士而来。

他们在斜坡上相遇了。

突然，人群爆发出惊天动地的呼喊："国王万岁！国王万岁！"

国王完全没有注意到人群的呼声，他痴痴地看着眼前的这位女士。年纪最大的男孩喊了起来："妈妈！"

国王伸出手："啊！心爱的人，你终于回来了！"

女士哭喊着，扑进了国王的怀抱。

孩子们依偎在国王和王后身边，高兴地哭了。王后用手紧紧地搂住了自己的孩子。

人群又高呼起来："米兰达王后万岁！米兰达王后万岁！"

[第二十一章]
弗雷迪生病了

　　王后已经回宫好一段时间了，她在这里过得很快乐，弗雷迪和托比他们这五位随从也在宫中生活得很开心。托比还找到了那两个怪老头，他们俩开了两个商店。有木头腿的怪老头卖烟草，而老狐狸则做珠宝生意。两个人都过得心满意足。

　　第三任副主任进宫觐见了国王和王后，向他们推荐了自己的博物馆计划。

　　至于教区委员，他每天都在皇宫里忙来忙去，临摹国王珍藏的那些古书中的图画。

　　庞奇先生和托比对塔城充满了好奇，两人每天都在城里巡逻，遇到什么新鲜事都要上前看一看。

　　而哈伦先生的乐趣则在于攀登国王的那座高塔，他说自己一定能登上塔顶，但目前还没完成这项壮举。

　　弗雷迪现在也不叫弗雷迪了，国王赐予了他一个新的封号——弗雷德里克爵士。大家见到他，都恭敬地尊称他为"爵士"。他现在的主要任务就是陪伴国王的三个孩子罗伯特、吉娜维芙和詹姆斯一起玩耍。此刻，弗雷迪和国王的长子罗伯特正坐在皇宫前的草坪上。

　　阳光洒满大地，晴空无云。

罗伯特说："山那边住着一个老人，我之间见过他，你能带我去那里看看吗？"

弗雷迪知道罗伯特说的那个地方。别看那座山低处平坦，越往上走越陡峭，半山腰那里全是悬崖峭壁，几乎爬不上去。

弗雷迪回答说："如果王后同意了，我们明天就去看看。"

罗伯特说："在妈妈离开之前，我见过那个老人。那天，我偷偷溜出皇宫，跑到那座山里玩，搞得浑身都是泥。因为吉娜维芙和詹姆斯都太小了，我只好一个人出去玩。那时候山那边还没有塔，你知道这件事吧？是一个老人在一夜之间建了高塔。总之，那次我直到天黑才往家里走，我知道妈妈担心坏了，走得很快。就在这时，我看见一个老人从山下走来。他长得很胖，没有头发，背着一个大大的口袋，手上拿着一根长长的棍子，腰上系着一根腰带。我藏在一边，他没有发现我。他很快下山去了，我再也没见过他。"

弗雷迪说："我们最好不要去那里。"

"别拒绝我嘛。那里可好玩了，有很多草莓和鲜花，而且我还想再见到那个老人。"

"好吧，如果王后同意。"弗雷迪答应了。

这时，哈伦先生说："那座塔看起来的确很高，爬到塔顶几乎是不可能完成的任务。我今天差点儿就爬到塔顶了。总之，等着瞧吧，我一定会爬上去！"

第二天早上，米兰达王后同意了弗雷迪和罗伯特的请求。他们一起离开王宫，前往高山。他们在山上玩了一整天，直到下午，吃完了干粮，人也乏了，才慢慢往山下走去。

天快黑了，他们准备返回王宫时，忽然听见一个痛苦的呻吟声。弗雷迪推测，这是一个虚弱的人在恳求帮助。他将罗伯特保护在身后，朝满是岩石和灌木的山下望去。

山脚下躺着一个老人，他双腿盘在一起，嘴巴一张一合地发出微弱的呼救声。他的头发都掉光了，个头很矮，长得很胖，腰间正好有一条深色的腰带。罗伯特扭过头，小声地告诉弗雷迪："就是他！看起来他伤得不轻。"

是的，老人看起来是摔伤的。弗雷迪爬下去，跪在老人身边。老人说："我的腿受伤了，请你送我回家。我走不了路了，如果你不帮我，我会死在这里的。"

弗雷迪觉得自己完全能把老人背起来，他问："你住在哪里？"

"山上，我给你指路，求求你送我回家。"

弗雷迪转身背起老人，迈开步子朝山上走去，罗伯特跟在他们身后。老人指挥弗雷迪绕来绕去，弗雷迪快记不得原来的路了，他感觉背上的人越来越重，他觉得呼吸困难，自己快要走不动了。他坚持走了一段路，突然从背上传来一阵寒气，他感觉肩膀冰冷。于是他碰了碰背上的老人，他更觉得周身发冷，像是背了一大块冰块。

"快到了吗？"

老人说："远着呢，你不会这么快就累了吧？"

弗雷迪觉得自己已经被冻僵了，他的胳膊已经抬不起来了，他说："不知道为什么，我觉得很冷，我必须休息一会儿。"

老人喊起来："不要！不要！继续走！"

"我没有力气了，我必须休息。"弗雷迪慢慢放下了老人。他站在原地不停地搓手取暖。

老人瞪着弗雷迪，嚷嚷起来："愚蠢的人，去山边帮我把茴香种子捡回来，不然我会死的。"

弗雷迪和罗伯特立即到山脚那边，他们找了好一阵子，才采到一束茴

香。但他们赶回原地的时候，老人已经不见了。他们仔细地在周围的石缝中找了找，没发现老人的踪迹。山很陡峭，一个受伤的老人是不可能轻松地爬上山去，更不可能凭空消失。弗雷迪他们没找到老人，只好往王宫的方向走去。

弗雷迪的手在出汗，但他滴下来的汗珠像冰水一样凉。他的手臂已经失去知觉，被一块石头割破了也没觉察。被老人趴过的身体部位最冷，弗雷迪已经僵硬得控制不住自己的身体，罗伯特不得不扶着他走。经过那座高塔的时候，弗雷迪的膝盖快不能弯曲了，他的意识在渐渐消失，像个盲人一般，步伐蹒跚。罗伯特低声抽泣着，牵着弗雷迪早已麻木的手，走向王宫。王宫的门大开着，罗伯特哭喊着冲了进去，托比他们围了过来。弗雷迪脸色苍白，两眼空洞，倒在了地上。

他在床上躺了整整一个星期，任何医生都束手无策。王后米兰达寸步不移地守着弗雷迪，流下无数泪水。这时，哈伦先生还在攀登高塔，杳无音信。

弗雷迪浑身冰冷，神情麻木，眼睛瞪得大大的，像一个看不见底的洞穴，幽深黑暗。

国王鼓励他说："我的爵士，振作起来，你很快会康复的。"

忽然，弗雷迪发出一丝微弱的声音，听起来不像成年人的嗓音，像个孩子在说："那不是——是我的名字，我叫弗威迪。"

见爵士神志不清，国王无奈地离开了。米兰达王后再次听见了那个稚嫩的童音："我想见阿曼达姑妈。"

王后走到床头，弗雷迪直直地看着她说："你不是阿曼达姑妈，我要见阿曼达姑妈。爸爸让我来的，他想买半磅卡格洛奇·米奇勒。"

"托比就在宫里，我敢确定——"

"我不知道宫殿，不能再耽误时间了，我得回家。"

弗雷迪说完，又昏睡过去。

夜很深了，王后还守在弗雷迪身边。国王和三个孩子已经睡着了。整个王宫一片寂静，只有弗雷迪的房间还亮着灯光。弗雷迪双眼紧闭，呼吸微弱。王后知道他撑不了多久了，低声哭了。

忽然，传来一阵敲门声。王后打开门，托比、庞奇先生、哈伦先生和托马斯教士走了进来。

哈伦先生说："女士，现在必须争分夺秒，我建议你戴上帽子和我们一起走。"

王后不知道接下来会发生什么，但她飞快跑进孩子们的房间，在他们额头上留下轻轻一吻："宝贝，再见了！"她凝视着他们可爱的脸庞，好像要把他们永远刻在心里。接着她回到弗雷迪的房间，披上披肩。弗雷迪已经被扶起来了，他的嘴边竟然挂着一丝虚弱的笑容。

王后发现，他们每个人都拿着一个空沙漏。很快，王后也取来了自己的沙漏，哈伦先生从地上提起一个帆布袋，拧开每一个沙漏，将白色的沙子倒满了沙漏。他说："找到这些沙子的确很费力，我是从一个老人手里找到沙漏的，只要我们带着弗雷迪找到老人，他就能治好弗雷迪。要不然我就不叫迈克尔·哈伦。"

现在，每个人都握紧了自己的沙漏。庞奇先生和托比扶着弗雷迪，大家很快穿过大厅，迎着国王的高塔走去。哈伦先生打开塔门，等大家进去后，他把门关上了。

他说："为了救弗雷迪，我们要去塔顶。我已经去过那里了。"

王后叫起来："我到不了塔顶。"她想了一会儿，变得坚定起来："我会的，只要我们意志坚定，就没有做不到的事情。年轻的爵士一直陪伴在我身边，现在我也不会放弃他，我一定会登上塔顶！"

哈伦先生说："老人给的沙子能帮助我们，王后，你扶着病人，现在我

们握紧各自的沙漏，看看会发生什么事。"

他说完，走在前面带路。接着就是王后、扶着弗雷迪的庞奇先生和托比，最后是身材修长的托马斯教士。大家走得很慢，但楼梯好像飞快地从他们脚下旋转而过。他们现在一步能跨越好几千个台阶。即便是这么快的速度，他们也不得不停下来稍作歇息。有时，他们从塔上的窗户往外看，城市已经成了一个芝麻小点。从最后一扇窗户往外看时，他们看见了飘浮在空中的白云。

大家默默往前走，手中的沙漏漏得比原来更快了。楼梯也变得越来越狭窄了，每个人都累得气喘吁吁。楼梯里没有窗户，四下一片漆黑，大家都不知道弗雷迪是否还活着，也看不见沙漏里还有多少沙子没漏完。

哈伦先生说："快到了，再坚持一两分钟。"

庞奇先生叹了一口气："偶再也走不动了，呜呜。"

这时，哈伦先生停下脚步，大家以为到了。

哈伦先生说："门就在那里，靠紧我。"

他往前走了几步，伸手去敲门："好了，这就是塔顶了，大家睁大眼睛看。"

门没有反应。

哈伦先生又敲了两下，从门后传来铁链的咔哒声和门栓滑动的声音。门慢慢开了，一个老人提着灯笼站在门口。

第二十二章

回家了

　　老人看上去身体结实，他穿着一件短袍，腰间也系着腰带，脚上穿着便鞋。他留着长长的垂到腰间的白胡须，前额也有几缕白发。他也有一点驼背，眼里带着一点幽默的意味，方正的脸上带着微笑。

　　哈伦先生说："就是他，能救弗雷德里克爵士。"

　　托比说："他应该就是山上的那位老人。"

　　米兰达王后警告大家："就是他，建造了魔法高塔。"

　　庞奇先生则惊讶地叫喊起来："父亲，见到您真是太高兴了。偶没想到能在这里遇到您，真是太棒了！"

　　老人说："好了，庞奇，你和你的朋友们都快进来吧。把你们请来费了些周折，多亏了哈伦先生。设拉子也治好了你的驼背，好了，不说这些了，快把那个小男孩放到椅子上，看看我能为他做些什么。"

　　将一个长着胡须的成年人称为小男孩，的确不够礼貌。但弗雷迪一点也不介意，他盯着老人，嘴角还露出一丝天真的微笑。大家扶着弗雷迪在椅子上坐下，老人把灯笼放到桌上，大家都眼巴巴地看着他。

　　这是一个简陋的小房间，到处都是灰尘和蜘蛛网。房间后面有一扇门，没有窗户，一面墙看起来像是大钟的背面。墙壁四周都是货架，架子上满是各式各样的沙漏。

老人解释说："这里是我的储藏室之一。全世界的每座钟楼楼顶上都有一间我的储藏室，毕竟收集的这些沙漏得有地方摆放。如果你们愿意，也可以把沙漏交给我。那个设拉子从我这里偷走了几个沙漏，但他再也别想从我这里偷走任何东西。再说了，他偷走的东西，我迟早都会拿回来的。"说完，他将大家的沙漏一一摆放到货架上。

庞奇先生说："父亲，偶觉得这里很眼熟，这是大钟的背面，那里的门也像——"

老人说："儿子，你是个了不起的侦探。现在，我们需要做点事情。阿曼达姑妈，你愿意让我解除你的咒语吗？"

米兰达王后说："你怎么这样叫我？我知道我曾经被封印过，用阿曼达姑妈的名字生活过一段时间。"

"不不不，你现在才是被封印了，你在用米兰达王后的身份生活。"

米兰达王后疑惑不解："设拉子说了，他已经将我们的封印解除了。"

"不，以前的你才是真实的自己，现在的你被封印了。"

"我已经被搞糊涂了，到底哪一个才是真实的自我？"米兰达王后问。

托比说："这些东西太深奥了，我不想了解。我只想知道，我们怎样才能治好弗雷德里克爵士。"

老人说："我会治好他。他没事，只是迷失了自我而已。只要找回自我，他就能康复。其实他有过一次机会，因为错失了机会，才会生病。遇到那个受伤的老人时，他只要把老人举起来，就会觉得老人轻如鸿毛，但是他不知道。好了，我们现在来修正他的错误吧。"

托比问："这里不就是'修正岛'吗？到底什么是错误，什么是修正，哎，我完全搞不懂了。好像我们修正了一个错误，现在还得修正之前的修正。"

老人微笑着说："大概就是这样，我要解除你们身上的封印，你们变回真实的自己，就能摆脱这一切假象了。"

米兰达王后看着手指上的红宝石，伤心地哭了起来。老人弯腰看着弗雷迪，拿开了弗雷迪身上的毯子，他紧紧地抱着弗雷迪，几分钟之后，弗雷迪的脸上终于有了血色，他的眼睛也恢复了生机。弗雷迪举起手，对着老人笑了笑。

老人问他："你感觉好点了吗？"

"好多了，我之前病得很重，对吗？"

老人说："是的，你马上就能回归自我了。来，把我抱起来，举过头顶，把我往上抛。"

弗雷迪按照老人说的，一点也不费劲地将老人往天上抛。当老人回到地面时，弗雷德里克爵士已经不见了，取而代之的是一个叫弗雷迪的小男孩。弗雷迪满脸红润，他惊讶地问："阿曼达姑妈和其他人呢？"

老人说："请稍等片刻。"他转向米兰达王后，"女士，请你把我抱起来，举起来，抛向天空——"

米兰达王后照做了，等老人落地时，弗雷迪第一个惊喜地扑过去，叫喊着："阿曼达姑妈！"

阿曼达姑妈说："上帝保佑，我以为再也见不到你了。其他人呢？幸好这里只有这位老人看见我戴着破破烂烂的帽子。托比呢？他不会要我等一个晚上吧，这个笨蛋——"

老人走到托比面前，托比像扔一根羽毛那样把老人扔了出去。

阿曼达姑妈叫起来："好你个托比，你就让我和弗雷迪一直在这傻等！庞奇先生呢？其他人呢？"

托比又变回了驼背的样子，他双手插在裤兜里，跟弗雷迪第一次见到他时一模一样。他说："阿曼达姑妈，我不是庞奇先生的保镖，我不知道他去了哪里。我最后一次见到他时，他就站在设拉子老人的花园里。我想眼前的这位老人会告诉你他去了哪里。"

老人说："请耐心等一会儿，他很快就出来了。"

庞奇先生举起了他父亲，把他扔到了天上。父子俩哈哈大笑起来，老人落地的时候，庞奇先生一下子就变回了站在老烟草店门口时的模样。

庞奇先生说："父亲，偶很高兴见到你，你是一个好父亲。"

接下来轮到了身体消瘦的托马斯教士，他举起了老人，很快变回了那个心宽体胖的教区委员。

"我想，这世上最惬意的事，就是坐在摇椅上，拿着报纸，抽着烟斗。啊，人生何求呀！"

老人说："只剩下哈伦先生了。"

哈伦先生举起老人，一边把老人往上抛一边说："我这个哑巴只跟自己的聋子妻子交谈过一次，那一次——"话音未落，他变回了不会说话的哑巴。托比安慰地怕拍哈伦先生的肩膀，哈伦先生露出了跟平常一样熟悉的笑容。

托比问："那两个怪老头呢？"

老人说："他们不会来了，他们很早之前就做出了选择，而且他们现在生活得很好，没必要再去打扰他们了。好了，一切都结束了，希望你们觉得这次旅行十分愉快。"他打开门，目送每个人出去，向大家致以和善的微笑。

大家出去后，老人轻轻关上门。楼梯里很黑，他们只能一个抓着一个往下走。黑暗中，大家摸到了一扇旋转门，通过旋转门，他们又进入了另一个地方。忽然，托比撞到了一把椅子："啊，长椅，这里很多长椅，多得像教堂的椅子一样！"

这时，一丝明亮的光线从窗户中透进来。教区委员在房子里转了一会儿，他平静地说："是的，这是我的教堂。来，大家走这边。"

在教区委员的带领下，大家朝左边走去。没走多久，墙上隐隐约约出现了一扇门。门上还有一个很大的圆窗户。

阿曼达姑妈说："作为这次探险队的队长，我的命令是，打开门，看看接下来会发生什么事。"

教区委员推开了门，大家走出去，站在了碎石铺好的人行道上。头顶是满天星空，眼前是一把空荡荡的椅子。

教区委员感叹了一声，径直坐到椅子上面。

阿曼达姑妈开心地喊起来："上帝保佑，我们终于回来了！"

托比说："是的，这是我们小镇的街道，我快看到烟草店了。"

"经过这次冒险，偶觉得世界上最高兴的事就是站在木台子上，看着大家在烟草店门口进进出出，等大钟的指针重合，我就出去放松放松——"

没等庞奇先生说完，托比呼喊着弗雷迪："小家伙，跟我来。庞奇先生，你送阿曼达姑妈回家，我把弗雷迪安全送回家之后会去找你的。"

说完，庞奇先生和阿曼达姑妈朝老烟草店方向走去，哈伦先生回了剧院。教区委员则躺在椅子上，回味着这一次的冒险经历。

夜很深了。街道两旁的建筑都变得灰蒙蒙的了，只有路灯还留着微弱的光亮。整个小镇都安静地睡着了，弗雷迪不由得打了几个哈欠。托比和他穿过栅栏，走进了弗雷迪家的后院，他帮弗雷迪翻进屋子。弗雷迪在托比耳边轻轻说了一声晚安，接着，他回到了自己的房间。

房间里还是老样子，被子被叠得整整齐齐的。弗雷迪太困了，他脱下衣服，爬上床，将被子拉到了耳朵的位置，沉沉地睡着了。

第二天早上，弗雷迪醒过来的时候，爸爸妈妈都站在他的床边。

爸爸说："我觉得他最好不要去烟草店了。我早就告诉他，要早点回家，但他在外面混了那么久。如果他在外面待上六个月或者六年，或者更长时间，我们该怎么办！"

妈妈说："我觉得没关系，我保证他以后会准时回家。"

这时，弗雷迪说："我保证不了。这次我们去那个岛上花了很长时间，还遇到了海盗，到达王宫之前我们还经历了一段可怕的旅程。我们不能抛下王后，她的孩子们希望我一直留在那里。如果不爬上塔顶，我永远都回不来了。庞奇先生的父亲治好了我的病，我差点淹死，也差点被海盗杀了。那样你们就见不到我了，你们肯定很伤心。"

爸爸说："我看他今天就躺着好好休息，以后我们再仔细问他吧。"

妈妈说："可怜的小弗雷迪。"

弗雷迪累坏了，他在床上躺了一整天。

次日清晨，爸爸上班去了，妈妈允许弗雷迪起床散步。弗雷迪晃晃悠悠地站起来，他穿过马路，见到了教堂前的教区委员。教区委员坐在椅子里，一边抽着烟斗一边看报纸。等弗雷迪走近了，他才放下报纸，说："弗雷迪，早上好！见到你回来我很高兴，我以为你永远离开我们了呢。好孩子，我知道你咬牙挺过了一切。"

弗雷迪说："我们离开太久了，我觉得街道比以前更漂亮了，你打算一直坐在这里吗？"

"是的，我最喜欢的事情就是坐在这里晒太阳，看报纸，抽烟。就算拿整个印度国的财宝给我换，我都不换！"

弗雷迪很高兴，他知道教区委员根本不在意失去那一份财宝，"我也不在乎，只要能回来我就很开心了。"

"很好，孩子，我们都做回了真实的自己。如果你见到托比，麻烦告诉他我生活得很好。"

弗雷迪答应下来，他很快走到了老烟草店。店里看起来跟离开那天并没什么不一样。他站在店门口，看着平台上的庞奇先生。他很希望庞奇先生下来跟自己打个招呼。但庞奇先生站得纹丝不动，手里拿着一包黑色的雪茄。

弗雷迪看了看钟楼，现在是十一点钟，他猜：庞奇先生的父亲大概在世界上别的钟楼忙碌着。

弗雷迪走进了老烟草店，托比大声地向他打招呼："小家伙！我以为你差点死了，幸好你活过来了。你现在还好吗？"

弗雷迪说："先生，我很好，我很高兴能回来。你在店里过得还开心吗？"

"那是当然。就算你把林格船长的所有财宝都给我换，我都不想离开这里半步了。你看，那个中国瓷罐不见了。我想我大概是哪一天把它弄丢了，总之我永远也找不到它了。好了，你去见见阿曼达姑妈吧。"

弗雷迪走进烟草店的后门，阿曼达姑妈正在桌子边做针线活。跟以前一样，桌上放着花和相册。

阿曼达姑妈咕噜了一声，弗雷迪没听懂。她从嘴里拿出一把别针，然后说："小宝贝，上帝保佑，你来了，我很高兴。你还好吗？"

"我很好。"弗雷迪像以前一样坐到阿曼达姑妈的脚边，他有点担心：阿曼达姑妈不再是王后了，她会因此难过吗？

阿曼达姑妈说："老烟草店独一无二，就算用一座王宫跟我换，我也不愿意。我在这里，才会心满意足。"

弗雷迪问："那你会想那些孩子吗？"

阿曼达姑妈看着弗雷迪，叹息道："我非常想念他们，但他们就在我的脑海里，每每想起他们，我觉得很开心。"

弗雷迪说："詹姆斯最小。他不能经常和那两个一起出去玩。"

阿曼达姑妈陷入了回忆，她说："罗伯特在外面玩了一整天，我担心坏了。他回来的时候，天黑了，他身上全是泥巴，我真的很担心他。"

波兰吹号手

作者介绍：

埃里克·凯利（1884—1960），美国著名儿童文学作家。1884年出生于马萨诸塞州。1906年大学毕业后，他为许多家报社写过新闻。第一次世界大战爆发后，他到法国参与救济波兰难民的活动，对波兰产生了浓厚的感情。1926年，埃里克回到美国继续未完的学业，并写出了著名的小说《波兰吹号手》。1927年，《波兰吹号手》荣获纽伯瑞儿童文学奖金奖，而埃里克也成了当时美国最受欢迎的儿童文学作家之一。《波兰吹号手》也被广大读者誉为"那个时代最好的冒险故事之一"。

故事梗概：

本书是一个关于珍宝、忠心和诺言的传奇故事。为了保护美丽的水晶球，约瑟夫一家逃往波兰的克拉科夫城。在这里，约瑟夫的父亲安德鲁成为了教堂塔楼的吹号手。约瑟夫进入大学学习，并跟美丽善良的女孩埃尔兹别塔成了好友。但来自鞑靼的强盗并不会放过约瑟夫一家，无数人都来抢夺水晶球。终于有一次，因为争夺水晶球，诱发了大火，差点毁掉整个克拉科夫城。后来，在神父的帮助下，约瑟夫一家将水晶球如愿交给国王。出人意料的是，埃尔兹别塔的叔叔———一名炼金士夺过水晶球扔进了河里，从此，永远结束了水晶球带来的灾难，约瑟夫一家过上了安静平和的新生活。

[序言]
未完成的音符

一二四一年春天，东边鞑靼人要发动进攻的流言顺着基辅的公路，快速在罗斯大地传播开来。

"鞑靼人"！这三个字几乎让人全身血脉凝结！男人们禁不住颤抖，女人们下意识地将孩子紧紧搂在胸前。

时间越长，流言传得越快，就连波兰人都听说乌克兰的国土在鞑靼人的铁蹄下化为焦土。基辅沦陷，赫赫有名的雄狮之城利沃夫也未能幸免。克拉科夫城外，除了几个村庄就是一望无际的田野，没有任何阻挡野蛮大军的障碍。

鞑靼人就像一群野兽，所到之处，寸草不生。他们个头矮小，肤色黝黑，头上编着辫子，脸上留着胡子，肩膀和大腿上裹着兽皮，有的带着金耳环，有的带着金鼻环。他们骑着矮种马，马上挂满了战利品。他们异常勇猛，一路向前，经过的地方，尘土飞扬，马蹄声震耳欲聋。他们的队伍异常庞大，队末跟着好几里路的奴隶、装备还有装载战利品的车队，每经过一个地方都需要好几天。

在鞑靼大军到来之前，人们开始逃亡。战争中最无辜的就是老百姓，他们不得不背井离乡，带上家禽，赶着马车，一刻不停地赶路。绝望弥漫，这支逃往的队伍里，有身体羸弱的老人，有疲惫虚弱的女人，还有因为失

去了房子伤心的男人。小孩子们抱着自己的宠物，跌跌撞撞地跟在大人身边。

克拉科夫城外不远处有一座修道院，院士们尽可能为这些难民提供住宿，并组织力量抵挡敌人进攻。逃亡大军只在修道院暂时歇脚，他们的目的地是克拉科夫城。克拉科夫城向这群难民敞开怀抱，它打开城门将他们放了进来。城里的贵族们要么逃往西边，要么去了北边的修道院请求庇护。难民们进城后，都会抬头仰望南边的瓦维尔城堡。城堡建立在维斯瓦河畔的高山之上，巍峨宏伟，是波兰王室成员和贵族们的住所。

为了减少人员伤亡，克拉科夫守城将士决定放弃城外防御。接下来的几天，从全国各地赶来的难民陆续进入瓦维尔城堡并在里面安顿下来。士兵们关紧了城堡大门并设置了障碍物，他们严阵以待，誓死守护城堡和居民。

鞑靼人烧光了城市外的村庄，傍晚时分到达了克拉科夫城。接下来，可怕的声音充斥着每个人的耳膜——大火噼里啪啦的燃烧声、鞑靼人发现军民逃亡后的怒吼以及找到财宝时的高声呼喊。第二天一早，瓦维尔的守城哨兵发现，仅有圣母玛利亚教堂、圣安德鲁教堂、圣阿达尔波特教堂没有起火，但所有没来得及搬入城堡的居民都遇害了。

仅有一个年轻人幸免于难，他就是圣母玛利亚教堂的吹号手。跟其他吹号手一样，他也曾庄严宣誓：每过一个小时，就要在教堂的前顶阳台吹响《海那圣歌》，不分昼夜，至死不渝。

当清晨的阳光将维斯瓦河从一条黑线变成跳跃的金色，小号手登上阳台，吹响了号角。教堂下方，凶猛的鞑靼人站在城市公路上，好奇地打量着这个年轻人。此时，无数房屋在燃烧，黑烟弥漫。小号手原本可以跟难民们一起逃亡，但他选择了坚守誓言。他顶多二十岁，穿着深色的衣服，短外套的下摆垂到腰间，用腰带束了起来；厚厚的黑色紧身裤一直延伸到尖头凉鞋上面。他戴着一顶类似大风帽的皮帽子，帽尾垂在肩头，其余地方包裹着头发。

他庆幸地想："感谢上帝！母亲和姐姐十天前已经出发，她们正在远方表亲家，非常安全。"

此刻，太阳照着瓦维尔大教堂的窗户，教堂里的牧师们开始做弥撒了。城楼上，士兵们全副武装，阳光照在他们的铠甲上，熠熠发光。城门上方，绘着白鹰的旗帜高高飘扬。

波兰不死！

小号手坚定地认为自己是个光荣的波兰人。他此前并未直面死亡，但现在，为了曾经的誓言，为了自己对教堂和波兰的爱，他将跟死亡硬碰硬。他想："誓言和生命同等重要，我必须坚守诺言，即便以生命为代价也毫不畏惧！"

沙漏里的沙子已经漏到了整点的位置，是时候吹响号角了！

小号手轻轻吹响了号角，他的心里涌现出一种胜利的喜悦。尽管某些人嘲笑他为了愚蠢的荣誉孤独死去，但他坚信他的勇气会成为波兰人的精神遗产，会成为他们力量和勇气的源泉！

教堂下方，一个鞑靼人用力拉开了弓。深色的箭镞像敏捷的小鸟朝小号手飞去，顷刻射穿了他的胸膛。此刻，接近尾声的圣歌戛然而止。年轻的小号手紧紧握着号角，在身体倒向墙上的同时吹响了最后一个音符。音符很强劲，但颤抖一下后便和小号手的生命一同消亡。野蛮人点燃了教堂，熊熊大火将小号手的灵魂带上了天堂。

第一章

不愿意出售南瓜的人

　　一四六一年七月下旬的一个清晨，火红的太阳刚刚升起，晨光洒满了克拉科夫古城的每个角落，照亮了每一条通向古城的路。农民们成群结队，赶着货车从路上经过。大多数货车由一匹马拉着，马被套在一根粗木车辕上；车轮是用结实的圆木板钉做的，边缘经过烘烤，更加结实耐用；车身是用纵横交错的粗木板钉的，车子的前后和两侧都用柳条和芦苇编织围了起来。乍一看，货车就像一个装了轮子的巨大篮子。

　　妇女和小孩子们耐心地坐在车上，车夫走在货车一旁，时不时甩着鞭子，督促马匹前行。

　　车上装着各种各样的商品，有蔬菜瓜果、家禽家畜，还有黄油、牛奶、兽皮、花园需要的黑土，等等。有的车主脖子上还挂着一串串干香菇，看上去像是戴着珍珠项链。

　　开市了！

　　不同的人从四面八方赶来，聚集在一起。他们之中，有抱着婴儿的妇女，有来自城区打扮时髦的男女，有穿着长衫戴着圆帽子的农民，有身着粗布衣服但围着漂亮丝巾的农妇，还有穿着黑袍戴着黑色帽子的犹太男人。波兰国王和贵族们的侍从也会到集市采购物品，他们穿着皮制衣服，看上去很体面。

那些来集市售卖商品的农民都带着武器，要么拿着六尺棍，要么在腰间别着短刀，或者在货车底部藏着板斧。传说，有些落魄的乡绅会打这些货车的主意，而在回家的路上强盗猖獗，因此，农民们不得不有所防范。

在这些货车中，有一辆车显得格外不同。首先，它由两匹马拉着，马车的轴杆比别的车子结实。主人穿得很讲究，怎么看都不像庄稼人。他四十五岁上下，他的妻子看上去很年轻，比他小了十来岁。车上还有一个男孩子，坐在马车后端，两条腿在乡间小路的尘土间晃荡着。

男人挥舞着鞭子拍打在马背上，冲坐在马车前端的妻子叫起来："亲爱的，看见那座高塔了吗？那是瓦维尔山上的哨塔。看！远处是圣母玛利亚教堂的两座高塔。接连赶了三个星期，看到这些真让人心情愉快，如果我们能像鹤那样飞行，晚上八点前就能赶到哨塔那里。"

女人将兜帽往后拉，露出脸庞，看着前方。她的眼神里充满了对目的地的渴望："那就是克拉科夫城了，我母亲的老家。她经常跟我讲述它的辉煌历史，但我真的很不情愿以这种方式见到它。唉，我们只能遵从上帝的旨意。总算快到了！"

女人思念着在乌克兰的家园，男人回想着早年在克拉科夫城的经历，男孩子则幻想着大城市的种种情形。这一家三口都沉默不语，直到身后出现一阵骚乱，他们才从各自的思绪里回归现实。

车夫们勒住缰绳，把车赶到道路左侧，尽可能地给后面的人让出一条路。很快，男人看见一个骑着小马的人赶过来。

他大喊着："闪开！闪开！你们这些村夫，别以为这条路是你们的！你们只配待在农场里！"

一个农夫的马突然跳到马路中间，那人凶巴巴地朝农夫怒吼："管好你的畜生！跳到道路中间，成何体统！"

农夫十分谦逊地辩解："我快要掉进水沟了！"

那人朝农夫的马车快速地扫了一眼，确定车上只有一堆干草后便不再计较。他继续前行，很快赶上了男人的那辆车。

车上的男孩好奇地打量着来人。小男孩名叫约瑟夫·恰尔涅茨基，他只有十五岁，头发乌黑，有着圆溜溜的眼睛和面庞，看上去格外讨人喜爱。他上身穿着自家布料缝制的外套，像裙子一样垂到了膝盖，脚上穿着长筒靴子，几乎跟外套的边缘连在了一起；头上戴着一顶类似土耳其头巾的帽子。

骑马人一接近约瑟夫，便用沙哑的声音冲着他大呼小叫："小孩！让你老爸把马拴好，你过来给我牵马！"

约瑟夫知道来者不善，他不敢拒绝，跳下马车，抓住了这人的马缰绳。

这人的打扮看上去像个仆人，但他的脸出卖了他的灵魂。他那张黑色的脸上写满了邪恶二字，眼睛泛着绿光，两道眉毛连在一起，活像一只猴子；脸的右侧有一道纽扣状的伤疤，一般这种伤疤是鞑靼人、蒙古人或者哥萨克人才会有的标记；他的嘴巴又长又薄，活像万圣节的南瓜上的一道口子。他脸上还有乱糟糟的络腮胡子。

约瑟夫刚抓住缰绳，这人就跳下马来，一下子站在马车前面。约瑟夫的父亲从马车下拿出一把十字柄短剑，冲男人大喊："别过来！我不知道你是谁，上帝给我作证，我绝对能查出你的来历！"

来人停住脚步，似笑非笑地看着即将出鞘的剑。突然，他换了一副面孔，严肃地摘下帽子，朝约瑟夫的父亲鞠躬，说："想必阁下就是安德鲁·恰尔涅茨基。"

安德鲁说："你太无礼，你应该称呼我为安德鲁先生。"

这人又躬身鞠了一躬，他说："我是在以平等的身份向您致意。我来自海乌姆，叫斯蒂芬·奥斯特洛夫斯基。众所周知，我们立陶宛的几个省份和一个莫斯科人有要事往来，我也是受人指派，至于是谁，就不太方便告知了——"他顿了顿，故意给人一种高深莫测的感觉，接着继续说："我在回来的路上，人们告诉我说鞑靼人烧杀抢掠，其中，您家的田产也不幸遭受破坏。有人说，您正举家逃往克拉科夫，投奔朋友。鉴于顺路，我便打听到了您和家人的相貌。今天早上，我终于看见了跟人们的描述一模一样的马车，车上的人也跟我听到的一模一样。因此，我特地上前，跟您打个招呼。"

安德鲁先生认真仔细地看了看这个人，问道："你还有话要说吗？"

这人说："是的，但接下来的话，需要我们进城之后私下交谈，我听说……"他故意打住话，用手比画了一个圈，做出一副意味深长的样子。

陌生人的手势让安德鲁内心狂跳不止。他眯着眼睛看着来人，表面上看，他的情绪平和稳定，但实际上他已经非常不安。他很清楚，这个陌生人长得并不像波兰人，他嘴里没有一句实话，尤其最后一句还带着威胁的味道。他们一家从边境出发至今已经超过两个星期了，这人极有可能受了某人指使，一直跟着他们，要在城外拦截他们。

安德鲁言简意赅地回答说："你听到的东西跟我无关，我对你不感兴趣，我们之间没什么好说的。我已经掉队了，请你回到你的马上，我得赶路。"

这人说："跟你相反，你手里有一件我非常感兴趣的东西。除非我们进城到了某个安全的地方，否则我绝不离开。小孩，过来，"他朝约瑟夫喊道，"牵着我的马跟在后面，我要和你们一起。"

听到他的话，安德鲁的脸一下子红了，他严肃地警告来人："你实在粗鲁无礼！有话快说，说完赶紧滚蛋！"

这人看了看安德鲁的马车，他盯着车夫座位边上一个金色的大南瓜说："哈哈，冬天居然还有南瓜，怎么卖？"

"不卖！"安德鲁说。

"不卖？要是我出跟南瓜一样重的金子购买呢？"

"也不卖！"

陌生人快速抽出剑，冲向安德鲁："接招吧！"

安德鲁临危不乱，他跳上马车座位，躲过攻击，迅速抓住来人的手腕，只听叮当一声，这人的剑掉在了地上。安德鲁继续抓起他的小腿和胳膊，一下子将他扔在泥地上。这人恼羞成怒，骂骂咧咧地叫嚷起来。

约瑟夫趁机调转这人的马匹，对着它狠狠一拍，接着，他快速跳上自家马车。这人的马受到刺激，暴跳而起，沿着跟马队相反的方向飞奔。安德鲁赶紧驾车走了，只有这人站在队伍中间，不知道该追自己的马还是该追安德鲁一家。

很快，安德鲁来到了通往克拉科夫城的米克雷斯卡门，在那接受守城人的检查。

[第二章]
克拉科夫城

安德鲁向一名身穿铠甲、手持战戟的士兵说："我是安德鲁·恰尔涅茨基，是一名基督徒，这是我的妻儿。"

士兵检查一番，断定他们是进城赶集的乡下人，只按例征收了几个铁币的税钱便很快放行。

这是约瑟夫第一次见到克拉科夫城，他左看右看，惊讶得合不拢嘴。

他们家夹在农民们的车队里，排成了一条长龙。时不时有穿着金刚护甲的骑马人穿过长龙，一个衣着华丽的骑手刚好走在安德鲁一家的马车前面。约瑟夫想，这人看上去位高权重，说不定是国王呢。他兴奋地朝安德鲁说："爸爸，你看他的盔甲金光闪闪，马鞍镶嵌着珠宝，他的剑很亮，肯定是金子做的。他一定是国王！还有——"他急切地用手指给安德鲁看，"他的马鞍上绣着波兰之鹰和立陶宛的白衣骑士，他就是国王，对吗？"

"不，孩子，他不过是在皇家城堡里守卫贵族的普通士兵。"

此刻，克拉科夫城的一切都被金色的阳光包围起来。远处，如绿松石一般的天空下，高高耸立着天主教堂。近处，是由两座高塔组成的圣母玛利亚大教堂。

集市周围是木质结构的小型建筑，中央有一座老布楼。这里挤满了商人，大家高声叫卖，希望早点把货卖出去。布楼外的广场上，几个鞑靼人

开始摆摊，出售精美的佩剑、珠宝和布匹。作为东西融汇的大都市，克拉科夫城里有土耳其人、哥萨克人、日耳曼人、捷克人、匈牙利人等外国人带着货物来这里售卖。

因此，这里流通着各式各样的货币，波兰的兹罗提、荷兰盾、德国的格罗申，还有各种代替货币的宝石、琥珀等商品。这里有同盟商会的代笔，他们大多是穿着长袍的日耳曼人、荷兰人，能用多种语言进行生意谈判。

约瑟夫看得眼花缭乱。忽然，传来一阵美妙的音乐。他抬起头，看见圣母玛利亚大教堂的一扇窗户打开了，从里面伸出来一只金色的号角。顷刻，庄严肃穆的气氛压倒了一切，他感受到了前所未有的震撼。

号手吹奏的乐曲非常短促，名叫《海那圣歌》，据说是基督教兴起的早期，由南方传教士带到波兰的乐曲。这首歌曲调轻快，但很快音符中断，号手停止了演奏。

约瑟夫惊讶地问父亲："他为什么不吹完呢？"

安德鲁微笑着回答："这是一个很长的故事，我以后说给你听。"

随后，号声从另外一个窗口响起，接着是在更远的窗口，最后一次是面向北边吹奏的。号手共吹奏了四遍圣歌，但每一次都戛然而止。

安德鲁说："他吹奏的水平实在太糟糕了！"

别看安德鲁只是一个乡绅，但他在克拉科夫大学读书时学过音乐，且擅长吹奏铜管乐器。所以，他对塔楼上号手的评论，绝不是胡说八道。

马车距离集市越来越近，约瑟夫不再思考《海那圣歌》的问题，他早已被眼前的景象吸引。

他看见了一群打扮怪异的商人。他们看上去是有钱人，长衫都是用上等布料做的，有的还用毛皮进行了装饰，边缘上缀着丝绸。但他们的裤子很奇怪，都是紧身裤的款式，而且两条裤腿的颜色还不一样。约瑟夫觉得很好笑，但他并不知道，商人们这样装束的目的就是为了吸引买家的注意。

随着马车继续向前，他们经过了无数货摊和商铺。手套店里的女人们，都穿着颜色明亮的长袍；针店的店主围着皮制围裙，惬意地躺在长椅上休息；铸剑铺的墙上挂着闪闪发光的刀具，铸剑师正在烧熔炉；铁匠穿着长围裙，正在给马钉蹄铁……商铺太多了，为了区别开来，每家商铺都在门口做了独特的标记。比如，一个卖帽子的店铺挂着"白象之下"的牌子，一个铁匠在门口立了一座卡基米尔大帝的石雕。

此刻，街上到处是叫卖声，商人们异口同声地吆喝着："您需要什么？您需要什么？"

约瑟夫还见到了猴子，有的猴子绕着货摊玩闹，有的被商人或者官员的家人抱在怀里。

市集的喧嚣中，还夹杂着铁链叮当响的声音。那是犯罪的人，他们带着铁质手铐，被押往教堂内的监狱。他们要么被监禁，要么是临死前到教堂做最后一次祷告。

此外，约瑟夫还碰到了一群朝圣者。他们穿着最漂亮体面的衣服，不停地吟唱圣歌，牧师在前面带队引路。这些人已经走了十来天了，难免在见到克拉科夫城时东张西望。毫无疑问，在祷告的时候，他们一定会恳请上帝宽恕他们对世俗的眷恋。

安德鲁家的马车很快出了市场，朝瓦维尔山驶去。快到瓦维尔山时，安德鲁将马车赶入右侧的一道城门，走过一段长满青草的小路，来到一座古老宏伟的宫殿前。安德鲁刚把马车停在宫殿的铁门边，一个全副武装的士兵拿起长矛拦住他，带着敌意盘问道："有何贵干？"

"我找安德鲁·提辛斯基先生。"

士兵喊了一声，从大门附近的小屋里跑出来五个士兵。他冲他们下令："把他围起来！你们中出一个人向队长报告，就说一个乡下来的，想拜访安德鲁·提辛斯基先生！"

安德鲁异常惊讶，他无法突围出去，生气地喊起来："你们是谁，竟然拦截我！我是安德鲁·恰尔涅茨基，是提辛斯基的表兄。我要求见你们的长官，要求你们停止对我的敌意。"

士兵们很惊讶：那件事都传遍波兰大地了，眼前这个可怜人还不知道真相？

过了一会儿，队长和那个去送信的士兵一起过来了。队长拉开了包围圈，谦和有礼地问："请问有何贵干？"

安德鲁问："你看上去彬彬有礼，应该是这里管事的。我把刚才说过的话再给你重复一遍吧。我是安德鲁·提辛斯基先生的表兄，我叫安德鲁·恰尔涅茨基，专程从乌克兰赶来找他有要事相商。"

士兵队长说："您来迟了，安德鲁·提辛斯基先生已经不在人世。这个消息大家都知道了，您竟然毫不知情。他的亲友已经离开这里好长一段时间了，我也不知道他们什么时候回来。我的任务就是保护他的财产，不致被敌对家族破坏。"

安德鲁惊呆了："死了？怎么会这样？"

"这件事是城里有史以来最惨的一桩案件。大家都知道，生意人和贵族之间一向不和。提辛斯基先生在一个铁匠那里做了几样兵器，他对其中几款不满意，找了铁匠的麻烦，还拒绝支付工钱。事态恶化，整个行业协会的人联合起来对付他，他们找到他藏身的教会并将他杀害。提辛斯基的家人害怕暴徒，很快逃走了。高贵的伊丽莎白王后讨厌流血冲突，她劝说国王化解贵族和商人之间的矛盾。因为担心可能会有人前来行窃或者暗杀留下来的仆人，国王派我等在此驻守。我们奉行国王的旨意，禁止任何人进入这里。"

安德鲁听了，感觉天崩地裂。

队长说："倘若您跟提辛斯基真的存在血缘关系，我建议您尽快出城；

如果您要留下来，最好改名换姓，小心谨慎，避免有人加害于您。还有，为了您的安全，您还是尽快离开这里吧。"

"不，我必须留下来。一群暴徒，我不知道他们是什么人，也不知道他们受了什么人指使，烧毁了我在乌克兰的房屋和田地。我来这里投奔亲戚，还打算告诉他们一些机密，并且我得尽快将此事上报给国王。"

队长感叹道："恕我无能。国王正在托伦，不知什么时候回来。如果您要留在这里等国王，最好改个名字在城里落脚。你放心，那些谋害提辛斯基先生的人肯定会被送上断头台，得到应有的惩罚。"

队长说完，叮嘱士兵们回到岗位，他也走开了。

安德鲁呆呆地站在原地，脑子里乱成一片。要投奔的亲戚死了，国王还远在千里，而乌克兰的家已经被毁，身上没有足够的钱，还得面临无时不在的危险。刚才在城外已经遇到了敌人，城里的情形还不知道会是什么样子。

"我到底做错了什么？为什么要遭受这些劫难？上帝保佑……一切都会好起来。"

他这样想着，掉转马头，准备回到集市那里待上一天，给马喝点水，再给大家买点吃的。于是，他在一处喷泉边找了个空地，卸下马匹，牵着它们到集市边缘吃草，并用木桶装了水喂它们。安顿之后，他瘫坐在妻子身边，将刚才打听到的消息告诉她。安德鲁太太听完，心里禁不住一颤，但她很快接受了事实，并平静地说："上帝会一直庇佑我们，我们可以继续等待。"听了妻子的话，安德鲁再次充满了面对生活的勇气。

他们的孩子约瑟夫正处于天真烂漫的年纪，从来不会为烦心事发愁。自从到了克拉科夫城，他兴奋得心脏怦怦跳，早就按捺不住，想四处逛逛了。见父母安顿下来，他急匆匆地跳下马车，来到了不远处的一座小楼。这是一座小教堂，墙上嵌着圆形窗户，上方是低矮的穹顶。这是波兰最古老的建筑，但它完全不如教堂门口的乞丐更有吸引力，很快约瑟夫就将目

光转向了这群可怜人。那里有一个只剩下一条腿的残疾男孩，一个驼背的女人，一个瞎子老人，还有许多排队等待救济的人。约瑟夫在胸口画了一个十字，为他们祈祷了一阵，然后沿着格罗兹卡大街，转向瓦维尔城堡方向。

经过一条交叉巷子时，约瑟夫看见一个牵着乌克兰大狼狗的鞑靼男孩。男孩举着一根哥萨克短皮鞭，不停地抽打着狼狗，狼狗脖子上戴着结实的项圈，时不时回头看一眼折磨自己的人。约瑟夫想不明白，这种狗怎么会落到这个男孩手里，他为什么要打自己的狗？

鞑靼男孩牵着狗朝教堂走去，人行道远处走过来两个人。其中一人穿着黑衣，打扮跟神父类似。黑衣男子手上牵着一个女孩，女孩年龄跟约瑟夫相仿。约瑟夫很快便忘记了大狼狗的悲惨遭遇，他的目光全被眼前的女孩吸引了。

女孩如同从教堂的彩色玻璃绘画中走出来的天使，她的头发是浅色的，皮肤白皙，双眼湛蓝。她穿着红色的斗篷，斗篷上还镶着蓝边，袖口和领口的衣服用蕾丝加以点缀。约瑟夫从来没有见过这样漂亮的女孩子，他觉得她走路的姿势优雅轻柔，好像是在云端漫步。他不禁低下头看看自己，双手又脏又粗糙，衣服上满是尘土，又破又旧。

鞑靼男孩跟黑衣男子和女孩擦肩而过的时候，大猎狗再也不堪忍受，扭头压低身体朝鞑靼男孩冲过去。约瑟夫大喊着提醒黑衣男子和女孩，在大狼狗跳起的那一瞬冲了过去。鞑靼男孩躲过大狼狗的袭击，扔掉皮鞭跑了。狼狗非常愤怒，完全不管周围的人是不是它的主人，跳起来朝女孩扑去。眨眼间，约瑟夫也跳起来，死死抓住了大狼狗脖子上的项圈，闪电一般将它扑倒在地。人和狗同时滚到了地上。女孩看到这一幕，往后躲了几步，吓得哭出了声音。

约瑟夫曾经多次跟狗打交道，他很清楚，只有得到善待、身体健康的狗，才不会随便发狂。于是，他尽力安抚大狼狗，试着跟它交谈。但大狼狗看上去非常害怕，约瑟夫只好松开了项圈。大狼狗识趣地抖抖身上的尘土，闪电一般朝方济会教堂跑去了。

[第三章]

炼金师

　　不一会儿，约瑟夫感觉自己的肩膀被一股温和厚重的力量压住了。他下意识地扫了一眼自己身上的破烂衣服，然后抬头，看见黑衣男子正把手搭在自己的肩上。

　　刚才和大狼狗一起摔在地上，约瑟夫感觉有点轻微头晕。他后退了一步，认真地整理衣衫。

　　黑衣男子充满感激地看着他，小女孩的脸上写满了崇拜，她有些兴奋地喊道："你的动作好快呀！我要是能像你那样跳起来就好了。你非常勇敢。"

　　即便是阅历丰富的成年人，面对这样诚挚的夸奖也不知道如何是好，更何况约瑟夫仅仅只有十五岁。他正不知道该如何开口的时候，黑衣男子也开始赞扬起来："太厉害了！太厉害了！我从来没见过别人有你这般敏捷的身手和反应。"

　　约瑟夫只得硬着头皮，结结巴巴地说："没——没什么。在乌克兰的时候，我经常将疯狗撵走。"也许是觉察到话里有故意卖弄的意味，他立即补充说："在我们乌克兰，像我这么大的男孩都能做到。"

　　黑衣男子有些好奇地问他："你来自乌克兰？怎么大老远跑来我们这里？"

"不知道什么人，也许是鞑靼人，也许是哥萨克人，放火把我家的房子烧了。我们一家人走了两个星期，刚到这里，又得知我们投奔的亲戚死了，他的家人全搬走了。"

"你的家里人呢？"

"在集市那边。"

黑衣男子喃喃自语道："唉……没地方去……还在集市上……那，你们接下来有什么打算？"

约瑟夫摇摇头："我爸爸应该会找到住的地方，他打算……"他犹豫了，止住了话头。毕竟爸爸妈妈教过，不能在陌生人面前提起家里的困境。

黑衣男子想："其中肯定有问题。这个男孩子看上去很聪明，他的谈吐表明他受过良好的教育。如果没有他，那条狗一定会撕破我这孩子的喉咙。他的行为的确配得上高尚这两个字。"想到这里，他低下头，对约瑟夫说："刚才幸好有你出手相救，我侄女才免遭伤害。你能不能到我家里做客，说说你家的事，也许我们可以——"

约瑟夫的脸很快涨红了。他决绝地说："不！我不要任何回报，我做了……"

女孩打断了他的话，解释说："你误会我叔叔的意思了。我叔叔他是想问你，愿不愿意来我家休息片刻，再去跟家人会合？"

约瑟夫立即道歉："请原谅我刚才的无礼。"

看着这两个孩子严肃的措辞，黑衣男子不禁哈哈大笑。

约瑟夫按照爸爸妈妈教授的礼仪，在黑衣男子的袖口亲吻了一下。他回答说："我愿意。"

于是，他们拐过方济会教堂，往右走过一小短巷子，随后左拐进入了世界上最神秘的一条街道。它就是享誉欧洲的鸽子街。这里集聚了许多天文学家、学者、魔法师、学生、医生、教会人士，和精通逻辑、语法、数学、

修辞、几何、天文、音乐的大师。鸽子街的北面城墙那边是贫穷的根据地，那里破败不堪，曾经是犹太人的聚居地。后来，犹太人搬走，留下了这些年久失修的老房子。房子大多是木质结构，就连房顶都没有一片瓦，仅靠稀稀拉拉的木板固定；面朝街道的那面墙是砖头做的，但也只草草地涂了一层水泥或者砂浆。房外的楼梯歪歪扭扭，从地面延伸到三四层的住房处。这里密密麻麻住满了人，他们无一不穷困潦倒。

鸽子街的南面是克拉科夫大学，在鸽子街和亚盖洛大街交会的拐角处，有一栋巨大的学生宿舍，大多数学生都住在那里。当然，也有一些学生寄居在平民家里。

克拉科夫大学的声誉和老师们的威望吸引了大量聪慧的学生来此，也吸引了形形色色的社会人士。占卜师、占星师、魔法师、相面师、巫医，和一些逃出法网的骗子，他们都在鸽子街找到了属于自己的容身之地。这些人无处不在，街上的屋子，地下室里的厨房，都是他们的交易场所。如果有少女请他们预测婚姻，他们就说她会交桃花运；如果商人前来卜算，他们就恐吓商人说他即将大难临头，骗他拿出钱来破财消灾。他们敲诈勒索，无恶不作，很快便臭名昭著。

约瑟夫他们经过鸽子街一个木石结构的房子时，一大群身穿黑袍的年轻人正在激烈地辩论。黑衣男子告诉约瑟夫，他们在争辩星球的运动，一个人说星星一直往西边运动，另一个人说自古以来星球都是朝同一个方向运动。

后来，他们来到一座石头房子面前。房子的大门往内缩了一些，两侧有突出的低矮建筑。房子上的窗户装着木板，能像门一样开关，窗户外还有铁护栏。黑衣男子打开大门，跨过木头门槛，穿过一条幽暗的通道后，就到了一处开放的庭院。院子的后面是一堵修道院外墙，右侧是一座低矮的平房，左边是一栋摇摇晃晃的四层木楼。木楼外面，有一个用木头桩子支撑起来的靠墙楼梯，经过楼梯，可以到二楼和三楼。院子正中有一口井，井口的辘轳的绳子上面挂着一个木桶。

约瑟夫跟着他们上了楼梯，楼梯发出吱嘎吱嘎的声音。他担心楼梯会突然倒塌，紧紧扶着墙。看到他的举动，黑衣男子微笑着说，他完全可以放心，这座楼梯绝对安全。他们走到三楼，黑衣男子打开了门。约瑟夫注意到，通往四楼的只有一副简陋的、固定在墙上的木梯。梯子的尽头是一扇金属房门，房子右面的墙上还有一个被凿出来的方孔，这间房子看起来像是个阁楼或者储藏室。约瑟夫判断，这扇门应该是用窗户改造的。他感觉四楼有一种不可捉摸的神秘感，但他很快跟着黑衣男子和小女孩进了屋，暂时放下了心中的疑惑。

房间有些闷热，摆着橡木椅子、圆桌和几个大箱子，墙壁边的餐柜上摆着闪闪发光的银器。女孩子快速打开窗户，拿了两只高脚杯，往里面倒满了酒，推到约瑟夫和黑衣男子跟前。桌上有几块碎面包，约瑟夫很饿，顾不得形象，狼吞虎咽地吃了起来。

黑衣男子提议说："现在给我们讲讲你家的故事吧。"

约瑟夫向他讲述了早上他们一家到达克拉科夫遇到的事和一家人面临的处境。

黑衣男子听得很认真，约瑟夫刚说完，他就敲着桌子说："我有办法。你在这稍等片刻，我去一下二楼，很快回来。"他很快出门，去了二楼的一个房间。

女孩坐到约瑟夫身边，问他："你叫什么名字？"

"约瑟夫·恰尔涅茨基。"

"我叫埃尔兹别塔，你的名字很不错，我很喜欢。"

约瑟夫说："我爸爸叫安德鲁·恰尔涅茨基。原本我们一家人住在乌克兰的乡下，那里到处是黑色的土地，去我们最近的邻居家也得走六十英里

的路。我爸爸一贯善待哥萨克人和鞑靼人，因此并不怕他们。我家曾经有一个仆人，他就是个非常善良的鞑靼人。不久前，这个仆人告诉我爸爸，说我们会有危险。我们听了很惊讶，爸爸还哈哈大笑起来，但他将老仆人拉到一边聊了很久。爸爸从来不会将恐惧写在脸上，我和妈妈觉得这件事无关紧要，很快就把它忘了。

　　一天晚上快睡觉的时候，我妈妈发现我家房子的茅草堆里埋伏着一个陌生男人，他正在偷偷往屋里察看。这人有一张邪恶的脸，妈妈当时吓得尖叫了一声，我们都被她吓着了。后来，爸爸来到我的房间，叫我快穿衣服，然后他带着我和妈妈来到房子后面一扇被钉死的小门前，他打开了小门，我们爬过一条山洞一般的通道，沿着通道来到了一个小棚子，那里正好有一辆拴着两匹马的马车。车上已经准备了充足的食物，我们上车后，我爸拿起耙子在棚子一角刨了起来，他移开用来做掩护的树枝树叶，挖出了一堆蔬菜。我本来以为他会把蔬菜搬上车当食物，没想到他只拿了一个南瓜。"

　　埃尔兹别塔叫起来："一个南瓜！为什么只拿南瓜呀？"

　　约瑟夫说："不知道。十天后，快到城里之前，车上的食物吃完了，爸爸不准我们碰那个南瓜。今天早上还发生了一件奇怪的事，有个男人似乎一路跟踪我们，他提出要用跟南瓜一样重的金子购买我们车上的那个南瓜。我爸爸没同意。"

　　"你妈妈发现的那个潜伏在茅草堆上的人，你们知道他叫什么吗？"

　　"不知道。事实证明我们当时离开是最明智的选择。几天后，我们在一个村庄歇脚，遇到了一个老乡，他说我家的房子和田地全被烧毁，地上到处是坑，看起来好像有人在找什么宝贝。"

　　埃尔兹别塔问："那个南瓜呢？还在你爸爸那里吗？"

　　"是的，他一直带着那个南瓜。你一定要替我保守秘密，要是我爸爸知道我跟你说了这些，他一定会不高兴的。对了，给我说说你的故事，你的叔叔，是你爸爸的兄弟吧？"

埃尔兹别塔骄傲地说："我叔叔叫尼古拉斯·克鲁兹，是克拉科夫大学里面名气最大的炼金师。我爸妈在我很小的时候感染瘟疫去世了，我一直跟着叔叔。他是个很优秀的学者，也是个虔诚的基督徒。当然，他最感兴趣的还是炼金术。"

这时候克鲁兹回来了，他坐在桌边，告诉约瑟夫："我已经打听好了，这里有空房子。如果你们不嫌弃这里太寒酸，就可以在这住下来，房租不高，虽然条件有些简陋，但比露宿街头好多了。你爸爸需要把马卖了，这个时间段出售，应该能卖个好价钱。"

约瑟夫着急地说："从乌克兰一路赶到这里，我妈妈已经累坏了，为了妈妈，爸爸住哪里都愿意的。如果您的话千真万确，我立即把这个好消息告诉他们。"

埃尔兹别塔激动地跳起来："如果你像我一样了解我叔叔，你就不会对他有所怀疑。"

炼金师用手臂搂着埃尔兹别塔，她躲在叔叔的怀抱里，一边冲约瑟夫大笑一边催促说："快去告诉你爸爸妈妈，带他们到这里来。我一直都不知道有妈妈是什么感觉，如果你妈妈能喜欢我——"

约瑟夫几乎是喊着说："一定会的！克鲁兹先生，请您马上开门，我得赶回去。"

送约瑟夫出门的时候，炼金士说："告诉你爸妈二楼没人住，有一大一小两个房间，我想，足够你们一家人住进去了。"

约瑟夫道谢之后，飞奔起来，一路跑回了爸爸喂马的地方。突然，他停下来脚步，眼前的事让他的心猛然跳动，他像离弦之箭冲上前去。

那个早上被撵走的陌生人手里拿着木棍，带着一群手持木棍和石头的

暴徒站在马车边，高声恐吓安德鲁夫妇。他们野蛮地叫嚷着，似乎会随时发动攻击。安德鲁挡在妻子面前，以免她被飞石砸中。这时候已经是正午，上午的集市快要结束，马车周围围了很多人。

约瑟夫穿过人群，嗖的一声跳上马车，勇敢地站在安德鲁身边。

那个早上还自报家门说叫奥斯特洛夫斯基的人叫喊起来："很好，小崽子回来了。他们父子俩都是巫师，而且这崽子还遗传了他母亲的魅惑法术，今天早上，他把我的马打到了天上。"

人群骚动起来，不知从哪里飞来一块石头，差点打中安德鲁。

有人喊着："巫师！巫婆！"

那人继续叫喊："这个男人罪恶滔天！他蛊惑我哥哥，将我哥哥的头砍下变成了南瓜。如果他还有点良知，就得把南瓜还给我，让我给我哥哥举办一个风风光光的基督教葬礼。不，他不会还给我，那就让他遭受法律和教堂的审判！来吧！杀了他！还我南瓜，还我哥哥的头！"

这些无端的控诉非常荒唐可笑，但只有少数的智者才能看穿这种风靡一时的迷信和闹剧。大多数人都相信巫师拥有邪恶的力量，能将人变成怪物，能让食物中毒，让牛奶变质。因此，无论这个人多么善良无辜，一旦被扣上巫师的帽子，就会遭到来自这些无知世人的迫害。

这个陌生人想复仇，更想得到安德鲁手中的南瓜，因此他利用了这一点来报复安德鲁。他找来很多帮手，在城里散播巫师的谣言，大肆搜捕，终于在集市碰到了安德鲁夫妇。他不停地高声呼喊："南瓜！是我哥哥的头颅！"

安德鲁拿着一把厚重的剑，不停挥舞着，守护着南瓜。他脸上还带着微笑，用鄙夷的眼神注视着围观的人。那些高声叫嚷的人都是懦夫，谁也不敢贸然接近马车。有人拿着大石头，悄悄绕到马车后面，还有人站在马车前面，准备发起攻击。

忽然，从人群中冲出一个人。他步伐坚定，中等身材，穿着袖子宽松带有尖帽的棕色袍子，看上去像个牧师，也像个学识渊博的学者，他几乎是用命令口吻怒喝："你们在干什么！全部住手！"

带头的那个陌生人说："这一家人都是巫师巫婆，我们正在教训他们，你别多管闲事。"

新来的这人走到安德鲁身边，辩论道："胡说八道！这不过是你们为了施展暴行的借口！我已经在城里见过无数次这种伎俩了，除了瞎子，谁都看得出来这一家是老实人。你们是一群懦夫，只会欺负老实人和手无寸铁的女人、孩子！快走！否则我把国王的保卫队找来！"

一个暴徒认出来人的身份，他大声又胆怯地说："他是扬·康迪！我干不了这事！"说完，他扔掉木棍，很快逃走了。

在场的人听到扬·康迪的大名，恭敬地脱帽致意，那情形，就好像他们做了什么不光彩的事被当场抓住了一样。很快，他们小声议论着散开了，那个气势汹汹的肇事者早已跑得不见踪影。

[第四章]
善良的扬·康迪

扬·康迪是克拉科夫城赫赫有名的人物之一，是著名的学者兼修士。他毕业于克拉科夫大学，崇尚真理和生活实践，毫无名利之心，是个多才多艺的人。

他住的地方，门庭若市，就连农民都非常敬重他。到了播种的季节，农民们向扬·康迪询问天气情况；跟地主出现纠纷，他们找他出谋划策。当然，他们还经常向他询问一些关于牲畜和宗教方面的问题。扬·康迪总能给他们满意的答复，因此他的名字家喻户晓。他爱憎分明，厌恶人类的一切恶行，尤其憎恶恃强凌弱。所以，看见一家老实人被围攻，他毫不犹豫挺身而出。

人群散去后，扬·康迪对安德鲁夫妇说："感谢上帝赐予平安。你们怎么会遭遇这种事？你们是从外地过来的吗？"

安德鲁回答说："是的，我们是来自乌克兰的外地人，目前无家可归。"

好心的扬·康迪看上去很惊讶："你们在这有亲戚吗？"

"本来有一个，但已经死了。鞑靼人烧毁了我的房屋和田地，我如今一贫如洗。还有人一路跟踪，妄图除掉我，霸占我唯一的财产。"安德鲁说着，抬脚碰了碰南瓜。

"他们为什么造谣说你是巫师？"

安德鲁无奈地笑了："这不过是他们强取豪夺的一种手段。那个带头闹事的人一路跟踪我，他大概是受了某个有钱有势的人的指使。说来话长了，您……您是神父？"

"是的，但我不过是上帝的仆人。"

"好心的神父，我一心向善，但在这里无依无靠，我只想找个地方遮风挡雨，让我的妻儿安然度过今夜，再作打算。"

扬·康迪说："那你们到我的宿舍安顿一下吧，来，套好马车，穿过巷子就是圣安街了。"

安德鲁开始调整马车，约瑟夫拉住他的衣袖，着急地说："爸爸，我知道一个住的地方。"

安德鲁低下头看着他，非常惊讶："你怎么找到的？"

"一个学者和他的侄女邀请我去了他们家，他们楼下正好空着两间房子。"

扬·康迪建议说："先去我家，安顿下来后好好谈谈，毕竟这地方实在太吵了。到了之后你们再做下一步的安排，我看这孩子认真的样子，他说的应该是真话。"

不一会儿，他们跟着扬·康迪来到克拉科夫大学里最大的一栋楼前。约瑟夫注意到，一路上都有人向扬·康迪脱帽致意，还有一队骑士拔出佩剑向他敬礼。但扬·康迪看上去对这些不太在意，他一路都在沉思。

扬·康迪在宿舍外走道的桌子上摆了一些食物，安排约瑟夫和他的妈妈在外面吃东西，然后他进去和安德鲁在屋内交谈。里面说话的声音嗡嗡响，约瑟夫只听清楚了一句话，就是扬·康迪问："就是从乌克兰带来的南瓜？"之后，他没有听到任何回答。他开始向妈妈讲述自己的经历，安德鲁太太听完后，说："上帝呀，这完全是个奇迹！等你爸爸跟好心的神父谈完了，我们就去你说的那个地方。你说那个可怜的孩子，她的父母都是得

瘟疫死的？我相信，一定是上帝将她带到我们身边来的。"

房间里，扬·康迪已经听完了安德鲁的经历，他问了几个问题后，又开始低声交谈起来。之后，扬·康迪抬起一只手挡在眼前，想了一阵子，才说："既然城里有你的敌人，你要更名改姓暂时隐藏起来，这不算什么见不得人的事，你的行为光明正大！你的马和车子是个累赘，我知道瓦维尔山平原那边有一个马匹市场，我可以帮你把它们卖掉。你的马看上去不错，能卖个好价钱。"

安德鲁说："卖马的钱支撑不了多久，我需要找一份工作。"

"我知道有个工作适合你，但可能职业有点卑微。"

安德鲁说："只要能养活妻儿，我不在乎卑不卑微。"

扬·康迪很高兴，"太好了！你会吹号吗？"

"会。实话实说，我吹得比任何东征军队中的狩猎人都好。"

"很好。你刚才和我说的话只能转达给国王，你守护的东西是国家财产也应还给国王。我只希望它给你带来的伤害到此为止。你愿意把它交给我保管吗？"

安德鲁拒绝了："我非常愿意把它交给您，但是我已经向父亲发誓，除了献给国王，我必须寸步不移地守护它。"

"上帝保佑！你们先在这里休息，我去听听你儿子的话，然后我们再考虑下一步的打算。"随后，扬·康迪唤约瑟夫和他的妈妈进屋。听完约瑟夫的话，他说："这个安排实在太完美了。我认识克鲁兹，他性情有点古怪，但他喜爱追求真理，为人诚实可靠。他住的那个地方以前住着巫师，有些人很怕他，左右邻居们也不愿意接近他。社会上有一些关于他的奇闻逸事，但大多都是以讹传讹。那个地方不错，没人会打扰你们。"

事情定下来后，扬·康迪叫来大学里的一个仆役，帮忙出售马匹和马车，安德鲁一家人暂时在这里等待。

这时，响起了敲门声。扬·康迪迅速开门，门外站着一个怀抱婴儿的女子，她说自己从村里赶来，四肢酸疼。

扬·康迪问："你睡在什么地方？"

女子回答说："石头地板上。尊敬的先生，我疼得实在无法忍受，一定是魔鬼在折磨我，我恳请您帮我把它撵走。"

"石板是不是经常受潮？"

"不，只有春天才会受潮。"

"石板下面容易受潮吗？"

她想了想，说："距离石板不远处有水源，要是取水不小心，水会溢出来。有时候就是不打水，水也会漫出来。"

"你回去后，在水源和居住的地方之间修筑一道足够防水的墙，并在水源处挖一条水沟，将积水排走。此外，每周在睡觉的地方铺上干树枝，上面的床单需要经常晾晒保持干燥。这样你的疼痛病就好了。"

女人感激地道谢，很快走了。

不久后来了一个农民，他说地里的庄稼幼苗都被虫子吃了，他恳求扬·康迪祈祷，让虫子消失。

扬·康迪说："你从炉子上弄些灰，洒在幼苗周围。如果没有效果，你就给幼苗浇水，这样就能杀死害虫了。"

农民走了，扬·康迪伏案工作，拿起鸽毛笔，在一卷羊皮纸上写写画画。

约瑟夫蜷缩在长凳上，闭着眼睛休息。他在回想今天的经历，思绪越来越天马行空。他似乎看见自己身穿铠甲，拿着长箭和盾牌，跟一个身材魁梧并且长着一颗南瓜头的鞑靼人以命相搏。突然，鞑靼人砍下南瓜头，抱在手上，顺着陡峭的梯子，走进了一间挂在星星上面的房间。房间里闪烁着奇奇怪怪的光，鞑靼人又顶着一颗狗头出现了，那个南瓜像是羽毛做

的一般，悬浮在他身边……

约瑟夫觉得扬·康迪手中的笔跟纸张的摩挲声越来越低，和他脑海中的奇幻世界一起变成了暗黑色。

他睡着了。

约瑟夫醒来的时候，已经是晚上，房间已经被烛光点亮。他揉揉眼睛，看见父亲正在用一把刀削南瓜的外皮。这个南瓜特别坚硬，刀砍在上面像是切木板。约瑟夫看得很入迷，几乎忘记了呼吸。

安德鲁一边切一边说："我这里这个东西，就是我在乌克兰的家园被毁的根源。今天那个攻击我们的暴徒，一定是有人告诉过他，我手里的东西藏在南瓜里面。所以他发现我车上只有一个南瓜的时候，便不停打鬼主意。"

扬·康迪说："只要有人稍微想想，就会发现其中有蹊跷。这个时节，整个波兰都难找到你这样成熟的南瓜。"

安德鲁说："没办法，我只能选择冒险。很久以前，我担心有坏人发现这件宝物来抢夺它，就想了一个办法，用南瓜壳把它藏起来。此后，不管什么时节，我都会准备一个南瓜壳。不过，之前的那些南瓜都没有这个做得成功。"

这时，南瓜的最后一个外壳被切掉了。

突然，像是点燃了千百支蜡烛一般，刚刚放置南瓜的地方成了一个巨大的光源，整个房间亮如白昼。摇曳而绚丽的光线瞬间又消失了——当约瑟夫冲过来想看个究竟时，安德鲁将宝物收起来放进了口袋，并将口袋系起来。

"爸爸！这是什么东西？南瓜里的东西为什么会发光？"

安德鲁用温和而坚定的语气告诉他："约瑟夫，到时候我会告诉你的。这是我们家族的责任，对你来说，它是无尽的负担和压力。如果你只是好奇，不如不知道，因为它只会让你痛苦。如果你对此感兴趣，我会在合适的时机把这件事告诉你。我已经为这个秘密付出了太多，我不希望你小小年纪就承受它带来的强大负累。"他顿了顿说，"你睡着的时候，神父已经见过了你的朋友，一切他帮我们打理好了，我们现在就去那个地方，今后的很长一段时间，我们就在那里生活。"

[第五章]

鸽子街

扬·康迪坚持要跟安德鲁一家一起，他拿着小烛灯走在前面。烛光微弱，只能照亮脚下一两步路内的地方。安德鲁牵着妻子的手跟在神父后面，约瑟夫走在最后。他还没走几步，就感觉自己的右手碰到了一个湿乎乎的东西。他吓了一跳，马上又回过神来，他发现这是一条流浪狗在向自己示好。

约瑟夫弯下腰，摸到了流浪狗毛发蓬松的头。他想："这条狗的项圈跟我白天抓住的那条一模一样，它长得也跟那条狗差不多。"

"爸爸！爸爸！"约瑟夫喊道，"这里有一条特别友好的狗。"

安德鲁说："带上它一起。我们需要很多朋友。"

他们继续前行，很快走到了鸽子街。往左拐的时候，前方传来了乱哄哄的吵架声。扬·康迪停下脚步，他说："你们在这稍等片刻，我去看看前面怎么回事。"

说完，他将烛灯举过头顶，挤进了人群之中。借着烛光，他一一看清了这些人的脸，大叫着说："学生们！你们在搞什么名堂！"

也许是因为害怕，也许是出于尊敬，这些人自动给扬·康迪让出一条路。扬·康迪走到人群中央，大声质问："到底怎么回事？谁在决斗？"

场地中央，两个学生面对面站着，衣衫敞开着，学校发的黑袍外套被扔在地上。他们卷起了右臂的衣袖，手里握着意大利长剑。显然，在扬·康迪到来之前，他们俩已经打上了。

扬·康迪高声说："难道你们不知道，学校周围的街道禁止决斗！难道你们不知道，参与决斗的学生会被罚款、监禁！这不是儿戏！"他勇敢地夺下学生手中的剑，呵斥着将他们拉到自己身边。

这的确不是儿戏！两个学生竟然用了裸剑！大多数学生进行决斗，为了降低危险，要么将剑头包住，要么使用宽剑，而且他们都会穿上护甲，戴上护膝和头盔。这两个年轻人竟然没有采取任何防护措施，显而易见，如果不是扬·康迪出面阻止，他们中必定有人会被重伤。

扬·康迪举着烛灯凑到学生的脸上，惊讶地说："约翰·特林！竟然是你！即便看见大主教，我都觉得没什么，但我想不到你竟然违背上帝的旨意，用暴力解决问题！还有你，你叫什么名字！"

这个学生羞愧地将长剑插回腰间，垂下头，羞愧地回答："康拉德·米林纳基。我是马佐维亚人。"

"很好，你还懂得羞愧。我听说最近马佐维亚人经常被羞辱，我大概清楚你为什么发火。回房去吧，我明天再听你辩解。还有你们，赶紧回宿舍。如果我回来的时候发现你们还在这里，明天一大早我就上报学校。"

人群很快散去，扬·康迪喊住了约翰·特林："在公共场合闹事，你不觉得很羞愧吗？"

这个学生很直接地说"不"，全然不在意神父质疑的目光。

这时候，安德鲁一家也走过来了。借着灯光，约瑟夫看见了约翰·特林的脸。约翰·特林个头很高，两只眼睛很明亮，但他细长的鼻子写满了刻薄，嘴巴上挂着傲慢，眼睛里流露出极为自私的神色。

约瑟夫不喜欢这个人。

扬·康迪厉声询问："你们为什么打架？"

"这不是一句话能说清楚的事。"

"给我长话短说。"

"他侮辱我，嘲讽我的研究，问我会不会用破铜烂铁和皮鞋提炼金子。他说他要把整个克拉科夫城的破鞋子找来给我，让我把它们变成贵重金属。"

"那你就没有激怒他？"

特林犹豫了一会儿，才用酸涩的口吻回答说："我问他，是不是就连北方的青蛙都能说马佐维亚语言。"

扬·康迪不再听他解释："我知道你们决斗的原因了。你们为什么总要招惹马佐维亚人，逼他们动手？我警告你，尽管你是个剑客，但你别忘了，这些不善言辞的马佐维亚人个个剑术了得。"

特林还在为自己辩护，他没办法用熟练的波兰语表达自己的情绪，转而说起了德语。

扬·康迪耐心地劝解他："特林，你不是通过常规录取进入克拉科夫大学的，行事必须加倍小心谨慎。既然你先动手，你得主动求和。明天清晨你就去找那个人赔礼道歉，恳求得到他的谅解。此外，我不得不提醒你，决斗这种事对你毫无益处。最近我听说你经常跟一群无所事事的巫师、占星师混在一起，很少向克鲁兹先生那样品行高尚的人请教问题。走吧，你还住在克鲁兹家里吧？那跟我们一道，这位先生和他的家人将住在你们楼下。"

特林乖乖跟在后面，一行人很快来到约瑟夫下午来过的地方。扬·康迪拉了一下门上的线绳，一个驼背的老妇人拎着灯笼走出来，好一番打量才将他们放进去。

安德鲁感激地对扬·康迪说："我相信一切都会好起来，我们不能再给您添麻烦了。"

扬·康迪说:"这根本不能叫作麻烦。你们在这一定会住得很安心舒适,明天我会派人告知您工作的内容,晚安,安德鲁·科沃斯基先生。"说出这个化名前,他明显停顿了一下,"祝你们安好!"

这一家人异口同声地说:"祝您一切安好!"

之后,好心的神父消失在茫茫夜色中。切尔涅茨基,不,科沃斯基先生一家,还有特林都走进了院子里。特林道了一声晚安,转向了院子右侧的房间。老妇人在前面带路,走向左侧的楼梯。楼梯比白天摇晃得还要厉害,但老妇人走得自在如常,只有安德鲁一家抓紧扶手,小心谨慎地跟在后面。

很快到了二楼,埃尔兹别塔拿着一支蜡烛,站在门口迎接他们的到来。安德鲁接过蜡烛仔细地看了看,较大的那间房子一端可以用来做夫妇二人的卧室,另一端可以用来供一家人生活起居;后面那间小的可以做约瑟夫的卧室。

安德鲁吩咐老妇人,给房间里购置一些生活用品,并将自己的化名安德鲁·科沃斯基告诉了她。炼金士和他的侄女已经知道安德鲁家的事,他们答应保守秘密。

等所有人都离开了,安德鲁关上门,将从扬·康迪家出来时紧紧抱在怀里的包裹放到桌子上。他对妻子说:"这里的条件远比我们想象中好太多了。这个地方房门厚重,前面是石头墙,后面墙很高,一般人爬不过去。楼下的老妇人和她的儿子会看守整个院落,对面也只住了几个学生,这里很安全,我们要一直在这住着,等待国王归来。"

他正在分析情况,忽然门外传来一阵奇怪的声音。约瑟夫的妈妈害怕得叫出声来,安德鲁赶紧抓起长剑,约瑟夫却笑了起来:"这是我的狗在蹭门。它应该是饿了累了,我给它打点水来,让它在墙角睡觉。明天我会找根绳子把它拴起来。这家伙有野性,跑出去会惹麻烦。"

说完，他从篮子里找了一小块肉和面包，到院子里去了。妈妈帮他打着灯笼，他打了些水，将那条狗带到墙角休息。

约瑟夫再回到房间，他发现那个包着宝物的包裹不见了。他用眼睛搜寻着大房间的每个角落，断定宝物要么被藏在床底下要么被放进了床单或者里面。但他实在太困了，已经没有力气继续思考，躺在了用包裹做的临时枕头上。很快，整个世界变得朦胧虚无，他进入了梦乡。

一家人早早起床，忙里忙外。妈妈在擦拭家具上的灰尘，爸爸在修订家具。楼下的老妇人送来了早餐，饭后，约瑟夫带着他的狗去逛鸽子街。他给这条狗取了一个名字——"狼"。

白天的鸽子街不像晚上的时候看上去那样阴森可怕。街上房子的造型千奇百怪，那些椭圆形的小窗户看起来像快乐的精灵眼睛，窗户外面还晾晒着各式各样的衣服。鸽子街的北边有一个急转弯，那里有一个名叫布拉卡的十字街，通过这条街能走到集市。约瑟夫对新环境充满了好奇，他在街上逗留了好长一段时间才回家。当他气喘吁吁回到家，正准备像往常一样跟父母打招呼的时候，发现家里来了一个陌生人。

这个人面色和善，穿着一件皮衣，类似巡夜人脱掉盔甲后的那种衣服。房间的桌上摆着一个制作精良的铜号，被擦得像金子一般闪亮。铜号边上，还有两张羊皮纸，一张写满了字，另外一张是用红笔和黑笔标记的乐谱。

这人指着满是字的那张羊皮纸说："这是你刚才宣誓的誓言，另外一张是《海那圣歌》的乐谱。吹奏圣歌是一项神圣的工作，我很高兴扬·康迪神父找到了你这样优秀的号手。记住，每天晚上每过一个小时你就要在教堂的塔楼吹响小号。今晚你接替的号手会告诉你一些注意事项，也会将塔楼的钥匙交给你。"说完，陌生人匆匆离去。

约瑟夫非常惊讶，爸爸要在塔楼吹奏《海那圣歌》？

吃午餐的时候，安德鲁告诉约瑟夫："按照惯例，每个圣母玛利亚教堂的夜间吹号手都要宣誓，我已经宣誓，你空闲的时候也读一读这个誓言。乐谱就是《海那圣歌》突然中止的那个曲调，号手需要每隔一个小时，站在教堂塔楼八角形窗户前，吹奏一次。我的工作不仅仅是吹奏小号，我还需要守夜，一旦城市发生火灾，我必须敲响警钟。为了安全考虑，我已经化名为安德鲁·科沃斯基，职位是教堂的吹号手。"

约瑟夫大声问："每隔一个小时就要吹号，您得整晚住在那里？"

安德鲁说："是的，为了不让人认出我们，我必须晚上出门工作。至于你，好心的神父已经安排妥当，你去克拉科夫大学就读预科班。外面有人在打探我们的消息，试图夺走我们的宝物，因此你必须小心谨慎。我会给你买新衣服，但你一定要管好嘴巴，绝不跟外人说家里的事。还有，记住，你的名字叫约瑟夫·科沃斯基。"

父子俩刚说完话，埃尔兹别塔就跑过来了。她直接扑到了安德鲁太太的怀里。

安德鲁太太高兴地说："住在这里，我们会过得很快乐，这个孩子需要一位母亲。"

埃尔兹别塔说："我叔叔告诉我，您是新任的教堂吹号手，每当我害怕得睡不着觉或者感到孤独的时候，我都会听听教堂的号声。现在我知道是您在吹奏乐曲，我就什么都不怕了！"

安德鲁也很高兴，他一手搂着埃尔兹别塔，一手搂着约瑟夫，"这真是上帝赐予的幸福，我有两个孩子了。"

第六章

吹号手的塔楼

作为中欧地区最宏伟的建筑之一，圣母玛利亚教堂远近闻名。以前有很多来自世界各地的人，千里迢迢赶来，只为一睹它的风采。它有两座高塔，红色的砖墙非常结实，能抵御席卷整个波兰地区的强劲风暴。从外形上看，它更像一座坚固的堡垒，拥有一股坚不可摧的力量。别看它外部朴实无华，它里面的装饰，绝对称得上精美绝伦。

第一天上班，安德鲁带上了约瑟夫。他们到达那座较高的塔楼下面时，教堂的守门人严格地检查了一番，才打开通往塔楼的厚重小门。沿着旋转楼梯盘旋而上，父子俩来到一个平台。白天的吹号手提着灯笼向他们喊话，他按照社交礼仪亲吻了安德鲁先生的面颊以示欢迎，接着简单地介绍了吹号手的工作职责，将钥匙和灯笼交到安德鲁手里，顺着楼梯下去，走出了教堂。

约瑟夫和爸爸走上了通往塔顶的楼梯。木梯很陡，也非常狭窄，但特别结实，走在上面完全没有咯吱咯吱的声音。父子俩经过了五层用白色小水晶球镶嵌的玻璃窗户，终于来到了吹号手的工作室。这个八角形的地方由两个部分组成，外面是开放的空间，通过窗户可以俯瞰整个克拉科夫城。墙上挂着铜号、几根和塔楼大钟相连的绳子，还有用来警报火灾的红旗、灯笼。

吹号手需要监视城市附近的军情、城市内外的骚乱和暴动，当然最主要的任务还是监视火情。因为克拉科夫城里的大多数建筑都是木质结构，一点火星都能引发熊熊大火。一旦发现火情，如果是白天就需要在面向火灾发生方向的窗口悬挂红旗，如果是晚上就要挂上红色的灯笼。倘若出现任何威胁居民安全的事件，吹号手必须敲响警钟，提醒市民。

安德鲁拿出钥匙打开了通往里间的小门，这个房间不大，布置得很舒适，有一张桌子、三把椅子、一张床、一个小炉子，墙上挂着一只已经点亮的灯笼。桌上放着一个巨大的沙漏，细细的沙子从上面的玻璃球流到下面的玻璃球，玻璃球上有线条和阿拉伯数字，用以标记时间。沙漏里的沙子全部流完需要十二个小时，吹号手就以沙漏的时间为准，一到准点便吹响小号。

沙子已经流到了十点钟的刻度，安德鲁快速走向开放区，解开缠绕在柱子上的绳子。绳子连着楼下的定滑轮，绕过定滑轮后，通过墙上的小孔连接着矮一点的塔楼。那座塔楼里，有一把铁锤悬挂在大钟的上方，拉动绳子，就会敲响大钟。安德鲁拉了一下，铛——清脆的钟声响彻城市上空。他接连拉了十下，大钟响了十次。接着，他走到西边的窗户前，打开窗户，吹奏《海那圣歌》，随后他打开了南方、东方、北方的窗户，将圣歌吹奏了三次。

此时，脚下的城市一片灯火灿烂，空气中还混着青草香气。从克拉科夫大学方向传来唱诵圣歌的歌声；格罗兹卡街上，不知是城里的哪个贵族或者皇家卫队骑马经过，嘚嘚的马蹄声传出很远；还有巡夜人用长矛的底端敲击商店的大门，以检查有没有粗心人忘记锁门；圣母玛利亚教堂对面，点灯人正在点燃挂在屋檐下的灯笼。天上，星星一颗接一颗在蓝色的天幕上闪耀。

约瑟夫不禁感叹道："真美呀！"

安德鲁也发出跟儿子一样的感叹。他跟约瑟夫讲起了圣歌终止的缘由：多年前，鞑靼人占领圣母玛利亚教堂下的广场，年轻的吹号手为了恪守誓言，在生命最后一刻吹响了圣歌，为了纪念这位小号手，后来的吹号手通过吹奏突然终止的圣歌结尾向这位少年致敬。

约瑟夫听完非常感动。他心里从来没有像这一刻这般觉得波兰是如此伟大而可爱。他站在窗前，想到那位小号手的壮举，备受鼓舞。

随后，他们回到房间休息。安德鲁挂上铜号，对约瑟夫说："吹号手的职责不是说说而已，我刚才给你讲的故事就是最好的证明，不论发生什么事，必须按时吹响号角。我现在有许多敌人，说不定会受伤或者生病之类，你得了解一下吹号手的职责。还有，我给你带了这个。"他拿出羊皮纸，用一块木炭在上面画出几条线，"这是圣歌的乐谱，你要用心记下来，曲调是这样的，"他哼了一会儿，接着说，"你必须学会这个，接下来的一个星期，你得勤加练习。当然，你不能因此影响学习。等你学会哼唱曲调，我教你吹奏小号，这个学起来并不难，但必须努力才能吹得更好。"

约瑟夫将羊皮纸塞进了衣兜。

安德鲁说："快回家吧，你妈妈一个人在家很孤单，下楼后，你把灯笼吹灭，挂在墙上。"

"埃尔兹别塔会一直陪着妈妈的。"

"愿上帝保佑她！夜深了，街上很危险，尽量跟巡夜人同路，要是有人问你为什么这么晚还在外面，你回答说你爸爸是塔楼的吹号手，你从塔楼出来回家送信。"

约瑟夫听了父亲的话，下楼将熄灭的灯笼放在教堂的最底层，敲了敲塔楼大门。守门人刚开门，他像风一样奔跑起来，很快到了鸽子街。这次给他开门的人，不是老妇人，而是她的儿子。约瑟夫之前一直没见过他，乍一看，还警觉地往后退了一步。他原本以为房东老妇人的儿子是个青年人或者小孩，没想到眼前的这个人长了一张中年人的脸。

他是个驼背，瘦得皮包骨头，双手像爪子一样，脸颊凹陷，眼睛深深陷落在眼眶里。他提着灯笼走在前面，像猫一样紧紧贴着墙壁，约瑟夫打算绕过他回家，他突然举着手，按到约瑟夫肩上。

这人的指甲摩挲着约瑟夫的衣服，约瑟夫感觉害怕极了，额头已经冒出细汗，他问，"你要干什么？"

男人悄悄说："一点小钱。"

约瑟夫立即给了他一枚铜钱。

"真是好孩子，上帝会保佑你的。要是你发财了，千万不要忘了我，我叫斯塔斯。"他说着，还指了指底楼敞开的门。约瑟夫的注意力被四层阁楼的窗户上发出的一束跳跃的火花吸引了，一瞬间，整个庭院都被照亮了。大概一两秒后，四处又恢复了黑暗。

那个男人指着上面的阁楼说："你知道吗？他们会一种把人的身体和灵魂分开的法术。"很快，火光又出现了，比刚才那一道亮，持续的时间也长一点。

这个男人接着说："他们召唤了恶魔，带来了地狱之火！克鲁兹是魔鬼的仆人！我们的院子里还住着一个恶魔，"他故意将灯笼举到约瑟夫面前，吓得约瑟夫连连后退了好几步，"特林！他已经跟魔鬼做了交易，出卖了自己的灵魂！别以为我听不见他夜里在房间里嘀嘀咕咕，乱喊乱唱！他就是这座院子的诅咒！行了，我要睡觉去了，晚安！"说完，他朝底层敞开的屋子走去。

[第七章]
阁楼上的炼金师

约瑟夫实在太困了，他睡着了，很快就忘了阁楼里神秘的光和斯塔斯说的胡话。第二天，他去了克拉科夫大学读预科班，将昨晚这些无关紧要的事都抛之脑后。

一周之后的某天晚上，约瑟夫和平常一样陪着安德鲁去了塔楼再回家。那天回来的时间还早，他在院子的门口待了一会儿。

夜色怡人，约瑟夫心情舒畅，他抬头看了看繁星下的屋顶、烟囱和墙。他家的房子里，有微弱的光透过窗户照出来。从窗户上的剪影不难辨认，约瑟夫的妈妈正坐在窗前。

在这迷人的夜晚，约瑟夫像其他同龄人一样，陷入了沉思。爸爸手里的宝物是什么呢？是价值千金的宝石？还是做工精良的玻璃？为什么扬·康迪神父认为它很重要，就连那个暴徒也千方百计想把它占为己有？在这样安稳的环境里，他们一家人为什么要更名改姓偷偷摸摸地活着？

亮光！一道亮光划破沉寂的夜晚！接着，响起一声尖叫。

约瑟夫家楼上的房门突然打开了，一个白色的身影匆匆往下跑。约瑟夫认出来她是埃尔兹别塔，她只穿着睡衣，身上裹着白色的床单。

约瑟夫害怕吓到她，赶紧说："是我，约瑟夫，出什么事了？"

埃尔兹别塔叫起来："约瑟夫，我不知道我叔叔他们在干什么。我本来跟你妈妈在一起，后来太晚了，我回家睡觉了。才睡了一会儿，我就听到了大声的争吵和噪声。楼上肯定发生了什么坏事，我叔叔总是跟特林待在一起。他以前一到晚上就会待在家里，从不在阁楼过夜。约瑟夫，我很害怕，我怕特林！"

约瑟夫安慰她："我能体会你的感受。"

"我觉得特林掌握着一种不是来自现实世界的、可以支配他人的力量。他找上门后，我叔叔变了很多，总是丢下我。今天晚上，我是被阁楼上巨大的踩脚声吵醒的。我听见叔叔说，'不可以，那样会闹出人命。'随后，特林发出了恐怖的笑声。等我打算再次入睡的时候，我又听到了一种我从来没听过的声音。但我感觉那是我叔叔在说话，那个语调听起来让人后脊发凉。后来，还出现了几道闪光。约瑟夫，你能不能帮我到小窗户那里看看到底发生了什么事？别被发现了，也别待太长时间，只要我叔叔没事，你就下来。"

"你先去找我妈妈，如果你愿意的话，今晚就在我家睡觉，明天我跟我爸爸商量一下怎么办。"约瑟夫说完，爬上了通往阁楼的简易楼梯，他敏捷地爬到了阁楼的露台上面，恰好能通过打开的窗户看到里面的情况。他一只脚踏在上面的台阶上，双手抓住楼梯的栏杆支撑身体，以便在被发现的时候快速脱身。

约瑟夫悄悄往里看，眼前的情景让他大跌眼镜。阁楼的天花板上，吊下来四个铜盆，盆里烧着油，熊熊大火发出耀眼的光芒。为了避免失火，铜盆上方放着几层间隔起来的金属板子。在约瑟夫站立的窗户附近，也有一个铜盆。之前的亮光，就是克鲁兹往这个铜盆里扔进去一种粉末快速燃烧发出来的。

屋子的另一侧的外墙上还有几扇窗户，房间中后方的位置摆放着一个橱柜，上面用铁链套着，还有一把很大的锁。约瑟夫推测，里面大概摆放

着克鲁兹先生的珍贵物品。屋子正中央有一个铁锅，用一个三脚架支撑着，里面煮的东西发出一股刺鼻的味道。炼金师和特林并排坐在铁锅前面，眼睛一刻也不眨地看着锅里的火焰。

约瑟夫听到克鲁兹说："特林，我已经累了。你说的试验方法，我很感兴趣，也知道它的确有效。但是它并不是我擅长的领域，特别耗费精力。我只是个炼金师，研究的范畴是物质之间的相互作用。我知道醋、糖、苏打混合会产生气泡，铅、铁、银融化会合成新的金属。"

特林问："这些变化不会受到天上星座位置的影响？"

"这个不好说。潮汐的位置跟月亮有关，天体运动带来四季从而影响农作物的生长，但星球对其他事物的影响，我并不清楚。我是炼金师，不是占星师，研究天文的人才会发现天体的力量。"

"难道说，人的行为举止和生命长短不是由星星决定的？"

"这个问题，恐怕只有那种喜欢炮制恐怖魔法的魔法师和巫师能给你答案。"

特林依然固执地追问："但你也在研究长生不老之术，对不对？"

克鲁兹回答说："我只是对此充满好奇而已。如果万事万物都处于变化之中，只要能掌握逆转生命的规律，一定能返老还童。我并不质疑重返青春，但跟那些只要重新活一次的庸俗无能之人比起来，我对返老还童没有太多的兴趣。"

"那你怎么看待点金石？"特林的眼睛里露出一种贪婪的光芒，他不知不觉间握紧了拳头。

"很多人都在找点金石。对于那些愚昧无知的人来说，点金石有一种魔法，它能把任何跟它接触的物质变成金子。但对研究者而言，点石成金的关键是过程，不是那块石头。"

特林身体前倾，迫切想知道答案："什么过程？需要怎么做？"

"我们的知识之父阿基米德很早就证实过不同的物质扔进水里，排出的水量不同。世界上的任何物质，都具有其特定的属性。黄金和铜都是物质，它们被放置于火、水、气、土等元素中会发生变化。火能融化物质，水能分解物质或改变它们的颜色，空气让物质变硬，土让物质变黑。如果能找到黄金和铜的不同之处，就有可能将黄金变成铜或者把铜变成黄金。"

"那你为什么不尝试找出背后的秘密？"

克鲁兹深深叹了一口气，他说："相比点石成金，我对物质背后的精神问题更感兴趣。我想探寻生命的本质是不是物质，想知道人与人之间的差别跟金属之间的差别有什么不同。我还想探寻大地和天空的奥秘，想知道帮助天生有缺陷的人拯救灵魂的办法，等等，诸如此类的问题。上帝赐予我一个探寻光明的大脑，我必须接受上帝的指引。"

特林靠近克鲁兹，压低了声音："克鲁兹先生，你太傻了。你是这个时代最有天赋的学者和炼金师，却将时间浪费在这些虚无的事情上，忽略了眼前的伟大目标。你看，我们已经开始做那些人们所知无几的实验了。"

克鲁兹说："我拿不定主意。你的建议里有些东西我很不喜欢，但这方面你懂的的确比我多。不久前，你让我陷入催眠状态，我就知道你这个人很不寻常。不过，在克拉科夫，人们对催眠实验持保守态度，因为这个实验也存在危险。"

克鲁兹说话的时候，特林一直注视着他。约瑟夫感觉到，特林的眼睛里有一种恶毒的光，让他联想到魔鬼。此刻，特林就像个用花言巧语蛊惑克鲁兹的魔鬼。

那个邪恶的眼神一闪而过，特林很快开始游说："克鲁兹先生，我曾经的老师告诉我，人有两个大脑，只有在催眠的作用下，那个最聪明最有力量的占据主要位置的大脑才会发挥作用。那个掌管我们日常生活的大脑是居于次要地位的。所以，你得赶紧利用你那最聪明的大脑。"

克鲁兹迷茫地问："做什么？"

"金子！人人梦寐以求的金子！"

"对我来说，金子并不重要。"

特林非常坚持自己的观点："金子当然很重要！只要掌握点金术，我们就能成为这世界的主宰者，能拥有数不尽的奇珍异宝，你能像当今的权贵一样周游各国，我们还能控制军队，让所有人听从我们的命令。"他发现自己的幻想无法打动克鲁兹，又换了一副说辞，"有了点金术，你就是全世界最伟大的炼金师，你的研究所将比这个破阁楼大几十倍，所有需要用来研究的物质，不管多么昂贵的石头珍宝，你都能轻而易举得到。难道这些对你来说没有吸引力吗？"

克鲁兹被说服了，他热切地说："那你认为，我那个聪明的大脑，能发现将普通金属变成黄金的秘密吗？"

特林几乎要跳起来，他兴奋地说："肯定能！只要你不犯傻，不再只想当个顽固的学究。金子！这才是人人都想要的东西。那些自我标榜高尚的人，一生都在追求赢得人们的信任和尊重，大多数一事无成。先生，只要你有了金子，想想吧，你能给你的侄女，给你的学生带去什么！你能让克拉科夫大学，甚至全波兰成为世界上最伟大、最迷人的地方！"

克鲁兹完全被蛊惑了。他已经按照特林的那一套逻辑来看待自己目前的生活：是的，他就是一个无聊的老学究，愚蠢、穷困，只要他愿意，他就能改变一切，过上理想的生活。"我完全相信，你的话无比正确。只要掌握点金术，我们就能主宰世界，能接济穷人，能治愈病患，能让国家摆脱贫穷。啊！这是一个无比高尚的任务！我们再试一次？你再给我催眠一次？"

特林见自己的目的已经达到，他拒绝了克鲁兹先生："已经太晚了，实验间隔时间太短会影响效果。明天晚上，你恢复元气后我们再试试。你刚才进入催眠状态的时候，快要喊着说出了所有占星师、魔法师、炼金师千百年来渴求的东西，很可惜，你被吵醒了。要不是你的侄女突然尖叫让你恢复清醒，我们就会有重大发现。"

克鲁兹有点儿担心："她为什么要尖叫？"

"你进入催眠状态的时候情绪很不稳定，喊着说有恶魔要杀你，你害怕得尖叫，还说了很多胡话。你侄女尖叫后，你进入了自然睡眠状态，我再问你，你一个字也不肯说了。"

克鲁兹揉揉眼睛："我实在太困了，不过你说的重大发现是什么呢？我们这里没有什么值钱的东西，一楼是老妇人和她那怕火的傻儿子，二楼住着三个才搬来的可怜人。对面就是你和几个穷学生，怎么看这里的人都不像拥有宝物的人。今天就这样吧，到此为止——"

听到这些话，约瑟夫赶紧从楼梯上爬下来。

[第八章]
纽扣脸彼得

夏去秋来，很快到了收获的季节。约瑟夫已经记下了《海那圣歌》的曲谱，并会用他爸爸的小号吹奏了。有一天晚上，安德鲁先生在圣母玛利亚教堂吹奏小号时，将朝北方吹奏圣歌的任务交给了约瑟夫。

而聪明的埃尔兹别塔，不仅记住了圣歌的乐谱，会哼曲子，还能一行不差地将乐谱默写下来。因为克鲁兹先生忙着跟特林一起做实验，埃尔兹别塔经常下来找约瑟夫的妈妈，这天，她又来了。

约瑟夫很高兴，他告诉埃尔兹别塔："很快我就能朝东南西北四个方向吹奏圣歌了！"

埃尔兹别塔一只手托着下巴，她严肃地说："我一定会认真听你演奏。每次听到圣歌，我都觉得踏实心安。"她压低了声音，"约瑟夫，每次我醒来房间都空荡荡的，我觉得我叔叔走火入魔了。他像是变了一个人，我指的是，他看起来还是跟过去一样思维正常、和善精明，但他一门心思扑在阁楼上的研究里面，就是跟那个叫特林的学生——"

约瑟夫回应说："我知道他。"

"叔叔每天晚上都跟他待在阁楼上，有时候一直待到天亮。他们总是讨论着一些稀奇古怪的事情，好几次我还听到了叔叔的叫喊声，听起来他好像很痛苦。就跟上回你帮我查看的时候听见的叫喊声一模一样。"

约瑟夫说："那天晚上听到的事，我跟我爸爸说过了。他说我们不能插手管你叔叔的事，他说你叔叔是个伟大的学者，可能是在进行某种让他扬名立万的研究。我爸爸还让我不要再去偷听你叔叔和特林的谈话。"

"也许是这样，但我还是喜欢叔叔以前的样子。"

埃尔兹别塔几乎成了这个家庭的新成员。每天下午她都带着针线来找安德鲁太太，一边干活，一边聊天。约瑟夫放学后，他们俩一起到街上散步，看看城里发生的新鲜事。有时候他们还会穿过城门，去郊外走走。不管他们什么时候出去，那条叫狼的大猎狗都会寸步不移地跟着他们。

有一天，两个人来到圣母玛利亚大教堂，爬上了吹号手的工作室。约瑟夫很兴奋，给埃尔兹别塔说起了很多关于这座教堂的传奇故事。他从桌上拿起父亲的小号，告诉埃尔兹别塔："等会儿，我第一次吹奏四次圣歌。你一定要认真听，帮我听一听有没有吹错某个音符。如果我吹错一个，我的帽子就是你的了。要是错了两个，'狼'就归你。"他的脑海里突然冒出一个非常孩子气的念头，"如果我完整吹奏了圣歌没有任何突然的停顿，那我一定出事了，你就去找扬·康迪神父，请他召集国王的卫队前来搭救。"

埃尔兹别塔神色严肃："这是什么意思？"

"你知道关于圣歌的故事吗？当年，鞑靼人放火烧城，当值的号手为了坚守誓言，在生命的最后一刻，吹响了号角。"

"嗯，那个少年非常勇敢。"

约瑟夫欢喜地看着埃尔兹别塔的蓝眼睛："如果某天晚上，我孤身一人在塔楼守夜，远远地看到鞑靼人或者十字军发动攻城，我必须发出信号，但又不能离开塔楼，只好让城里的某个人替我发出警报。于是，我会吹响圣歌，但不会像往常那样在音符的休止处停下来，我会吹完剩下的音符。"

"太棒了！如果我听到你完整地吹完《海那圣歌》，我马上去找神父。"埃尔兹别塔兴奋得脸都红了，她像是得到亲密朋友分享的密码那般，非常

高兴。

"好了，过来看看我们这座城市。"约瑟夫有点内疚，他原本是想开个玩笑，没想到埃尔兹别塔却如此严肃认真。

他们并排站在窗口，往外望去。此时已近黄昏，圣母玛利亚大教堂下面热闹非凡，农民们正在甩卖蔬菜打算早点回家；布楼的拱廊下面，人们在挑选布匹。市政大厅前，有两个不幸的罪人被游街示众，他们身上满是小孩子扔的烂菜叶和泥巴。再远一点的地方，是沐浴在晚霞中金碧辉煌的瓦维尔城堡。

当他们从塔楼下来的时候，四周突然出现了很多穿着黑袍的老师和学生。约瑟夫和埃尔兹别塔被卷入人群之中，他们走了一段路，冲了出来，来到了圣安街的宿舍前。这栋宿舍楼前面是一片开阔的青草地，正中央立着克拉科夫大学的创立者——卡济米尔大帝。雕像的底座上，有一个穿着文学学士长袍的人，倚靠在雕像的王座上，用拉丁语朝学生们演讲。

约瑟夫悄悄告诉埃尔兹别塔："他是个著名的学者，来自意大利。他到这里来朗诵大师的作品和自己的诗作，他说新文学会成为主流，还说人们被愚昧无知蒙蔽太久了，只有人们开始独立思考并用自己的母语写作，野蛮的时代才会终结。"

"你能听懂他的话？"

"勉强能听懂。我八岁的时候，爸爸给我请了拉丁语老师。来这里后，大学的老师都用拉丁语教学，我能听懂大部分内容。"

"这个人为什么不在学校里面上课教学？"

"可能很多老师都不喜欢'新学'。很多老师使用的都是几百年来沉积下的文献和教学经验，他们不愿意改变。"

这时，意大利学者的朗诵刚刚结束，一个波兰学者登上雕像底座，开始用波兰语诵读自己的诗作。

埃尔兹别塔问："他们为什么不都说波兰语呢？这样，人们都能听懂他们的话了。如果我是诗人，我就用波兰语写波兰，写鲜花，写塔楼里的号手，写瓦维尔城堡上空的蓝天。我很喜欢新学。约瑟夫，为什么只有男孩才能上学？为什么只有男孩才能读到这些诗歌？我也很想学习。"

"我也不知道为什么，但我没见过上大学的女孩子。"

他们俩说着，穿过小巷回到鸽子街。

远处的一座房子背后，藏着两个人，其中一个还是驼背，他是院子里老妇人的儿子斯塔斯。他将细长的手指放在嘴边，嘘声说："就是那个男孩。"

这人疑惑地问："他们什么时候来的？"

斯塔斯说了个日期。

这人更加激动了："是他！我第一次见到他，他穿得像个乡下人，浑身脏兮兮的。现在他打扮得像个贵族，但我还是能认出他来。你是说他住在你家楼上？"

"嗯，姓科沃斯基。"

"哼！他姓恰尔涅茨基！现在，你听我说，这是你我之间的交易，不能告诉第三个人。你给我带路，去他住的地方。看到了吧，这是一枚金子！够你买很多好吃的！等事情成了，你还能得到更多的金子！"

这人将金子放到斯塔斯手里，斯塔斯高兴得快要叫出声来。他们一路跟踪约瑟夫，直到他走进院子。

陌生人说："每天下午三点我都在金象旅馆，你给我盯紧他，有什么事及时汇报，你的消息只能告诉我一个人，明白吗？今天晚上，用灯笼把那个男人的脸照亮，我会给你更多金子。"

斯塔斯走进了自己的房间，一想到会有大笔的赏钱，他笑得咧开了嘴。

陌生人很快回到旅馆，在桌前坐了下来。他暗暗地想：真是太幸运了，

如果不是斯塔斯说这家孩子的父亲只在深夜出门，他完全想不到这家人的儿子就是当初将自己的马踹跑的男孩，毕竟这孩子变化太大了，即便在街上撞见，他也不一定能认出来。

这个陌生人，就是那天早上自称叫斯蒂芬·奥斯特洛夫斯基的人。

在他看来，那天早上的冲突之后，安德鲁一家就像凭空消失了一般。他派出很多手下在各个城市搜寻，毫无进展，在得到一些小道消息后，他又回到了克拉科夫城。

"哼！我是恶人博格丹！"他一拳打在桌上，恶狠狠地说，"恶人也得靠脑子，我一开始交了好运，肯定会有个完美结局。等拿到我想要的东西，我一定要让这个白脸的波兰人付出沉重的代价，以出当天在城门口被羞辱的恶气！"

这时，一个脏兮兮的乞丐走了过来，这人朝乞丐手里扔了一枚硬币，压低声音说："你迟到了！"

"主人，对不起，我以为我能打探到一些有用的消息。"乞丐以为会挨打，甚至做出了防御的姿势。

"没事，有人已经完成了任务。今晚你赶到塔尔诺夫，将你的弟兄们召集起来，让他们带上些人手，在初雪之前赶回来。"

乞丐听完，装作镇定的样子走出了旅馆，直到拐进集市西边的街道，他躲到一座房子的墙壁后面，一把扯掉脸上用来伪装的绷带，跑出了城门。之后，他慢慢悠悠到了一座农舍，去马厩里选了一匹马。他只跟农舍的主人说了一个词，农舍的主人似乎完全能理解那个词的意思。很快，他骑马朝塔尔诺夫奔去。

而坐在旅馆的那个恶人，还在想问题："斯塔斯这混账简直是我的福星！第一眼看见他，我就知道这人能派上用场。我只不过让店家送了他一杯酒，他就告诉我新来的号手从不在白天出门。今晚，我会躲在暗处，等斯塔斯用灯照亮那男人的脸，便知分晓。不过，看不看已经无所谓了，我的人很快就到了，一切终于有了个了结。"

他兴奋地想着，脸都有些发白了，脸上那块纽扣一样的疤痕更加明显："哼，到时候看高贵的安德鲁先生如何辩解！他知道我是博格丹吗？乌克兰的每个人，可都认识纽扣脸彼得呢。"

的确，在乌克兰，提到纽扣脸彼得，人人为之脸色大变。其实，纽扣脸彼得是他的绰号，他真实的姓名叫博格丹。过去的十年里，这个亡命之徒参与了边境的所有阴谋事件，烧毁农田，残杀平民。他有一伙手下，受他指派，干尽了坏事。甚至一些大人物也找到他，雇佣他做一些自己不方便出面的事情。他在边境地区是响当当的头号坏蛋，就连波兰国内，也有一伙人专门听他派遣。

恶人博格丹已经开始策划。而安德鲁一家全不知情，还在安享晚餐。

[第九章]
纽扣脸彼得发起进攻

十一月下旬，已经到了波兰的落叶月，寒风呼啸。克拉科夫城里，大多数人家已经开始用壁炉取暖。圣母玛利亚教堂的守夜人，眼睛睁得大大的，时刻保持警惕，一旦发现火苗，立即发出警报。

这月最后一周的星期三，天空飘起了雪花。安德鲁先生离开鸽子街前往教堂值夜班。几个小时后，他家住的小院子门外响起了一阵粗暴的门铃声。斯塔斯拎着灯笼来开门，顺便照亮了来人的脸。斯塔斯还没反应过来，来人给了他狠狠一耳光，他踉踉跄跄走了几步，倒在了雪地里。

来人正是纽扣脸彼得，他捡起雪地上的灯笼，拉起斯塔斯，压低了声音："蠢货！你难道不知道，会有人认出我来？要是我被巡夜卫兵抓住，你也脱不了干系。我是为你考虑，不能让任何人知道我来过这里！你都准备好了吗？楼上都有些什么人？"

斯塔斯可怜兮兮地回答："顶楼住着一个男人和他的侄女，二楼是那个男孩和他妈妈，那些学生去匈牙利的学生宿舍讨论问题去了，通常情况下，天亮才回来。"

"很好，看来我们的行动会进展顺利。四个人到安德鲁房间，四个人稳定其他租客，四个人在门口把风。"

斯塔斯带着纽扣脸彼得走上楼梯，院子里的狗叫了起来。

纽扣脸彼得吓了一跳："你没说有狗？"

斯塔斯的反应很平淡："它被锁着呢。现在可以把金子给我了吗？"

彼得很不耐烦，扔了几枚金币给斯塔斯。斯塔斯有点不满意："才这么点儿？"

"蠢货！"彼得突然举起手，掐住了斯塔斯的喉咙，斯塔斯费力挣扎，那手死死陷在肉里，怎么也扯不开。最后，彼得松开了，他警告说："如果再有下次，我会送你下地狱！蠢货，如果你背叛我或者其中出了什么差错，你会得到你做梦都想不出来的痛苦。"

斯塔斯不敢说话，哆哆嗦嗦从楼上退了下来。

"夜里两点，我的人过来，你放我们进来，就算完成任务。"

这天晚上，恰好克鲁兹先生一个人住在阁楼。他正准备做一个复杂的实验时，听到了院子里的狗叫。

狗是不会朝住户乱叫的。他觉得楼下有问题，便打开门朝下面看去，果然听见有人在楼梯处低声交谈，他还听见了吱吱呀呀的楼梯声响和斯塔斯痛苦的叫喊声，还有那人给斯塔斯的警告。

夜里两点进来的人，绝不是什么诚实体面的人。克鲁兹担心发生什么冲突，回到阁楼后仔细琢磨着听到的话，打算报告给巡夜卫队。但他转念一想，认为是自己将问题看得太复杂了。

"就算真的有人来闹事，我也能给他一个下马威！"克鲁兹为自己的想法感到兴奋，他笑出了声，很快投入实验之中。

一个多下时之后，实验成功结束。他忽然想起了什么，在火堆上架起两个铜盆，往其中一个盆里倒入橡胶，朝另一个盆里倒入了一些液体。大概十五分钟后，他将两个盆里的物质取出来，混合在一起，涂在自己的长袍和做实验戴的面具上。

克鲁兹自言自语道："只要在上面涂满磷，我会比天空更闪耀！"

他又想起了斯塔斯和那位陌生的访客。他们为什么会在安德鲁一家住的平台那里停留？这一家藏着什么秘密呢？他们为什么要隐姓埋名？克鲁兹越想越困，他已经工作了太长时间，迫切需要休息。忽然，圣母玛利亚大教堂的钟声响了起来，接着传来圣歌的号声，第四遍圣歌还没吹完，楼下传来了窸窸窣窣的声音。他悄悄打开门，趴在地上往外看。

　　吱嘎一声，门开了。克鲁兹听着脚步声，默默数数：一、二、三……如果没错的话，共有十二个人！

　　"天大的失误！应该通知巡夜人！算了，既然是我自己做的决定，我就该自己应对！"他想了想，继续监听外面的动静。

　　伴随着咯吱咯吱上楼的声音，院子里的狗狂吠起来。

　　"堵上那狗的嘴！"克鲁兹听见有人低声下命令，接着响起一阵脚步声，大概是有人对付那条狗了。接着，哐当一声，院门关上了。

　　突然，传来一个人痛苦的叫声。哈哈，克鲁兹高兴地笑起来，看来是"狼"干掉了那人。

　　果然，有人尽量压着声音说："我的腿被咬了，疼死我了！"

　　"你们三个一起上！"纽扣脸彼得下令。

　　很快传来一阵疯狂的扭打声，"狼"发出疯狂的嚎叫，那几个人也疼得惨叫连连。这时，约瑟夫举着灯笼出来了，他站在二楼的门口，呼喊着："'狼'！'狼'！"

　　但之后，克鲁兹再也没听到这孩子的声音。是的，约瑟夫的嘴被纽扣脸彼得捂住了，他的头上被罩了一个布套。

　　彼得冲下面的人喊："你们四个守住楼梯，你们四个守住大门，任何人都不能放进来，其他人，跟我走！"说完，他从约瑟夫手里抢过灯笼。

　　紧接着三个人进了屋，克鲁兹听到了一声女人的尖叫，随后便是翻倒家具、撕拉地毯的声音，看来这群家伙在疯狂地找某个东西。他们挥舞长剑，将安德鲁和妻子睡的大床砍成了碎片，又划开了枕头，终于在里面找到了一个包裹。

"就是它！"彼得划开包裹上的黑布，看见了他一直找寻的宝贝。他打算带着宝物冲出去的时候，突然斯塔斯叫嚷起来："金子！给我金子！"

彼得被激怒了，他叫喊起来："狗杂种！来人，给他金子，把他扔到狗那里去！"

立即有两个人上来抓斯塔斯，斯塔斯被一个人扑倒在地，马上又有一个人压住了他。他扭动身体，逃出包围，却绊倒了桌子，于是他紧紧抓住桌腿，对来人又踢又咬。彼得放下宝物，一把抓住了斯塔斯。斯塔斯还在挣扎，一脚踢翻了灯笼，撞开了门，蜡烛也飞了出去，瞬间熄灭。很不幸，这群恶棍还是抓住了他，并把他带到楼梯那里，打算把他推下去。

突然，楼上的埃尔兹别塔叫喊起来。

彼得将斯塔斯推到一边，气得大喊："全都该死！本来一切进展顺利，却半路冒出来一个傻瓜和一个吵嚷的小女孩，就连死人都会被吵醒！快撤！"

他在黑暗中摸索着，寻找丢失的宝物。这时，传来巨大的轰隆声，门口闪过一道可怕的红光，刹那间，整个院子都被照亮了。

[第十章]
魔鬼来了

彼得冲到门口查看情况，只见一个个红色的火球从阁楼的窗口喷出来，在半空炸开，整个院子红光一片。彼得的那些手下满脸惊恐，那个抓着斯塔斯的人本能地松开手躲到一旁。斯塔斯趁机连滚带爬下楼躲了起来。

彼得也呆呆地站着，不知道该怎么办。面对现实世界，他勇猛无比，但遇到超自然的情况，他就成了束手无策的懦夫。尽管吓得浑身发抖，但为了领导这群乌合之众，他不得不装出一副毫无畏惧的样子，从二楼的台阶冲上了三楼。岂料，他刚站稳，又有一个火球飞了出来。

那群手下在底下嚷嚷："回来！快回来！"

彼得站在上面命令道："上来！有什么好怕的！"

"魔鬼来了！"手下们吓得叫喊起来。

彼得抽出哥萨克长剑，威胁说："你们这些胆小的畜生，全给我上来！否则，我不介意给你们的脑袋搬个家！上来！全上来！"

站在二楼的三个手下很怕他，在胸口比画着十字，畏畏缩缩地跟在他后面。挨着彼得的那个手下恳求他说："宝物已经在手里了，我们快走吧。我敢肯定这不是人，要是魔鬼跑了出来，我们小命难保。"

彼得怒吼道："魔鬼？胡说八道，都给我上来！他不过是某个嫌命长的家伙，不除掉他，他就会告发我们，我们完全出不了城。"他推着靠近楼梯的手下，命令道，"上去！看看上面到底是什么东西！"

那人认为是一股黑暗的力量在对付他们，却只能低头往上爬，他往里面看了看，低头报告说："门开着，里面黑漆漆的，什么都看不见。"

彼得嚷嚷："那就是个人而已！上去，给我撕破他的喉咙，快！所有人都给我上去！"

手下们个个都很害怕，动作慢吞吞的。彼得等不及了，率先冲了进去。

"谁在这里？"他吼道，"出来！如果让我找到你，小心——"

突然，一个红色火球闪电一般划过，照亮了整个阁楼。黑暗中，出现了一个浑身怒气的鬼影，他浑身冒火，衣服上不断喷着火花，释放出绿色的烟雾。鬼影的右手挥舞着一根魔杖，看起来像一根被烧红了的树枝，树枝一头还在呲呲地冒出火花。

红色的魔鬼一出现，所有人都吓得屁滚尿流。就连彼得都害怕得像风中的树叶那般抖动起来，那些手下一边尖叫着一边朝楼梯口跑去。而魔鬼挥舞着魔杖紧紧跟在他们后面，一个接一个地攻击这那些争先恐后逃命的手下。有两个人推推搡搡的，一起滚到了楼下，他们还没站稳，第三个人也滚了下来并压在他们身上。

彼得还妄图反抗，他拔出长剑吼道："不论你是人是鬼，我倒要看看你有什么本事。"他挥舞长剑砍向魔鬼，魔鬼敏捷地避开攻击，向彼得的脸上洒了一些东西。令人窒息的粉末飞入了眼睛和喉咙，彼得痛苦地哀号起来："啊！你们这帮混蛋，快来救我，我被恶魔抓住了！"

没有人上来帮忙，回应他的只有手下们不停从楼梯上滚下去的声音。

彼得只好跌跌撞撞地往下走，而魔鬼依然紧追不舍，时不时朝空中扔小炸弹，整个院子被绚丽的烟火点亮了。"狼"已经挣脱狂徒们给它套上的布袋，声嘶力竭地狂吠。这群人早就忘了不能惊动外人，吓得大喊大叫。绑在约瑟夫身上的绳子已经松动了，他用力踢着木板墙。埃尔兹别塔大喊

着救命，不少住户打开窗户探出头来张望，已经有人在呼喊巡夜卫兵。斯塔斯不知道怎么搞的，疯狂地拉响了门铃，一时间到处是嘈杂声。

三个逃跑的人撞倒了四个把风的人，楼梯不堪重负塌了下来，将这群人砸到了院子里。彼得趁机钻进了安德鲁家，而那个恶魔往前一跃，正好压在彼得身上，随后，恶魔抓起彼得，一把将他扔到了前厅的地板上。恶魔，不，我们的炼金师，用化学物质制造了混乱的克鲁兹先生，挥动着涂满了树脂的沉重权杖，指向趴在地上的彼得，厉声质问："说！你们来这里做什么！"

彼得发现对方的声音听起来很像是人，便鼓起了勇气说："无可奉告！"

"很好，那就等卫兵来收拾你吧！让我看看你到底是谁！"克鲁兹骑在彼得身上，一手扣住他的喉咙，一手从衣服里拿出一个火球，在地上快速摩擦后，他将火球扔向壁炉。霎时，整个房间亮如白昼。

但克鲁兹并没有看见彼得的脸，他被房间里的另一件东西吸引住了——那是安德鲁先生的宝物，一个巨大的圆形球体，它在火光的照耀下，像上千个精美的玻璃棱镜一样，发出耀眼的光芒。

"原来你是为了这个东西而来！你的行为已经不是简单的入室抢劫。老实待着！要不然我会撕开你的喉咙！说，谁派你来的？快老实交代，你听见外面的声音没？"

那是巡夜卫兵的喝令："我以国王的名义命令你，站住！"

彼得已经冷静下来了，他已经明白眼前的不过是个普通人，他打算使用一些小伎俩："要是你帮我藏身，我就说。你看看那个。"他假装指向地上闪闪发光的物体，挣扎着想抽出被压着的一只手。

克鲁兹只看了一眼，彼得趁机抽出右手，脱离了克鲁兹的控制，两个人很快扭打在一起，彼得身手矫捷，克鲁兹根本不是他的对手，他像钳子一样用腿夹住了克鲁兹的身体，然后将克鲁兹的胳膊拧到了身后。啪！彼得用尽力气，猛地将克鲁兹的头撞到了地上，紧接着，他又把克鲁兹扔到了墙壁上。随后，他找到地上的宝物，抓起来就往外跑。

克鲁兹脸上的面具帮他逃过了一劫，他假装昏死过去，趁着彼得转身往外跑，他摸出衣袍里的炸药粉，用尽力气朝彼得的后脑勺扔去。炸药击中了彼得的后脑勺，发出砰的一声巨响。房间再次被照亮，彼得头发冒火，衣服都被烧成了一条一条的。院子里挤满了人，学生、士兵、巡夜人都来了，往下是逃不掉了，他干脆爬上阁楼的房顶，沿着房顶跳上了邻近的房顶，最后跳上一个倾斜的屋顶，消失在夜色中。

底下的人叫嚷起来，有人说他跳进了修道院的后花园，有人说他只是假装下去实际又偷偷爬上了房顶。总之，他逃走了。巡夜人搭建了一个临时的楼梯，救出了约瑟夫母子，并把埃尔兹别塔带到了他们身边。克鲁兹没有露面，他回到阁楼，脱下长袍和面具，很快睡着了。

大家都以为这伙强盗没有得手，但第二天早上安德鲁回来后，将房子翻了个底朝天，都没找到那件宝物。目击者说，那人逃跑的时候两手空空，但不管安德鲁怎么找，东西已经不见了，他断定是那伙强盗将它偷走了。

彼得的手下都被抓了，但他们根本不清楚彼得为什么要对安德鲁一家下手，不管如何严刑拷问，他们都没办法说出有用的消息。

至于斯塔斯，老妇人无法容忍他的背叛行为，跟他断绝了母子关系并将他撵了出去。有人说他在金象旅馆当伙计，但某次顾客被抢劫的案件发生后，他再也没在克拉科夫城出现过。

而克鲁兹，在安德鲁先生回来后，立即赶到安德鲁家，将整件事的经过告诉他，事情还没说完，安德鲁一拳打在椅背上，气愤地说："我猜得没错，就是他！恶人博格丹，我们每个乌克兰人都知道他坏事做尽！这个恶魔，心狠手辣，胆大妄为！要不是我以为他只在边境搞破坏，在城门口那天早上，我就认出他来了。"

[第十一章]

进攻教堂

冬去春来，纽扣脸彼得被烧掉的头发重新长了出来，他重新召集手下，组成了一个亚美尼亚地毯商队，来到克拉科夫城的布楼东边安营扎寨。

而安德鲁先生，因为丢失了原本打算献给国王的水晶球，一直心情沉重。约瑟夫了解父亲的心情，只要有空他都会陪父亲一起去教堂值班。现在，他的吹号技术日益成熟，能将小号吹得跟安德鲁先生一样好。

这天晚上，天上挂着一轮满月，约瑟夫照例跟父亲一起在塔楼值夜班。教堂门口，守门人提着灯笼，拿着长戟。一点整了，他一边喊着时间，一边走来走去。这时，广场另一侧的货车里，彼得默默地注视着外面的动静，他决定开始行动。

"迈克尔！迈克尔！"他喊了两声。随后，一个男人从货车后面走了出来。他穿着皮衣，戴着皮帽，脚上穿着厚底鞋。很快，他脱掉了为假扮亚美尼亚商人而戴上的帽子和披肩，像蛇一样扭动身体前行。是的，他的外号就叫"蛇人"。他来到彼得的车前，两人嘀嘀咕咕说了一阵。之后，他从十二辆马车下爬过，躲在距离教堂不远的一棵大树后面，准备随时发动进攻。

过了一会儿，教堂的守门人提着灯笼走了出来。他打着哈欠，确认通往吹号手塔楼的门已经锁好后，他用长戟戳了戳门口的砖头，朝建堂南边看了看。街上连个人影都没有，守门人放心地转过身，走进了教堂南边的墓地。他在一块墓碑后面坐下来，放下灯笼和长戟，大概是恳求这里的灵魂原谅他的打扰，他在胸口比画了一个十字，随后拿出一块面包和一块肉，开始享用夜宵。

生活实在太平静了！

他打了一个哈欠。

如果守门人能注意到背后的情况，他就不会发出这样的感叹。"蛇人"趁着守门人转身的机会，冲到了教堂的拱璧下面，他沿着墙壁慢慢爬行，距离墓碑仅有几步之遥！

扑通！像老鹰抓老鼠一般，"蛇人"猛地扑了上去。守门人毫无防备，一下子就被扑倒在地。"蛇人"用头巾勒住守门人的嘴巴，取出短绳，捆住了守门人的手脚。他取下守门人身上的钥匙，塞进自己的腰带，很快悄悄地回到了马车那里。

"我捆了守门人，堵上了他的嘴巴，拿走了他的钥匙。""蛇人"向彼得报告。很快，彼得的命令传到了每一辆马车。所有人都脱下伪装，换上了皮衣、皮帽、紧身靴子和紧身裤，随时待命。

彼得在前面带路，他的手下跟在后面。这帮人有二十来个，他们很快来到了塔楼和教堂之间的隐蔽处。

彼得叮嘱道："跟紧我！楼梯的木板松动了，上楼的时候小心点。我一旦发出指令，你们就冲上去抓住那父子俩。"

不一会儿，所有人都进了塔楼，最后一个人还关上了门。从外面看起来，这里一切安静如常。

彼得悄声说："你们的任务就是把兔子抓进袋子里，当然，得让这只兔子保持绝对的安静。要是他拉动绳子，就会响起警钟，整个克拉科夫城的人都会被吵醒！动作一定得快！"

他们悄无声息地盘旋而上。

塔楼房间的门敞开着，约瑟夫说："爸爸，您休息吧，我来守夜负责吹奏圣歌。我能看懂沙漏的时间，绝不会出任何差错。"说完，他在桌上摊开手稿，准备就着烛光开始阅读。此时，门外传来一点声响，他猛地转身，刚好看见门被撞开。三个人冲了过来，约瑟夫还没来得及防御就被他们抓住了，另外两个人冲向了安德鲁。安德鲁睡意蒙眬地从床上坐起来，脸上满是惊讶和迷茫。

彼得站在门口，放声大笑："哈哈哈！快乐唱歌的鸟儿呀，我们又见面了！塔顶远离喧嚣，我相信没人会来打扰我们。哼，你知道我为什么来找你吗？"

这不就是第一天来克拉科夫城遇到的那个男人吗？他不是已经拿走了宝物？难道他是来向父亲报仇的？约瑟夫想着，心里咯噔一下。教堂下面就是墓地，如果被扔下去，恐怕天亮后才有人发现他们的尸体。他有些害怕，动了动被抓住的手，想画了十字祈祷。

安德鲁很平静地回答说："我不知道你来这里干什么。我已经知道你是谁了——恶人博格丹，纽扣脸彼得。真奇怪，那天早上我竟然没认出来是你。"

彼得没有耐心听安德鲁说这些没有意义的话，他举着蜡烛走进屋子，威胁道："我告诉你，我来是为了拿走我想要的东西！我有很多办法让你把它交出来，我的手下随时可以取走你的狗命！你要是还想留着这身人皮，就老老实实告诉我，塔尔诺夫水晶球被藏在哪里！"

约瑟夫心里颤抖了一下。原来父亲从乌克兰带来的宝物叫塔尔诺夫水晶球。不过它只是一颗水晶，怎么让这伙人如此重视？也许，它有特殊的价值？

安德鲁说："你比我更清楚它在哪里。你袭击我家那天晚上，水晶球消失了，如果说它不在你手里，那我也不知道它在哪里。"

彼得很惊讶，但他旋即怀疑起来，尖声高叫着说："撒谎！它就在你手里！过来！"他命令"蛇人"迈克尔，"拿起刀子，逼着这男孩回家，我守着老家伙，要是一刻钟之内你没回来，我就干掉这个老家伙，"他顿了顿，又改变了主意，"我亲自带小畜生，你守着这头老狐狸。要是这孩子敢耍花样，我就撕破他的喉咙，要是我们一刻钟后没回来，你就按照约定把这老东西处理掉！"

手下将约瑟夫交到彼得手里，彼得突然说："桌上的沙漏快到两点了，马上得吹号，否则就会有人怀疑这里出事了。你，小孩，过来吹号！别惊讶，哈哈，到处都有我的耳目，我当然知道你会吹号。去把铜号拿来！等等！"他拽着约瑟夫到钟绳边，命令道，"敲两次钟，对着四个不同方向的窗口吹《海那圣歌》。别耍花招！"

约瑟夫拉响了两次钟绳，随后拿起了小号。这时，他想起了那位年轻的小号手，再也不觉得恐惧，心里突然涌现出一股与生俱来的坚定。他将铜号伸出了西面的窗户，想起了跟埃尔兹别塔说过的话。那个关于圣歌的玩笑，但愿她会记得那个约定！她这时候一定还没入睡，如果她听见自己没有在终止符那里停下来，而是吹完了整个曲子，她一定知道自己出事了！但是如果她告诉克鲁兹叔叔，他一定会嘲笑她胡思乱想；她敢半夜出去找扬·康迪神父吗？要是她真的去了，神父一定会召集巡夜卫兵赶来营救。那鞑靼人知道《海那圣歌》结尾音符中断的故事吗？只能祈祷上帝，他一定不会知道！

约瑟夫想着，决定孤注一掷！

他举起了铜号，感觉自己正在经历当年小号手的那一幕。他脚下的世界，似乎已经变成一片火海，身材矮小的鞑靼人骑着矮种马，气势汹汹逼近，有一人下马挽弓，长箭飞出。

约瑟夫吹响了小号！在吹到平常应该终止的地方时，他鼓足勇气多吹了三个音符。彼得的匕首随时可能划开他的喉咙，他吹完小号，感觉周身血往上涌。而彼得正满意地点头，看来他并不知道《海那圣歌》结尾的故事。

随后，约瑟夫分别朝南面、东面、北面的窗口，按照刚才的曲调吹完了三遍圣歌。

"很好，我们现在去你家！"彼得一把抓住约瑟夫，推推搡搡带他走下楼梯。广场上空无一人，彼得沾沾自喜地想：在拿到水晶球回塔楼的路上，随便找个僻静的角落干掉这小孩，然后解决掉安德鲁，这样神不知鬼不觉，第二天就能假装成亚美尼亚商队顺利出城。

[第十二章]

埃尔兹别塔没听到终止音

依然是这个危机四伏的晚上，埃尔兹别塔从三楼下来，敲响了安德鲁家的大门。大概一分钟后，安德鲁太太将门开了一条小缝，认出来人是埃尔兹别塔，才热情地放她进来。

安德鲁太太锁好门后，问她："怎么这么晚了还过来？是那个学生特林又找你叔叔了吗？或者还是别的什么事？我在做针线活，你先坐下来，跟我说说是怎么回事。"

埃尔兹别塔说："特林又跟我叔叔在阁楼上，我不知道他们在做什么，但他们说的话非常奇怪。我很害怕——"

"特林看起来像个返老还童的人，你叔叔跟他打交道不是什么好事。我不喜欢这个人，他那双黑漆漆的眼睛，打量人的时候，好像总在琢磨什么坏事。"

"妈妈，我要留在这里。"埃尔兹别塔喊着，她早已跟安德鲁太太亲如母女，"我更担心我叔叔，强盗闯入那晚之后，他好像变了一个人。他刚开始来这里的时候，有说有笑的，看上去很开心。现在他整天昏昏沉沉的，也没以前那样关心我了，有时候回答我的提问时，他说的都是一些奇奇怪怪的话。我真的担心他被什么邪恶的东西蛊惑。"

"那肯定跟特林脱不了干系。"

"是的，我也觉得是他在捣鬼。他们俩天天在一起做实验，阁楼上有时稍微有点走动的声音，更多的时候是可怕的寂静。"

安德鲁太太暂时放下针线活，"好孩子，这里永远都是你的家，你可以睡那张小床。那个可怕的夜晚后，安德鲁先生也发生了一些变化。其实，我们已经拥有了爱、食物、房子这些让人快乐的事情，为什么还要去追求那些虚无缥缈的东西呢？"

埃尔兹别塔感叹道："从前我们过得特别快乐。唉，我感觉特林有一种让我叔叔无法抗拒的魔力。"

"上帝保佑！你知道他们到底在阁楼上干什么吗？"

"应该是某种可怕的实验，这一次他们比以前更疯狂。我听到叔叔说这会把他逼成疯子，但特林说还要再试一次，说不会给叔叔造成任何伤害。之后，阁楼上恢复了平静，好一阵子之后，我听见叔叔在说胡话，吓到出来找您。那个特林对我叔叔说话的语气，就像是对待一个仆人，他一遍又一遍地强调金子这个词，而我叔叔好像并不生气，相反他还在尽力取悦特林。"

安德鲁太太摇摇头："我听说用金属炼金的都没好结果——"她不愿埃尔兹别塔再胡思乱想，换了个话题，"这段时间，他们父子俩都不在家。我只有听见号声，才知道他们平安无事。"

"约瑟夫会在两点吹响号声，我跟他有个约定，我答应听他吹号。毕竟他是我的好朋友，朋友之间应该忠诚。"

"那你能分辨出约瑟夫和他父亲的号声吗？"

"我能分辨出来。约瑟夫没有安德鲁叔叔吹得响亮，不过他现在已经吹得越来越像安德鲁叔叔的号声了。"

她们又聊了些别的事情，直到深夜才休息。安德鲁太太在沙发上给埃尔兹别塔铺好了床，她暂时睡在那里。埃尔兹别塔睡不着，脑海中一直想着叔叔的事情。街头巷尾，就连学生们都指指点点，说克鲁兹在研究黑魔法。显而易见，克鲁兹进行的实验正在损害他的身体健康，还影响了他的神志。埃尔兹别塔很担心，她害怕叔叔的灵魂已经被特林控制，成为了特林的奴仆。

一点的号声已经响起，埃尔兹别塔思绪乱飞，无法安睡。在她的想象里，叔叔的样子一会儿跟平常一样，一会儿缩成一团，一会儿变成了庞然大物。那个特林，一会儿是正常的学生样子，一会儿变成了长着南瓜脑袋的怪物，他的鼻子越长越大，他黑暗的影子塞满了整个天空。他和叔叔做尽了坏事，他们放出许多用旧鞋子变的蝙蝠，跳到天上捕捉老鹰和一些大鸟，他们将冒着泡泡、咝咝作响的滚烫液体混合在一起……总之，他们做的每一件事都充满了邪恶。

这些幻影在埃尔兹别塔的脑海中晃来晃去，几乎一个小时了，她还没睡着。突然，响起两次钟声。

"两点了！"埃尔兹别塔立马精神起来。接着，她听到了约瑟夫的小号声，她跟着旋律哼唱起来，到了曲子停顿的地方，她停下来，等待第二遍号声响起。然而，下一瞬，她无比惊讶地听到约瑟夫没有停止吹奏，而是比平常多吹了几个音符，完整地吹出了《海那圣歌》。

"也许是我听错了，约瑟夫吹第二遍的时候我得认真听。"埃尔兹别塔想着，挺直身体坐在床上。很快，第二遍号声响起，这一次，埃尔兹别塔仔细地跟在每个音符后面哼唱，她再次发现约瑟夫没有在终止处停下来，依然继续吹完了整首曲子。

"他吹错了。"

第三遍号声被风吹得很远，埃尔兹别塔听得不是很真切，最后一遍号声响起的时候，号声在终止处犹豫了一下，但很快，号声继续响了起来。埃尔兹别塔好像听到约瑟夫说："我知道应该停下，但我不能这样做。"

埃尔兹别塔跳下床，思考着：约瑟夫是个称职的号手，他绝不会连续犯三次同样的错误！可是，这是什么意思呢，如果真的有危险，他可以敲响警钟，这样整个城里的人都会醒来。他为什么不敲响警钟？为什么？为什么？答案只有一个！对，这是给她的信号！约瑟夫一定遇到麻烦了，他指望通过她发送信号来营救自己。也许他被人扣住了，身不由己，不能敲响警钟？

埃尔兹别塔无比确信，这就是约瑟夫给自己发出的信号！

必须采取行动，但到底应该怎么做才是最明智的呢？

不能吵醒安德鲁太太，叔叔和特林只会笑话她瞎担心。埃尔兹别塔想了又想，轻轻打开房门，关上门后回到自己的屋子拿了一件斗篷穿上，不一会儿她出门来到街上。

月光下的鸽子街，空荡荡的。埃尔兹别塔靠着墙根，借助墙头阴影的掩护缓缓走向十字街，打算从那里拐往圣安街。她刚站在街角，身后就传来了男人的声音。她不敢回头，冲进十字街，快速奔跑起来。

几个乞丐看见了她，他们之中有人喊起来："谁在那里？"

"我敢打赌，是个女的。"一个人这样说。

他们紧紧追赶起来。这几个人将埃尔兹别塔当作了敲诈的对象，他们打算拿她的衣服或者包裹换点钱花花。

"停下来！我们不是坏人！我们绝不会伤害女人，你要是敢跑，我们就一直追着你！"

听到这群人的叫喊，埃尔兹别塔跑得更快了，转眼就跑进圣安街，来到了扬·康迪家门口。要是神父还不开门，后面的人就要追上来了。

幸好，埃尔兹别塔没有等太久，几声门铃响后，扬·康迪拉开了门。埃尔兹别塔冲进屋，"神父，是我，埃尔兹别塔，有人在追我，请你立即关门。我有一件紧急的事需要您立即采取行动！"

扬·康迪关上门，他并不为女孩半夜造访感到惊讶。他早就习惯了各种各样的怪事。那些乞丐追到门口，正好奇女孩子为什么不见了，扬·康迪走出去，给了他们一些钱。他知道，要不是因为饥饿和贫穷，这些人不会做出这样极端的事情来。随后，他带着埃尔兹别塔来到书房，问她："孩子，发生什么事了？是强盗闯进你家了，还是你叔叔遇到困难了？"

埃尔兹别塔喘着气，将圣歌的事说了出来。但愿神父不会笑话她！不要认为这是她胡思乱想。

听完她的话，扬·康迪神父说："孩子，你做得对，约瑟夫一定遇到麻烦了。你待在这里，我派大学的仆人去喊卫兵，然后带他们去塔楼看看，那里恐怕出事了。"

几分钟后，神父召集了三十个全副武装的卫兵来到教堂门口。他们发现了被捆在教堂墓地的守门人，给他松绑后，他们打开没有上锁的门，小心翼翼地登上楼梯。

此刻，塔楼里那些暴徒，认为塔楼十分安全，他们只留了一个人看守安德鲁，其余人都瘫在地上休息，有人已经开始打盹。卫兵到达的时候，这些暴徒惊讶极了，他们来不及反抗就成了阶下囚。

卫兵捆绑最后一名暴徒时，约瑟夫跑上来，一头扎进安德鲁的怀里，"爸爸！是埃尔兹别塔救了我们！是她听出来我今晚吹的小号跟平时不一样，才跑去找了扬·康迪神父，神父叫来了卫兵。我刚才在楼下碰到了神父，他将事情的整个经过告诉了我。"

安德鲁的眼角有点湿润了："上帝会保佑那个孩子。你呢，你是怎么逃出来的？"

"那个坏蛋押着我往家里走的时候，他看到卫兵朝教堂方向走来，就丢下我，然后像闪电一样消失了。埃尔兹别塔还在大学宿舍等着呢，我必须赶过去将这一切告诉她，我要好好谢谢她！"

约瑟夫走了，卫兵押走了所有囚徒。安德鲁陷入了深思。

水晶球！塔尔诺夫水晶球！彼得说他是为了得到水晶球而来。他说的是真话吗？他夜闯教堂会不会还有其他原因？如果他是为了报仇，他们父子俩早就小命不保了。那天晚上到底发生了什么？他带人闯进来却没有拿走水晶球？水晶球到底在哪里？

[第十三章]

塔尔诺夫水晶球

彼得攻击教堂失败的几个星期后的一个傍晚，特林和克鲁兹在阁楼里讨论着一些问题。他们头顶上方的斜面墙上，挂满了克鲁兹做实验用的玻璃试管和药水瓶。火盆里燃烧的东西不时发出咝咝声，喷出一股小火苗或者烟雾，看上去就像一条盘踞在草原上的蟒蛇突然抬起纤细的头。

克鲁兹嚷嚷起来："我受够了！我决心放弃这个冒险的科学实验，去做我之前的研究！"

特林笑了，他用反问的语气问道："原来口口声声要探索未知世界的你，就这点胆量？"过了一会儿，他又改变了策略，换了另一种说辞，"你看，我们已经熬过了最难的阶段，已经花了那么多的时间。我们做出的牺牲一定会换来问题的答案。是不是催眠让你感到困乏，无力承受？"

可怜的炼金师用手捂着头，不停地重复着说，"我累了，我累了——"

特林的眼神里充满了厌恶，但他还是用轻柔的语气继续劝说道："克鲁兹先生，如果实验出了问题，你需要承担责任。我完全不能理解，你这样伟大的人竟然会因为我这种简单的催眠感到筋疲力尽。我给很多人都做过类似的实验，时间比你还长，他们都不像你这样感到困乏。"

克鲁兹痛苦地呻吟起来："除了你的催眠，我还受到了其他的催眠，而且这个催眠一直持续，毫无间断。"

特林惊讶地从椅子上跳起来："什么？你被其他人催眠了？那人知道了我们的秘密？我认为除了我，这座城里没有谁还会这种罕见的催眠技艺。"他很气愤，也有点害怕。如果他的催眠被判定为黑魔法，就会被严厉判处，轻则鞭刑、杖刑、流放，重则死刑。当然，特林的魔法看似神秘，实际就是对愿意进行催眠实验的人进行催眠。克鲁兹就是受到了他的引诱，主动接受了催眠。一般情况下，催眠者能渐渐控制自己的催眠对象。几个月来，特林已经将克鲁兹变成了自己的工具，利用他来达到自己的目的。而为了避开法律的制裁，他一直要求克鲁兹严守秘密。

"不！催眠我的人，可能是个魔鬼！"克鲁兹看上去非常痛苦，他站起来，面对特林，继续说，"你拥有超能力，知道我心中的想法。但我有个秘密一直没有告诉你。它让我背负着巨大的心理压力，让我的心变得麻木不仁。来，我给你看样东西——"他在屋子正中搭起一个三脚架，打开墙边的一个大箱子，拿出一个黑色的包裹，放在三脚架上。

"现在，我们点上灯。"克鲁兹说着，往炭火盆里撒了一些粉末，火苗升腾起来，整个房间都被照亮了。他扯开黑色的包裹，三脚架顶上立着一个跟人的脑袋大小一般的精美水钻。表面精致，没有任何人工雕琢的痕迹，外层像泉水一样清澈，内里有一丝蓝光，中心隐隐泛着玫瑰色光泽。只要看一眼，就感觉是在凝视整片汪洋大海。

特林尖叫起来："上帝呀，这是什么？"

克鲁兹说："塔尔诺夫水晶球！"

"塔尔诺夫水晶球！塔尔诺夫水晶球！它就是炼金师和魔法师千百年来一直找寻的那块石头！上帝呀！"特林兴奋得不能自已，他一边跳来跳去一边叫喊着，"伙计，这是古往今来最宝贵的东西！我明白了，这块石头能让人进入催眠状态，从而发现世上所有的秘密！你明白吗？一直困扰我们的谜团，终于可以解开了！"

　　塔尔诺夫水晶球的神奇之处就在于，你每次注视它，它都能呈现出不同的景象。当然，这其中有许多的原因，也许是因为水晶球周围的光线不一样，也许是因为它的确能反映注视者内心的想法。

　　克鲁兹完全不像特林那样兴奋，他只是机械地重复着说："我受够了！为了得到水晶球，我出卖了自己的灵魂，我要把它还给它真正的主人！"

　　特林嚷嚷起来："还回去？还回去？你为什么要这么做！听我说，我不管你怎么得到它的，但你要是不利用它来完成我们的实验，就太可惜了。我们可以在找到炼金方法后将它物归原主。如果你的良心可以接受，我们可以把它据为己有——"

　　"不！我要把它归还给它真正的主人！特林，要不是我因为保守这个秘密而备受折磨，我绝不会让你知道它的存在。我担心你知道后会禁不住诱惑。"

　　特林表面看态度有所缓和，但他还打着别的算盘，"我都听你的，不过我们还是赶紧看看能不能从水晶球里面获得点石成金的办法。我们一定能成功，能摆脱大学里那些傻乎乎的管理者。"

　　"实验的时间不能太长，我已经盯着它看了太久了。能不能从水晶球里得到炼金术的方法，我表示怀疑。"克鲁兹在房间里蹀来蹀去，"水晶球已经对我造成了不良影响。每当我看着它，我的想法就会扭曲地再返还给我。沉迷其中会有致命的危险，它的光芒会吸收人的灵魂。"

　　特林忍不住问："你是怎么得到它的？"

　　克鲁兹忍不住说出了心中的秘密："不久前的一个晚上，院子里来了一伙贼人，我利用火药和硝石打败了他们。而水晶球就在我楼下的那户人家里。"

　　"什么？科沃斯基家里？"

　　"不，他真正的姓氏是切尔涅茨基，他们原来住在乌克兰。"

"那伙贼人呢？他们一直跟踪这家人？"

"是的。我用火药攻击的时候，水晶球在贼人手里，后来炸药粉进入他的眼睛，他的头发也被点着了，他痛得忍不了了，扔下了水晶球，我就把它捡了起来。"

特林急切地问："那恰尔涅茨基一家是怎么拿到水晶球的呢？"

"十三世纪的时候，鞑靼人进攻一个村庄，那个村庄就是现在的塔尔诺夫城。当时，安德鲁的家族就住在那里，他们家族中一个叫安德鲁·恰尔涅茨基的人在守卫村庄的时候表现英勇，人们便推举他保管这个塔尔诺夫水晶球。这是至高无上的荣耀，就连国王都要去一睹它的光彩！相传，从塔尔诺夫水晶球里能看到过去和未来，能从中读到别人的想法，能学到驾驭万事万物的方法，能像鸟一样翱翔，能隐藏身形、点石成金。总之，盯着它的时间不能超过三分钟，即便就是三分钟，你都会胡思乱想，神经错乱。"

"这些事，是安德鲁告诉你的吗？那你之前有没有听说水晶球的故事？"

"水晶球丢失的第二天，安德鲁就将这些事告诉了我，他已经将我当成知心好友。每个炼金师都听过塔尔诺夫水晶球的故事。据说它是从东方国家带到埃及的，后来罗马人征服了埃及，它被带到了罗马的寺庙里。相传，一个罗马军官爱上了一位女子，女子要求军官从寺庙里偷出水晶球。这个叫盖利兹的军官偷出水晶球后，为了躲避皇帝的追杀，和女子结为夫妻，隐姓埋名住到了塔尔诺夫。这个水晶球一直留在这里，后来就传到了恰尔涅茨基家族手里。"

特林说："那肯定有很多人想从他们家盗走水晶球吧？"

"不，人们毫无任何关于水晶球的线索。直到有一次，恰尔涅茨基家族的逃奴散布出消息，人们才知道水晶球的下落，开始寻找它。后来的事你都知道了，安德鲁在乌克兰的家园和田地都被毁了，我猜测那个强盗首领一定是受了某位权贵的指使。"

"那些被抓住的人什么也没说吗？"

"鞑靼人守口如瓶，即便是死，他们也不肯说出一个字，更何况他们本来也不知道任务的具体内容。唉，安德鲁将我当成好朋友，我只要一天拿着水晶球，就得多内疚一天。总之，那天晚上，趁着人们都在关注逃犯的时候，我偷偷拿走了水晶球，将它带到阁楼藏了起来。"

特林心里止不住狂喜，他说："你做得很好！快，好好盯着水晶球，坐近一点，就像我们平时开始催眠实验一样，"他犹如一条盯着可怜小鸟的蟒蛇，虎视眈眈地看着犹豫的炼金师，"好了，快开始伟大的实验吧！"

克鲁兹听从命令，拉着椅子坐到水晶球前面，一动不动地看着水晶球。大约五分钟后，他的手臂和脖子变得僵硬，他像变成了另外一个人，呼吸变得比以前更深，而且每次呼吸的间隔时间比平常要长一些。他瞪大了双眼，注视着水晶球。

特林厉声问道："告诉我，你都看到了什么？"

"一个大厅，一个像炼金师工作间的大厅，房间里摆着很多炭火盆和玻璃容器，容器里的红色液体已经沸腾了，容器边的铜壶正冒着热气。"

"里面有人吗？"

克鲁兹沉默不语，他的意识已经在那个房间里游荡："没人。"

"那有没有手稿之类的东西？"

一阵沉默之后，克鲁兹说："墙上挂着一个羊皮卷。"

"拿下来。"

"太烫了。"

"别害怕，跟收获比起来，你的痛苦微不足道。"

"我拿到它了。"

特林注意到，克鲁兹的手好像真的被烫伤一般，已经发红。他命令道：

"将上面的文字念出来！"

"我念不了，上面全是符号。"

"写下来！"特林快速拿起一块金属板子放到克鲁兹膝盖上，在上面铺着一张羊皮纸，他拿起一支蘸满墨水的笔放到克鲁兹指尖。在他的引导下，克鲁兹握紧了笔，写下了下面这些话：魔法石制作方法——真实往往披着虚假的外衣，表面上的难以置信并不意味着虚假。

特林说："这不是配方，你发现别的内容了吗？"

克鲁兹大声朗诵起来："加热铜盘，倒入一管硫磺，待硫磺融化释放的雾气消散后，再缓缓倒入水银，之后会合成一种黑色的无生命的死物质，将它倒入密封管加热，它会变成明亮的红色物质。"

特林激动地叫喊着："快写下来！写下来！"

克鲁兹写完后，他问："还有没有？别念那些派不上用场的理论，快找到制作点金石的方法。"

克鲁兹继续念着："底比斯人左西姆斯说，真正点石成金的办法是在加热的硫磺和水银溶液里，加入印度产的硝石，然后加入铜块，溶液就能变成金子。"

特林立即命令克鲁兹："快！点燃火盆，拿出硫磺、水银、铜块，硝石呢，你有没有硝石？"

"柜子第三层架子上那个小包，就是硝石。"

听到克鲁兹的回答，特林立即冲过去，找齐了所有材料。他相信克鲁兹找到了点石成金的办法。他缺乏科学知识，不知道自己即将合成一种可怕的化学物质。至于克鲁兹，完全处于催眠状态，他说出的这些信息都来自自己曾经阅读过的书本，那个在溶液中加入硝石的做法，只是他透支健康后过于疲劳而引发的幻想。

"快，点石成金！"

听到特林的命令，克鲁兹赶紧站起来拿出易燃物质在火盆下生火。他从远处的一个火盆里拿出一块木炭加进去，火盆里燃起了一股黄色的火焰，后来火焰渐渐变成了蓝色，克鲁兹加入一管硫磺，很快整个房间都是硫磺燃烧散发的烟雾。克鲁兹晃动手腕，将水银加进去，果然出现了一种跟他之前说过的一模一样的黑色物质。特林递过来一个密封容器，克鲁兹将黑物质倒入容器，又放在盆上慢慢加热。几分钟后，黑色的物质果然变成了红色。

"硝石！硝石！"特林激动地叫喊起来。

克鲁兹接过硝石，扔进了滚烫的物质里面。也许是出于自我保护的本能，他拉着特林往后一跳，退到屋子中央。特林正要大骂，忽然发出一声可怕的爆炸声，整个阁楼摇摇欲坠。

"快！带上水晶球，下楼！"特林一边跑一边疯狂地拍打身上的火星。

爆炸引发火星四溅，干燥的房顶和墙壁着火就燃，火势很快蔓延开来。克鲁兹还在催眠状态，他拿起水晶球，像个喝醉酒的人一样，摇摇晃晃往下走。特林已经跑出大门，去街上寻找卫兵，让卫兵通知消防队来灭火。

克鲁兹将水晶球藏在黑袍下面，跑出了院子。

无情的大火瞬间吞噬了阁楼的房顶，火势很快四处蔓延。不过几分钟，大火已经烧到了克拉科夫大学的一栋宿舍楼那里。这时，刮起了大风，滚滚烈火被大风席卷着朝集市方向前进。

克鲁兹和特林从阁楼逃出来不足十五分钟，可怕的火灾席卷了克拉科夫大学，整个城市都面临着被大火吞噬的危险。

[第十四章]
大火烧城

克拉科夫城主要分为四个区域：城堡区、陶工区、屠户区、斯拉夫科夫区，每个区都有一个区长，管辖区内大小事宜。巡夜卫兵发现大火，第一件事就是跑到区长家大喊"着火了"，区长立即派人通知水利官。

这时，圣母玛利亚教堂上的守夜人也发现了火情，拉响了警钟，城市的每个角落都回想着"着火了"的警报声。水利官立即启用了消防机制，鼓手们沿街敲着鼓点，叫醒了负责消防灭火的商人和学徒。宫殿的仆人纷纷拎着水桶到房顶上灭火，市民们也拿起钩子、斧头和水桶加入灭火队伍之中。

女人和孩子尖叫着从房子里冲了出来。穿着黑袍的学生跑到街上，手里还拿着羊皮卷、手稿、玻璃管或者星象盘、金属隔板。绝望的人们将家里的物品往街上扔，很快街道上就堆满了衣服、家具等各式各样的私人用品。

所幸，还有人保持理智，利用水桶和木盆开始灭火，水利官也调集了一大批水车，从渡槽一直排到了着火的地方，有人在渡槽装水，装好后立即送到火场。同时，水利官还派出一队人马，用钩子和斧头拆除任何可能导致火势加剧的建筑。集市广场上挤满了从鸽子街逃过来的居民。

一个中年女人、一个男孩还有一个女孩、一条狗，正费力地走在鸽子街上成堆的家具碎片和私人物品上，打算找一个安全的地方避难。他们正是安德鲁太太、约瑟夫、埃尔兹别塔和"狼"。起火的时候，他们正在睡觉，最后才被熊熊大火惊醒。已经来不及营救任何财物了，他们艰难地冲出来，寻找安全的地方。

约瑟夫一边走一边寻找走出火灾重区的捷径。可是大火四处蔓延，毫无规律可循。火苗四处跳跃，一会儿从房顶喷出来，贴着人们身边燃烧，一会儿又蹦到另一座房子上面，他们只能不停地前进、侧移。

埃尔兹别塔很挂念叔叔克鲁兹的安危，她一边走一边喊他的名字，但却没得到任何回应。阁楼已经成了火海，人根本不能待在里面。

安德鲁太太担心着安德鲁先生，她希望能尽快赶到教堂跟他会合。

鸽子街南端的火势小了一些，街上的人跑得更快了。为了不被人群冲散，约瑟夫他们只得手挽手，奋力往前跑。他们很快来到安全地带，才缓了一口气，约瑟夫建议继续前行。他打算将母亲和埃尔兹别塔送到教堂的塔楼后，加入灭火队。

他们走到布拉卡街的时候，一阵马蹄声从瓦维尔山方向传过来。城堡里派出士兵维护秩序，不一会儿一队穿着铠甲、拿着长矛的士兵来到街上，围住了火势蔓延的区域。步兵和工匠也来了，他们开始拆除大火边缘的建筑物。用来攻城的设备也被拉来了，用以击倒大火周围的房屋。

约瑟夫觉得，火势应该被控制了。

他带着母亲和埃尔兹别塔继续往前走，经过集市的时候，他看见一队士兵拖着一个从火区抓到的犯人。

约瑟夫说："他是小偷。"

安德鲁太太很惊讶："上帝呀，这人真是太狠心了，居然从灾民手里偷东西。"

当士兵押着犯人走近，借着火光，约瑟夫看清了那人的脸，他惊讶得

叫起来："妈妈，快看，他是纽扣脸彼得。就是他！我们来克拉科夫城那天在城门口遇到的坏人，他袭击了我们家，还带人到教堂抓了我和爸爸。妈妈，你看，抓他的人是国王的亲兵。不知道他是怎么落入法网的。"

这些卫兵没有在市政大楼停留，他们直接押着彼得去了瓦维尔山的皇家城堡。显然，在他们看来，纽扣脸彼得是一个要犯。

约瑟夫他们终于赶到了教堂，安德鲁先生已经急得满头大汗，他一一拥抱了他们，随后郑重地对约瑟夫说："你留在这里，负责在后半夜吹响圣歌。火区那边还有很多事需要人来帮忙，作为城里的居民，我理应出一分力。对了，克鲁兹先生呢，他应该加入救火队了吧？"

"爸爸，我不知道他在哪里。我们跑出来的时候，阁楼已经一片火海，我们喊了很多次，没有听到回应。"

"我们应该去找他。克鲁兹是我们家的恩人，即便他出事了，我们也要从废墟里把他找出来。上帝保佑，希望他还活着。"

短暂的交谈后，安德鲁加入了由成千上万名市民组成的灭火队，一起对抗疯狂的大火。他们拆除了可能会着火的建筑，逼得火势在老犹太城止住脚步。但火势很快调转苗头，接连烧毁了两栋大楼，最后在圣安街北边的第二条路那里停了下来。至于其他地方，大火已经烧毁了圣方济教堂和附近的房子，还将城堡街变为灰烬。

人们在火海四周竖起一道防火带，整整忙碌了七八个小时，才控制了火势。大的危险终于过去了，克拉科夫城总算保住了。

第二天清晨，安德鲁先生回到塔楼。克拉科夫城被烧掉了三分之一，幸运的是，城里的繁华区域安然无恙。安德鲁太太和埃尔兹别塔在吹号手的小床上睡着了。约瑟夫将沙漏放在木梁上，监视着大学城附近的废墟。

他问："城里安全了吗？"

安德鲁先生回答说："危险已经解除，但到处都是无家可归的人。"

"你看到克鲁兹先生了吗？"

"没有，他就像烟雾一般消失不见了，不知道他是不是被困在阁楼里了，那里正是大火的正中心。"安德鲁思考着，问题的答案很快出现在眼前。扬·康迪神父扶着一个人来到塔楼。这人把手藏在黑袍下面，黑袍被烧焦了，破破烂烂的，他的脸也被熏黑了。

扬·康迪神父轻声说："我在街上发现了他——克鲁兹，他的神智不太正常，不过，他手里有一样我们感兴趣的东西。"

如果不是神父的话，安德鲁先生绝对认不出眼前的人就是炼金士。约瑟夫好奇地盯着克鲁兹，目光停留在他放在袍子下面的双手上。

突然，克鲁兹笑起来："哈哈！特林！大火把一切都带上了天堂，你还是没找到金子。特林！特林呢？他在大火中消失了。炭火里加入硝石，火焰红到发紫！出来呀，特林！看看我给你带来了什么！"

他甩动黑袍，举起了藏在下面的东西。这时，阳光从东边的窗户透进来，洒在那个东西上。它像上万颗钻石那般闪耀，如王宫里的吊灯一样光彩夺目，像王后王冠上的宝石和祖母绿一般璀璨耀眼！

塔尔诺夫水晶球！

安德鲁惊讶地大喊起来，惊醒了睡梦中的安德鲁太太和埃尔兹别塔。

"上帝呀，你在哪里找到它的？这是我家祖传的宝物，我和我的祖先发誓守护它，绝不会将它交给除了国王之外的第二个人。它被偷后，我伤心了很长一段时间。怎么会到了你的手里？你从彼得那个恶棍那里抢来的吗？还是从废墟里找到的——"他突然想到了真相，不敢继续说下去。

克鲁兹靠在神父身上，摇摇晃晃的，快要晕倒了。他叫喊起来："特林！这个东西被诅咒了！它沾满鲜血和大火，引诱权贵走向毁灭，让人私欲膨胀，让好人偷盗，让恶人滥杀。我不要它了！"他近乎疯狂的呼喊中还有一丝坚定和理智，"我不要它了，再也不搭理特林了！"

说完，他晕倒了。

安德鲁捡起水晶球，微笑着说："现在我们都能享受平安了。我会将它献给国王。如果大家不知道它藏在哪里，我还能一直守护它。既然它的秘密已经公布于众，只有王宫才是安全的地方。克鲁兹先生说得很对，塔尔诺夫水晶球已经带来了太多的灾难。"

扬·康迪神父说："国王两天前就回来了，我们上午就能去城堡处理这件事。"

[第十五章]

波兰国王

克拉科夫城拥有多处景观，但约瑟夫最喜欢的还是瓦维尔城堡。这座城堡历经无数次攻击，依然坚不可摧。城堡的中心有一座造型奇怪的圆塔，是远古时期专门用来祭奠自然之神的地方。

城堡里流传着一个关于克拉库斯的传说，约瑟夫非常熟悉这个故事。相传，远古时期，城堡被一条恶龙霸占，由于城堡的地下有一条通往维斯瓦河的隧道，每每受到攻击，恶龙都会从这个秘密出口逃脱。后来，克拉库斯找到了恶龙的藏身之处，将它制服。渐渐有人搬入城堡居住，在此建立了高耸入云的尖塔和钟楼。

城堡里的所有建筑都让约瑟夫展开了无尽的想象。他从来没想过，自己还能拥有这样一份荣耀——觐见波兰国王。只要一想到站在国王面前的画面，他都觉得浑身血液翻腾，连指尖都激动得发麻。

扬·康迪神父建议带上克鲁兹："早上我发现他的时候，他还在废墟上游荡。他在最危险的地方跑了一整夜，我不知道他怎么避开那些掉下来的木头的。总之，他有心事，一定是被什么事困住了，才会看上去像着了魔。"

安德鲁很犹豫："带上他合适吗？"

神父说："我们有很多事需要向国王解释清楚。我有种奇怪的感觉，克鲁兹能让我们的话更加可信。说不定他还能从中受益呢，你看他那样子，

他的大脑需要受点启发。再者，他不会害我们，带上他对我们来说毫无大碍。"

克鲁兹洗干净脸和手，换上安德鲁先生的长衫，和约瑟夫他们一起出发，前往维斯瓦城堡。一路上，克鲁兹先生依然像梦游一般，拖拉着双脚往前走，安德鲁和神父不得不将他搀扶起来。

他们一行人走过城堡街，右转，走上了通往城堡的斜坡。城市满目疮痍，倒塌的建筑还在燃烧，废墟中黑烟滚滚，人们忙来忙去，拆掉烧焦的木头，用火车拉水来灭火。一路上，他们遇到了两次盘查。当卫兵认出扬·康迪神父时，立即放行。神父的名字似乎具有魔力，就连守卫王宫的士兵也举起手中的长矛向他致意。

前去通报的卫兵很快回来了，他郑重其事地告诉大家："国王说，他会应允扬·康迪神父的任何请求。但请诸位稍候片刻，当前的会见即将结束。"

大约十五分钟后，一个身穿蓝袍、看起来位高权重的官员出来宣布："国王卡济米尔·亚盖洛有请扬·康迪神父和他的朋友们前往觐见！"

约瑟夫他们跟在官员身后，穿过一座开阔的庭院，踏上一段大理石台阶，来到一个露台上面。露台前的大门突然开了，他们进入了一间小接待厅。这是国王会见那些不需要拘泥礼仪的人的专属客厅。

约瑟夫和父亲立即跪下来向国王行礼。

国王坐在一个没有华盖的高背椅子上，椅子的顶端还凿了一顶王冠，看上去就像戴在国王头上一样。国王穿着宽大的紫袍，底边垂到皮鞋上面，衣领绣着不同颜色和款式的丝线，衣领的褶皱处压着一条金链子，透过宽大的衣领，还能看到里面绣着金线的华贵马甲；袍子的袖口很宽松，一直垂到了膝盖上面；长袍的边缘用了厚重的皮毛装饰。他戴着一顶顶端平坦、四周有角的紫色软帽，看上去温和随意。

但国王身前的两个卫兵却全副武装，时刻保持警惕，如同雕塑一般站立，纹丝不动。小厅周围还有穿着不同的盔甲、拿着长矛的骑兵。此外，国王身边还有两个手拿权杖的侍从，他们也站得笔直，一动不动。

扬·康迪正要行礼，国王摆手示意无须多礼，他问神父："这是昨天大火中受灾的居民吗？"

"是的，但是陛下我们并不是为火灾而来的。我来为您介绍，这是恰尔涅茨基家族的安德鲁先生和他的儿子约瑟夫。他们的老家在乌克兰，因为遭受暴徒袭击，才来觐见陛下。"

国王立即问安德鲁："我对你的事很感兴趣。目前我收到不少关于乌克兰的坏消息，请问，你的困境又是什么呢？"

"多谢陛下关心，我想将这颗水晶球献给您。"安德鲁恭敬地说，起身拿出了水晶球。

阳光正好照射到水晶球上，整个房间充满了色彩缤纷的光点，耀眼的光芒像闪电一般击中了每个人的双眼。国王几乎是跳跃而起，接过了这个宝物。

"这完全是个奇迹！太美了！世上哪里还能找到如此精美绝伦的宝石呢！恐怕最精美的都赶不上这个水晶球一半！"国王发出赞叹，就连他身边的卫兵也忍不住低声惊叹。

安德鲁说："我不知道世上还有没有比它更美的宝石，我的家族一直保管守护着这个水晶球。"

国王疑惑不解："塔尔诺夫水晶球的价值至少跟我王宫里四分之一的宝物相当，你为什么要把它交给我呢？"

"我的家族发誓，一定要守卫水晶球，一旦它的藏身之处被发现，为了避免危险发生，必须将它交给国王。我的家族一直守护水晶球，已经长达两百余年。其中的故事说起来话可就长了，我只能简短地告诉您，当年鞑靼人进攻塔尔诺夫，那里的人将水晶球交给我的家族中的一位成员保管。

从那时起，我的祖先立下誓言，即便付出生命的代价也要保护好水晶球，避免它落入坏人手里。塔尔诺夫水晶球隐藏着某些神奇的属性，由于跟巫术和黑魔法有一些关联，人们将它看作一种诅咒，视它为神秘和邪恶的源泉。"

"那水晶球的消息怎么泄露出去的？"

"我家里有一个鞑靼仆人，在家里工作很多年了。我习惯将水晶球藏进南瓜的外壳，我猜他一定是看到我挖空了南瓜并在上面涂满了便于保存的油和橡胶。这个人头脑简单，我对他没有防备之心。但天长日久，他还是发现了南瓜里的秘密。一年前，仆人离开了我家，他走后没几个月，我的房屋和田地就被烧毁。我猜，他一定将这个秘密告诉了某个鞑靼首领。"

国王问："那个仆人知道水晶球的价值吗？"

"我不清楚。但水晶球的故事在鞑靼人和哥萨克人中间广为流传，他们的每个小孩做梦都想得到水晶球。"

国王直直地盯着水晶球："美丽的水晶球啊，你能不能告诉我，为了得到你，人们都做了些什么？你真是无情神奇的宝物呀！"

安德鲁先生双膝跪地，激动得流出了眼泪："陛下！请你接受这个水晶球吧！我立誓要守护它，但如今我无法继续保护它了。尽管它很美丽，但我从来不愿多看它一眼。它的每一束光芒都吸引着成千上万的人为之互相残杀。它已经给世间带来太多灾难，给我的家族带来了沉重的负担。对我们来说，它是所有痛苦和焦虑的源泉。因为它，我失去了在乌克兰的家园，一路被追踪，遭遇洗劫绑架。这一切，都是那个恶人博格丹，又名纽扣脸彼得的人犯下的恶行。我不知道他受了谁的指使，今天早上您的卫兵抓住了他，请让我和他对质，这样我可能会找出幕后真凶。"

听完安德鲁的话，尤其是听到纽扣脸彼得的名字，国王激动得无法平静。他说："这人就在我手里。最近我在乌克兰的密探报告说近期会有一场大暴动，这个彼得在波兰的目的就是促成暴动。因此我派出卫兵搜寻，终于在昨夜的火灾区将他抓住。把他带出来！"

两个士兵将彼得带了进来，他手上脚上都带着铁链，走路的时候撞得地面叮当响。他交叉手臂直挺挺地站着，看上去很是傲慢。士兵强行按压，让他跪了下来。很快，他看到了被国王放在王座前的塔尔诺夫水晶球，立即用厌恶的眼神瞪着克鲁兹和安德鲁。

国王说："乌克兰总督指控你犯下叛国罪，你如何辩解？你还犯下了其他很多罪行，包括烧毁眼前这位先生的田地和庄园，在他就职的教堂塔楼值班时对他实施攻击绑架。任何一条罪行，都足以判你死刑。"

彼得是个自大的家伙，但这时他清楚自己的任何借口都会被驳回，他打算换一种方式来达到自己的目的。

他说："我想恢复自由之身。"

国王问："你有什么筹码？"

"太多了，你的王位快保不住了。"

国王根本就不想让这个狂徒继续活下去，但现在整个乌克兰都处于骚乱之中，也许眼前的这个狂徒的确能提供一些有价值的消息。他想了想，说："你的死并不能弥补你的罪行，而我今天打算仁慈一点。我已经听到了太多负面消息，希望你的消息能对整个波兰有所助益。尽管通过严刑拷问，我也能得到我想要的东西，但是我更喜欢简单一点的方法。听着！"他严厉地说，"我的手下已经从乌克兰带回了很多情报，如果你敢说一句假话，我就让人把你吊死在塔楼上面。你明白了吗？"

即便彼得是个胆大包天的亡命之徒，但一想到绞刑，他就膝盖发软。他压低了声音说："陛下，我只求您一件事，我今天说的话，您需要为此保密。如果有人知道是我告密，那我小命不保了。请您一定答应我。"

"好。"

"那我从头老实交代。我本名博格丹，乌克兰人都叫我'恶人博格丹'。两年前的三月，一个有钱有势的人喊我前往莫斯科，他说有个大人物想跟我说点什么。我很感兴趣，就去了。我在莫斯科见到了最有权势的人伊凡大公，这人野心勃勃，打算征服周边的王国，当上皇帝。"

国王咬着嘴唇，愤怒地说："这些我都知道！伊凡！当面说要互相交好，背后却搞阴谋诡计。"他在房间里走来走去，好一会儿之后，才平静下来，命令道，"继续往下说。"

"有人建议他利用鞑靼人攻击波兰，他派人打探鞑靼可汗的想法，鼓动他出兵波兰。鞑靼可汗给了他一个出乎意料的答复。他说，只要伊凡大公将塔尔诺夫水晶球交给他，他就出兵攻打乌克兰。"

所有人都惊讶万分，尤其是安德鲁。他们都没想到一个水晶球竟然跟这样重大的事扯上了关系。

国王问："鞑靼可汗怎么会知道水晶球？"

彼得说："在东方，人人都知道塔尔诺夫水晶球，所有王公贵族都想得到它。他们认为这个宝贝价值连城。鞑靼人占领西部之后，水晶球便下落不明，他们一直在找它。不久前，一个在安德鲁家当过仆人的人到了鞑靼的地盘，他四处宣扬，说水晶球在乌克兰乡下的一家人手里，这个消息传到了鞑靼可汗那里。我也听说了这个消息并告诉伊凡大公，因此他答应鞑靼可汗，会尽力帮他拿到水晶球。"

国王问："就是你在中间牵头？"

彼得鞠了一躬。

"伊凡派你去夺取安德鲁先生家的宝物？"

彼得又鞠了一躬。

国王愤怒地训斥道："你这条背叛祖国的走狗！你竟然为了抢夺宝物，害得人家无家可归，还想要他的性命！上帝保佑，我唯一的希望就是邻邦和睦，人民幸福。可惜周边敌国虎视眈眈，唉，波兰啊波兰，我的子民什么时候才能过上平静的生活？"他转身面对彼得，厉声追问，"你还有什么要说的！"

彼得苦恼地说："我知道波兰国王从不食言，我会恢复自由之身。唉，要不是这个家伙——"他指着克鲁兹，"我早就得手了！"

国王命令道："把他带下去，明天一早送到弗洛里安城门口，让那里的士兵将他押往边境。记住，必须在到达边境后解除他的枷锁。之后，他要是敢踏上波兰的国土，就立即抓起来施以绞刑！"

卫兵带走彼得后，国王取下了脖子上的精美金链，他对安德鲁说："我以波兰国王的名义，为你替国家做出的一切表示感谢。这么多年，你和你的家族为信守诺言而默默付出，这种行为无比高尚。为了表示我的谢意，请戴上这个，"他将金链亲自给安德鲁戴上，"它象征着你的忠诚。你的损失将由国家给予补偿。如果水晶球到了鞑靼可汗手里，恐怕乌克兰已经沦陷了。等时机合适的时候，我还会给你授予正式的奖赏。"

这时，扬·康迪神父示意觐见结束，一行人纷纷向国王行礼。

国王弯下腰捡水晶球。约瑟夫注意到，国王的眼睛在接触到水晶球那一刻，似乎被催眠了一般，他深深地凝视着水晶球，几乎忘记了周围的一切。

[第十六章]
塔尔诺夫水晶球的归宿

突然，意想不到的事情发生了。当约瑟夫和安德鲁还跪在地上时，克鲁兹突然一跃而起，他像一只扑向骨头的狗一样，从国王手里夺过水晶球。他着魔一般冲了出去，国王身边的卫兵都被他撞倒在地。

扬·康迪神父叫喊着："拦住他！别让他犯傻！"

已经来不及了！克鲁兹顺着台阶跑下了庭院，那里的卫兵认为他是国王的贵宾，是神父的同伴，虽然很惊讶并没有动手抓他。这时，国王和侍从已经冲出了露台，国王赶紧朝下面的士兵喊话。士兵们接到命令，开始拦截。但克鲁兹像风一样穿越了城堡大门，他东拐西拐，冲到了维斯瓦山下的维斯瓦河畔。

一行人已经追了上来，克鲁兹转过身来站立，示意追他的人停下来，否则他立即跳入水流湍急的河里。众人不敢贸然前进，只得站在原地，等克鲁兹开口说话。

"听我说！"克鲁兹的衣服和头发都被吹乱了，他毫无表情地高声尖叫着，"是我从安德鲁先生那里偷走了水晶球！一见到它，我就昏了头，将诚实和正直抛到九霄云外。我受到诱惑，我堕落了，但我不喜欢这块被诅咒的石头带来更多的麻烦。"

他顿了顿，接着狂笑着说，"特林！我的学生特林，他知道我一直盯着水晶球看，精神越来越糟糕。他指挥我看水晶球，寻找点石成金的办法。可是，我最终找到了什么？那不过是我这疯狂脑子里的疯狂念头。因为我们的疯狂，才让半个克拉科夫化为灰烬，让无数人无家可归。"

克鲁兹说着，低下头，耷拉着肩膀。他看上去十分孤单凄凉。

扬·康迪神父喊道："我们都是你的朋友，伙计，就此打住吧。"

"不！我这种人不配有朋友。"克鲁兹突然挺直了身体，"这件宝物，引得人与人之间纷争不断，引发国与国之间战火连连。现在——我要在这——跟它做个了断！"说完，他像一个巨人一般，挥动手臂，用尽全力将水晶球抛向高空。

阳光照到飞旋的水晶球上，水晶球发出万丈光芒，仿如天地间的一颗星球。它一点一点下降，最终落入湍急的河流中，一时浪花飞溅。不一会儿，河面恢复了原貌。

久久地，周围无人说话。

扬·康迪神父打破了沉默，他说："事已至此，我们做个祷告吧。"所有人跪倒在地。祷告结束后，克鲁兹像生了一场大病的人那般瘫倒在地上。人们将他扶到了圣母玛利亚教堂的塔楼上，交给了埃尔兹别塔和安德鲁太太照料。

国王跟扬·康迪神父经过协商权衡，决定不派人打捞水晶球。它固然精美无双，但人们对它的占有欲已经引发了太多的痛苦和混乱。如果将它打捞上来，又该如何安放？波兰该如何抵御外族的进攻？

不用怀疑，维斯瓦河就是塔尔诺夫水晶球最好的归属。

从此，安睡在河流中的水晶球再也不会受到打扰。

安德鲁先生得到了来自国王赐予的一大笔补偿，他带着埃尔兹别塔和克鲁兹一起回到了乌克兰，打算重建家园。历经水晶球事件，克鲁兹昏睡了好几天才恢复过来，他已经不记得这段黑暗的经历了。至于那个叫特林

的人，回到了在德国的老家，再也没有在克拉科夫出现过。

　　而约瑟夫，他一直在克拉科夫大学读书，直到二十二岁才回到乌克兰帮助安德鲁先生管理家业。他还跟年少时的好友埃尔兹别塔结为夫妻，他们成了幸福的一家人。

卡利柯灌木丛

作者介绍：

雷切尔·费尔德（1894—1942），美国最受喜爱的著名儿童文学作家之一。她写过很多脍炙人口的优秀作品，其中《希蒂：木偶百年历险记》获得纽伯瑞儿童文学奖金奖；《卡利柯灌木丛》获得纽伯瑞儿童文学奖银奖；《孩子的祈祷》荣获凯迪克大奖。

故事梗概：

这部作品讲述的是一个女孩勇敢面对命运的传奇经历。法国女孩玛格丽特，原本带着对新生活的向往，踏上了前往新大陆的轮船。不幸叔叔和奶奶相继离世，为了生活，她不得不在萨金特家当六年女佣。在新大陆，她以"麦琪"的身份，跟主人家一起生活，度过了艰难的冬季，战胜了印第安人的袭击。她的善良和勇敢赢得了大家的友谊，也赢来了孩子们的信赖和尊重。

[第一章]

五月柱

踏上缅因州的土地

你会遇见古老的法国后裔

自从尚普兰首次

以法兰西和鸢尾花旗帜的名义

绘制了这片土地的地图

他们便如白色线团中的一缕红线

在此生生不息

有些人已经改了名字，有些人已经被人遗忘

但你如果在地图上仔细找寻

或许能发现

那几个散落的岛屿的痕迹

比如荒漠山岛和霍特岛

寒冷的冬季，狂风呼啸

礁石嶙峋，海水冰冷

云杉站得笔挺

山林百木丛生

娇弱的法国百合花

和鸢尾花一般难以生存

美丽的花儿已经枯萎消失

挺立的树木熬过了风霜雨雪

在那遥远的地方

一个外国人的名字仍在流传

她耸耸肩，扭过头

带上一个古老的箱子、一张古老的床

一本《圣经》、一把银质勺子

和随着小提琴的节奏欢快扭动的双脚

以及在最后时刻疯狂尝试的天赋

她创造了属于法兰西的奇迹

这些稀有的宝贵特质

属于女佣玛格丽特·杜勒

她年仅十三岁

是儿女成群的萨金特一家的仆人

他们原本生活在马布尔黑德港湾

无人知晓他们为什么出发

带上所有家产

乘坐一条单桅杆船

朝东北方向航行

没有人知道

他们将如何建筑屋顶的烟囱

砌好粗糙的门槛

更没人知道他们怎样挖出泉水，驱逐饥寒

迁徙者们只谈论生死

关于其他，似乎稀松平常

那是一个蛮长的轮回

阳光雨露，日日夜夜，无止无休

砍倒树木，搭建房屋

点燃篝火，煮炸食物

修剪羊毛，纺成呢绒

收割庄稼，不留半茬

明媚的夏季匆匆而过，

严寒的冬季格外漫长

一切都是为了生活

玛格丽特明白

她是永不消失的传奇

如同在茫茫荒野中绽放出花朵的卡利柯灌木丛

一个为人所知的流传多年的名字

一个穿着卡利柯布衣服的快乐精灵

如同她曾在的每个有着阳光和雨水的季节

当潮水拍打礁石

当野鸟开始吟唱歌曲

当沼泽地上浆果熟透

当岛屿遍布的缅因州海岸，搜寻的浆果明亮如初

每每看到这一切，我就会想起她，想起关于玛格丽特的传说。

[第二章]
夏

　　一七四三年六月的一个清晨，阳光明朗，海水湛蓝，海风从西南方向吹来。玛格丽特·杜勒靠在伊丽莎白二号的栏杆边，最后一次回望马布尔黑德港口。船尾，船长艾莫斯·哈特和雇主乔尔·萨金特以及乔尔的弟弟艾拉，正在拉紧绳索，想把货物绑得牢牢实实。乔尔的妻子多莉坐在一只旧木箱上面，迎着朝阳，眯着眼睛，久久地看着马布尔黑德港口，直到它在视野里彻底消失。四个孩子依偎在多莉身边，还有一个坐在她膝盖上。

　　玛格丽特穿着一件臃肿的棕色衣服，戴着一顶勺子造型的系带软帽。她认为自己看起来像一只从鸡笼里逃出来的母鸡。但是，她明白，作为女佣，自己不应该对雇主指定的穿着指手画脚。因此，她不会发表任何意见。

　　"麦琪！麦琪！"多莉正在朝玛格丽特招手。玛格丽特才回过神来，"麦琪"是自己现在的名字。

　　多莉说："过来，这里有一大堆毛线需要整理。就算我们不知道到底要去哪里，但实在不应该浪费这么美好的早晨！"她叹了一口气，再次转身看着低低的海岸线。船走远了，港口的位置已经被一片模糊的湛蓝代替。

　　玛格丽特从多莉那取来毛线，从几个大桶中找了一个稍微小点的，搬到甲板中央坐下开始干活。她的手指在蓝色的毛线中间穿梭，动作流畅敏捷。太阳渐渐升高了，她把棉帽挂在脖子上，以免被大风吹跑。

过了一会儿，一个黄头发的男孩子走过来，扯了扯玛格丽特黑色的辫子，对她做了个鬼脸："法国小屁孩，还没到岸，你就会被晒得像印第安人那样黑啦！"

玛格丽特比较怕他，她什么也没说，只是更加卖力地整理毛线。

这个小男孩叫加勒，今年已经十三岁了，他比玛格丽特大了一岁多，个子高出她一个半头。他有一双锐利的蓝眼睛和一张喜欢嘲弄所有女性的嘴巴，尤其对玛格丽特，他从来都是冷嘲热讽。不过，玛格丽特很同情他。加勒是乔尔跟第一任妻子生的孩子，他的妈妈已经去世好几年了。玛格丽特觉得，在一堆同父异母的兄弟姐妹里，他会认为自己是个局外人。

今天早上，加勒倒是颇为自豪。第一，叔叔艾拉给了他一条紫花布裤子，尽管那条裤子比他的实际尺寸大了好几个码。第二，他开始管理家里所有的家禽家畜了：奶牛、小牛、母鸡和小鸡，以及那四头一直咩咩叫的羊，都是他的管辖对象。他已经用旧木板做了一个简易围栏，此刻他正在简陋的棚子里，挥着一根绳子，严密地监视着这群小动物。

哈特船长看着乔尔，焦虑地摇头："你装了这么多东西，我们怎么走？之前我可没答应你要带上这些小动物。"

乔尔很快反驳说："我给你的硬币都是实实在在的，要是你不愿意——"

"去你的！我说话一向算数，但这船吃水太深了，不应该这么装货！"

两人有一句没一句地争辩起来。

伊丽莎白二号顺风前行，船帆已经胀得鼓鼓当当。帆布上有很多补丁，新旧的颜色混在一起，对比鲜明。伊丽莎白二号是一艘无比坚固的船，它比大多数渔船大，圆圆的船头乘风破浪，船身在水面上起起伏伏。真是奇怪呀，十一个人，带着自己所有的财产，要在这个由木头、帆布、绳索组成的世界里，度过五天五夜。当然了，这些事远没有发生在玛格丽特身上的事奇怪。

玛格丽特一边整理毛线，一边回想往事。

　　几个月前，她和奶奶还有皮尔斯叔叔，怀着对新生活的向往，从勒阿弗尔港出发了。天空跟今天一样湛蓝，奶奶看了法国最后一眼，忍不住哭了。但皮尔斯叔叔却很开心，他计划着未来的每一件事——他们会住在一个用路易国王命名的地方，那里阳光明媚，土地肥沃，人们都说法语，生活环境就像一个小型的法国。在那，他可以通过拉小提琴挣钱，教那些富有的种植园园主的儿女们跳最流行的舞步。到时候，他就是那里的名人，说不定还是新世界里唯一的法国舞蹈大师。

　　听到皮尔斯叔叔描绘的美好未来，奶奶和玛格丽特都很高兴。那是一段漫长的海上旅行，一路风雨，食物不够，还被水打湿了。不过他们并不在意，他们总是有很多计划需要讨论。在布满繁星的晚上，皮尔斯叔叔拿出小提琴，演奏美妙动听的乐曲。

　　现在，玛格丽特还会唱皮尔斯叔叔教过她的那些曲子。但是，无论怎样，皮尔斯叔叔已经去世了，他再也回不来了，再也不能翘着脚指头，再也不会拉动琴弓拨动琴弦了。这一切发生得太快了，如同一道迅疾的闪电。

　　在他们快要接近陆地的时候，有个水手病倒了，得了很严重的褥疮。在那段灰暗恐怖的日子里，人们都不敢看彼此的脸，生怕被传染上褥疮。可是很不幸，皮尔斯叔叔还是染病了。大家不让玛格丽特和奶奶接近他，最后他们把他葬进了大海深处。当时，玛格丽特跪在甲板上，一遍又一遍地祷告。船长不愿意冒险，他让玛格丽特和奶奶在就近的港口上岸了。皮尔斯叔叔的东西都随着他的尸体被扔进了海里，就连他的小提琴都被扔掉了。玛格丽特和奶奶除了身上的衣服和钱袋里的几枚硬币，再也没有别的行李了。

　　她们孤零零地到了马布尔黑德港口。奶奶走不动了，再也没有力气去往他们原先设定的那个新地方。祖孙俩靠着所剩无几的钱，搬来搬去，最后住进了一个叫"救济农场"的地方。奶奶已经虚弱得无法起床，她陷入了幻想，以为自己回到了法国，还时不时哼唱皮尔斯叔叔唱过的那些歌曲。每每这时，在床边做针线活的玛格丽特也会跟着奶奶一起哼唱。尽管玛格丽特只有十二岁，但她的针线活得到了"救济农场"里所有女人的夸赞。她教她们做漂亮的扇形和花环，她们则教她学习当地的语言。这种语言并不难学，但玛格丽特说出某些词语的时候，还是会招来哄笑。

加勒就嘲笑她发的"r"很奇怪，还说她这辈子都不可能学会说"h"这个音。想到加勒，玛格丽特立即从回忆中清醒过来，她快速朝四周看了看，直到看见加勒站在鸡笼上面才松了一口气。大家都在忙，玛格丽特趁机从灰亚麻布裙子的前襟里拉出一根绳子。绳子上有两件东西，一个是奶奶生前一直戴着的款式简单的金戒指，一个是皮尔斯叔叔那件最好的衣服上面的镀金纽扣——她后来在轮船甲板的缝隙里找到的。这是亲人们留给她最后的东西，格外珍贵。

奶奶去世后，玛格丽特不得不自食其力。人们告诉她，她得成为"契约佣人"，当地的当权者给她物色雇主。有几个女主人来看过玛格丽特，但因为她是法国人，她们摇着头走了。其中一个女人还说，乔治国王正在海那边跟法国打仗，她不会与敌国的人有所牵连。幸好，乔尔和多莉觉得玛格丽特的法国人身份无关紧要。

他们说："我们只要一个能干活的就好，不管她是哪国的人，都没关系。"

玛格丽特坐在一边，看他们写好契约，签上姓名。契约里的很多词她看不懂，但她知道从那天起，一直到她十八岁，她都要听从他们使唤，要侍奉他们六年，以此来换取食物、住处和衣服。

想到这里，玛格丽特快速收起绳子上的宝贝，并拢裸露在外的双脚，更加卖力地整理毛线。她知道，自己已经不叫玛格丽特了，而是乔尔一家

的女佣"麦琪"。

这时，多莉喊她："麦琪，过来看着孩子，我去给男人们做点吃的，他们在那吵吵嚷嚷的，肚子都饿扁了。"

玛格丽特赶紧接过孩子，其他小孩也围了过来。他们身体结实、皮肤白皙，跟身体瘦弱、皮肤呈暗褐色的玛格丽特形成了鲜明的对比。贝姬和苏珊是双胞胎，长得一模一样，她们今年六岁了，梳着两个小辫子，眼睛跟大海一样湛蓝。姐妹俩戴着软遮阳帽，穿着短袖低领口的灰色亚麻布裙子。接下来是四岁的芭迪和比她小一岁的雅各布。这两个小家伙喜欢跟在玛格丽特后面，他们都留着白色的短卷发，卷卷的样子，像羊毛一样。如果不是雅各布穿着短裤、长着酒窝，大家都以为他和芭迪是双胞胎呢。现在，玛格丽特怀里的这个小婴儿，才八个月大，她叫黛博拉，但大家都亲昵地喊她黛比。这个小家伙的眼睛也是碧蓝碧蓝的，粉扑扑的脸蛋像圆圆的苹果。

多莉在船舱里大声提醒玛格丽特："注意点，别晒着她了，天太热了，说不定她会长痱子，要是发烧了，在这就难办了。"

"好的，太太。"玛格丽特按照主人教过的样子回应道，弯着胳膊挡住了黛比的脸。

贝姬一边交换双脚站立一边嚷嚷："地板太烫了，说真的，我的脚都快要被烫伤了。"

玛格丽特告诉她："展开衣服，把脚盘到身体下面坐下来，这样就不会觉得烫了。"

她给他们示范，孩子们按照她的办法，在她身边坐下来。但雅各布不太老实，他爬到一只木桶上，坐在上面，凝望大海。

突然，船转了个弯，怀里的黛比差点掉下来。玛格丽特吓了一大跳："上帝呀！"幸好黛比没有受到惊吓，玛格丽特的心情稍稍平复，她叮嘱大家：

"抓紧了，小心点！"

跟大多数在港湾里长大的孩子一样，乔尔家的这些孩子早就适应了船上的生活。尽管雅各布才三岁，但大人们已经很放心地让他独自出来玩了。不过，他在木桶上坐了没多久，加勒走过来，抓着他的衣领把他拎了下来，放进了他的姐姐们中间。加勒威胁他说："当心点，不然你会被我扔进海里喂鲨鱼！"

男人们一边就着多莉做的面包和奶酪喝啤酒，一边讨论航线。

哈特船长大喊起来："绝对不会有第二条路了！我们走内陆航线，大概花一个星期到达皮那布斯高。我原先说靠着海岸线走，但我没想到船吃水太深，几乎要沉下去了。"

乔尔伸出粗糙的手指，指了指地图上的一个地方："我们得从法尔茅斯港换道，到那里时，我们的食物都吃完了。"

艾拉附和道："不错，到那里我们就能舒展舒展身体了。多莉要是知道能看到人烟，肯定不会像现在这样愁眉苦脸的。"

多莉叹了一口气："那肯定是我最后一次见到人烟了，离开马布尔黑德的日子真难受，要是现在有几座房子，能找个地方安顿下来，我就心满意足了。"

乔尔厉声呵斥她："你们女人家整天就会跟邻居说长道短，没完没了。要是那样安顿下来，你一出门就看见三面墙！我们得去寻找更大的地方。"

艾拉插嘴说："男人总是需要很大的自由空间！我早就觉得在马布尔黑德生活像是关禁闭！"

多莉咬着面包说："很多人自己富起来了还不清楚自己多富有呢！"

"很多人本来有机会拥有一两百公顷的土地，却一辈子在一两公顷的地方生活。"乔尔的眼睛闪闪发亮，看他那样子，好像自己已经得到了那些新土地一样。他卷曲着手指，做出抓斧头的姿势，"马布尔黑德到处是人，

我实在不能在那待下去了！有时候港口乱七八糟地停满了船，马路上到处是车，走路都得小心翼翼！"

船长说："现在这条路无比通畅吧！我以上帝的名义保证，人们要是只能依靠马车行走，肯定走不了多远！"

艾拉说："我不像乔尔那样痴迷于干农活，一有机会我就出海去！"

哈特船长点点头："有道理！只要在海边，不愁没有吃的，不愁没有路，你可以去你想去的任何地方。"

玛格丽特一直听着他们的对话，她盯着伊丽莎白二号劈开的海浪，瞬间明白了船长那番话的意思。大海是一条通往全世界的水路，只要踏上船，就能去想去的任何地方。玛格丽特笑了笑，她已经将海浪中间凹下去的地方想象成车辙，而他们这艘船，就像一辆没有轮子的车，它正在宽阔的海面上行驶。

多莉将剩下的面包分给孩子们，黛比开始哭闹起来，加勒去给她挤了点牛奶。

乔尔说："真受不了孩子吵吵闹闹的，快把他们带走。"

多莉吩咐玛格丽特："看好芭迪和雅各布，别让他们弄一身糖浆，上帝知道我什么时候才能给他们洗澡！"

玛格丽特带着孩子们找到一个太阳晒不到的地方，她又开始缠绕毛线团。贝姬和苏珊把她们最宝贵的玩具拿了出来——一个用玉米芯做成的、穿着卡利柯布衣服的娃娃。芭迪在玩贝壳，雅各布假装钓鱼，正在拼命地拉绳子。

天近傍晚，风向有些变化，必须调整方向船才能继续往前。哈特船长抱怨说船上装了太多东西，他眯起眼睛警惕地眺望着天际的火烧云。所幸，天气很好，太阳落下后，天气凉快了许多。孩子们吃完食物，喝了牛奶，最小的三个孩子被安排进船舱睡觉了。多莉在玛格丽特和双胞胎姐妹身边坐了一会儿，望着夜幕沉沉的海面发呆。天空中出现了一个明亮的星星，艾拉和加勒都走了过来。

贝姬指着天上如同镰刀一般的月亮，说："那是新月！我要许个愿！"

苏珊不甘示弱地说："我也要许愿！听说对着新月鞠躬九次，你的愿望就会实现！"她快速地鞠躬，小脑袋一上一下地摆动着，小辫子也跟着晃动起来。

多莉又在叹气："说起我的梦想，我希望这条船回到出发的地方。"

加勒抽了一下鼻子，他的话还没出口，艾拉兴奋地说："你们听过月亮和火药桶的故事吗？有个老头说，他是在苏格兰的时候听他爷爷讲过这个故事，他把故事又说给了我听。"

双胞胎姐妹立即靠过来，眼睛闪闪发亮："艾拉叔叔，说给我们听听！"

他说："很久很久以前，有个人出门打猎。他走了很远的路，一直走到天黑，累得实在不行了，他打算躺下来休息。他把火药桶挂在头顶的一个明亮的黄色钩子上面，然后闭着眼睛睡着了。第二天早上，他醒过来，发现火药桶不见了，他将周围找了个遍，都没找到火药桶。于是，他只好空着手回家去了。这天晚上，他又来到昨晚睡觉的地方，看见自己的火药桶正挂在弯弯的月亮上面。原来呀，那个黄色的钩子是月亮。他伸出手，取下火药桶，回家了。"

多莉责备他："好了，你不该给他们讲这么傻气的故事。"

夜色中，玛格丽特无声地笑了。她很喜欢艾拉讲的这个故事，这让她回想起奶奶讲给她听的那些睡前故事。不过，艾拉和加勒要去炉子那边引火点灯了，多莉也到船舱里去了，玛格丽特觉得有点失落。双胞胎姐妹还坐在她身边，两个小家伙靠在一起，抵御着寒冷的海风，小眼睛直直盯着满天繁星。

皮尔斯叔叔曾经教过玛格丽特，因此她知道许多星星和星座的名字。

她将那些星星的名字告诉双胞胎姐妹，她说得很熟练，如同熟悉自己的邻居一般。

这时，多莉叫双胞胎下去睡觉，玛格丽特不得不跟着一起。她在一条硬的长条凳上睡下，头上还枕着一袋子粮食。孩子们和多莉都睡着了，玛格丽特还清醒着。透过舱口，能看到一方小小的夜空，船尾的灯光时隐时现，不时还有男人们拉着绳子晃动船帆的影子。她大概还能听见是哪些人在说话。

后来，在恍恍惚惚中，玛格丽特睡着了，直到一阵呼叫把她吵醒。船开始剧烈摇晃，船头大起大落，桅杆似乎随时要断裂。

"上帝呀！"玛格丽特大叫起来。她移开孩子们搭在自己身上的小胳膊小手，小心翼翼地下床，朝船舱走去。

她不知道自己怎么爬上甲板的，伊丽莎白二号倾斜得很厉害，冰冷的海水泼在她身上，整个甲板都湿了。玛格丽特只有抓着栏杆才能往前挪动，乔尔也跟她一样抓着栏杆朝艾拉靠近，而艾拉正在拼命地收帆，哈特船长勇敢地抓着舵柄，大声下达命令。海浪实在太大了，船长的声音听起来微弱难辨。

"拉紧绳索！"

船长大吼着，他看到了玛格丽特，冲她大喊："下去！到下面去！"

玛格丽特正要下去，但她听见从船头的位置传来了一声尖叫，一定是加勒和他那些牲畜们遇到麻烦了。紧接着，传来了木头断裂声和牛羊们恐怖的叫声。不知道从哪里来的勇气，玛格丽特抓着低矮的木栏，侧着身体慢慢往前挪，寻找着任何一块可以落脚的甲板。海浪砸在身上，她的鼻子里灌满了海水，辫子湿漉漉的。男人们朝她大喊，但她根本顾不上这些了。

才走到一半，忽然一个巨浪砸中了船头，船头被埋在了水花下面。玛格丽特赶紧低下头，用尽全力抓住船栏。

加勒大叫着，他用来圈养牲畜的临时围栏被冲走了一大半，他挥舞着鞭子，试图将奶牛和小牛赶进残存的围栏里。他在绳索之间调整着身体，以便自己不被海水冲走，他的两个胳膊下面还夹着三只羊。就在玛格丽特快爬过来的时候，船猛烈地倾斜了一下，加勒失手松开了一只羊。玛格丽特不知道自己是怎么办到的，总之她腾出一只手，紧紧地抓住了那只羊。

"抓紧呀！"加勒大喊。

玛格丽特死命地抓着，手指深深陷入了厚重的羊毛里。

周围黑漆漆的，借着白色羊毛的光，他们依稀可以辨别对方的位置。大海稍微平静的时候，他们朝对方喊一声，确认对方是不是仍旧在坚持。不过大部分时间，他们根本没有力气说话。

受惊的羊在拼命挣扎，玛格丽特觉得自己的胳膊都快要被它扭断了。她紧紧咬住嘴唇，不让加勒听见自己痛苦的喊叫。也许是因为羊放弃了挣扎，也许是身体已经麻木，她感觉胳膊没那么疼了。此刻，她已经精疲力尽，全身冰冷，连害怕的力气都没有了。

暴风雨来得快去得也快，晨光熹微中，大海恢复了平静。艾拉第一个走过来，他黝黑的脸上已经毫无血色，他默默接过玛格丽特手中的羊，让她回到船尾。她的双手长时间抓羊用力，已经变得麻木，几乎快抓不住船栏。当她跌跌撞撞地回到船舱时，她听到船长说："真没想到，这两个年轻人都还活着。"

乔尔说："加勒撑得住，但我想不明白，暴风雨来临的时候，她怎么不去下面躲起来。不管她是什么出身，我都得说，她特别勇敢。"

船长也说："是呀，她是个勇敢的小丫头。"

玛格丽特瘫在长椅上，孩子们在她身边低声哭泣着，多莉骂她太过鲁莽了，但她根本不在意，她的内心已经被一股暖流占据。

乔尔和船长都夸她勇敢，可能加勒以后也不会再嘲笑她。她很快就睡

着了，在梦里，她回到了勒阿弗尔，回到了阳光明媚的女修道院。

玛格丽特再次醒来的时候，她感觉全身僵硬疼痛，她艰难地从黑暗的船舱爬到上面的亮光处。太阳已经高高悬在空中，湛蓝的大海一片祥和，仿佛昨夜的风暴从来没有出现过。一大半船栏不见了，一只鸡棚和大多数珍贵的家当都被海水冲走了。多莉坐在孩子们中间，在哀悼那些失去的财产。乔尔安慰她说，没有人被冲走，已经是万幸。

加勒自豪地说："谢天谢地，我和麦琪还救下三只羊呢，要不是我们，说不定连一撮羊毛都没有了。"

多莉反驳道："没有纺车了，羊毛还有什么用！"

尽管多莉有些苛刻，但她这天对玛格丽特很好，她只让玛格丽特看着孩子，没有给她派别的活儿，她甚至还给了玛格丽特一点牛脂，让玛格丽特涂一下脑门上的淤青。淤青已经变成了紫色，这又成了加勒调侃的对象，他说："哎呀！你太容易受伤了，我要不是壮得像头牛，恐怕身上也得青一块紫一块的！"

艾拉叔叔耐着性子说："行了，拍在她身上的可不是羽毛！"

船上只有一些硬面包和只够小婴儿以及最小那两个孩子喝的牛奶，男人们开始寻找别的食物。哈特船长建议说："想不想吃'马布尔黑德火鸡'？现在风小，绳索那边能腾出人手来。"

艾拉笑着和加勒一起把绳子拿了出来。玛格丽特神情诧异，但双胞胎姐妹显然明白这是怎么一回事，她们耐心地给她解释说，那不是去打野鸡，而是钓鳕鱼。男人们用储藏的鱼干当诱饵，朝海里放下了鱼钩。不一会儿，就有几条带着斑点的鳕鱼和一条黑线鳕鱼在甲板上乱跳了。

乔尔从破鸡笼里抽出几根木棍，在太阳下晒干，他费了很大的力气才砍下来一些木屑，在旧铁炉子里点着了火。多莉已经准备好三角锅，杀鱼老手加勒把鱼处理干净，他们很快就开吃了。

哈特船长吃完了自己的那份鱼："没有任何美味比得上新鲜的鳕鱼，要是再来一块热气腾腾的玉米烤饼，就是让我当国王，我都不干！"

多莉说："这鳕鱼半生不熟的，又没有盐，完全不能当饭吃！"

艾拉提议："下次煮的时候给你加一点海水，看看你的胃口能不能适应。"

乔尔也安慰她说："下次上岸的时候，我用海水给你煮一些盐。或者船舱里还能找到一点给羊吃的盐。"

玛格丽特也觉得鳕鱼吃起来没什么滋味，她还没有从昨夜的暴风雨里恢复过来，她浑身无力，非常虚弱。

黄昏时分，伊丽莎白二号朝一片海滨驶去。海岸线很陡峭，上面到处是参差不齐的岩石，还有一大片蔓延到悬崖边上的常青树。这片树木带着原始的气息，好像是作为东道主，列出憔悴的欢迎队伍。

贝姬说："我从来没见过这么多树。"

哈特船长告诉她："前面的树更多。"

他们经过一小片空地时，发现了几座零散的房屋，每个房子的烟囱里都冒着白烟，在不远处的扇贝形海港里，还停着几只小船，远远地传来了几声狗叫。他们在一个比较大的海角把船停下来，准备一直停到天亮。船长向大家保证，明天就能到法尔茅斯，大家都很兴奋，多莉也很开心，她给大家分发了用玉米粉做成的布丁。

玛格丽特坐在船舱里，一面听着大人们的对话，一边摇晃着小小的摇篮，哄黛比入睡。这时候不会有人听见她说话，也不会有人责骂她说法语，于是她用法语轻声哼唱起一首奶奶唱过的歌曲：

"宝贝、宝贝，快快睡觉吧，
宝贝快要睡着了。
宝贝、宝贝，快快睡觉吧，
宝贝已经睡熟了。"

伊丽莎白二号已经在岛屿中穿行了。最后，他们看见了法尔茅斯，宽阔的海港里停泊着一些小渔船和六艘大船，上面还有零星的几个房子。

加勒眯起眼睛说："这里的房子没有我想象中那么多。"

苏珊补充道："这里也没有马布尔黑德大。"

不过，多莉似乎挺满意："我觉得挺好的。"

贝姬指着上面的一个地方说："这里的教堂还有尖塔呢！"

加勒也大叫起来："啊，还有炮台。"

艾拉一边收起风帆一边说："我听人说过，那个应该是堡垒，用来警戒法国人和印第安人的。"

加勒朝玛格丽特挤了个鬼脸："听到了吗？他们说不定会朝你开火呢！"

雅各布紧紧抓住玛格丽特的衣服，尖叫起来："不要，不要打麦琪！"

"好啦！"多莉说，"雅各布，他们不会朝遵守规矩的人开火，他们打的是印第安人和坏法国人。"

玛格丽特满脸通红，她弯下腰，拉起了雅各布的手。这不是她第一次听到别人这般议论她的故国，也绝不是最后一次。这些话让她鼻子发酸，尽管孩子们都围在她身边，她也无法忘记这种酸楚的感觉。

男人们已经抛锚，放下了小渔船。在距离城镇不远的地方，有一个咸水湖，湖边长着蓝色鸢尾花，湖边的斜坡上绿草葱葱，几头黄褐色的牛正在吃草。大家都上了小船，艾拉和乔尔拉着船桨，加勒坐在船尾，玛格丽特和孩子们坐在船头。每当海浪拍过来，孩子们都兴奋得大喊大叫。不一会儿，小船在鹅卵石滩停下，大家都上了岸。

加勒挥舞着割草的镰刀，他要给奶牛和小牛割草，"这一堆事足够我忙活的了，小家伙们，你们最好全部跟着麦琪！别在我这捣乱！"

孩子们依次从船上跳下来。在距离湖岸远一点的地方，长着很多野生草莓。玛格丽特还是第一次见到这么浓密鲜红的草莓，孩子们早已忍不住了，他们的手里、嘴里已经被草莓塞得满满的。雅各布和芭迪的嘴唇都被涂成了大红色。玛格丽特教双胞胎姐妹将最大的叶子铺在篮子底下，再把草莓一个个装进篮子里。姐妹俩忙得热火朝天，不过，大部分草莓都被她们塞进了嘴里。

等篮子里的草莓都装满了，玛格丽特带着孩子们到一片云杉和桦树林子下面休息。双胞胎姐妹还带着她们的玉米芯娃娃，玛格丽特用两片大叶子给娃娃做了一身漂亮的绿裙子，还在裙子上别了一朵玛格丽特菊花。

贝姬说："真好看，我也想要一条绿色的裙子，上面缀满白色的小花束。"

苏珊说："也许等我们长大了，到可以结婚的年纪，就能穿印着小树枝的卡利柯布衣服了。"

"在法国，我就穿花裙子。"玛格丽特很少跟别人提起这些，但他们都是小孩子，她没有太多顾忌，"夏天，我穿黄底色印着小绿葡萄藤的裙子；冬天，穿印着玫瑰和玛格丽特菊花的棕色棉衣。我喜欢那件衣服，因为我的名字就叫玛格丽特。不过，你们管这种菊花叫雏菊。"

苏珊说："妈妈说过，她不会用这个名字喊你的。"

"啊，快看！"贝姬打断了他们的话。一只蜻蜓从他们头顶飞过，它的翅膀在阳光的照耀下带着蓝色和银色的光泽。

孩子们低着头尖叫起来，玛格丽特不解地问："为什么要怕它？"

雅各布把圆圆的脑袋埋进膝盖中间，他大声说："它是魔鬼的织补针！啊！千万不能被它碰着！"

"好了好了，它已经飞走了，我们去采花做花环吧。"玛格丽特带着他们刚回到草地上，忽然传来一阵激烈的狗叫。眨眼之间，一条半大的小黄狗跑到他们身前，不停地摇着尾巴，伸着红色的舌头。它跳起来舔玛格丽特的手，玛格丽特高兴地叫起来："小狗！小狗！"

这条狗在孩子们中间跑来跑去，但它好像最喜欢玛格丽特，它最终回到了玛格丽特身边。双胞胎姐妹猜测，它可能是有人用来看牲口的。

芭迪说："我希望它是我们的狗。"雅各布郑重其事地点头，紧紧地抓住了小狗脖子上的毛绳，生怕它跑了。

突然，走来了一个高个子的男人，他穿着粗布衣服，扛着一把滑膛枪。他走路的时候无声无息的，直到走近了，他才跟他们打招呼："你们是谁家的孩子？"

他的语气很严厉，双胞胎姐妹惊恐地瞪大了眼睛，两个最小的孩子使劲地靠在玛格丽特身边。

玛格丽特指着伊丽莎白二号的方向说："我们的船在那边，我们只是来这里割草，采了点草莓。"

这人将双手放在滑膛枪上，他看上去不那么严厉了，"你们是新来的？从哪来的？"

苏珊从惊吓中回过神来，她回答说："我们来自马布尔黑德。"

贝姬指了指港口和房子后面的海岸线："我们要到那边去。"

那人问："去那边？你们家的大人呢？"

双胞胎姐妹说："大人到镇上去了，哥哥在那边割草。"

那人压低了声音："我最好还是去跟他说几句，趁着还没人丢了人皮，我得让他们清楚自己是来做什么的。"

他们朝湖边走去，小狗走在最前面，后面跟着孩子们，陌生人扛着枪走在最后面。

雅各布鼓起勇气问："那是你的狗吗？"

"不，它是跟着我一道的。"

加勒远远就看见了他们，丢开草垛朝他们走去。他和那人走远了一些，但玛格丽特还是听到了他们的谈话。那些话让她全身冰冷，尽管太阳炙烤着她的头顶和肩膀，她还是觉得彻骨寒冷。

那人说："我是到这里看管牲口的，这地方很危险，树林里都是印第安人，他们干尽了坏事。"

加勒不安地问："你是说他们会杀死周围的居民？"

"是的，我们在这建筑了堡垒，所以他们不再围攻镇子了，但要是有人出去，他的头皮极有可能保不住。上个月，有四个耕地的男人和一个护卫在镇子的监视范围内被杀害了。还有个男人住在潮水区域那边，他挤牛奶回家后，被打死在家里，他的老婆和孩子都成了印第安人的俘虏。去年秋天，住在席普士考南边的一大群人去采坚果，结果只有五个人活着回来了。还有，在切拜格岛往里一点的地方，印第安人杀死了三头牛、六只羊，将它们烤得半熟扔在沙滩上。他们这样做完全出于怨恨。总之，谁都说不准他们下一个会对付谁，要知道，他们腰上别的不仅仅是成年人的头皮！"

陌生人说了一会儿，转身回了他看牲口的地方。他答应他们会一直留意这边的动静，直到大人们回来。孩子们惊恐地站在一起，但那条小黄狗没有跟过去。

贝姬说："它想跟我们在一起的。"雅各布率先跑出去，急切地比画起来。

陌生人对雅各布说："它在堡垒外面流浪很多天了，你们留着吧，我无所谓的。"

大家都很兴奋，但苏珊发愁地说："妈妈说，小狗很能吃的，他们说不定不让我们养它。"

雅各布说："我可以每天把自己的晚餐分一份给它。"芭迪也同意这样做。

加勒没有发表意见，但他转身捆草的时候，用手轻轻拍了拍小狗的头。玛格丽特觉得，他是站在他们这边的。

贝姬提醒大家："我们得给它取个名字。"

这可是个需要开动脑筋的问题。他们讨论了很久，一直到乔尔和艾拉划着小船回来。孩子们蜂拥而上，七嘴八舌地讲着小狗、印第安人和扛枪的陌生人的事情。

幸好，大人们同意了。乔尔说："留下小狗吧，要是碰到印第安人，它还能吓吓他们。不过，如果它表现得不好，你们只能把它送走。"

这天晚上，大家饱餐了一顿从法尔茅斯带来的食物。等孩子们都睡着了，大人之间的讨论开始了。小狗趴在玛格丽特的膝盖上，她在一旁静静地听着，感觉浑身发冷。

艾拉复述了他的见闻："居民们从教堂回家的路上，印第安人躲在树背后开枪，只有一个人活着回来报警，他连滚带爬回到警卫队，身上到处是伤。"

哈特船长说："印第安人是大麻烦。他们正在皮那布斯高和萨马科迪闹事，他们每割下一块英国人的头皮，法国政府都会给他们发奖金！"

多莉非常惊慌："我们要去的那个地方，正是印第安人的地盘。在堡垒那里，你们都看见了，上面有三十块印第安人的头皮，他们居然说还要再割十个人的头皮才抵得上去年的损失。而且，那些损失还不包括被印第安人带到加拿大的女人和小孩。我真的害怕呀，我再也不敢让孩子们离开我的视线了。"

乔尔说："以前别人也是在这带着孩子生活的。我花光了所有积蓄才买到这块土地，它是我的。鼓起勇气，我们一定有办法。"

加勒补充说："爸爸，我想要一杆滑膛枪。"

天快亮的时候，大家的恐惧减少了一些。伊丽莎白二号在无数个岛屿之间穿行，到处都是长得笔直的云杉。有些岛屿船长知道它们的名字，他已经在航海图上将它们标记了出来。到下午的时候，船长将一个黑漆漆的岛屿指给大家看。他说那是蒙西根岛，是除了班克斯岛屿之外的最好的渔场。

太阳快落下的时候，他们看到了一个几英里长的岛屿，船长说这是一个法国人起名的岛屿——"霍特岛"。玛格丽特的内心有一丝触动，但加勒不以为然地说："难道用英语就取不了名字了吗？非得用个法国的！"

玛格丽特轻轻叹气，船长解释说："我认为，不管是岛屿还是船，改名字会带来厄运。这一带有好的法国人，往那边走一点是卡特因，是以多年前在这居住的一个男爵的名字命名的。男爵在这修筑城堡，还娶了一个印第安人的妻子。后来英国根据他娶了印第安人妻子这一条，把他从岛上赶走了。那时候他和印第安人和平相处，岛上也没发生任何袭击和割头皮事件。"

听到船长这么说，玛格丽特很高兴，但她不能表现出来，只能在心里暗自开心。后来大家都讨论别的了，她还在回味船长的话：既然那个法国男爵娶了印第安人妻子，说明那些野蛮的印第安人也不是很恐怖。

这天晚上，他们把船停在了背风处。船长说，如果顺风，不出一天就能到达目的地。

多莉说："真好，能在房顶下睡觉了，我希望买下的那座房子结结实实。"

"卖家说用了最结实的松木板，还钉了木钉。"乔尔为了让她安心，补充道，"我是问清楚后才买的。"

但是，第二天早上，从东面来了一团大雾，挡住了航向。船长不愿意冒险，宣布原地等待。雾气冷飕飕的，如果待在甲板上，衣服和头发都会被弄湿。要是待在下面，船舱又太小了。玛格丽特和多莉在船口，忙着为御寒织毛袜和手套。芭迪和雅各布坐在下一级的台阶上，头发上满是露珠。加勒则跟着哈特船长学习指南针，他一遍又一遍地重复着说："不，不，东。"

一只海鸥从头顶掠过，叫声尖厉。它飞得很低，他们都能看见它贴在

身体下的橘红色爪子和亮闪闪眼睛。

艾拉说："海鸥在觅食呢，我们最好抓一些鱼。"

玛格丽特调侃说："这些鸟不用说'不，不，东'就知道该去哪里，它们很聪明。"

艾拉哈哈大笑，露出了洁白的牙齿："是呀，有时候人知道得再多，都敌不过聪明的鸟儿。"

多莉在铁炉子上炖鳕鱼，孩子们围在炉子边取暖。那条狗——"南瓜"，人们给它取了这个名字，在一边溜达，接着主人们扔来的零碎食物。不过短短两天，南瓜已经成为这个大家庭中的一员。

南瓜舔着贝姬的手，她说："它的舌头好软。"

苏珊好奇地问："艾拉叔叔，为什么狗的舌头光滑，猫的舌头却很粗糙呢？"

艾拉说："要是我知道原因，我就比'旷野中人'更聪明了。乔尔，你还记得在老家的时候有人唱给我们听的那首老歌吗？"

旷野中人问我：

"海里有多少草莓？"

我这样回答说：

"和林中鲱鱼一样多。"

乔尔耸耸肩："我看你呀，就记得这几句傻话，别的你都记不住。"

孩子们都会唱这首歌，歌词已经被他们牢牢记在心里了。玛格丽特更是将这首歌当作宝贝一般，藏在心底。

第二天上午，浓雾散去，风向往东，船只能沿着海岸线慢慢前行。空气中还飘荡着一丝薄雾，遥远的天边覆盖着一层白色的云。玛格丽特站在扶栏边眺望，忽然，眼前的光亮不见了，取而代之的是一片神奇的山峰，横亘在伊丽莎白二号的船头。它看上去像一个游离了大陆的蓝色怪物，岸上绿色、茶褐色相间的树木，郁郁葱葱，又给这头怪兽增添了几分神秘的色彩。

船长给大家介绍："荒漠山，地图上标着呢。"

加勒一字一顿地拼着这个岛屿的名字，有点不以为然："这么了不起的一座岛，却取了个奇怪的名字。"

船长解释说："是一个叫尚普兰的法国人，他发现了这座岛，就把它在地图上标记出来。这座山从海里伸出来的部分很高，山顶上光秃秃的。远远看起来，它是靛蓝色，近看颜色又不一样了，总之，它很漂亮。"

乔尔说："将来咱们可以从家那里看到它。我的卖家说过，附近再也找不到比这更美的景致了。"

玛格丽特的眼里已经噙满了泪水。本来这座靛蓝的山脉出现在眼前，她已经很高兴了，当听到船长说出它名字的由来，她便觉得这座岛屿对自己来说有着独特的意义。在这个岛屿环绕、树木森然的陌生地方，还有一个法国名字的岛屿陪伴她，要是奶奶和皮尔斯叔叔知道，一定会替她感到欣慰。

很快，加勒和艾拉按照船长的命令扭转风帆，朝乔尔地契上标注的地方驶去。大家都紧张得绷紧了神经，就连牲畜都受到了感染，齐齐扭头朝岸边张望，急切地喷着气。

乔尔告诉大家："再过两个海岬就能看见我们家了。东边是'老马礁'，那一对小的岛屿叫'姐妹花'，有个大的叫'星期天'，上面住着乔丹一家，我都看见上面的空地和房子了，他应该是距离咱们最近的邻居。"

多莉紧紧地抱住怀中的黛比："他们的烟囱正在冒烟呢。"

玛格丽特把软帽往后拉了拉，想看得更清楚一些。雅各布和芭迪靠过来，拉着玛格丽特的手。

芭迪说："麦琪，朝那边看。"

雅各布用手指着前面的树林，反复地说："我们的房子在那边。"

"那边有一个适合登陆的海湾，一边长着云杉，一边是空地。房子应该在对岸，距离岸边大约一百五十码。很快我们就能看到了。"乔尔补充说。

伊丽莎白二号绕过最后一个海角，大家都停止了交谈。海浪拍打着峭壁，发出轻柔的唰唰声，一只海鸥被惊动了，尖叫着从草地上飞起来。

玛格丽特的心狂跳不止，她搂着孩子们站在船栏边。正如乔尔说的，这里有水湾，有鹅卵石沙滩，一边是云杉一边是空地，还有一条通往房子的水路。可是，前面空荡荡的，午后的阳光下，只有一片开阔的草地，没有房子的踪迹。

整整一分钟过去，谁都没有说话。乔尔惊诧地看着空地，地图还在手上随风摆动。加勒和艾拉站在原地，多莉跟孩子们一样，眼睛瞪得大大的。

加勒第一个尖叫起来："房子呢？我们的房子呢？"

多莉声音颤抖："上帝知道！"

接下来的几个小时，绝望吞噬了每一个人。玛格丽特觉得，现在比起雾那天的伊丽莎白二号更冰冷、更沉重。多莉愁眉紧锁，乔尔紧绷着脸，艾拉划着小船去大船上接孩子们时也是一言不发。直到太阳从云杉树丛后面落下，他们依旧站在小路的尽头，看着空地上的废墟发呆。

乔尔重复地说："房子就在这里，地上还有半截烟囱，卖家弗林特说的，房子是用海边的石头造的。"

多莉很气愤："不要再跟我提这个人了！是他骗了你，我猜肯定没有什么好事，要不然他干吗离开这里！你不问清楚就买，现在好了，看看这是什么鬼地方，连一片屋顶都没有！"

"多莉，我会给你建一座屋子的，有树和斧头，我们很快就会有一座屋子。"

多莉还来不及反驳，很快从水面上传来了打招呼的声音。两个男人划着船过来了，南瓜一路叫着朝他们跑过去。这两个陌生人，一个头发花白，背有点驼。另一个跟艾拉差不多年纪，身体健实，大方脸黑黝黝的。玛格丽特没听见他们到底在说什么，但她知道他们在谈论一个可怕的话题：印第安人。

来人是乔丹家的赛斯和他的儿子伊桑，他们来自星期天岛，给大家带来了一个天大的坏消息。最近，针对东边和加拿大人的袭击越发频繁，正因如此，弗林特和那几家人才放弃了这里的土地逃到更加安全的地方去了。他们走的时候，房子的确还在，之后印第安人在这放了一把火，将它夷为平地。今年春天，印第安人还在这里举行了好多天奇怪的仪式，还杀死了两个居民。其他人都吓得搬到了星期天岛。这边沿岸一带，不管住哪里都很危险，弗林特的房子这里更是不祥之地。每年春天，印第安人都会结伴到这里来，他们对白人的入侵充满了仇恨。

伊桑说："这附近有个人，被印第安人抓到加拿大做过俘虏，他听得懂一些印第安语，他说你们这片地方叫帕萨之维克之，大意是幽灵和魔鬼出没的地方，所以印第安人痛恨白人在这居住。"

赛斯也说："我向来不吝啬帮助新来的居民，但住在这里的确会惹上麻烦。附近还有很多岛屿，你们还是住岛上去吧。"

乔尔口气僵硬地说："这是我买下的地，不管有没有印第安人，我都要住这里，我才不会住什么岛上。"

之后，大家讨论起别的问题，但他们的脸都绷得紧紧的，表情也很古怪，好像印第安人已经埋伏在后面的树林里一样。当他们准备回小渔船上时，赛斯亲切地告诉多莉："我的姨妈海普莎也住在星期天岛上，她已经七十多岁了，但还没老糊涂。要是你们能去看看她，她肯定会觉得很自豪。"

这天晚上，乔尔一家人不得不在船上过夜，大人们聊了很久。玛格丽特已经累得没有精力再去听他们谈论的内容。第二天一早，她从船舱里爬

起来，默默地在心里对那些山脉用法语道了一声"早安"。

男人们已经开始忙活起来。这里的云杉长得又高又直，正好适合盖房子。他们忙了一阵，回船上休息，因为劳累，他们都不怎么说话。乔尔还板着脸，孩子们都不敢靠近他。饭后，大家商量怎么把牲畜赶上岸。最后，大家商量出一个方案：把它们扔进海里，让它们自己游到岸上去。

船长肯定地说："它们会笔直地朝岸上游去，小牛也长得够壮实了，羊也跟得上。"

玛格丽特、多莉和孩子们乘船上岸了，乔尔和哈特船长要去砍树，只有艾拉和加勒负责把牲畜带到岸上。这件事并没有看起来那么简单，尽管羊拼命挣扎，但他们还能抓得住。至于奶牛布林多，他们却拿它一点办法也没有，权宜之计，只能先把羊扔进海里。果然，羊很勇敢地游上了岸。玛格丽特带领双胞胎姐妹，费了好大力气才把这些脏兮兮、湿漉漉的羊拴在木桩上。加勒和艾拉决定先把小牛扔下船，小牛哞哞地叫着，不停划水，很快奶牛就被轻易推下去了。然而，小牛却朝着相反的方向游，奶牛也失去了方向感，跟着小牛朝海岸和星期天岛屿之间的开阔海域游了过去。潮水湍急，岸上的人还没反应过来，牛和船之间已经隔着一片宽阔的水域了。更倒霉的是，把这两个家伙扔下去的时候，它们在挣扎中踢翻了岸边的小船，船桨也被水流冲远了。艾拉急忙把船翻过来，但奶牛和小牛已经游得更远了。

玛格丽特永远都不知道自己怎么会鬼使神差地跳进小船，她很久没握过船桨了，但她毫不犹豫地抓起船桨，把小船推进了水里。岸上和船上的人都在朝她大喊，但她只是甩了甩头发，专心致志地划动船桨。

"上帝呀，它们一定不能淹死！我一定要救它们！"

玛格丽特咬紧牙关，使出了全身力气，抓紧船桨往前划。她的脚紧紧地蹬着船上的一个木楔子，累得脚指头发疼，汗水从她的额上滚下来，她满脸都是汗珠，但她依旧坚持地往前划船。

眼看着快要追上两头牛了，她有点担忧：也许它们已经累坏了？也许她还没追上，它们就要沉入冰冷的海水里了？她又加了一把劲，很快看到了奶牛和小牛。它们只有棕色的头还露在水面上，表情惊恐万分。玛格丽特手里没有绳子，即便有绳子，她也没那个本事套住它们的头。于是，她调整策略，试着将牛往星期天岛方向引过去。她划着小船尽量靠近牛，用船桨敲打它们，模仿加勒的语气大声吆喝起来："牛儿，过来——牛儿，过来——"

一段时间后，奶牛和小牛跟过来了，玛格丽特终于舒了一口气。艾拉和加勒已经登上小渔船了，不一会儿就赶过来，只要把牛引到浅水区就安全了。玛格丽特看见星期天岛屿外有一片水湾环绕的空地，这一刻，她觉得自己从来没见过这么美的绿地。

接着，奶牛的背露出了水面，它跟跟跄跄地走上了沙滩，小牛也跟着上岸了。

"啊，感谢上帝！"玛格丽特喘着粗气，瘫倒在地。她很虚弱，头晕眼花，耳朵里塞满了奇怪的嗡嗡声，隐隐约约地，她看见艾拉站在水里将小船拉上岸。

"它们都没事了？"玛格丽特用微弱的声音问。

"是的，你做得很好，就连我都做不到你这样好。你很累了，快休息。"艾拉把玛格丽特架起来，放到一片干燥的海滩豆藤上。阳光很温暖，玛格丽特听话地闭上了眼睛，她感觉自己的心跳已经渐渐平复。她听见加勒在唤奶牛和小牛，还听见了潮水冲击鹅卵石的声音。

这时，突然有人说："真没想到，要是早知道有客人过来，我会早早出来迎接的。"声音属于一个女人，尖尖的，像一只活泼的小鸟。

玛格丽特睁开眼睛，看见一个瘦小的老太太朝她走来。这人很古怪，

她就像一棵裹着卡利柯布的苹果树。老太太弯腰看着玛格丽特，她的花白头发整齐地从中间分开，脸上布满了鸟巢一般密密麻麻的皱纹，一双眼睛却乌黑明亮。她问："上帝呀，你不是印第安人吧？"

玛格丽特很虚弱，微微笑了笑。加勒在一旁大叫着说："她是法国人，跟印第安人也差不多了。"

老太太的脸上露出和蔼的笑容："太稀奇了！不管怎么说，你追着那两头牛追了这么远，我想你应该有胃口喝点牛奶，吃一点刚出炉的面包。我一看到你们，就匆匆赶过来了呢。"

玛格丽特跟着老太太走上了一条小路，她有点儿喘不过气，身上还疼得厉害。不过，她觉得，即便这位老奶奶喊她爬上峭壁，她也心甘情愿。

老太太领着大家朝一座四方的院子走去，她说："我叫海普莎，是赛斯的姨妈，伊桑的姨奶奶。"

海普莎奶奶穿着一双自己做的牛皮便鞋，她走得很快，印花裙子不停地在脚踝摆动。他们很快走到了房子边，房子上宽宽的木板历经风霜，已经发白了。房子外面还有库房和小棚子。房子前面有一个漂亮的大花园，康乃馨、向日葵、牵牛花，还有一大丛肉色玫瑰！在这种遥远的地方还能看到这些花，简直是个奇迹！玛格丽特连连发出惊叹声，海普莎奶奶很高兴，她说："要不是种下这么一大片花，我才不觉得自己已经定居下来了。玫瑰花是我从波士顿亲自带来的，赛斯跟我打赌说它肯定活不下来。但我知道，玫瑰才没那么娇气。"

艾拉大笑起来："就像某个人，对吗？"

"如果你说的这个人是我，还真是这样。我告诉赛斯我要来这里的时候，我已经七十三岁了。到了这里，我再也没生过病。前面的小房子里放着我的织布机和纺纱机，羊毛剪下来，我就在那纺织。可惜，我这里还缺个女人，如果她能帮我做做家务，我就能一心一意地纺织。我早就跟赛斯说过，他该找个媳妇了！"

这天下午，玛格丽特坐在洒满阳光的厨房，吃着热腾腾的玉米面包，喝着牛奶，听着海普莎奶奶讲关于自己和邻居们的故事。

"住在你们西边的伊莉莎和山姆有三个孩子，到他家要走半天水路。塞尔角住着摩西和他的妻子，他们有一个一岁的小孩。威尔斯岛在你们东边不远，住着一家四口，南森、汉娜、蒂莫西和阿比，那个阿比快十八岁了，是个机灵鬼。伊桑一有时间就往那里跑，我看他不是去看那里的老人家，而是放心不下阿比。"

大家聊着，一边说一边笑。玛格丽特坐在那里，感觉幸福来得有点突然，她都有点听不清海普莎奶奶和艾拉的对话了。自从跟着奶奶和皮尔斯叔叔登上甲板朝新大陆进发，她还没像现在这样，心里有一种说不出的感觉。这里是个永远温暖的地方，灰色的墙、白色的杯子、鲜艳的花儿，慈祥的老奶奶。

很快，到了离开的时刻。赛斯和伊桑从树林里回来了，他们主动提出帮艾拉把奶牛和小牛弄到海峡对岸。当然，他们依然不赞成乔尔一家住在那里。玛格丽特叹了一口气，跟着大家走到门口的时候，海普莎奶奶突然说："今晚这个女孩留下来休息吧，她追牲口追累了，明天伊桑再把她送回去吧。"

玛格丽特的手紧紧握在一起，她不能将留下的念头表现得太强烈。如果乔尔和多莉在场，他们肯定会反对。幸好，他们都不在这，加勒也走远了，艾拉一顺口就答应了。玛格丽特兴奋得快要跳起来，她和海普莎奶奶站在门口，目送小船出发。海普莎奶奶说："我不喜欢摆架子，你跟其他人一样，也叫我海普莎奶奶吧，我不管你是佣人还是其他人，在我看来你是个聪明懂事的好孩子。"

听到这些话，玛格丽特的脸不由自主地红了。她忽然意识到自己的衣

服又脏又破，头发乱糟糟的，好多天没洗澡了，皮肤黑黝黝的。海普莎奶奶一眼就看穿了她的小心思，领着她穿过走廊，来到一间屋子里。屋里摆着一张精美的樱桃木床，玻璃窗户下，摆着一把椅子，旁边还放着拼接布料和针线框子。

海普莎奶奶说："这是我的卧室，木桶里已经装好了水，盖着盖子的小碟子里是香皂，你要是想洗洗，可以用这条毛巾擦身体。"她递给玛格丽特一条印着鸟儿眼睛的厚毛巾。

海普莎奶奶一走，玛格丽特就立即脱掉衣服开始洗澡。洗清污垢，擦干身体，像是将过去的辛苦都洗刷殆尽一般，她觉得自己迎来了新生。随后，她穿上衣服，去找海普莎奶奶。海普莎奶奶正在棚子里干活，里面堆着没来得及整理的羊毛，挂着已经染色待纺织的羊毛，还有一架纺车，一台织布机。

海普莎奶奶拿着一根结实的木棍在桶里使劲搅拌，"每天必须搅拌两次才能染色，真不知道哪天才能染完，织成羊绒。"

阳光照射进来，在一缕红线上披上一层奇怪的色彩。玛格丽特惊奇地看着海普莎奶奶，她想："如果要不是知道奶奶是个善良的人，我会以为她是个巫婆呢。"

过了一会儿，海普莎奶奶提出去摘月桂叶，用来染成黄色给伊桑做棉衣。她和玛格丽特穿过一条陡峭的小路，来到一片草地上，这里长着茂密的月桂树树丛，树叶的味道格外清新。玛格丽特像跑到草原上的小马，不停地嗅着月桂叶的香气，她感觉自己浑身轻盈敏捷，充满了生机。

海普莎奶奶用手遮住阳光朝远处的地平线望去，"经常来这里，对身体有好处。总是待在屋子里，容易一无所知。孩子，拿着篮子，摘上面的嫩枝。我去摘一些毛蕊叶子，它放在牛奶里煮一煮，能治百病呢。"

玛格丽特一边唱歌一边采摘树叶。有一只羊跑过来，又咩咩地叫着跑开了，它静静地站在一旁，用傻乎乎的眼神看着玛格丽特。等篮子都装满了，玛格丽特去找海普莎奶奶。在一块光秃秃的礁石边，玛格丽特看到了海普莎奶奶瘦小的身影。那个地方的石头缝隙里长着开花的粉色矮灌木。

海普莎奶奶说："它的学名叫狭叶山月桂，这一带的人们都叫它卡利柯灌木，它还有一首专门的歌呢。"她答应玛格丽特，晚饭后，只要赛斯愿意拉起小提琴，她就会唱这首歌。

回去的路上，玛格丽特讲了很多关于自己的事。

海普莎奶奶安慰她说："在这个地方，你的好针线派不上用场，真是太可惜了。第一眼见到你，我就知道你是有教养家庭里的孩子，小小年纪就受了这么多苦，但你一定能挺过去。"

她们一起穿过树林，回了家。玛格丽特觉得这里的炉火和厨房里的灯光更加温暖了，她有点害怕伊桑和赛斯，不怎么说话。伊桑和赛斯完全忽略了玛格丽特，他们告诉海普莎奶奶，乔尔一家不听劝告，坚持要在那个海角住下来。

伊桑却有自己的计划，他想乘坐伊丽莎白二号回朴次茅斯，然后乘坐带去的单桅杆帆船回来。赛斯非常反对，他担心儿子在路上遇到印第安人。不过，他还是答应伊桑，会在哈特船长离开前，好好考虑这件事。

海普莎奶奶大声说："伊桑，你要是真的去，帮我带一样东西回来，靛蓝，我想做一床印着'荒漠山'图案的被子，如果没有靛蓝和浅黄色，根本做不了。"

伊桑笑了："要是这样的话，我就算挨家挨户讨要，也给您把靛蓝带回来。"他的笑容很温和，玛格丽特开始有点儿喜欢他了。在海普莎奶奶的要求下，赛斯拿出了小提琴，玛格丽特激动得屏住了呼吸。自从皮尔斯叔叔去世，她很久没听过琴声了，在这个遥远的地方，弥散着印第安人带来恐慌的荒漠地带，居然还能听见琴声，实在非比寻常！

海普莎奶奶双手放在膝盖上，唱起了《卡利柯灌木丛》。尽管唱高音的时候有点发颤，但她的嗓音格外甜美，唱得也很流畅，没有一次因为忘词而停顿。玛格丽特全神贯注地听着，生怕漏过一句那些听不太懂的英文歌词。

这是一首哀伤的民歌，大家久久沉浸在曲调中，没有说话。伊桑起身回自己的房间时，嘟囔了一句："歌里的那个人太傻了。"

海普莎奶奶说："好了，我知道我的嗓音大不如前啦。孩子，咱们也去睡吧。"

玛格丽特跟着海普莎奶奶来到卧室，她很快爬上床，钻进被窝，在海普莎奶奶身边睡下了。她的小脑袋里不停浮现各种奇怪的东西：小岛、海水、彩色羊毛、草地上的草药和那忧伤的《卡利柯灌木丛》。

第二天早上，玛格丽特笨拙地向海普莎奶奶告别。两个人的话都有些词不达意，但已经有一条神奇的纽带将她们连在了一起。

海普莎奶奶站在门口说："麦琪，再见！只要你愿意，随时可以到我这来。"

[第三章]

秋

　　每天，艾拉都在门阶的柱子上刻线当日历。这样算起来，已经到了九月一号。当然，即便没有这个日历，玛格丽特也知道夏天过去了，毕竟木屋快完工了，而地里的玉米也快成熟了，黄花草和红浆果、雾霭渐浓的荒漠山，还有日夜吟唱的蟋蟀，这些都能告诉她，时间在慢慢流逝。

　　九月一号这天，是一个重大的日子，好几个星期之前，大家都在盼望这天快快到来。

　　太阳还没完全从海平线上升起，多莉就预料说："今天是个上梁的好天气。昨天晚上刮风了，我还以为会有暴风雨，客人们会来不了。真是谢天谢地！"

　　玛格丽特和孩子们都很期待这个大日子。她从没听过上梁是什么，由此还遭到了加勒的轻蔑。他说："要是大家不来帮忙，我们能在霜冻之前把房子盖好吗？爸爸、艾拉叔叔还有船长，花了一整个夏天砍树，才搭建起来。唉，要我说，你们女的，一点儿也不知道怎么建房子。"

　　当然了，玛格丽特并不是一无所知，她从艾拉和孩子们那里知道了一些事情。她感觉，上梁应该是一次庆祝活动。也许平时大家对这个人的言行并不赞成，但到上梁的时候，邻居们出于责任、出于一种对欢庆活动的借口，一定会前来帮忙。

为了准备食材，加勒在小渔船上钓鱼。他俯身在船舷上，灵活地摆弄着鱼线。他是个钓鱼的行家，钓出的鳕鱼已经晾了一大串，可以晒干留着冬天吃。海普莎奶奶说过："加勒是个很有希望的孩子，在他这种半大不小的年纪，不能对他要求太高了。我敢说，他比斯坦利家的安德鲁聪明。"

　　玛格丽特还没见过安德鲁，她期望安德鲁比加勒对自己友善些。她和双胞胎姐妹在给野鸡拔毛，雅各布和芭迪捡来一些野果和树枝做宴会装饰。苔藓地上的摇篮里，躺着小黛比，玛格丽特时不时晃动一下摇篮，看看她有没有蹬掉盖在身上的大围巾。为了庆祝上梁活动，多莉也给黛比穿上了最好的棉布裙子。她的小脸跟大家一样都被晒黑，在阳光下，她的头发也有些泛白。

　　贝姬说："黛比是上梁仪式上最小的孩子吧？摩西家的孩子比她小。"

　　苏珊不屑地说："他们肯定会把孩子带来，绝不会把他留在家里让印度人得逞。"

　　多莉坐在一张粗木桌子边搅拌玉米面，她斥责道："上帝呀，今天别再说什么印第安人了。不用担心这事我都忙得不行了，再说了，他们一整个夏天都没来捣乱，你们就别瞎想了。"一想到客人们就要来了，多莉非常开心。她已经穿上了最好的卡利柯布衣服，扎上了干净漂亮的头巾，还找来了几根蓝色的毛线系在玛格丽特和双胞胎姐妹的头发上。

　　即便如此，她还是有些不满意："真希望雅各布和芭迪也有干净的衣服，好了，麦琪，我来给野鸡拔毛，你带孩子们到泉水那边擦拭下。从橱柜里找一块布，带着梳子和剪刀，把雅各布和芭迪头上的芒刺挑掉，我可不希望听到客人们评价说我的孩子像刚从牧场里抓出来的小羊羔。"

　　这段时间以来，孩子们很少梳洗，要把他们俩弄干净，还真不是容易的事。但玛格丽特不会轻易放弃，她舀了水，浇在雅各布和芭迪的手上和脸上，再用粗糙的毛巾给他们擦洗。他们俩不停反抗，芭迪大叫着说："我的皮都要被你搓掉了！"

雅各布身上的皮肤已经被搓得像泉水边的岩枫，他也嚷嚷说："我的鼻子也要被搓掉了！"

洗漱还算小事，头发才是大难题。玛格丽特把他们头上的芒刺和树枝剪掉后，自己都忍不住笑了："上帝呀！你们俩看上去像被老鼠啃过一样！"

两个小家伙才管不了这些，他们笑着跳着跑走了。玛格丽特暗自庆幸：还好，他们没看到自己的样子有多古怪。她在泉水边站了一会儿，洗了洗脸，顺了顺头发。这段时间一直在忙，她突然想停下来看看自己。于是，她跪在苔藓上，等待水面恢复平静。一枚小枫叶顺流而下，像是水面上的一团小小的火焰。玛格丽特朝水里看去，枫叶停留在她的倒影边，好像别在她的头发上一样。她觉得自己变得有些陌生了，她有点紧张：别人会不会因为这样对自己也有陌生感呢？

玛格丽特来不及多想，加勒在喊她了。她朝海湾走去，双胞胎姐妹激动地一边说一边比划着，说邻居们快来了。星期天岛方向已经出现了一只正在绕过海角而来的三角帆船。

贝姬大喊："麦琪，他们来了！"

苏珊拉起玛格丽特的手："我们快去迎接他们吧！"

玛格丽特在心里暗暗数着从船上下来的人。首先下来的是星期天岛上的一家三口，海普莎奶奶很开心，手里拎着给宴会准备的篮子。接着是摩西一家——海勒姆、玛丽和他们的小宝宝鲁滨。斯坦利家坐着渔船从另一个方向来的，伊莉莎和山姆带着他们三个壮实的孩子一起，小安德鲁划着船桨，头发乱糟糟的。最后来的是威尔斯一家，蒂莫西和阿比划着单桅杆船，他们的父母南森和汉娜划着一只小船跟在后面。

玛格丽特好奇地看着阿比，她觉得海普莎奶奶完全没有将阿比的魅力描述出来。她很漂亮，穿着一件深粉色的卡利柯棉布裙子，看上去就像一

朵在卡利柯灌木丛里绽放的花朵。她有一张温和圆润的脸，眼睛是恬静的灰色，披散的棕色头发微微打着卷，她穿着自制的牛皮鞋，脚步轻盈。

看着阿比的装扮，玛格丽特更加在意自己赤裸的双脚和脏兮兮的破裙子。这时，海普莎奶奶朝她招手，"麦琪，过来！"她从自己随身携带的卡利柯布包里掏出一样东西，"我猜你没时间给自己做一双袜子御寒，你看这双怎么样？"

玛格丽特激动地接过袜子，双手都颤抖起来。袜子上面的灰色毛线又密又紧，袜口还有一圈红色花边。她一时兴奋，说起了法语："真是太感谢您了，它太漂亮了，能穿上它是我的荣幸！"

"傻孩子，这没什么大不了的。篮子里是黄油，快放到阴凉的地方，别让它晒化了。"

玛格丽特本来想去帮厨，但多莉让她去看孩子。斯坦利家的女孩凯特已经九岁了，长得又高又大，她的弟弟威廉姆，比她小两岁，是个满脸雀斑的小捣蛋。姐弟俩跟着玛格丽特，朝新房子走去。他们站在一边，看男人们搭建房子。

贝姬叫喊起来："上帝呀，他们像举小木棍一样把圆木举起来了。"

苏珊一板一眼地数着手指头："啊，加上船长，有九个大人，我还没见过九个大人一起干活呢。"

凯特自豪地说："拿着最大斧头的是我爸爸，他能砍飞木屑！"

雅各布打断了她："爬梯子的是我叔叔艾拉，他能爬到最高的地方。"

男人们在九月的阳光下忙碌着，他们举起棕色圆木，放到合适的位置。在他们的努力下，房子越搭越高了。玛格丽特看得有些着迷，她想："这些人真厉害，能把树变成房子。"

孩子们在一旁叽叽喳喳议论不停，过了一会儿，第一根圆木已经架在房顶上了。随后，大家围着圆桌吃饭。桌上已经摆满了丰盛的食物：鱼、肉、果浆、鸡蛋、玉米、涂满黄油和蜂蜜的玉米面包和布丁……玛格丽特瞪大了眼睛，她却不得不听从多莉的指挥，一会儿将装满食物的木盘子送到在地上休息的男人们那里，一会儿用食物哄吵闹的孩子们，一会儿去泉水边打水。即便有片刻坐到孩子们中间休息的机会，她也很少有机会吃上一口食物。看到大家开心地说笑，玛格丽特心里涌起了一股莫名的幸福感：的确，上梁是一件天大的好事！

人群中，海普莎奶奶是最开心、最无忧无虑的，她笑着说："我这辈子还没参加过这么大的社交活动呢。昨天起风了，赛斯担心我们来不了。我告诉他说，我们肯定会来的。因为我昨天弄掉了一把刀子，刀尖先着地，这是个社交的迹象，我的预测，从来就没错过。"

赛斯说："不管什么事，她都能找到一个合适的迹象。要不是她说月亮到了合适的位置，我都不敢播种。"

汉娜大声说："没错，你们男人以为庄稼长得好是你们的功劳，其实那都是月亮在帮助你们。"

"好好好，我可没说我愿意用海普莎姨妈跟你们任何人交换，就连换阿比都不行，哈哈，还是让那些着急的年轻人继续盯着她吧。"赛斯辩解说。

海普莎奶奶大笑起来："上帝呀，赛斯，你怎么净说傻话，阿比那样的女孩子还需要什么迹象来证明吗？"

听到大家谈论自己，阿比的脸涨得绯红。她坐在伊桑和艾拉中间，粉色的裙子优雅地拖在苔藓上。她的眼睛里闪着温柔的光，脸上还有一个若隐若现的小酒窝。玛格丽特出神地看着阿比，眼睛里满是羡慕。

多莉吩咐她："麦琪，快点吃完，来帮我收拾桌子。"

海普莎奶奶站起来说："我帮帮你，让她再吃点，"她怜爱地拍了拍玛格丽特的肩膀，"看她瘦的，得连续站起来才能在地上留下影子。"

饭后，男人们躺了一会儿，继续干活。女人们则围在干净的木桌子边

织毛衣、闲聊。玛格丽特很想跟她们待在一起，但她知道她的职责是看护孩子。今天孩子很多，照看起来非常不容易。双胞胎姐妹和凯特为了玩玉米芯娃娃吵架了，娃娃的卡利柯布裙子都被扯了下来。威廉姆削木头做玩具的时候把手指弄破了。至于芭迪和雅各布，时时刻刻想着趁玛格丽特不注意朝木屋那边跑。就连小狗南瓜，都发出短促的叫声，听起来让人有点厌烦了。

贝姬说："它看起来很害怕，难道是闻到印第安人的味道了？"

玛格丽特发现，南瓜很不安，它一直朝着泉水的方向上蹿下跳的。

威廉姆建议："我们去看看，要是有什么东西，我们也能很快跑回来的。"

玛格丽特觉得，这里距离泉水很近，不会出什么问题。她带着孩子们朝泉水那边走去，走到能看见泉水的位置时，小狗南瓜忽然停下来了，它站在路中间，浑身的毛都竖了起来，吱吱呜呜地叫着。大家这才看见，一头巨大的黑熊正在吃放在泉水那边的一篮子黄油。

看见有人过来，大黑熊竖起前掌站了起来。它大得像一座小山，指甲又尖又长，掌上还沾着黄油。它直直地盯着孩子们，发出不满的咕噜声。南瓜发出凶猛的尖叫，慢慢朝大黑熊靠近，试图发动进攻。

玛格丽特这才回过神来，她尖叫一声，抓住了南瓜脖子上的毛，但南瓜很快挣脱了。

大黑熊一步一步逼近，咧开嘴，吐出了可怕的红舌头。

"跑！快跑！"

玛格丽特朝孩子们大喊，她大步上前，拎起装满水的木桶。大黑熊已经扑过来了，她已经看到了它黄色的小眼睛，甚至感受到了从它嘴里呼出的热气。她使出全身力气，将水桶扔出去。水泼在大黑熊身上，玛格丽特趁着这个间隙，快速转身跑来。大黑熊没有追上来，它愤怒地吼了一声，朝树林深处走去。

孩子们尖叫着跑回去，七嘴八舌地说出刚才那可怕的一幕。男人们停下手里的活，抓起滑膛枪，来到树林边，不过，他们很快又回到木屋这里。

赛斯说："从脚印判断，这是个大家伙。还好它已经走了，海普莎姨妈，你的黄油被吃得差不多了。"

安德鲁遗憾地说："熊肉很好吃呢。"

加勒也说："真希望是我们先发现它。我们更有脑子，肯定不会把它吓跑。"他朝玛格丽特皱了皱眉头。

苏珊说："我们没有枪，而且那时候它要扑过来了！"

贝姬也反驳说："我估计你不敢靠过去用水泼它！"

乔尔放下滑膛枪，拿起了铁锤："麦琪，你做得很对。"

就连多莉也表扬她："你保护了孩子们！"

海普莎奶奶赞许地点头："这姑娘虽然个头小，胆子却抵得上三个人！"

面对大家的赞扬，玛格丽特有点难为情了。她很想跟大家解释清楚，当时这一切发生得太快了，她根本来不及思考。而且，如果不是她把装有黄油的篮子放在那里，也不会惹来大黑熊。不过大家都没有责怪她，她觉得很开心。

房梁已经上好了，只剩下分割门窗、填塞木头之间的间隙和一些房子里的零碎活儿了。大人们忙得团团转，小孩子们也拎着装满苔藓的木桶去填那些缝隙。玛格丽特带着孩子们到树林边采苔藓，采好后，他们一边往回走一边闲聊。

接下来，忽然发生了令大家措手不及的变故，玛格丽特也不太清楚整个事情的经过。

当时，乔尔正在朝两个做好的窗户框架上安装珍贵的玻璃，大家都围着他看。他对帮忙的艾拉说："站好了，我要把窗台砍掉一些。"

加勒正朝房顶上爬。

谁也不知道是加勒还是乔尔把斧头震下来了，总之，斧头从门上掉下，砸中了正在专心看玻璃窗户的雅各布。雅各布大叫一声，倒在了门阶边，鲜血从额头上的伤口涌出来，地上顷刻有了一大片殷红的血迹。

雅各布流了很多血，看上去毫无生气，大家都以为他死了。

海普莎奶奶控制住了整个局面，她吩咐玛格丽特将雅各布的头抬起来放到自己膝盖上，然后掏出她布包里的干净碎布擦拭血迹，她安慰大家说："还好，伤口的位置靠上，要是再靠近太阳穴一英寸，我就没办法了。麦琪，拿着碎布，我得把针线拿出来。"

看到海普莎奶奶穿针引线，多莉吓得眼睛都瞪圆了："你要干什么？"

海普莎奶奶冷静地说："如果不缝合伤口，就不可能愈合。"她命令玛格丽特，"用手将伤口两边尽可能挤在一起，一分钟后他就会醒来，我必须在他醒来之前完成缝合。加勒，给我弄点海水，我一会儿要用。"

玛格丽特双手冰凉，她清楚地看见汩汩鲜血从伤口流出，伤口里白骨清晰可见。她遵守着海普莎奶奶的命令，手上已经沾满了鲜血。尽管还能感受到雅各布的头在自己膝盖上的重量，但她好像在注视一幅画一样，看着受伤的雅各布和围观的人。

"用力，还有最后一针！"海普莎奶奶说。

之后，一切都变得模糊了。玛格丽特只觉得血往上涌，直到听见雅各布的哭声她才回过神来。她柔声哄着雅各布，海普莎奶奶一边帮他处理清洗包扎伤口一边说："好了，不到一个星期，他就会痊愈，回头我让赛斯送一点膏药过来。啊，麦琪，你的脸怎么这样苍白，你可别倒下呀！"

过了一会儿后，玛格丽特和海普莎奶奶帮雅各布盖好被子，带他到阴凉的地方休息。这时，玛格丽特听到了汉娜和玛丽的讨论，她们认为房子刚建好就发生这样的事，非常不吉利。她很庆幸多莉没有听到这些话，她们的话让玛格丽特很是不安，那种感觉就像独身一人到幽暗的地下室去拿东西，让她觉得压抑。后来，有人过来说，伊丽莎白二号要起航返程了，玛格丽特才舒了一口气。

哈特船长已经在伊丽莎白二号上整理绳索和船帆了，蒂莫西站在岸边，不耐烦地等待伊桑跟阿比话别。玛格丽特站在距离他们比较远的地方，只听得见阿比银铃般的笑声，随后，伊桑跑下海滩，跳上了小渔船。安德鲁和加勒划着渔船，把伊桑送上了伊丽莎白二号。

已近黄昏，夕阳染红了海草，伊丽莎白二号上深棕色的桅杆也被染成了橘茶色，满是补丁的风帆，被照得一片透亮。

安德鲁和加勒划着小渔船回来的时候，大家看见伊丽莎白二号上的人正在整理绳索和锚链。

赛斯说："潮水要落下去了，风向有利，他们不费吹灰之力就能渡过海峡。"

乔尔说："本来几个星期之前船长就打算回去了，为了帮助我们盖房子，他才待到现在。"

"如果没有他帮忙，我都不知道房子现在建成什么样子。唉，这应该是我最后一次见到他了，我心里很不是滋味。"多莉有点儿难过。

艾拉提醒说："说不定不是最后一次呢。"

多莉的语气突然变得很严肃："还真说不准，船长在的时候，我觉得心安一些。"

玛格丽特很能理解多莉的心情。对他们来说，伊丽莎白二号就是曾经的家。即便后来岸上的棚子搭好了，他们还经常回到船上。就像熟悉雅各布那条被子上的所有补丁一样，玛格丽特熟悉伊丽莎白二号的每一个节孔、每一枚木钉以及帆布上的每一处补丁。

船开始调转方向，岸上的人朝着船那边大喊："再见！再见！"

船上的人也连连道别，两边的声音混合在一起，只听得见一阵阵呼喊。

伊丽莎白二号已经过了海角，玛格丽特的心跳得咚咚响。船现在看起来那么小，好像不再是她熟悉的那条船了。为了看得久一点，她和双胞胎姐妹还有芭迪站到了一块大石头上。船已经向那片岛屿方向开去，玛格丽特想起他们离开马布尔黑德港口时，哈特船长说船可以带她去世界上的任何地方。她再次把大海想象成围绕整个世界的水路，内心无比激动。

伊丽莎白二号走了，客人们也走了。乔尔一家吃完剩下的食物，搬进了新家。家里还没收拾好，地板、床和长椅子都没有。不过，壁炉里已经燃起了炉火，竖立在正中央的烟囱，恰好把房子一分为二。

玛格丽特和双胞胎姐妹睡在厨房里临时搭建的床上，乔尔、多莉带着两个小的孩子睡在另一边。房子上还有个小阁楼，艾拉和加勒睡在阁楼上。一切都不算完美，但好歹有了屋顶，已经不错了。

玛格丽特躺在云杉搭建的小床上，回想着白天发生的事，久久不能入睡。从隔壁房间传来了雅各布痛苦的哭声，她又想起了自己帮海普莎奶奶缝合伤口的情形。记忆格外清晰，她甚至都记得每一个动作。会不会有一天，自己还会重复同样的事情？要是斧头砸下来低一点，会怎样？她打了个冷战。

从森林方向传来了奇怪的鸟叫，房间里满是蟋蟀的叫声。如果哪一天它们安静下来，就意味着霜冻和寒冬已经来临。皮尔斯叔叔曾经唱过一首关于蟋蟀和霜冻的歌，但玛格丽特想了好久才记起来歌词。会不会像脖子上挂着的纽扣和戒指一样，因为隐藏太久，会被轻易忘掉？黑暗中，玛格丽特伸手摸了摸纽扣和戒指。

清晨，玛格丽特醒来的时候，阳光正好穿过窗户间的缝隙照进来。她从床上跳起来，飞快地穿好衣服，帮忙去搅拌桶里的玉米粥。

这是无比忙碌的一天，接下来几个星期都是这样。玛格丽特就没停下来过，从门口到泉水、从海滨到菜园，光是一个早上，就得跑上二十几遍。玉米和胡萝卜迎来了丰收，但土豆已经开始腐烂了。为了找到每一块土豆，玛格丽特和孩子们在地上翻了一遍又一遍，生怕漏过每一个珍贵的棕黄色小圆块。有时候，加勒会喊玛格丽特晒鱼、磨玉米粉。磨玉米粉是加勒从印第安人那里学来的本事，就是用石头和木棒槌将玉米磨成粉。这是一件苦差事，干久了浑身无力。但玛格丽特不想被加勒嘲笑，即便累得精疲力尽，都会咬牙坚持。

雅各布头上的伤口差不多痊愈了，留下了一道锯齿状的红色疤痕。他越来越喜欢跟在玛格丽特身后了，再加上乱爬的小黛比，玛格丽特每天都忙得没时间休息。

赛斯划着船，将海普莎奶奶送了过来，还带着一些自家果园里的苹果。苹果是两年前在荆棘上嫁接的苹果树枝长成的，有几棵树长得很不错。孩子们围着赛斯，看他演示嫁接的做法，都觉得不可思议。

赛斯说："荆棘树很有韧性，苹果枝长上去，长得比任何一棵海岸附近的树都好。"

艾拉大笑："荆棘树从来都想不到自己会结果子吧？"

玛格丽特不可置信地问："真的能长出苹果？"

赛斯告诉她："明年春天，树液输送到嫁接的苹果树枝上，就可以长成苹果树。"

"好神奇，像是一种魔法。"玛格丽特小声地说。

海普莎奶奶说："孩子，我可不懂魔法。但你想一想，植物是不是很神奇？"

"嗯，摘第一茬苹果的时候，我们要好好感谢荆棘树。我奶奶说过，这样树才会结果。"有海普莎奶奶在场，玛格丽特很爱说话。

艾拉笑了："真是好主意，对一棵树说谢谢！"

海普莎奶奶说："我还听过更离奇的做法呢，只看表面是看不出有没有效果的。"

回家之后，孩子们带着海普莎奶奶参观了新房子的每个角落，他们用一只羊从赛斯那里换来了几块木板、一袋钉子、一小桶蜂蜜和赛斯刚宰的半头猪。

海普莎奶奶跟多莉提议说："我不是个对邻居格外吝啬的人，如果麦琪和双胞胎姐妹过来帮我扯羊毛、架织布机，我就帮你们纺一纺羊毛线，你们就能做过冬的衣服。"

这时候，海普莎奶奶和多莉一起坐在他们的门阶上。阳光很温暖，每一片树叶、每一株小草都闪耀着奇异的光泽。泉水边的岩枫红得像一团火，花椒树上挂满了艳丽的橙黄色果子。

玛格丽特扶起快要绊倒的黛比，感叹起来："真希望这些树一年四季都是红橙色的。"

海普莎奶奶拿出针线包，她也赞同玛格丽特的说法："秋天很美，我不喜欢冬天。"

多莉叹了一口气，开始缝补乔尔的外套。石头上放着一大摞破破烂烂的袜子，都是孩子们的，需要缝补后才能穿。玛格丽特拿起一只袜子，翻来覆去地看。尽管她擅长缝补，但线这么少，破洞那么大，这是一项无法完成的任务。

多莉发愁地说："四个孩子只有两双鞋子，麦琪还没鞋子穿。"

海普莎奶奶麻利地穿针引线："你别担心了，我有两双鞋子，腾出一双给麦琪不是问题。"

孩子们都围过来，看海普莎奶奶把布片缝合在一起。海普莎奶奶不时跟多莉闲聊，玛格丽特高兴地听着她们说话，一边缝补一边照看孩子们，她把小黛比从一根原木上抱下来，海普莎奶奶说："这孩子长得好快，千万不能让她玩火，有个建议听起来很恶心，但是很管用。就是用热碳烫一下她的手指头，这样她就不会玩火了。你不能时时刻刻盯着孩子，稍不留神他们就会爬进火堆。"

多莉抱起黛比，满脸都是怜爱："不，我绝不会烫自己的孩子。"

"好吧，我还是要说，让孩子哭泣总比让妈妈叹气好得多。"海普莎奶奶很平静。

赛斯在帮助乔尔搭牛棚。他们看见艾拉悄悄溜到海边，将挂着三角帆的小渔船推进了海里。

芭迪大喊："看，艾拉叔叔！"

多莉好奇地问："上帝呀，都这个时候他还想出海？他这是打算干吗去！"

海普莎奶奶用手遮住阳光，她脸上带着一丝狡黠的微笑："他肯定不是去钓鱼，我猜他八成会去威尔斯家。"

苏珊嚷嚷："他穿着那件最好的蓝外套。"

多莉有点儿不满："他都没跟我打招呼，家里还有很多事没做呢。"

"好啦，年轻人不能一天到晚都在干活。阿比是个漂亮姑娘，如果能娶到她，这附近找不到更好的了。"海普莎奶奶说。

太阳落山了，海普莎奶奶要回去了。玛格丽特握着海普莎奶奶的手，送她到沙滩上。涨潮了，海湾里都是水，海岬上的云杉看起来像是立在漆黑的影子上一般。

海普莎奶奶指着房子的方向："看，我家的窗户像金子一般在闪光。从别人家看到自己家，那感觉真好。"

玛格丽特说："像眼睛，在注视我们呢。"

东北方向，远处的层峦叠翠轮廓清晰。在夕阳下，它们变成了一种奇异的蓝色，比玛格丽特见过的任何一种蓝色都要浓郁。

海普莎奶奶说："等伊桑帮我把靛蓝带回来，我就要做一床那种颜色的蓝被子，图案的名字我都想好了，叫'快乐山'！"

送走海普莎奶奶，天黑了，艾拉回来了，他一路吹着口哨，也没吃多莉留给他的粥和牛奶。

多莉揶揄他："我猜威尔斯一家肯定摆了一桌子好菜，不过，你肯定也搞不明白他们到底摆了什么菜！"

艾拉只是耸了耸肩膀，不过玛格丽特发现他双眼放光，他还给孩子们讲起了很多天都没讲过的笑话。此外，他把粗布外套拿来给玛格丽特缝补，"天气越来越冷，我不能穿得像个吉卜赛人那样到处跑。"

玛格丽特默默接过外套，她很想问问阿比有没有穿那件漂亮的粉色卡利柯裙子。但她想了想，忍住了没问。

这天晚上，起了厚厚的霜。接下来的几天，大家都忙着收拾屋子和牛棚，锤子和斧头的声音乒乒乓乓响个不停。野雁排出长长的人字形队伍往南飞，不知疲倦地飞过一座又一座岛屿。有时候，乔尔和艾拉会打下一只野雁做晚餐。玛格丽特认为不应该杀死任何一种带有"指南针"属性的动物，她拒绝吃大雁肉。加勒因此嘲笑她，但多莉这次站在了玛格丽特那边："我不是说麦琪这样敏感是对的，但我看到那些往南飞的大雁，觉得它们比大部分人聪明得多。很多事都可以从它们那里找到迹象。"

有时候，艾拉和加勒会带上小狗南瓜去树林里打猎。他们说树林里没有印第安人，而且往树林里走一英里，有一条通往北方的小路。那里长着金缕梅。

晚饭的时候，玛格丽特说："海普莎奶奶告诉我，金缕梅有特别神奇的治病功效，我想给她采一些来。"

多莉对乔尔说："我们还可以留一些自己用，金缕梅能消肿。你觉得让玛格丽特带着孩子们去那里，安全吗？"

乔尔说："让加勒带上枪，我觉得不会出问题。"

于是这件事就定了下来。

第二天，大家带上南瓜一起出发了。南瓜跑在前面，兴奋地竖着尾巴，嗅来嗅去。树林里大致有一条路，但因为下了霜，不是很好辨认，稍不留神就会迷路。加勒对这里很熟了，他在前面带路，玛格丽特和孩子们跟在后面，没有他的允许，大家都不能采摘道路两边的浆果和苔藓。

芭迪跑到玛格丽特身边问："我们不会再碰到那只熊吧？这里也没水泼它，该怎么办呀？"

加勒信心满满地说："哈哈！我能一下就把它解决了！要是跟着它，说不定还能发现藏在树林里的蜂窝呢。"

雅各布哑巴着嘴："我倒不介意吃点儿蜂蜜。"

苏珊小心翼翼地在灌木和树枝之间穿行："反正，我不想遇到熊，也不想遇到印第安人！"

贝姬附和说："我也不想。"

"那就闭嘴，印第安人在五英里之外都能听见你们叽叽喳喳的说话声。"加勒说完，大家都一言不发地往前走，很快来到了长着金缕梅的地方，它是一种黄色的小花，摘下来的时候，散发着一股芳香的气味。

采摘满一篮子金缕梅需要点儿时间，加勒等不及了，他听见了树丛里松鼠窜动的声音，命令大家在原地等待，他去去就回。但过了好一阵子，加勒都没回来。

苏珊说："我一点也不想待在这里了，我们回家吧？"

玛格丽特说："不行，我们从来没走过这么远，会迷路的。"

苏珊辩驳："我不管加勒会不会生气了，都等这么久了，他还不回来。我们的眼神又不比他差，总能回去的。"

贝姬说："他肯定会回来找我们的。"

"要不我们喊几声？"玛格丽特说。

苏珊提醒道："别太大声，说不定有印第安人。"

他们喊了几声，没听到任何回应。森林茂密，还带着一群孩子，玛格丽特觉得很无助。刚才还有从树枝间隙洒下来的阳光，这会儿太阳被云层遮住了，树林一片昏暗。他们开始往回走，一个接一个，紧紧地挨着。大家很害怕，没有人说话，好像有什么东西跟着他们的脚步在走。芭迪被树根绊倒了，磕破了膝盖，崴了脚。玛格丽特只好把篮子交给双胞胎姐妹，背上芭迪，让雅各布紧紧抓住她的衣服，免得也绊倒了。

前进的速度慢了很多，苏珊怀疑地说："我们好像走了好几里路了。"

贝姬说："不应该走这么远呀，而且也没看到下面堆着很多石头的白桦树。"

玛格丽特安慰大家说很快就能看到白桦树了，但她的心却咯噔一下往下沉。这个时候，应该早就经过白桦树了。她不能告诉孩子们真相，只能把芭迪往上托着，打起精神来。

"我给你们讲个故事，"她说，"从前有一个王子，骑着马走进了一片魔法森林，无论他的马多么快，就是不能跑出森林。后来王子发现了关在宝塔里的公主，营救公主之后，他终于走出了森林。"

苏珊说："我不喜欢这个故事，我们应该迷路了。"

终于有人说出这个可怕的事实了，大家你看看我、我看看你，停了下来。芭迪和雅各布都哭了，玛格丽特使出浑身力量，安抚大家："嘘！别哭！我们应该还没走出多远，找到苔藓和树枝留下的痕迹，就能沿着脚印返回原路。"

但他们都光着脚，几乎没留下什么痕迹，大家彻底迷路了。雅各布落在了最后，玛格丽特每走几步，就要把芭迪放下来，再回去接雅各布。有时候，他们会轻轻喊几声，但是即便竖直了耳朵也听不到任何回应。玛格丽特的情绪越来越低落，她听艾拉说过，这里有一条朝北边的通往印第安人那边的路，她现在很怀疑他们走的就是这条路。如果走到印第安人那里，他们会被砍死，或者被卖到很远很远的地方去。

"上帝呀，指引我们回家的路吧！"玛格丽特在心里暗暗祈祷。

这时，忽然下起雨来。前面出现了一堵结实高大的石墙，上面长着各种蕨类和低矮的树木。大家很沮丧，打算往回走，玛格丽特看到石墙上有一道口子，她说："这是个洞穴，我们可以进去避雨，等雨停了再走。"

贝姬说："里面很黑很可怕。"

苏珊提醒道："说不定还有熊。"

玛格丽特放下芭迪，拨开洞口的藤蔓："我进去看看，你们在这等我。"

玛格丽特的心怦怦地跳动起来，她沿着石墙往里走，等眼睛渐渐适应昏暗的光线后，看见这里中间的位置上有个烟囱一样的开口，从那里照进来一点淡淡的光线。洞里有一股可怕的气味，墙上的水滴答着往下掉，头顶时不时有蝙蝠扑下来。一只鼬鼠被惊动了，逃跑时踩得石头发出噼里啪啦的声音，在洞里回响了好一阵子。玛格丽特浑身战栗，却硬着头皮往前走。她来到了那个微弱的亮光处，看见烟囱的开口黑乎乎的，像是被烟火熏过很多次的样子。洞口下还有一个用两块圆石头支撑的石台，上面有一些奇怪的刻痕，还有一些粗糙的字母和图画。石头下面有一堆烧过的火堆，被烧过的木头黑乎乎的，火堆里还有一些白色骨骸。

玛格丽特按住自己怦怦直跳的心脏，安慰自己说这没什么大不了，但她已经清楚地知道这意味着什么。她终于知道那种可怕的味道源自哪里。脚下有个东西在发亮，她强迫自己捡起来，那是一个生锈的皮扣，应该是系小孩子的鞋子用的，皮扣边还有一缕头发。

"上帝呀！"玛格丽特颤抖地画着十字，一把将皮扣和头发塞进衣袋，跌跌撞撞地跑了出来。一定要远离这个地方！她抱起芭迪就走，孩子们都

吓哭了，双胞胎姐妹和雅各布紧紧地跟在她身后。他们不管不顾、横冲直撞地踩过了那片草地，走出去很远之后才停下来喘口气。

苏珊叫起来："麦琪，你的脸白得像纸一样了。"

贝姬也问："洞穴里到底有什么？我从来没见你眼睛瞪得这样大！"

玛格丽特颤抖地说："你最好永远也不要问！"她惊恐地朝身后看了看，催促大家快走。每走一步，她都觉得口袋格外沉重。这时，大家终于听到了南瓜那悦耳动听的叫声。南瓜跑过来，高兴地扭动着身体。

双胞胎姐妹冲南瓜冲过去，大声叫起来："好家伙！真是一条好狗！"

玛格丽特也表扬了它："嗯，勇敢的小狗！"

在南瓜的带领下，大家重新回到了小路上。加勒也回来了，他看到大家安然无恙，舒了一口气，但马上又发脾气了："你们走丢了，害得我在树林里多走了好几里路！"

一想到洞穴里的情景，玛格丽特的心还在扑通直跳，她说："你不该去追松鼠，你的任务是保护我们。"

"哼，你应该按照我说的办，我早就听人说了，法国人靠不住，我看你也靠不住！"

双胞胎姐妹激烈地声讨加勒："加勒！你丢下了麦琪！她比你聪明多了！"

加勒发火了，他长满雀斑的脸快气得发黑了，"哼！她就是个佣人，我得让她知道，这里谁说了算！"

他转身就走，姿势僵硬地扛着滑膛枪，枪上还挂着被打死的松鼠。等他们回到小木屋的时候，太阳快要从西边的岛屿落下去。

多莉站在门口叫喊起来："你们到底去哪里了？我等得着急死了！"

加勒愤愤不平地说："你问麦琪！为了找她，我翻遍了整个树林！"

苏珊解释说："你去打松鼠了，我们迷路了。"

贝姬接过话："就是，那么大的树林，我们没有遇到印第安人，已经是万幸了。"

玛格丽特默默将芭迪放下来，给芭迪包扎脚踝。刚才洞穴里的情景还历历在目，她一句话都说不出来，任由加勒和孩子们争论。大家围在一起吃晚饭的时候，她还听到了几句责骂声。饭后，孩子们都睡着了，乔尔、艾拉和加勒在削木勺子，多莉在织毛衣，玛格丽特终于开口了，她有点儿紧张："看见那些烧过的火堆和骨头，我就知道了，那是一个魔鬼住过的地方，"回想当时的所见所闻，她浑身发抖，眼睛瞪得圆圆的。

加勒不屑一顾："那能说明什么？可能有人在那生火烤过鹿肉呢。"

"加勒，保持安静！"乔尔命令道，"麦琪，你继续说，那里为什么是个魔鬼一般的地方？"

"石头上的符号，看起来很像鬼怪留下的，还有，这些——"她从口袋里拿出了皮扣和那缕头发。

整整一分钟，大家都没说话。屋子里安静得出奇，只听得见炉火燃烧的啪啦声和海水冲击鹅卵石的唰唰声。乔尔放下刀，拿起了那缕头发。

加勒说："上面沾着头皮。"

艾拉慢慢地说："除了印第安人，别人不会有这种东西。"

多莉的脸突然变白了："看上去像是女人或者孩子的——"

加勒问："那里还有别的东西吗？"

"我不知道，我跑出去后，没有再回头看。"

加勒抱怨起来："真是个小女孩，遇到事不看清楚就跑了！"

"安静！这件事很严肃！"乔尔神色凝重。

艾拉说："我们第一天上岸的时候，伊桑和赛斯怎么说的，还记得吗？他们说印第安人以为这里是他们精神或者某种寄托上的归宿地。"

"我想起来了，他们还警告我们不要在这盖房子。"多莉说。

艾拉想了想："这个可能跟麦琪去过的那个洞穴有一定的关系。伊桑他们说每年春天这里都有怪事发生，我猜那个洞穴应该是他们杀害、折磨俘虏的地方。"

乔尔严肃地说："不管怎么样，这件事跟白人有关。"他把皮扣和头发放进自己的口袋，"千万记住，不能跟邻居们谈论这件事。一个字都别提！印第安人还没来，邻居们的态度已经让人很烦恼了。麦琪，明天你带我和艾拉去那里看看。"

之后，大家就去睡觉了。玛格丽特躺在双胞胎姐妹身边，隐隐听到隔壁房间乔尔和多莉的讨论声。她睡不着，脑海中一直回想着那个洞穴里的东西。接下来的两天都是大雨，后来他们去树林里找了两次，都没找到那个隐秘的洞口。

一个星期之后，赛斯过来接玛格丽特和双胞胎姐妹到星期天岛上帮忙纺纱。多莉同意了，双胞胎小姐妹跑到海滩上，兴奋得大喊大叫。

玛格丽特她们很快到了海普莎奶奶家，织棚摆满了羊毛和染缸，还有几块木头。

海普莎奶奶很高兴："你们两个小丫头可以把地板上的短线绕到玉米芯上，麦琪，你帮我架织布机。"

"上帝呀，这么大！"玛格丽特看着眼前巨大的机器发出感叹。

海普莎奶奶向玛格丽特展示如何"整经""穿线"——经轴上有木楔子，把线从上面的锯齿穿过去，经过"综眼"再拉过去，按照样式和图案排列好。

"太神奇了！"玛格丽特说。

海普莎奶奶面带微笑："没什么好神奇的，上面的记号对我而言就像你会说法语那样简单。"

玛格丽特坐在矮凳子上，按照海普莎奶奶教的，开始卖力工作。起初，她有点笨手笨脚的，不是卡住拇指就是把线绕到了一起。不过她很快掌握了窍门，不会再接不住穿过来的线头了。

海普莎奶奶说："我们合作得很好，真希望这样一直纺下去。"

玛格丽特叹了一口气："我是个佣人，要在乔尔家干满六年。六年呢，不知道会发生多少事情！"

海普莎奶奶安慰她："总有一天你不会再是佣人，而且你到了我这个年纪，一切都会看淡的。不过，有一件事我能肯定，你会有一双鞋子。"

这一天真是太难忘了。

吃着可口的食物，看着一缕缕羊毛从海普莎奶奶的手里变成温暖细密的羊绒布。玛格丽特很快就学会了织这种简单的混羊毛亚麻布，她手里的梭子来来回回忙个不停，织布机上的木头发出噼里啪啦的响声，仿若一段规规整整的旋律。

晚饭很丰盛，有牛奶、煎鸡蛋、玉米蛋糕。双胞胎姐妹从上梁后还是第一次吃到这么丰盛的晚餐，眼睛都瞪得大大的。玛格丽特也吃得有滋有味，对她来说，能安静地坐在杯碟整齐的桌边，用白皙的勺子进餐，已经是一件格外奇妙的事情了。

晚餐后，等双胞胎姐妹都睡下了，海普莎奶奶吩咐赛斯拿来一块牛皮，她在上面画好了玛格丽特的脚型，她告诉玛格丽特怎么拉住牛皮盖住脚背和脚趾，找到舒服的位置用皮带将鞋子固定住。

赛斯提着灯去牛棚里看牛，不一会儿他回来了，喊她们到门口来："来看北极光，我以前都没见过呢。"

玛格丽特顺着他指的方向看去，北方的天空上飘着一种奇异的光线，像幽灵一样，穿过海峡和黑暗的地平线，在半空中闪耀。有时候，光线会变成冰绿色和红色，又很快消失。极光在空中闪耀着，大家都感到了一种莫名的寒意。

赛斯说："那两个亮的光环就是北极光，很少有机会能看到这么清楚的

北极光。"

玛格丽特的心跳得很快，她问："这意味着什么呢？"

"应该是寒潮。"赛斯说，"除非你相信印第安人那一套，他们说这代表着战争和饥荒。"

海普莎奶奶轻快地回屋，戴上了眼镜："赛斯，跟女孩子说这些，你不觉得羞愧吗？北极光预示着冬天快来了，不过不用北极光暗示，我骨子里也能感受到寒冬即将来临。"

[第四章]

冬

伊桑和蒂莫西回来有一段时间了，他们从船上卸下了很多货物。

这天，星期天岛上有一个剥玉米粒集会，乔尔一家都很开心，除了艾拉。自从伊桑他们的小船回来了，艾拉就愁眉不展。玛格丽特怀疑这跟传言中伊桑送了阿比六个瓷杯有关。

多莉夸张地说："六个瓷杯差不多值一英镑，这只是在波士顿的价格，在朴次茅斯卖得更贵一些。"

乔尔朝艾拉坐的方向看了一眼，他说："竟然花一英镑买六个杯子，伊桑肯定被阿比迷住了。不过据说伊桑带去的鱼干和毛皮赚了大钱。"

艾拉淡淡地说："伊桑擅长讲价。"

现在已经是十一月份了，特别阴冷。海水波涛汹涌，为了让船平稳一些，乔尔和加勒划着大船，上面坐着多莉和双胞胎姐妹，而艾拉则划着小船，带着玛格丽特和两个小一点的孩子。尽管艾拉的划船技术不错，但仍旧有冷冰冰的海水时不时飞溅到他们身上。雅各布和芭迪裹着一条旧披肩，紧紧靠在一起。玛格丽特穿着海普莎奶奶给她的袜子和牛皮鞋，但她身上的衣服已经很破旧了。这一条裙子还是她刚到乔尔家做佣人时多莉给她做的，原本长到脚踝，现在只遮得住膝盖以上的部位了。裙子外面，她穿了多莉的毡帽和旧斗篷。她满心想着剥玉米粒的集会，对自己的衣着并不是

很在乎。

芭迪念叨了十几遍了："海普莎奶奶说过，会有蜜糖蛋糕吃哟。"

雅各布很严肃地说："每个人都有份，但前提要看大家剥了多少玉米。"

艾拉没有像平常那样跟孩子们开玩笑。他紧紧抿着嘴巴，心事重重。玛格丽特真心希望他能快乐起来。

剥玉米粒的集会跟上梁活动一样意义盛大，除了摩西一家因为孩子生病没有来，其他邻居都到了。海普莎奶奶家的厨房和棚子里堆满了剥下来的干玉米穗，早到的人已经把玉米粒搓进了圆心木做成的小槽子里了。孩子们太小了，不太会用刀。海普莎奶奶吩咐玛格丽特带着孩子们到门边堆玉米芯。

漂亮的阿比帮海普莎奶奶准备食物，她穿了一件蓝色的亚麻呢子衣服，胸口系着一块白手帕，她的脸被炉火烤得绯红，美丽得像一朵鲜花。大家都在谈论玉米穗的话题，大概是说只要谁找到了红玉米穗，就会在今年收获爱情和婚姻。

伊桑和艾拉都剥了很多玉米穗，都没找到红玉米穗。玛格丽特朝木槽的角落看了一眼，旋即看到了大家都想要的东西——红玉米穗。没有人朝她这边看，就连孩子们都围在另一个槽边看大人干活。玛格丽特快速捡起红玉米穗，藏在裙子下面。

这时，伊桑正在飞快地搓玉米粒，大喊道："上帝保佑，让我尽快找到红玉米穗吧！"

"我找到红玉米穗了！"玛格丽特在心里默念着，没有说出口。脑海中突然冒出一个念头，玛格丽特找到了人群中的艾拉，慢慢移动到他身边。

"艾拉叔叔！"她喊了一声，但艾拉似乎没听见。玛格丽特又靠近了些，拉了拉他的衣袖。

"什么事？"艾拉心不在焉地问。

趁着大家都在木槽那边说笑，她悄声说："这个，给你。"

下一秒，人人都渴求的红玉米穗就到了艾拉手里。玛格丽特示意他不要说话，然后悄悄走开了。艾拉将红玉米穗举起来，朝玛格丽特会心一笑。

双胞胎姐妹激动地大喊起来："艾拉叔叔找到了！"她们不停地上蹿下跳，小辫子在肩膀上一跳一跳的。

赛斯大声说："好呀，艾拉这个狡猾的家伙，我们在这累得手都要断了，他自己就站在那里，我看他早就揣着红玉米穗了！"

阿比的哥哥蒂莫西调侃着说："阿比，你最好防着点他！对了，还有伊桑！"

聚会的气氛很热烈，一直到剥完玉米，坐在长桌子边休息的时候，大家还在开心地聊天。玛格丽特带着孩子们坐在最远的桌子边，她惊喜地发现艾拉变得高兴起来了。吃饭前，赛斯带领大家做了祈祷。食物很丰盛，这是玛格丽特离开法国后吃到的最好吃的饭菜了。不过，让她更惊喜的是，当杯碟收拾干净后，赛斯拿出了小提琴，开始演奏那些熟悉的曲子。美妙的音符充满了整个房间，大家的脚开始和着节奏上上下下打起节拍来。

有人跟着节拍唱歌，在玛格丽特的请求下，海普莎奶奶又唱起了《卡利柯灌木丛》。随后，椅子和板凳被推到一边，赛斯奏起了苏格兰乡村集体圆舞曲，"大家跳舞吧！"

女人们排成一排，男人们也排成一排。双胞胎姐妹激动地把玛格丽特拉进了队伍。这种舞跟玛格丽特在法国跳的不一样，它更像一种游戏或者轮唱曲，每个男人都跟自己对面的舞伴拉手，转圈，其余人则在一边拍手唱歌。他们两个两个地轮回转动，大家笑着、拍着，掌声响个不停。尽管对面的加勒转得一点也不优雅，但玛格丽特却高兴得热血沸腾。

一曲终了，大家都红着脸，停下来喘气。只有艾拉和阿比还在继续转圈。

有人提议让海普莎奶奶跳一支舞，赛斯一下子换了一首节奏明快的曲子。

海普莎奶奶嘴上反对着，却步伐轻盈地跳了起来。她在厨房中央的地板上旋转起来，裙摆随风飘扬，她的双脚灵活地舞动着，要么前进要么后退，或者倾斜或者旋转，要么脚跟或者脚趾着地，要么左脚或者右脚起跳。玛格丽特连连惊叹，海普莎奶奶的脸一片绯红，像涨红了脸的小孩子。

最后，海普莎奶奶喘着粗气坐下来，掀起围裙扇着脸，"哈！好几个月没这样出洋相了，好在我的膝盖还没那么糟。"

赛斯紧了紧琴弦，做好了准备，"下一个，谁来跳？"

玛格丽特说："我！我要跳帕凡舞。"

玛格丽特走到了厨房中间，孩子们满脸惊讶地看着她，但汉娜和多莉却是一副不以为然的样子。海普莎奶奶点了点头，赛斯换了一首曲子。

尽管这首曲子跟皮尔斯叔叔教玛格丽特跳帕凡舞的时候不一样，但玛格丽特能跟上节拍。她点着脚，轻松自如地滑动起来。像是回到了海那边的故乡，所有的舞步一瞬间回到了她的脑子里。她自由了！她的舞步格外轻快，她快感受不到脚下的地板了。她快速地转圈，周围的人在她眼里已经模糊成一片。一根辫子散开了，头发轻拍着她的脸颊和肩膀，脖子上的纽扣和戒指在衣服里晃来晃去，撞击着她的胸口。最后，音乐停下来了，她的舞步也戛然而止。

大家议论纷纷。

海普莎奶奶大声说："孩子，你是我见过跳舞跳得最好的，我没想到你看起来很弱小，舞能跳得这样好！"

但一个男人说："看她跳舞，大家得小心点。"

另一个男人也附和说："是的，法国人很轻佻。"

玛格丽特听到了乔尔那厚重的声音："就是，听说法国人为人轻浮，喜欢小偷小摸。"

汉娜说："有教养的人家都不会这样跳舞，如果我的孩子这么跳，我会觉得很丢脸。"

这时候多莉抱歉地说："麦琪是法国人，受过的教育和我们不一样。我觉得这应该是血统的缘故，她并不是故意要这样跳的。"

赛斯放下了小提琴："好了好了，我没觉得哪里不对劲，她跳得很好，没有合不合适这一说。"

最后，海普莎奶奶结束了这场争论："《圣经》里说，大卫王在上帝面前跳舞，上帝没有任何反对。"

玛格丽特的心依然在怦怦跳动，全身的血液还在为刚才的舞步而欢腾。但听着他们的谈话，她的情绪忽然变得很低落，忽然觉得自己累坏了。本来赛斯拉的这个曲子就应该跳欢快的舞步，他们为什么要把人想得那么坏呢？她走到窗边，把脸贴在窗户玻璃上，想让发热的脸颊舒服一点。

就在这时，她透过窗户，看见海峡对面升起了一股呈淡蓝色螺旋状的烟雾，位置就在乔尔家后面的树林里。尽管冬天的白昼很短，天快黑了，但玛格丽特完全可以肯定自己看得很清楚。一瞬间，恐惧占据全身，她想起了那个可怕的洞穴。玛格丽特知道，自己必须要把这件事告诉大家，但她又想起了那天晚上，乔尔看到头发和皮扣后给她的警告，要她一个字也不能告诉别人。

加勒走过来了，玛格丽特拉住了他的手，低声说："看那边——"

加勒眯起眼睛，顺着玛格丽特指的方向望去，原本挂在嘴边的对玛格丽特的嘲笑一下子无影无踪。他压低了声音："印第安人！"

他跑去告诉了乔尔，人群沸腾了。树林那边的烟雾让每个人都感觉到了深深的寒意，他们明白，这股烟意味着——印第安人！

汉娜满脸愁容："我已经很久没看到印第安人了，我每天都在感谢上帝。

现在，我又得担惊受怕了。"

她的丈夫斯坦利安慰她说："可能只是一小部分人在往北边迁徙。"

赛斯从墙上拿起滑膛枪和火药桶："从冒出的烟雾看，是一个大火堆。那里就是去年春天发生事故的地方。乔尔，我早就说过你们不要在那建房子，印第安人迟早会把你们撵走的。"

乔尔也扛起了滑膛枪："不，他们不会这样做。"

海普莎奶奶提醒他："你们的房子还在那里！"

乔尔对她说："如果您能让多莉和孩子们都留在这里，我感激不尽。现在我和艾拉还有加勒得过去看看。"

多莉恳求他："不，不要去！万一有两三百个印第安人，你们三个人去有什么用？"

乔尔说："我不能眼睁睁地待在这里看印第安人把我们的家烧了，我们好不容易才有了家，我必须保护它！"

男人们凑在一起商量对策。尽管大家都反对乔尔他们在那住下来，但作为邻居，他们不能袖手旁观。于是，大家决定让伊桑、蒂莫西跟乔尔他们一起去保护小木屋。

双胞胎姐妹和凯特还有芭迪都吓哭了，雅各布的眼里也噙满了泪水，他小声地告诉玛格丽特："麦琪，我很担心南瓜，我怕它会被印第安人带走。"

玛格丽特安慰他："南瓜一定跑得比印第安人快。"一想起当初南瓜跟着他们的情景，玛格丽特的心顿时沉重起来。

女人和孩子们都站在门口，看着乔尔他们出发。突然，阿比从人群中跑出去，追上了艾拉，她用尖尖的声音恳求说："艾拉，你不能去，我不要你去。印第安人——万一，你发生什么意外，啊——"

玛格丽特看不见艾拉的脸，她听见他平静地说："阿比，你别这样，我必须去。"

暮色中，他们短暂地拥抱了一下，随后艾拉跟随蒂莫西朝海边走去。阿比回来的时候，大家都沉默不语，但玛格丽特听到了她轻轻的啜泣声。

汉娜站在门口问阿比："要顺其自然，你说对吗？"

海普莎奶奶说："汉娜，随她吧。女孩子只有在遇到危险的时候，才知道自己的心。"

汉娜有点儿不安："她不该收下伊桑的杯子。"

海普莎奶奶说："没有关系。"

天已经黑了，乔尔他们还没有回来。大家轮流趴在窗户上往外看，生怕错过任何一丝火光。发出火光是约定好的信号，如果直接开枪，不仅鲁莽还浪费宝贵的火药。

赛斯说："乔尔他们会在木屋里待到明天早上，我提醒他们记得灭火，印第安人的鼻子很灵。"

"奇怪，怎么没听见南瓜的叫声？"海普莎奶奶说，"往常到了晚上，我都能听见南瓜的叫声，他们上岸的时候，它应该会叫的。"

听到南瓜这个名字，雅各布和芭迪又哭了。玛格丽特哄着他们，带孩子们爬上阁楼睡觉。阁楼睡不下这么多人，海普莎奶奶在地板上给他们铺了一些旧被子。孩子们陆陆续续进入了梦乡，玛格丽特却毫无睡意，她的每一根神经都像绷紧的琴弦。她睁着眼睛，看到了从地板缝隙里透过来的亮光，还听到了低低的谈话声。阿比哭了，海普莎奶奶给她端了一杯牛奶。有时候，玛格丽特还听到了往壁炉里添加木柴的声音以及树皮燃烧的噼啪声。她在心里暗暗祈祷："圣父，圣母玛利亚，神圣的上帝和信徒们，请赶走印第安人，不要引起杀戮！上帝呀，请守护我们所有人的生命和家园，帮帮我吧！"

她一遍又一遍地祈祷，最后在祈祷中渐渐睡去。

早上，玛格丽特醒来的时候，孩子们还在她身边熟睡。她轻轻钻出被窝，下楼来到厨房。阿比在桌子边摆着碗碟，她整夜都没合眼，见到玛格丽特，她无力地笑了笑。屋子里的男人们吃过早饭拿起滑膛枪到海峡对面去了。透过晨光，看见小木屋还在，玛格丽特和海普莎奶奶都松了一口气。

过了一会儿，男人们都回来了。事情没有他们想象中那么糟。屋子没有遭受到破坏，印第安人带走了奶牛和小牛，还拿走了一袋粮食。附近的泥土上到处是狗爪印，前面的路上还有血迹。显而易见，为了保护这座屋子，小狗南瓜已经拼尽全力。从树林里的烟雾判断，印第安人在那里烤过牛肉。

赛斯对乔尔说："那些人刚吃完新鲜牛肉，他们有的是力气发动袭击，我建议你让多莉和孩子们在这住一段时间。"

乔尔不想欠人情，他知道邻居们在背后会因为他非要在海角定居而狠狠骂他。他拒绝了赛斯的好意："我们有办法应付过去的。小黛比长大了，不用喝牛奶了，我和艾拉能抵挡得住一群印第安人的袭击。"

赛斯说："只要听到枪声，我们立即过去帮你。"

暴风雨快来了，东面和北面的天空已经乌云滚滚。必须赶在暴风雨来临前回家，大家很快划着小船朝不同方向驶去，在波涛汹涌的海面上，他们的船成了一个个小黑点。

东北风怒号，倾盆大雨敲打着小木屋，屋檐上已经形成了一个小瀑布。乔尔他们关上了门窗，屋里唯一的亮光只有炉火了。雨水顺着烟囱往里钻，满屋子都是烟雾。

芭迪用手背揉着眼睛，抱怨地说："我的眼睛被熏得好难受！"

加勒很不高兴："难受的人又不止你一个！我都看不清手里削的木勺子了，我的眼睛一直在流泪。"

多莉摇着摇篮里的小黛比："没住更糟糕的屋子，已经很不错了。"

乔尔说："我们带来十六只鸡，被野鸟叼走了三只，被印第安人逮走了一些，现在还剩下四只，这四只鸡能幸存下来，还真是个奇迹。"

多莉叹了一口气："没有老牛和小牛，天冷了，也没什么鸡蛋了，真不知道该怎么办。"

乔尔安慰她："住在海边，我们能出海钓鱼，还能去树林里打猎，情况不会糟。"

多莉和乔尔的忧虑让整个屋子里的气氛格外凝重。玛格丽特觉得自己一下子老了，好像随着乐曲跳舞的事，已经是五十年之前发生的了。她想起加勒对自己的嘲讽——"你这个法国人，比印第安人也好不到哪里去！"一想到这个，玛格丽特深深叹了一口气。

过了一会儿，门外传来一个声音，先是细微的刮墙的声音，接着是什么东西撞击木头的怦怦声。

玛格丽特大叫："有东西想到屋里来！"

艾拉说："是的，好像拿东西跑到另一边了。"

雅各布躺在地上，半醒半睡，他突然跳了起来："南瓜！是南瓜回来了！"

加勒说："不是吧？如果是南瓜，它会叫的。"

艾拉拨开门闩，一只手将门拉开一条缝隙，另一只手紧紧拿着滑膛枪。大家都跟在他身后，多莉大声提醒他："小心！离门远些！"

突然，一个黄色的脑袋从门缝里挤进来。大家再看时，南瓜已经扭动着身体从艾拉的两腿之间钻了出来。

"南瓜！我就知道是它！"雅各布大叫着，朝南瓜伸出臂膀。

南瓜摇着尾巴，勇敢地朝大家走来，它刚走到玛格丽特身边，就倒在地上了。它的皮毛都淋湿了，身上的肋骨清晰可见，玛格丽特把它的头放在自己的膝盖上，给它整理缠成一团的乱毛。

"可怜的小狗啊！"她吩咐孩子们，"给我打一点水来，准备一把刀。"一听到刀。雅各布又大叫起来。玛格丽特解释说："我不会伤害它。看看印第安人干的好事，它已经受伤了。"

　　怪不得南瓜不会叫了，它的嘴巴都被结实的皮带捆住了。它应该尝试过用爪子把皮带抓开，它的鼻子和爪子都被自己抓得鲜血淋淋，为了挣脱绳索，它脖子上的毛几乎快要掉光了。此外，它的身体一侧还有个巨大的口子。

　　孩子们都哭了，玛格丽特也差点掉眼泪。

　　雅各布一点低声抽泣一边说："它想摇尾巴。"

　　加勒也流露出了跟平时不一样的感情，他说："不管怎么说，它回家了，我已经把它嘴上的皮带松开，它能喝点水。"

　　因为干渴，南瓜的舌头已经肿得无法动弹。玛格丽特捧起一点水，慢慢滴在南瓜的嗓子里。南瓜感激地看着她，她拿出了雅各布上次受伤时海普莎奶奶送的药膏和长布条，给南瓜包扎伤口。

　　贝姬说："它需要喝牛奶。"

　　艾拉摇头说："它需要的不止牛奶这一样。"他从碗柜里拿出他打猎时候挂在肩上的金属酒瓶，往南瓜的嗓子里倒了一点，南瓜看起来好像恢复了一点力气。艾拉说："这瓶子里的每一滴跟银子一样，珍贵无比，但我愿意给它喝一点。不管是人还是狗，任何有这种经历的，都值得喝一点。"

　　玛格丽特给南瓜包扎好伤口，并在壁炉边给它做了一个温暖的窝。雅各布想跟南瓜睡在一起，但艾拉说夜里还需要给它喂一点酒，雅各布才愿意跟孩子们睡在一起。

　　后来，南瓜渐渐好了，但它的后腿明显比以前僵硬了，身体侧面也留下了一道明显的伤疤，有时在梦里它还会抽搐或者呜咽几声。玛格丽特猜测，它大概梦见自己又被印第安人抓住了。尽管这段时间印第安人发动袭击的迹象越来越小，但乔尔一家依然没有放松警惕。

天越来越冷了。十二月的这天，阳光还有点儿温暖，玛格丽特带着小黛比到树林里看艾拉劈柴。小黛比被裹在一条羊毛披肩里，只露出了粉红色的鼻子和一缕头发，她看起来就像一只棕色的毛毛虫。

艾拉停下来休息的时候，玛格丽特问："现在是一年中的什么日子？"

艾拉走到每天刻线记录的地方："差不多十二月中旬，明天是十七号，我答应过阿比，明天一定要把给她的海狸皮帽做好。"

"是圣诞节礼物吗？"

艾拉摇摇头："不，我们不会这样傻里傻气地过节。也许圣诞节我们会回马布尔黑德看看。我认识一个荷兰的男孩子，他跟我说过他们过圣诞节的样子。"

玛格丽特失望地瞪大了眼睛："你的意思是说，你们的圣诞节跟平时一样，不唱赞美诗，不吃蛋糕，也不会互相送礼物？"

艾拉点点头。

玛格丽特知道了，乔尔和多莉是不会举办圣诞节庆祝活动了。她尽量不去想圣诞节，但随着日子一天天靠近，她总是忍不住想起在故乡时帮忙准备圣诞节的快乐场景。她梦到了奶奶自豪地烤着蛋糕，梦到修道院的修女们打着拍子，确保学生们在唱赞歌的时候不会落下一句歌词。玛格丽特把在法国过圣诞节的事情说给孩子们听，她说在圣诞节前夜，小讲堂里会点满烛光，摆上圣父、圣母和耶稣基督的神像，还有一些造型逼真的牛羊、牧羊人。多莉无意中听到了这些，她严厉地责备了玛格丽特。

"你还是把信仰放在心里吧，千万不要把你的信仰灌输给孩子们。"

圣诞节前夜很快到了，乔尔家的小木屋里，没有香喷喷的蛋糕，也没有好闻的焚香和蜡烛的味道。玛格丽特觉得心里空荡荡的。这天中午的时候，她数了数日历柱上的刻度，毫无疑问，明天就是圣诞节。天气很不好，

这个冬天太冷了，玛格丽特回到屋子里。窗户上盖着薄薄的霜，必须哈气，使劲擦一擦，才能在窗户上擦出个小洞往外看看。屋里的光线暗淡下来，冬天的白天很短，再过半个小时就要天黑了。玛格丽特走到门口，从衣架上拿下斗篷和头巾。

多莉问："你想干什么？"

"我想——想出去拿点球果，篮子里没剩多少了。"

多莉同意了，玛格丽特穿上海普莎奶奶给的鞋子，系紧斗篷，挎着篮子出门了。外面白雪皑皑，树木深入云霄，树上长满了深绿的松针。她觉得心情好多了，这样的景象，让她感受到了一些圣诞节的气息。她走到泉水尽头的树林，想采一些红浆果给孩子们。如果没有在圣诞节送出礼物，不会得到好运气，而送浆果给孩子们，也不需要什么解释。

可惜，玛格丽特没有在泉水的雪地下找到红浆果。她继续沿着一条小路往前走。周围静悄悄的，只有微风吹动树枝的声音。有时她弯腰捡起浆果，掸掉上面的积雪。外面很冷，她却兴致勃勃，感受不到丝毫寒意。她想唱一首赞歌，放下了半篮子的浆果，双手虔诚地合在一起，开始吟唱她学会的第一首圣诞赞歌。

"圣诞节——圣诞节——圣诞节——"

一开始，她被自己的歌声吓了一跳。很快，她自信满满地唱起了，又唱了奶奶最喜欢的那首歌。那些被遗忘许久的法语单词，轻轻松松就回到了记忆里。此刻，她觉得自己不是身处几千里外的树林，而是在点着烛光的教堂，唱歌赞歌的修女们陪在她身边。

"圣诞节！圣诞节！"

玛格丽特最后一次朝高大的云杉歌唱，然后转身沿着来时的脚印准备回家。这时，从一棵云杉背后钻出来一个黑乎乎的东西。这是个瘦巴巴的高个子印第安人，他扛着滑膛枪，头上插着穗子和羽毛，看起来非常古怪。

他的皮肤是古铜色的，一侧的脸上有个弯弯曲曲的疤痕。玛格丽特不敢挪动分毫，她感觉自己的心都停止了跳动，这一刻比一个世纪都要漫长。她等待他来结果自己的生命，但印第安人并没有这么做，还冲她笑了笑。

"圣诞节！"他的声音听起来很粗犷。

玛格丽特不可置信地看着他，感觉自己的心又开始跳动起来。一个野蛮人居然从树林里跑出来，在圣诞夜前夜用法语向自己传达问候！这简直是个奇迹！

玛格丽特勉强地朝这人报以微笑。

他们俩居然聊了起来。印第安人的话不多，而且他的口齿还有些含混不清。但玛格丽特从他的话和手势中得知了一些消息：他在魁北克和法国人生活过一段时间，后来被抓到这里来了。玛格丽特不知道印第安人有没有听懂自己的话，她每次说到"圣诞节"这个词的时候，他就会双眼发亮，跟着玛格丽特重复一遍。

他说："上帝拯救了我。"随后，他摸了摸自己脸上的伤疤，在胸前画出一个十字。

天已经完全黑了，树林里光线幽暗，从远处传来了南瓜的叫声，该回家了。如果大家来到树林，发现她跟一个印第安人在说话，他们会怎么评价她呢？

突然，玛格丽特扯下脖子上的绳子，拿下皮尔斯叔叔的镀金纽扣，递给了印第安人，"给你的圣诞节礼物"。很快，她转身朝小屋走去。等她看见小屋的时候，南瓜已经跑出来迎接她了。她从来没想到，自己竟然能送出去一件圣诞节礼物。这次奇怪的会面也许预示着什么幸运的事情吧？玛格丽特想，这说不定是上帝的安排，让她觉得自己不那么孤单。她很清楚，这件事不能对外人提起。尤其是加勒，如果他知道了，肯定会把她当作坏人。

因为出去太长时间，玛格丽特遭受了多莉的责骂："你真该挨打了！出去这么久还不知道回家！我看黛比都比你懂事！"

已经是圣诞节了。早餐的时候，乔尔多祈祷了一会儿，其他的人都没提到圣诞节。昨晚发生的事实在太神奇了，玛格丽特已经不在乎大家对圣诞节的忽视了。

这个冬天的确冷得超乎预料。大雪漫天，积雪融化后，又结成厚厚的冰，一个成年男人踩上去都不会破。东北风呼啸，根本不能出海捕鱼。到二月份的时候，整个海面还结着厚实的冰块。在最冷的那个星期，乔尔一家烧掉了一大半用来过冬的木头。到了晚上，每隔一个小时，乔尔和艾拉都要轮流起来朝壁炉里添加木柴。全家人都把被子和羽绒床垫铺在挨着壁炉的地方，才能暖暖和和地睡着。

艾拉说："从来没这样冷过，我猜哪天冰能厚到我们结伴走到星期天岛了。"

乔尔说："即便冰块很厚，我也不敢确定走在上面是安全的。"

孩子们跃跃欲试，但多莉绝不允许他们这样做。

这段时间，家里的食物少得可怜，大家都面黄肌瘦的。她注意到，雅各布已经瘦得皮包骨头，他穿着松垮垮的夹克和羊毛裤子，活像一个干瘪的小老头。

多莉有点担忧："这孩子自从被砸中之后，看上去就很虚弱，不知道什么时候能好起来。"

乔尔说："到了春天就会好的。"

艾拉却说："但愿春天真的会来。"

玛格丽特哄着小黛比玩，听到艾拉这样说，她不禁也有点怀疑春天到底来不来了。一束阳光穿过窗户照进来，黛比伸出手，像是要把阳光抓在手里。她已经一岁多了，长出了几个小牙齿，头上也长出了卷发。双胞胎姐妹期待她开始说话。

贝姬问："大家猜猜，她第一句会说什么？"

苏珊说："应该是'妈妈'，或者'宝宝'，"她举起玉米芯娃娃，"看呀，'宝宝'。"

但小黛比的第一句话让大家都觉得非常意外。

这天下午，大家都坐在窗户边晒太阳。小黛比第一次开口说话了，她说得很慢，但声音非常清晰。那个词是"麦琪"！

多莉听到了，她大声地说："啊，黛比说话了，我要奖励她吮一吮蜜糖勺子！"

之后很多年，玛格丽特一想起黛比用稚嫩的声音喊着自己的名字，就忍不住掉眼泪。

那天晚上风很大，为了取暖，大家围着壁炉睡觉。乔尔、艾拉、加勒睡在两边，多莉和孩子们睡在中间。芭迪和雅各布睡在玛格丽特旁边，他们三个盖着一床印着木槿花的棉被，双胞胎姐妹挨着玛格丽特，她们身后是多莉和小黛比。迷迷糊糊中，玛格丽特还听到圆木燃烧的声音。有一次她睁开眼睛，看见艾拉正把圆木往壁炉里推。

没过多久，传来了可怕的哭声和南瓜的叫声。玛格丽特彻底惊醒，她看见黛比爬到了炉石上，衣服上全是火焰，南瓜疯了一般扯着她身上着火的衣服。玛格丽特完全吓傻了，一句话都说不出来。多莉抓起着火的地方，奋力扑火，乔尔抓起垫子盖住了火苗，艾拉朝黛比身上泼了水。几分钟后，火扑灭了，但黛比被烧伤了。

大家都吓坏了。多莉小心翼翼地撕去黛比身上烧焦的衣服和旧披肩，她一遍又一遍地重复说："我应该能感觉到她从我身边爬过去的呀。她爬走了，还爬进了火堆，我竟然毫无感觉。我给她裹上披肩想让她暖和点，我怎么就没想到披肩很容易着火呢？乔尔，我们该怎么办？"

艾拉说："如果给她敷上橄榄油或者黄油，会好一点。你把她给我，你去找找药膏。"

可是，黛比几乎从头到脚都烧伤了，药膏却太少了。看着黛比烧伤的身体，听着她因疼痛发出的喊叫，玛格丽特不禁眼泪四溢。加勒看不了这种场面，悄悄躲到了一边。

多莉号啕大哭："都是我们的错！我们不该来这个鬼地方，我应该听海普莎奶奶的话，用火去烫她一下。我当时不忍心，现在你看她都烧成了什么样子！乔尔，你看看她，看看她呀！"

乔尔抱着黛比在房间里踱步，可能因为这样舒服些了，黛比的哭声渐渐低了。艾拉和多莉在搅拌一杯剩下来的面粉，他们要把它尽可能地敷在黛比烧伤的地方。雅各布、芭迪和双胞胎姐妹都坐在长椅上，依偎在一起，小声地呜咽着。

贝姬一边哭一边问："麦琪，她会死吗？"

玛格丽特说："别哭了。"

苏珊说："可是，你也在哭。"

"好了，你们坐在这里，乖乖的，等我回来。"

玛格丽特说完，跑去跟加勒商量："我们必须去找海普莎奶奶，她肯定知道该怎么办。海面结冰了，我们能走过去，不能再耽误了，快点！"

加勒惊讶地看着她，发现她的眼睛里充满了坚定："好，我们走！"

他们穿好衣服，拿起月桂蜡烛，朝海湾走去。玛格丽特被一根树枝绊倒了，加勒及时扶起了她。寒风刺骨，不停地拍打着斗篷，玛格丽特不得不腾出手来抓住衣服的褶皱处。起初他们以为冰面很平，但走上去后才发现，因为海浪的冲击，原有的冰层被冲破又结了新的冰层，冰面很不平整。他们不断攀过这些不平坦的地方，跌倒了又站起来，站起来又滑倒。玛格丽特很害怕他们在原地打转，因为天太黑了，根本看不到星期天岛在哪里。

还好，天上没有一丝雾气，加勒看着北斗星，带着玛格丽特朝最亮的那颗星星的方向走去。

他们没有力气说话，尽可能地往前走。风在耳边怒号，海水冲击冰层发出可怕的碎裂声。走在上面，玛格丽特害怕得浑身颤抖，她的手已经冻得发麻。

他们停下来了一次，加勒要把蜡烛从一只手换到另一只手上，他朝玛格丽特大喊："我们走了快一半路程了。"他努力跺脚，让自己恢复知觉。

两人接着赶路，玛格丽特又摔倒了，加勒又把她拉起来。这一次是膝盖着地，摔得很疼，但她不顾上这些了，强迫自己往前走。他们已经走到较为平坦的冰面上了，这一带可能有比较薄的冰层，两人靠得很紧，一步一步小心地往前挪。当再次遇到高低不平的冰面时，他们知道，最危险的地方已经过去了。他们又不停地滑倒，不停地站起来。就这样走着，终于看到了星期天岛。

"要到了！"加勒喘着气说。

玛格丽特已经无法回答他了。她感觉每一次呼吸都很疼，双手已经冻得毫无知觉了。她感觉身体在朝自己大喊："走不动了！不行了！再走一步我就没命了！"但一想到小黛比的哭声，想到多莉绝望的样子，玛格丽特咬紧牙往前走。如果没有加勒，玛格丽特怎么都爬不过海普莎奶奶家门口那个陡坡的。她几乎是被加勒硬拖到门口的，之后她就瘫倒在地上了。

加勒用麻木的手指敲门，玛格丽特站起来靠在门边。海普莎奶奶、伊桑和赛斯看到他们两个，比看见幽灵还惊讶。她把他们拉进屋，脱掉他们身上的外套，问："上帝呀！你们两个小家伙怎么过来的？"

玛格丽特已经没有说话的力气了，加勒向他们说明了小黛比的情况。海普莎奶奶一边听，一边搓玛格丽特的手和脚，伊桑和赛斯也在帮加勒揉搓手脚。

加勒说："我们过来找您，希望您过去帮帮黛比。"

赛斯用严肃的语气说："姨妈，你不能穿过冰层过去，你把东西交给我，我和伊桑带过去。"

海普莎奶奶坚定地说："我们都要去，既然这两个小家伙都能过来，我也能过去，你们去准备雪橇。赛斯，你把麦琪抱到我的床上，加勒你也在这里待着，等我们回来。"

玛格丽特感觉自己已经被温暖的被子包裹起来。走在冰面上的时候，每呼吸一次，她都觉得自己的心像是被螺丝钉拧了一下，这一刻，她才稍稍放松。她用虚弱的声音问："奶奶，您能救活她，对吗？"

"我会尽力。"

听到海普莎奶奶的回答，玛格丽特迷迷糊糊地睡着了。

可惜，尽管海普莎奶奶尽了全力，小黛比还是被死神带走了。得到消息的时候，已经是第二天正午了。海普莎奶奶他们回来的时候，加勒正拖着冻伤的脚在地上一瘸一拐地走着，而玛格丽特还在被窝里。他们还没说话，加勒和玛格丽特就知道发生了什么。

海普莎奶奶坐在壁炉边取暖，"我们尽了最大的努力了。当我们赶到的时候，小黛比已经不行了。"

"你的意思是，她——她死了？"加勒虚弱地问，他的声音听起来格外空洞。

"唉，可怜的孩子呀，她身上的伤治不好了，也许被死神带走能让她好过点。只是，我不希望她就这样走了。"

玛格丽特已经满脸泪水："黛比还那么小，怎么就死了？她那么乖，昨天才开口说话，她喊了我的名字。"她把头埋进枕头，放声大哭。海普莎奶奶坐到她身边，温柔地抚摩着她因痛哭而起起伏伏的肩膀。

加勒缓缓地说："一切都白费了，我们穿过海峡做的这一切，都白费了！"

赛斯对加勒说："趁着冰层还撑得住，穿上衣服，我送你们过去。那里还有很多事要做。"

赛斯带着伊桑和加勒离开后，海普莎奶奶煮了草药茶给玛格丽特喝，喝下后，玛格丽特感觉自己恢复了许多。海普莎奶奶想给黛比做最后一件衣服，玛格丽特给她打下手。

海普莎奶奶说："尽管死去的人不会有知觉，但我不忍心小黛比穿得那么单薄就走了。"

玛格丽特说："黛比穿上这件白色的衣服一定很好看，她生前只穿过灰色的荷兰布衣服和亚麻呢子衣服。"

海角对岸，赛斯用厚木板做了一个小盒子，将黛比放了进去。伊桑帮着乔尔挖坑，地被冻住了，他们的斧头和铲子落在上面，发出沉闷的声响，就像是在敲石头，要挖出一个小小的地方，格外艰难。

玛格丽特和海普莎奶奶从星期天岛回来了。由于没有足够的鞋子和围巾，玛格丽特和孩子们都只能待在屋子里，不能目送黛比下葬。后来，加勒说，他们给小黛比做了很长的祈祷。这天夜里，大家已经累得不想说话了，多莉甚至都忘记了流泪。

一直到黛比安葬后的第二天下午，玛格丽特才能勉强把冻肿的脚塞进鞋子里。她一瘸一拐地来到小黛比的墓前，开始祈祷。南瓜也跟过来，趴在墓前，无力地垂下脑袋，像是在为黛比默哀。玛格丽特将记得的祷告词都念了一遍，还是不忍心离开。她合拢满是冻伤的手，唱起了哄黛比入睡时的歌谣：

"宝贝、宝贝，快睡觉。

宝贝快要睡着了，

宝贝，宝贝，快睡觉，

宝贝已经睡熟了。"

　　玛格丽特转身朝小木屋走去。太阳在星期天岛那边落下了，天空上有一抹橙红色的晚霞。艾拉在门口的柱子上刻了一个记号，他朝玛格丽特露出了久违的笑容，"明天是三月一号了，冬天快过去了，我想，大家会高兴起来的。"

[第五章]

春

即便已经有了春天来临的征兆，但雨雪和东北风依然持续了很长一段时间。海上的冰层化开了，但上面漂着很多冰块，难以出海。

艾拉有一阵子没见到阿比了，他一边准备着采集糖枫树汁用的木桶，一边叹气。

在泉水边那块土地上，长着两棵槭树。这段时间，大家一直在谈论着用布丁蘸着上好的糖浆吃。

艾拉挖空木桩做桶，他对孩子们说："说得我都快流口水啦，不过我看还是得等风暴过后才能动手。"

正如艾拉预测的，风暴很快就来了。

狂风吹了整整两天两夜，小木屋在风中瑟瑟发抖。乔尔他们说，这场风暴意味着太阳正在穿越赤道到达南半球。此后，白天会变得越来越长，天气会慢慢回暖，然后就是夏天了。玛格丽特从来没听过接槭树树汁，她问了很多让人觉得好笑的问题，比如：把管子插进树里，树会不会死掉？艾拉在笑话她，加勒又开始了对她的冷嘲热讽。但玛格丽特都不在乎，她跟其他人一样，满心期待这一天的来临。

这一天终于到了！冰雪开始融化，路很不好走，孩子们没有足够的鞋能出门。双胞胎姐妹通过抓阄决定谁有资格穿鞋出门，芭迪没有鞋子，一

直在吵闹，直到玛格丽特答应背着她出门，她才安静下来。就这样，到了正午的时候，他们出发了。艾拉和加勒拿着锤子、木桩、木桶，走在前面，其他人跟在他们身后。艾拉在较大的那棵糖枫树上切开一道口子，将锤子深深地插进去，没入了树干，只有锤柄还剩在外面。

他说："树汁很多，加勒，递一根水管给我，我要把它砸进树里。"

随后，艾拉和加勒在两棵槭树上分别挂了两个大桶。桶还没固定好，树汁已经开始往木桶里滴了，滴滴答答的声音，听起来非常悦耳。

雅各布用手指接了一滴树汁放进嘴里，不停地咂巴着嘴："真好吃，像糖一样甜。"

加勒说："等着瞧吧，等熬好了，比蜜糖还甜呢。"

艾拉提醒他们："很多树汁才能接满一大桶，你们要看好了，别让树汁流出来。"

玛格丽特非常赞同："每一滴树汁都很珍贵，一滴都不能浪费。"

一直到第二天中午，最大的那只铁桶才接满。乔尔在小木屋附近堆了一些石头，用三根结实的竹竿搭成了金字塔的样子，用铁链将铁壶吊在上面。石头下燃起了火，多莉用一根长长的木勺子在铁壶里面搅拌。树汁快沸腾的时候，升腾出一股烟，空气里都是香甜的味道，馋得孩子们口水直流。他们像棕色的鸟儿或者小松鼠，蹲在圆木上，睁大眼睛看着铁壶，时不时揉着鼻子。

玛格丽特和加勒听从艾拉的指挥，从树林里搜集来干净的雪扑在平底锅里，并把平底锅放在一个大木勺边上。树汁熬得差不多了，艾拉和乔尔将铁壶抬下来，放到一边。最关键的时刻到了！大木勺舀起棕色的树液，倒入平底锅。糖浆立即凝结成香喷喷、甜丝丝的糖块，而剩下的糖浆被倒入了木桶，还汩汩地冒着热气。

艾拉将平底锅放到一根圆木上，冲孩子们喊："过来，自己动手！"说完，他自己掰下一块糖放进嘴里。

玛格丽特一边吃着糖块一边在心里感叹：一连吃了好几个月的咸鱼、玉米面和萝卜，能吃到这么甜美的槭树糖，这滋味，简直太美妙了！孩子们吃得很开心，手上、脸上都黏糊糊的。不要说孩子们了，就连乔尔和多莉，他们的嘴里都塞得鼓鼓的，脸上带着盖不住的喜悦。

玛格丽特看着雅各布和芭迪，说："还好现在不是夏天，要不然，闻到你们身上的甜味，蜜蜂早就成群结队飞来了。"

大家听完都笑了，最后把手指上的糖都舔得干干净净。

随后，多莉带着孩子们回家了。玛格丽特和艾拉去取另一棵树上的树汁。他们一起往回走的时候，晚霞把天染成了淡黄色，树林已经黑了。路过小黛比的坟墓时，玛格丽特不由自主地停下来，她伤心地说："太可惜了，小黛比很喜欢吃甜食，她没吃到槭树糖。"

艾拉什么也没说，他们提着桶走回来后，艾拉问玛格丽特："过段时间，我要去威尔斯家看看，你想跟我一起吗？"

玛格丽特当然很想出门，但她很担心："多莉应该不会让我丢下孩子和家务跟你出门。"

"这个交给我，"艾拉倒有点不好意思了，"我想阿比应该很想跟你学学你那些针线活。你那些法国针线活在这派不上用场，但阿比那里有很多布需要做。"

那一整晚，玛格丽特都没睡好，她担心多莉会反对。第二天一早，多莉竟然同意了，但她要求玛格丽特和艾拉早点回来，帮忙熬槭树糖浆。孩子们看见玛格丽特穿好斗篷和鞋子，吵吵嚷嚷的都想跟着去。

艾拉耐心地劝解他们："好了，我只带麦琪一个。"

玛格丽特跑向海湾，艾拉已经准备好了小渔船，他带了一小桶槭树糖、一些上等的松鼠皮和水獭皮做礼物。能跟艾拉一起出海，玛格丽特非常高

兴。她从来没有去过威尔斯家,一路上兴致勃勃地看着经过的每一个海角。他们航行了一会儿,就到了。玛格丽特想起了在剥玉米集会上汉娜经常皱着眉头,又看了看自己身上破烂的衣服,难免跟阿比身上干净又漂亮的衣服暗暗比较。有那么一瞬,她真的很想掉头回去。但现在已经来不及后悔了,她和艾拉已经走到了一座四四方方的房子面前。看起来,这座房子已经饱经风霜,屋顶和棚屋都很矮,房子后面的空地和树林里还有没有融化的积雪。

艾拉刚把小渔船停好,有两个人从房子里走了出来。一个身形臃肿、穿着深色裙子的,是阿比的妈妈汉娜,另一个跑得蓝色的裙子都快鼓起来的,自然就是阿比了。

"艾拉,我早就盼着你来了。"阿比跑下海滩,帮艾拉一起把渔船拖到岸上。艾拉把礼物和玛格丽特小心翼翼地接下船,一把将阿比抱了起来。

阿比反抗说:"好了,妈妈在窗户那看着呢,她会怎么想!"

艾拉摇摇头,将她放下:"我知道。"

他们肩并肩走在一起,玛格丽特跟在后面。

汉娜一家很久没有接待过客人了,尽管汉娜对乔尔一家还是会说一些尖酸刻薄的话,但她今天很欢迎玛格丽特和艾拉。尤其看到艾拉带来的槭树糖,她高兴地承认说,她自己也爱吃甜食,只不过没在附近发现槭树。艾拉前去帮蒂莫西和南森砍树,他前脚一走,汉娜便开始询问玛格丽特关于冬天里发生的种种事情。

尽管已经听赛斯说过黛比过世的消息了,但汉娜忍不住地问了一遍全部经过,她给了玛格丽特一些恐怖的警告。倒是阿比非常同情小黛比的遭遇:"可怜的小家伙,怎么会发生这种事呢?"

随后,他们开始准备做饭。阿比和汉娜为了该不该添上为特殊日子准备的南瓜饼而争论了好一阵子。阿比认为今天应该吃南瓜饼,但汉娜不愿意跟玛格丽特这样的一个女佣人分享，不过她还是叹了一口气，将南瓜饼放在灶台上加热了。玛格丽特看见厨房里摆着各式各样的陶瓷器皿，简直眼花缭乱。尤其是伊桑送的那套杯子，散发着柔和漂亮的光泽。

汉娜看着玛格丽特艳羡的目光，说："阿比要把这套杯子还回去，但伊桑说让她留下来。总之，阿比长大了，她有自己的主意。"

这时候，从门口传来了艾拉的声音："您整天都跟她说，嫁给我是一件天大的傻事，她就没办法拿主意了。"

看完了杯碟，艾拉给阿比建议，让她拿出自己正在做的布料：一块印着几片绿叶子的浅黄色棉布、一块蓝白相间的条纹布，还有蒂莫西去年给她带回来的红色绒面呢绒布。见到这么深的红色，玛格丽特双眼发直。漫长的冬季过去，她像渴望吃槭树糖一般，渴望见到艳丽的颜色。

阿比告诉她："爸爸说，当时蒂莫西告诉他这块红布的价格时，他都惊呆了。当然了，未来的几年里，这应该是我穿得最好的一件衣服。"

玛格丽特一边摸着柔软的布料一边说："这块布的颜色，就像我老家的花园里的红玫瑰。"

艾拉轻声赞叹："阿比你穿上它，就像一朵红玫瑰。"

阿比说："我只会一点简单的缝纫，精细的修边点缀我不会，艾拉说，你可以教我。"

汉娜不以为然地哼了一声，她认为一个女孩子能有卡利柯布衣服已经很不错了，根本不应该考虑款式、装饰这些无关紧要的东西。不过，当玛格丽特开始在一块棉布上绣花时，汉娜也忍不住凑过来观看。干了一个冬天的重活，玛格丽特的手指有点笨拙。不过，渐渐地，那些熟悉的针法又回到了脑海里，她手里的针线很快就像从前一样运用自如了。

阿比学得很快，玛格丽特也很高兴。她看见裙子做完后还剩下一些布头，双胞胎姐妹的玉米芯娃娃需要一件小衣服，她想要一些拿回家。一直

到快要走的时候，当房间里只有她和阿比了，她才鼓起勇气开口。

阿比说："你当然可以拿走一些，"她看见玛格丽特的手再次抚摩着那块红色的呢绒布，又说："红色的也剩下一些，可能不够给自己做件衣服了，但你能拼起来做一个兜帽。"说完，她把那一卷布都塞进玛格丽特手里。

玛格丽特简直惊呆了，她完全想不到自己会有这样的好运气，"谢谢！你真是太好了，能摸摸这些布已经让我感觉非常温暖。它会是我最好的宝贝！"

当艾拉和玛格丽特回家时，天已经完全黑了。三月的夜晚有些寒冷，玛格丽特将布紧紧握在手里，牙齿都在打战。可是，刚回到家，当她把那块红布展示给多莉看时，多莉就提出来要把红布跟她带回来的那些布头一起放进旧松木柜子里保管起来。

之后，又过了几个星期，白天越来越长，乔尔和艾拉已经拿出了所有的农具，开始为春耕做准备。四月末，树木开始长出嫩芽，艾拉和乔尔轮流着干活，一个耕地，一个拔除去年的树桩。一个冬天后，树桩都腐烂了，必须把它们从地里拔出来，再填平坑洞。这真是一件苦差事，有时候，乔尔和艾拉费尽力气，多莉和孩子们在一旁呐喊助威，就这样，都要花一整天时间才能将大树桩拔出来。

玛格丽特看见艾拉把铁锹插入一个特别结实硕大的树根下面，不由得感叹："真像给巨人拔牙！要是有几头牛就好了。"

艾拉痛苦地直起身体，他已经满脸通红，略略休息又开始拔树桩了："牛？哈哈，你还不如说把月亮拉下来帮我一把。"

芭迪高兴地说："过几年我们会有牛的。"

贝姬补充说："还会有白猫。"

雅各布抱着小狗南瓜在地上滚来滚去："我只要南瓜！"

历经一个冬天，孩子们都长大了很多，他们的脸上也不那么苍白了。

玛格丽特也长了不少，她去年还能穿的荷兰布裙子，如今只能垂到膝盖了。以前她只能勉强用指尖够得到最高一层架子上的木勺子，现在她能轻而易举放上去了。

开春后，海普莎奶奶第一次见到玛格丽特，就看出了她的变化："麦琪！你像草一样疯长呀，今年夏天可别晒黑啦，不然到了明年你都认不出自己来。"

海普莎奶奶已经在做新的被子了，她已经用浅黄色和浅蓝色的布条拼接出图案的轮廓，玛格丽特见到时，忍不住惊叹："太像了，那些锯齿的部分就像对面的那座山，那么蓝，那么暗。"

海普莎奶奶给玛格丽特和孩子们讲起了这幅画的名字和意义，她说："我很喜欢书里描写的这部分内容：一个叫'怀疑城堡'的地方，由'失望巨人'看守，有人从城堡里逃出来。他们一直往前走，走到了一个有花园、果园和喷泉的地方，他们称这个地方为'快乐山'，然后在这里长久地居住下来。"

玛格丽特经常看着远处的荒漠山，回想海普莎奶奶讲的故事。有一次，她看见群山下面有一个白色物体。这时，加勒正在院子里劈柴，她呼唤加勒："快看，那里有一个奇怪的东西。"

加勒眯着眼睛，他还没得出结论，艾拉说："那是一只帆船，正朝我们这边开过来。"

双胞胎姐妹和雅各布一边往屋里跑一边叫，一家人都跑过来看帆船。天黑之前，这条帆船进了乔尔一家居住的海角停泊。这是一艘三桅杆帆船，船尾上印着清晰的大字——吉星号。

不过这艘船可不像它的名字那么幸运，出海不足两天，就有个船员在收帆布的时候不慎摔下来，伤得厉害。船停好之后，船员们向乔尔一家解释说，他们上岸是为了装一些淡水，还想看看附近有没有身强力壮的男人，

可以代替那个受伤船员的位置，明天早上涨潮的时候他们就会离开。

艾拉跟乔尔和多莉交换了一下眼神，他说："我愿意跟你们去。"

加勒靠在艾拉身边，犹豫地问："带上我怎么样？我能爬上绳索，还会看指南针，还可以——"

"哈哈哈哈！"

船员们的哄笑声淹没了他的话，加勒的脸变得通红，一直红到了耳根。

一个船员的眼睛带着狡黠的光："你们说呢？我们能雇用一个孩子？"

加勒继续恳求道："我可以不要工钱的，只要你们带上我，我会努力干活。"

其中一个船员说："你可以去问问船长。不过，首先你得征求家里人的意见。"

一开始，乔尔有些犹豫，但艾拉支持加勒跟他一起。他说有两个人能从波士顿带回大量的日用品回来，而且这对加勒来说是积累航海经验的好机会。乔尔则考虑到春耕已经开始了，加勒留下来能在播种和耕地上给他帮忙。不过，他也意识到，这样的航海机会一旦错失就不会有第二次。

最后，乔尔对加勒说："要是你想去，就去吧。"

过了一会儿，加勒和艾拉一起从大船上回来了。加勒兴奋地叫喊起来："船长答应了！而且，他说只要我好好干活，我也能和其他人一样拿到工钱！"因为高兴，他的脸都红了。玛格丽特羡慕地想：等加勒回来，他就是真正的男子汉了！

临行前，多莉和玛格丽特在缝补艾拉和加勒的衣服。加勒竟然让玛格丽特照看他的干松树皮和他用木头刻的小船，"麦琪，你帮我保管好它们，等我回来的时候我会给你带礼物。"

很快，艾拉和加勒乘坐吉星号走了。每一天，玛格丽特都会像艾拉一样在门口的柱子上刻下一道。这样，等艾拉回来的时候，他会发现日历没有中断，而是在有条不紊地进行中。

玛格丽特根据柱子上的日历告诉孩子们："五月一号就要到了，在我的家乡，乃至整个法国，人们都会跳舞、狂欢。这是为了庆祝春天的到来，我听说，英国也有这样的节日。"

"是的。"多莉说，"我听说英国的萨摩赛特有一根五月柱，人们会全身披着绿叶，围着它跳舞。"

孩子们没有听过这些，吵着让多莉和玛格丽特多讲一些关于五月柱的细节。

贝姬问："我们也可以做一根五月柱吗？麦琪可以教我们围着它跳舞。"

"上帝呀，难道我们每天忙着播种、填饱肚子还不够吗？谁还有精力弄这些东西？"多莉并不赞同。

玛格丽特补充说："而且，五月柱需要用彩带装饰，我们没有彩带。"

苏珊建议说："海普莎奶奶可以给我们一些，她有很多彩色的布。"

多莉警告孩子们："最好不要让你爸爸听到这些话，你们应该去帮忙干活，而不是坐在这里闲聊。"

因为加勒和艾拉走了，玛格丽特和孩子们必须要下地干活。有时候，双胞胎姐妹会拿着木质的锄头清理地里的石头、木棍和树根。乔尔教玛格丽特怎样撒玉米和大麦种子，这些都是赛斯给他们的，每一粒种子像黄金一样珍贵。播种需要弯腰，还得将播下去的种子踩实，这种活实在太累人了，玛格丽特累得浑身酸疼。

这里的春天来得很快，几乎是一夜之间，荒凉冰冷的土地全部苏醒过来，到处是新出的嫩芽。为了赶着播种，乔尔不知疲倦地在地里忙碌着，不管多莉怎么哀求、呼唤，只要外面还有一丝亮光，他绝不回家。

多莉说："你不能再这样下去了，一个人干三个人的活，这会要了你的命啊！"

但乔尔只是默默地吃着多莉带来的食物和水，严肃地摇摇头。因为长时间握着斧头和铁锹，他的手指都快麻木了，几乎不能弯下来接住多莉递给他的食物。他一边将被汗水湿透的头发往后拢，一边说："一切都指望着土地，必须好好种地，而且还得开垦更多的地来种。"

多莉安慰他说："以后绝不会像今年这么糟的，我们肯定会好起来，只要印第安人不来。"

说起印第安人，多莉的声音本能地下降了许多。这里已经有好几个月没出现印第安人了，极有可能爆发一次毫无征兆的袭击。在寒冷的冬天，印第安人前来袭击的概率很低，但现在春天到了，大家又开始为这个问题而忧心忡忡。

玛格丽特经常带着孩子们乘坐小艇出去捕鱼。附近的海岸边有很多鱼，就连芭迪和雅各布都学会了用诱饵钓鳕鱼。有时候他们还能钓上来比目鱼和银鳕鱼，还用加勒发明的工具捕捉龙虾和螃蟹。退潮的时候，他们到东面的水湾里，捞牡蛎，带回去让多莉给大家做海鲜大杂烩。

吃着新鲜的食物，再加上经常在海边劳作，大家的胃口都很好。五月的时候，孩子们都长高了不少，一个个面色红润。多莉拿出所有的布，计划将大家的衣服改大一些。可是，不管她怎么把布翻来翻去的，都跟不上孩子们疯长的速度。

一天晚上，多莉叹着气说："我看你们要是再这样长下去，我只能给你们做一件衣服，只有一个人能出门，其他人都在屋子里待着吧。"

不幸的事，衣服这件事还没解决又爆发了新的危机。

砍树的时候，乔尔想跑开，却被一个树桩绊倒了，他来不及躲开，树倒下来，砸中了他一条腿。当时他距离小木屋很远，大家听不到他的叫喊声，还是南瓜跑回来，拽着多莉的围裙，朝树林的方向跑。等他们到那里的时候，乔尔已经昏过去了。大家费尽力气，才把乔尔从树底下拉出来。

多莉和玛格丽特一言不发地忙碌着，孩子们很害怕，他们问了很多问题，多莉和玛格丽特一个也不回答。多莉架着乔尔在前面引路，玛格丽特跟在后面抬着乔尔的腿，一点一点地往小木屋的方向挪动。等他们回到家的时候，天都黑了。玛格丽特想划船过去请海普莎奶奶过来看看，但多莉不放心，没有让她独自前往。

大家只能尽一切能力来减轻乔尔的痛苦。他的头发下面有一块瘀血，腿上伤得更重，不止一处断裂，而且伤口瘀肿得吓人，已经有骨头从伤口里露了出来。

多莉擦拭干净乔尔伤口上的血迹，尽管她此刻满心绝望，却不得不镇定下来："麦琪，找两个光滑的木板过来，我给他敷上金缕梅。如果不用木板将他的腿固定住，骨肉很有可能会刺进肉里。"

玛格丽特记得海湾那里有一些木板，因为阳光的照射和海水的冲击，异常光滑。她跑得飞快，越过小路，在一堆浮木里找到最好的两块，带回去交给多莉，并帮助多莉将木板绑在乔尔受伤的那条腿上。

乔尔已经疼得发烧了，开始说胡话。多莉握着乔尔的手："好了，不要再说胡话了，我们再也不会碰你的腿了。"

玛格丽特默默地去做晚饭。她想到了一件事：自从小黛比夭折后，他们跟星期天岛达成了一个约定，如果乔尔一家需要帮忙，就在海角的老柱子上挂上白布。但是现在已经天黑了，玛格丽特只好等第二天。结果第二天早上，海上起了大雾，就连近处的礁石都看不清，更别提星期天岛了。

玛格丽特望着窗外湿答答的树，心想："要是加勒在就好了，或者我会用指南针也好。唉！"

她很清楚，大雾出海非常危险，说不定会一连几个小时都在原地打转。又或者，会冲进开阔的水域撞上暗礁。

多莉说："在雾散之前，我们只能尽力照顾好他。他已经疼得要发疯了，

必须把木板绑紧一点，才能接好骨头。"

玛格丽特在隔壁屋子给孩子们做早餐，叮嘱他们尽量保持安静。乔尔不停地在床上呻吟着，他像一棵被砍倒的云杉那样躺在那里，眼窝深陷，嘴唇干燥，不停地嚷嚷说要喝水。

玛格丽特拿了布丁给他，在她快要转身走开的时候，他问："今天几号了？"

玛格丽特说："五月九号，我刚才在门口的日历柱上划了一道。"

乔尔虚弱地说："已经五月九号了，有很多事都要做，我却只能躺在这里，艾拉和加勒大概还要半个月才能回来。"他痛苦地呻吟着，别过头去。

多莉守在床边，用泡过金缕梅的绷带敷在夹板周围，尽量减轻乔尔的痛苦。

玛格丽特说不出什么安慰的话，只好回到炉火这边，看护孩子，给大家做饭。她和孩子们打水、抱柴火、钓鱼、挖牡蛎。她觉得，从来没有一天像今天这么漫长，也从来没有大雾像今天这样浓郁，这么难以消散。

雅各布已经问了她无数次："麦琪，大雾什么时候才散呀？"

苏珊说："你应该知道的呀，得等东风转向。"

玛格丽特指着海鸥说："它们知道。你们看，它们面朝东面飞行，这样羽毛就不会被吹散。我老家勒阿弗尔港口就是这样的。"她压低了声音，格外沮丧地叹了一口气，"不过，那里从来没有这种大雾。"

到了晚上，乔尔烧得更厉害了。他开始迷迷糊糊地发号施令，让人害怕。有时，他大喊着艾拉和加勒的名字，让他们去砍树耕地；有时候他从床上坐起来，非要拿枪，说是附近有印第安人。南瓜趴在门口，它悲伤地看着乔尔，每当乔尔情绪激动时，它都会发出伤心的呜咽声。

雅各布说："南瓜知道爸爸受伤了，要是它游泳能像跑起来那么快就好了，它就能把海普莎奶奶叫过来。"

多莉满脸疲倦："她也做不了什么，不过她那里有很多金缕梅，我们的都快用完了。"

玛格丽特说："我还能找到那个地方，我们可以从根部将金缕梅砍下来。"

多莉不放心："尽管乔尔非常需要金缕梅，但是我实在不敢让你和孩子们独自去树林，我会每时每刻担惊受怕的。"

这天夜里，玛格丽特虔诚地祷告浓雾能够散去。结果她早上起来一看，海面上的大雾浓郁得像一堵灰色的墙。乔尔还在睡着，断断续续的，情况不是很好，多莉一整夜都守在他身边，实在困了才眯一会儿。她满心焦虑，看起来跟乔尔一样憔悴不堪。现在距离乔尔腿被砸伤已经两天两夜了，家里除了从泉水那里打来的冷水，实在没有别的东西可以治疗乔尔的腿伤了。

看见大雾弥漫，玛格丽特建议说："我听海普莎奶奶提起，海滩下面的棕色海藻可以疗伤，我带孩子们去弄一点回来吧。"

多莉同意了："你们去吧，即便不能疗伤，海藻也能降温，试试也行。"

玛格丽特挎上旧云杉筐子，带上孩子们出发了。这时距离正午还早，太阳出来了，想尽力赶走浓雾。他们沿着一片靠近海边的云杉树林往前走，从这条路更容易到达长满海藻的海湾。突然，走在前面的小狗南瓜停下来，它不停地用鼻子嗅来嗅去，抬起了头，尾巴也竖立起来。接着，它发出呜呜的声音，全身哆嗦。

玛格丽特把食指放在嘴边："嘘！可能有危险！"

她顺手拉住了两个最小的孩子。如果是一年前，大家早就吓得乱跑乱叫了。现在，他们懂事了，默默地凑在一起。从他们站立的地方基本能看到海湾了，还能听见鹅卵石遭受撞击发出的声音。孩子们都贴着玛格丽特，玛格丽特觉得自己的心都快跳到了嗓子眼。她仔细地听着，一股寒意瞬间传遍全身。

雅各布小声地说:"印第安人!"

"你们在这待着,看好南瓜,我过去看看。"玛格丽特一边说,一边扒开孩子们的手。她趴在地上,慢慢朝海湾那边挪动。她看见树林尽头散乱的树可以做掩护,便慢慢朝云杉树丛中的一个缺口爬了过去。"冷静!冷静!冷静!"她的心在拼命地叫喊着。

这时,从树林里传来了一声悠长的叫喊声。这是人发出的声音!玛格丽特打了一个冷战,坚持往前爬。从树林里一共传来了两次呼喊,每一次海湾下面都有人回应。玛格丽特蹲在树丛里,看见海湾下面到处是棕色的身影,有几个独木舟已经靠岸了,还有几个正要划过来。

玛格丽特一刻也不敢耽误地回到了孩子们中间。南瓜还守在原地,它已经感受到了敌人正在逼近,尽管没有发出叫声,但它的眼睛一直不安地转动着。

"小心点,快走,不要踩断树枝,那会发出声音的。"玛格丽特提醒着,孩子们默默地跟在她身后,小心翼翼地踩在青苔上面,尽量避开树枝。那个奇怪的叫喊声一次次传来,小木屋就在眼前了,玛格丽特觉得安全多了,但这种安全感转瞬即逝。

多莉站在门口,她告诉孩子们:"爸爸刚睡着,别吵醒他。"

看见大家惊恐的神色,她的脸一下子变白了。

孩子们气喘吁吁地说:"印第安人!海湾那边有印第安人。他们还没发现我们。"

多莉将大家拉进门,插上门闩,拉上窗板。大家聚在一起,惊慌失措地讨论对策。

苏珊问:"我们要拿下滑膛枪吗?"

多莉说:"没用的,里面只有一两发子弹,再说我的枪法又不好。麦琪,那里有多少人?"

"我不知道，但海湾那里有不少人。他们在生火，而且树林里也有不少，他们回应了海湾那群人的叫声。"玛格丽特回答着，突然她的脑海里闪过一个念头，她建议说，"也许这些人到这里来不是为了伤害我们。我带些食物给他们，也许他们就不会剥我们的头皮，烧掉我们的房子。"

多莉表示反对，孩子们拉着她哭了起来。但玛格丽特坚持自己的看法，她推开孩子们的手，来到碗柜前，拿出了剩下的一袋干玉米。她打算拿出一小桶槭树糖时，多莉阻止了她："你疯了吗？"

玛格丽特摇摇头，她感觉到一股奇异的力量控制着自己。多莉抓着她的肩膀："听见我的话了吗？快把东西放下来！"

但玛格丽特挣开了多莉的手，她正视着多莉的眼睛，脸上带着异常坚定的笑容，她一字一顿地说："我必须去那里！要是印第安人到家里来把我们杀了，这些食物终究会被他们带走！"

孩子们呆呆地看着玛格丽特，就连多莉也呆住了，不再阻止她了。这时，传来了乔尔的呻吟声，多莉赶紧回到乔尔身边。

玛格丽特提起装玉米的袋子，打开了门，对孩子们说："不管发生什么事，按照我说的去做！"

孩子们怯怯地答应说："好的。"

她让孩子们把南瓜牢牢地绑在屋里，然后帮助她把食物放到门口的台阶上。大家默默地按照她说的去做，每个人既害怕又好奇，不由得瞪大了眼睛。

这时，太阳已经驱散了浓雾，海水和天空变得格外开阔，玛格丽特都能看见星期天岛上那些大树的树尖了。一个黑影在树林间窜动，他快速来到小木屋面前，渐渐地出现了很多身材消瘦、身手敏捷的印第安人。屋子里的南瓜发出一声沉闷的哀号，门口，孩子们紧紧地抱在了一起。

玛格丽特自言自语道："好吧，总要有一个勇敢的人！"

接下来，她将玉米粒放进了一双双棕色的手里。她不敢抬头看他们的脸，只能低着头将伸到自己跟前的一双双手都放满玉米粒。很快，袋子空了。她拿起装槭树糖的桶和木勺，舀了一勺槭树糖，示意印第安人过来。那些人像蜜蜂一般围了过去，他们推推搡搡地都要尝一尝。玛格丽特很清楚，这点糖根本就不够吃。这里站着十来个高高大大的印第安人，而海湾和小树林里还有更多！她靠在门框上，思考着该怎么办。

双胞胎姐妹也靠近她，问："糖吃完之后，我们该怎么办？"

玛格丽特朝对面的星期天岛望去。她想，如果他们看见乔尔家着火了，一定会知道这里发生了什么事，但如果真的到了那时，一切都晚了。她的目光在海岸边搜寻着，希望能找到求救的信号。当看到岸边那个旧柱子，玛格丽特的眼睛顿时发出了亮光。他们第一次登陆的时候，乔尔和艾拉为了把货物拉上岸，立了那根柱子。玛格丽特忽然想起来，不久前孩子们跟多莉开玩笑地说，要做一根五月柱。

"五月柱！"她大喊着，朝多莉的松木箱子走去。

那些围在桶边吃槭树糖的印第安人正在刮着桶里最后一点槭树糖。玛格丽特从他们身边走过的时候，听见他们发出可怕的议论声。她不知道他们在说什么，她猜测他们内部出现了分歧。她看见他们别在皮带上的小刀和斧头正发着闪闪寒光，只要他们拿起武器，这里就会有一场杀戮！

玛格丽特浑身发抖。

多莉和孩子们站在门边，等印第安人一冲过来，他们就会把门关上。

玛格丽特从他们身边挤进房间，打开了木箱子，箱子里有多莉剩下的唯一一条白色的亚麻布床单，还有阿比给玛格丽特的那一小块红布。玛格丽特抓起布和剪刀，将布撕成了长条。多莉惊慌失措地喊着，却只能站在门边把守。玛格丽特发疯地撕着，布条发出了哧啦哧啦的声音。随后，她拿起斧头和一些钉子，冲出了门。

"来吧，我们马上有五月柱了！"

说话间，她拿着碎布呼唤孩子们。多莉尖叫着喊她回来，孩子们躲在多莉身后惊恐地看着玛格丽特。

"快！你们快来！"玛格丽特用尽全力命令大家。

现在，玛格丽特什么也不想了，她异常麻利地开始干活。那根柱子是从树林里砍下来的，格外粗壮结实，被砍去的树枝分叉刚好能够踩上去。玛格丽特咬着钉子，将木条挂在脖子上，费尽力气爬到了柱子顶端。苏珊也过来了，她们用钉子把布条钉在了柱子上。

春风里，布条迎风飘舞，有些布条很细，有些很粗，还有一条是红布和白布拼在一起的。玛格丽特站在柱子下，心里涌起一股奇怪的感觉：不管是新大陆还是旧大陆，谁都没有这样做过五月柱。随后，她看见印第安人跟孩子们走在了一起，那些人好奇地打量着她，身上别着明晃晃的刀子和短斧。有个印第安人碰到了芭迪，芭迪害怕地哭了。

玛格丽特告诉芭迪保持安静，她大声地说："来吧！跳舞吧！"

她抓起一根布条做示范，让布条朝上，从旁边的布条下穿过去。有个印第安人咕噜了一声，也抓起布条试着跳舞。现在，印第安人都抓住了布条，孩子们也在他们中间跳动起来。这么多人一起跳舞并不容易，玛格丽特一次次地理开纠缠的布条，告诉大家怎么将自己的布条和别人的布条缠在一起。

那些印第安人惊奇地抓着布条，围着柱子跳起来。他们看起来就像一群在玩游戏的大孩子。一个人跳累了，另一个人接着再跳。这根柱子能承受这么多的印第安人，还真是个奇迹！玛格丽特已经不再想怎么把布条编在柱子上了，眼下最重要的，是不让这些印第安人停下来。

穿过布条的时候，她对孩子们说："快跳！绝不能停下来！"

她已经跳得上气不接下气，也感觉不到双脚的存在了。她的头发完全

散开，汗水一滴一滴从额上滚落下来，流进眼里，她已经分辨不出，身边哪个是印第安人，哪个是乔尔家的孩子。阳光和布条让她头晕眼花，她只知道自己坚决不能停下来。

突然，传来了布条撕裂和木头断开的声音，五月柱倒了，孩子们的叫喊声在脑子里嗡嗡作响，玛格丽特擦干眼里的汗水，想到孩子们身边去。那些印第安人拦在了中间，他们为了得到一块布条，在倒下的五月柱边厮打起来，时不时发出恐怖的尖叫。

一刻也不能耽误了！

玛格丽特呼唤孩子们跟她走，当她带着孩子们朝小木屋跑去的时候，一个高大的棕色身影挡在了面前。孩子们都躲在玛格丽特身边，急促地呼吸着。大家都在等印第安人的斧头落下来，但等了一会儿，玛格丽特有些好奇了：怎么这么久了斧头还没砍下来？

这时，从头顶上传来一个非常清晰的声音："圣诞节！"玛格丽特抬起头，看到了一张古铜色的脸，脸的一侧还有弯弯曲曲的伤疤。她不再害怕，勇敢地告诉孩子们："他是一个朋友。"

看见玛格丽特说话，这个印第安人指了指皮尔斯叔叔的纽扣，他已经把它钉在皮革的穗子里了。他朝玛格丽特笑了笑，指了指他们的房子方向，让她明白他们就要回去了。随后，他大步朝同伴们走去。

玛格丽特还没缓过神来，她甚至忘了说话，哪怕是一句简单的"谢谢"。

她和孩子们回到小木屋后，双胞胎姐妹将整件事的经过讲给多莉听，她们坚持说麦琪用法语跟印第安人聊了一会儿。不过，玛格丽特已经不记得这些了。孩子们说，其他印第安人都跟着有伤疤的那个印第安人走进了树林里。

苏珊解释说："他们每个人手里都拿着一块布条，肯定是把布条撕得更小了。"

玛格丽特呆呆地坐在角落里，出神地想着事情，南瓜就在她跟前趴着。当时，听见印第安人要来，乔尔激动地撕下绷带去拿滑膛枪，结果他的伤更严重了。而为了保护孩子们，多莉不得不一会儿去看看乔尔，一会儿回来看紧孩子们，她大声地说着什么，但玛格丽特已经精疲力尽，完全没有力气去想那些话里到底是什么意思。

双胞胎姐妹告诉玛格丽特，乔丹一家从星期天岛上过来了。但玛格丽特一点也激动不起来了，即便伊桑和赛斯出现在门口，她依旧一动不动。赛斯和伊桑是看到了柱子上的白色东西，他们猜测这里发生了奇怪的事，才赶过来了。父子俩刚进屋，就看到了乔尔摔伤的腿，听到多莉和孩子们说起印第安人的事。

赛斯问："你们是说，玛格丽特给印第安人送去食物，并做了五月柱，让大家围着柱子跳舞？"

多莉说："是的，她一个人救了我们大家！"

赛斯赞叹道："简直是奇迹！很少有女孩子像她那样勇敢！"

这时，玛格丽特放下了心头的沉重感，她轻声说："我不觉得自己很勇敢。"

接下来的几天，玛格丽特再也没有多说什么。乔尔的伤口开始愈合了，大家都松了一口气。海普莎奶奶和伊桑或者赛斯，每天都带着食物和缓解疼痛的草药过来，玛格丽特终于向大家讲述了圣诞节前夜和印第安人见过面的经历。她担心大家会责备她，恰恰相反，大家都在赞美她，并为她做的这一切感到骄傲。

海普莎奶奶多次问她："我搞不懂，你怎么想到五月柱的？"

玛格丽特没有回答，因为她也不知道当时为什么会冒出那个念头。她也没告诉大家，失去那块红布，她非常难过。海普莎奶奶注意到了玛格丽特的失落，有一天，她将自己做了一半的被子拿来，将所有的碎布都放在

玛格丽特的膝盖上。

"我想，这些东西应该送给你。"

玛格丽特满怀敬畏地摸着蓝色和浅黄色拼接起来的图案："这不是您的'快乐山'吗？"

海普莎奶奶说："现在是你的了。你把它做完，留着自己用。你一直很喜欢这个图案，我不知道除了你还有谁有资格拥有它。现在，收下它吧。"

玛格丽特有些不知所措。孩子们围过来，看见这个图案，纷纷赞叹。玛格丽特迫不及待了，她很想在上面缝上第一针。因为太过激动，她的手忍不住颤抖，"也许，我应该为此写一首歌，就像《卡利柯灌木丛》那样。"

海普莎奶奶点点头："孩子，你会的，说不定有一天，你也会被写进歌谣里。我不禁想起以后，当我们都死了，人们经过这里，大概会好奇地问，那根柱子为什么叫五月柱呀。赛斯已经在他的航海地图里记下了这个名字，我想以后这个地方会被一直这么称呼下去。"

这天，他们在阳光下坐了很久，也聊了很多。孩子们在海普莎奶奶的指挥下，在院子里修建花园，将海普莎奶奶带来的嫩枝插进土里。多莉不时从乔尔的房间出来，到门口站站。她说："乔尔开始着急地里的活了，他担心艾拉不能及时赶回来。我劝他说，只要能看见孩子们好好地围在身边——"

她停下来了，视线已经越过近旁的孩子们，落到远处小黛比的坟墓上。玛格丽特和海普莎奶奶都知道她心里在想什么。

海普莎奶奶说："逝者已矣，节哀顺变吧。"

多莉沉沉地叹了一口气："也只能这样了。"

六月份的时候，吉星号终于航行回来了。当时玛格丽特正在玉米地里干活，雅各布跑来将消息告诉她，她放下锄头，和其他人一起跑到岸边。大家都很激动，还时不时跑回去告诉躺在床上的乔尔，船已经开到了哪里。

孩子们不停地问玛格丽特："麦琪，船走了多少天？"

玛格丽特数了数门柱上的刻痕："到明天，一个月零八天。"

这时，吉星号已经穿过暗礁，朝星期天岛对面的方向驶来。船上的帆布像一片方方正正的云朵，在高高的树木之间穿行。等船帆放下，男人们划着小船回来时，已经是半下午了。

雅各布大叫起来："回来了！加勒和艾拉叔叔在第一条船上！"

玛格丽特看见了加勒，他穿着男式外套，裤子塞进靴子了，轻松地把一个重包裹扛在肩膀上。加勒已经是个真正的男子汉了，他看见玛格丽特，热情地打招呼："嗨，麦琪！"

这天晚上，大家围坐在一起，聊了很久。加勒和艾拉给每个人都带了礼物：多莉的是布和针，双胞胎姐妹一人一个瓷杯，雅各布一个木陀螺，芭迪的是一个提线木偶。至于玛格丽特，艾拉拿出了一个上面画着一只小鸟的盒子，他说："我本来想给麦琪带一些纱线或者卡利柯布，但加勒说麦琪会更喜欢这个盒子。"

加勒有点脸红了，他说："小鸟看起来像是一只鹦鹉。"他指给玛格丽特看，小鸟的眼睛是用一颗玻璃珠做的。

玛格丽特说："真漂亮！我要把它藏在屋子里，不然外面的小鸟看见了，会忌妒它有这么漂亮的羽毛！"

准备睡觉的时候，她都不忍心将盒子收起来或者放进碗柜里。她和孩子们睡下后，谈话声并没有终止，多莉正在给他们夸张地描述着印第安人袭击的事情。最后，玛格丽特听见艾拉和加勒爬上阁楼的声音，她感觉非常安心，很快就睡着了。

吉星号计划在海角停留一天，到明天早上再走。

这天早上，孩子们早早起来，急切地想知道船是不是还停在那里。晨光中，海面波光粼粼，船就像个幽灵，安静地停在海面上。很快，附近海

岛上的邻居们都看到了这条船，大家划着船过来，海峡里挤满了大大小小的船。加勒和艾拉答应带玛格丽特去吉星号看看，但乔尔却将她叫到床边："麦琪，我有话跟你说。"

乔尔的表情很严肃，玛格丽特不由得紧张起来。

"麦琪，你今年几岁？"

"十三岁，到十一月我就十四岁了。"

"你还记得我们在马布尔黑德达成的契约吗？你十二岁到了我们家，要在这里当六年佣人，一直到十八岁。"

玛格丽特诧异地点点头。

"麦琪，你是个好女孩，你很勇敢，比其他人都要勇敢。"

听到乔尔的夸赞，玛格丽特的脸一下子红了。

乔尔停了一下，继续往下说："我跟艾拉和多莉谈过了，我们一直想为你做点什么，现在你的机会来了，你可以回到你的祖国了。是这样的，吉星号要开往法国的魁北克，那里有个修道院，如果你想回去，船长会把你送到那里。"

玛格丽特问："你是说，你会把我从我到你们家来时签的那些文件中解放出来？"

"是的，你自由了。我会找大副把它正式写下来。船快要开走了，你还有一个小时的时间收拾行李。"

玛格丽特激动地拉起乔尔的手，行了一个法国的吻手礼，"你真是太好了，太仁慈了！我要考虑考虑！"

"你别想太久了，错过这个机会，可能不会有下次了。"

玛格丽特走出房间，脑子里嗡嗡一片，这件事来得太突然了！她走出门槛的时候，南瓜扑到她身上，用湿乎乎的鼻子蹭着她的手指。它身上沾了一些芒刺，玛格丽特一边帮忙给它拔下来一边说："可怜的家伙，早餐吃得很高兴，对吗？"

随后，她带着南瓜来到海角，在地上坐下来。身边的茱萸草已经开花了，到了七月会结出红色的浆果。到时候，孩子们会来采摘浆果，还会像她教过的一样，编织花环和手链戴在身上。不过，她再也看不到这种场面了。收庄稼的时候，她也不在这里了。一想到这些，她就无比伤感。旁边的五月柱倒在地上，她仿佛还能看见那些随风飘扬的布条，还能感受到围着它跳舞时怦怦的心跳。

她将挂在胸口的戒指拉出来，希望奶奶帮自己做决定。如果奶奶还在，一定希望自己回到法国。只要回到修道院，一切远去的生活又回来了。她记得在勒阿弗尔，修女们提起过魁北克的修道院，最虔诚的院长和修女们都会被送到那里，在新法兰西的土地传播天主教信仰。据说，那里的一切都井井有条而且无比神圣。如果能回去，就能在教堂的钟声里，安静、平和地来来去去。的确，她更喜欢这种生活。

可是，孩子们在海湾下面的叫声，打破了玛格丽特的思绪。她叹了一口气，扭头转向星期天岛方向。烟囱里已经升起一缕炊烟，玛格丽特知道，海普莎奶奶在准备生火做饭了。她闭上眼睛，想起了那间温馨的厨房，和海普莎奶奶忙碌不停的样子。即便是勒阿弗尔的修女，都不如海普莎奶奶睿智可亲。黄蓝色的被子还没做完，夏天的羊毛还没纺织，她怎么能轻易离开呢？要是走了，就看不到月桂树上粉色的花朵，听不到海普莎奶奶唱《卡利柯灌木丛》了。

孩子们从海湾朝玛格丽特挥手，加勒和艾拉划船把他们送到岸上，南瓜跳起来，叫嚷一声作为回应。玛格丽特不由自主地站起来，她想：大家一定饿了，加勒可能抓了鱼让她回去做饭。她转身朝小木屋走去，不需要低头看路，她就知道哪里有凹陷的地方，哪里会有树根。

此刻，吉星号船上，船员们已经开始升起帆布，几个船员爬上了桅杆，

几个在甲板上，还有几个在船和海湾之间划着小船。一想到自己要坐船离开，玛格丽特忽然觉得浑身冰冷，无比孤独。

孩子们跑上了陡峭的堤岸，他们朝玛格丽特跑来："麦琪，加勒说你要走了，你不会走，对不对？"

雅各布第一个跑到她面前，他的脸红扑扑的，嘴里不停喘着粗气，他抓住她的手，上气不接下气地说："你不会走的，对吗？说呀，你不会走。"

随后，玛格丽特平静地说："我不走，我等会儿还要给你们做晚饭呢。"

吉星号穿过礁石和远处的岛屿时，已近黄昏。大家注视着船朝东北方向航行，最后在海面上变成了一个小小的亮点。

艾拉问："它正朝着你向往的法国山脉航行，你真的不后悔没跟他们一起走吗？"

玛格丽特淡淡地笑了，轻轻摇摇头。

苏珊抓住她："我妈说你很傻，没有好好抓住机会。不过她很高兴你没走，我也很高兴。"

"我也是！"贝姬附和说，"加勒，你也很高兴，对不对？"

"我呀，也许高兴，也许不高兴。"，"不管怎么说，麦琪比你们所有人加起来还要聪明。"

雅各布大叫起来："现在已经看不到船了！"

大家都回小木屋了，玛格丽特还站在海角边远眺。空气里满是海水和月桂叶的香气，很快，太阳在岛屿背后落下了。这时，远处的荒漠山呈现出一种惊心动魄的蓝色——蓝得跟玛格丽特那条被子图案中的"快乐山"一样。